W0400975

Première édition août 2020
Dépôt legal décembre 2020
© Cherry Publishing
71-75 Shelton Street, Covent Garden, Londres, UK.

ISBN 9781801160391

Kalliopée

Tome 1 : Le sacrifice d'une princesse

Koko Nhan

Cherry Publishing

♫ Parce que les romans ont aussi droit à leur bande sonore, celui-ci est accompagné d'une playlist que vous trouverez à la fin de cet ouvrage. ♫

Pour recevoir gratuitement le premier tome de Sculpt Me, la saga phénomène de Koko Nhan, et toutes nos parutions, inscrivez-vous à notre Newsletter !

https://mailchi.mp/cherry-publishing/newsletter

Chapitre 1
Kalliopée

« N'oublie pas, ma fille. Il n'y a rien que tu ne sois forcée de faire. »

Les mots de mon père se répètent en boucle dans ma tête, alors que j'observe une dernière fois ma chambre. *Rien que je ne sois forcée de faire* ? Pourtant, j'ai le sentiment d'en avoir l'obligation. Je pivote sur moi-même et arrête mon regard sur la pièce maîtresse de la tapisserie qui décore les murs : un grand cerisier en fleurs. Je détaille avec attention chacune de ses branches et ses extrémités. Je n'oublie pas la moindre fleur en éclosion, chacune étant habillée de feuille d'or. Lorsque j'avais besoin de réfléchir, je n'avais qu'à m'allonger à même le sol et l'observer. Je positionnais toujours ma tête devant le mur et, à l'envers, cet arbre magnifique me paraissait toujours plus grand, mais plus imparfait, aussi. Je remarquais plus facilement les défauts qui le caractérisaient. Je ne voyais plus un ensemble, mais chaque détail, aussi petit soit-il. Ça avait le don de me rassurer : le parfait ne l'est pas toujours, tout dépend de la façon dont on l'observe. Les branches de l'arbre s'étendent jusqu'au plafond où, cette fois-ci, elles sont peintes. Cette continuité nous donne l'impression de nous trouver en dehors des murs du palais. Mon regard se sépare de la tapisserie lorsque plus un pétale n'est à graver dans ma mémoire.

Mon lit à baldaquin trône au milieu de la pièce. Un appel à la paresse. Ma nourrice luttait férocement pour m'en extirper. Un sourire s'imprime sur mes lèvres lorsque sa voix résonne en écho dans ma tête : *« Vous n'avez rien d'une princesse »*. Le matelas disparaît sous une montagne d'oreillers. C'est un nuage sur lequel il m'arrivait souvent de rêvasser.

Je m'en détache pour observer mes deux bibliothèques débordant de livres et de récits. Des ouvrages dans lesquels j'aimais voyager. Découvrir le monde, c'était ce à quoi j'aspirais depuis toujours. Je voulais visiter ces contrées qui m'étaient interdites, mais aussi celles oubliées par le temps ou détruites par les guerres.

Mon regard glisse jusqu'à mon bureau où je m'asseyais pour inventer mes propres histoires, des contes où, enfin, des femmes gouvernaient ou, au moins, dans lesquelles elles avaient une place centrale.

Les grandes fenêtres ouvertes laissent pénétrer les parfums de ce début d'été. Je ferme les yeux et inspire profondément, m'enivrant de cette odeur afin de l'enregistrer, de ne surtout jamais l'oublier. Mon cœur se serre, puis se met à battre à vive allure. Je suis à un tournant de ma vie : je m'apprête à quitter le monde dans lequel j'ai grandi pour un qui m'est inconnu. Si j'appréhende, j'éprouve également ce frisson d'excitation à l'idée de l'aventure qui m'attend. Tout ça, je le fais pour moi, mais avant tout pour mon peuple et secrètement, pour les femmes. Ironique que je voie en mon mariage une chance d'émancipation de la femme. Mais si mon futur époux est resté le même qu'autrefois, j'ai l'espoir que notre monde patriarcal, celui où les épouses paient pour les fautes de leurs maris, changera pour devenir meilleur.

Un bruit dans mon dos me sort de mes réflexions. Lorsque je me retourne, Sienna, ma servante, apparaît dans l'encadrement de la porte.

— Votre Altesse, je vous prie de m'excuser, je pensais que vous seriez déjà descendue.

D'un doux sourire, je la rassure, puis après avoir consciencieusement mémorisé chaque détail de ce décor que je ne verrai sans doute plus jamais, je me retourne.

— Je suis prête, annoncé-je avec conviction.

Je quitte ma chambre sans plus un regard en arrière, suivie de près par Sienna. Les couloirs, contrairement à leurs habitudes, sont silencieux. Aujourd'hui, le palais semble en deuil. Je le quitte pour rejoindre mon futur mari. Le mariage d'une femme est rarement une bonne nouvelle pour les membres de sa famille parce que, d'une certaine façon, elle devient une esclave. Si les filles célibataires jouissent presque de la même liberté que les hommes, dès lors que nous nous marions, chacun de nos droits nous est retiré. Jusque-là, la société nous perçoit comme des enfants. Nous sommes innocentes, fragiles. Le mariage marque notre passage à l'âge adulte, cet âge où l'on devient une menace. Comment contenir un danger ? Il suffit de l'enchaîner. Certaines ont la chance d'être protégées par leurs parents, de rester libres – même si elles sont rares – cela était également mon cas, jusqu'à il y a peu.

Le seul droit qui nous est accordé est celui de devenir mère, avec l'espoir de n'enfanter que des fils. Pas par unique souci d'héritage, mais parce qu'aucune de nous ne souhaite à ses filles d'être asservies à leur tour.

Le mot n'est pas faible, non. Les époux décident pour elles de ce qu'elles sont en droit de faire ou de dire. Les châtiments corporels ne sont pas punis, pas plus que les viols conjugaux, et si par malheur une femme vient à mourir sous les coups de son époux, il ne sera pas non plus condamné... La justice ne considère pas cela comme un meurtre, mais comme un *accident*.

Je déteste ce monde qui n'a rien appris de son passé ni de ses erreurs. Ce n'est, hélas, pas tout : la femme, en épousant un homme, se porte garante de lui. Elle paie pour les crimes qu'il commet.

On raconte dans les livres que j'ai lus – interdits, et pour la plupart uniques, l'homme ayant préféré supprimer toute possibilité de rébellion – que les femmes d'autrefois s'étaient battues pour acquérir leurs droits. Elles l'avaient fait avec hargne et détermination jusqu'à devenir presque les égales des hommes. Puis, le monde a décliné et il fallait un coupable. On les a jugées responsables de sa déchéance. Trop gourmandes, elles avaient mené le monde à sa perte. Les anciens leur ont imputé les guerres, les maladies, mais aussi les fléaux climatiques. Alors, l'homme a décidé de punir celle qu'il jugeait coupable de tous les maux.

Je sais que c'est faux, que seule l'Homme, sa bêtise et son avidité, nous a menés à perdre quatre-vingts pour cent de la population. Des siècles plus tard, la femme a accepté son sort. Elle s'est résignée. Si je pense qu'une rébellion pourrait nous sauver, il est évident, aux mines qu'affichent en permanence mes semblables, que ce n'est pas une option. Nous sommes esclaves de notre genre et des générations d'asservissement rendent tout changement presque impossible. Nos parents nous éduquent. Ils nous montrent l'exemple. La plupart des femmes n'imaginent pas le monde tourner différemment. Comment le pourraient-elles ? Elles n'ont jamais rien connu d'autre.

Personne n'échappe à ce destin, pas même les princesses.

Mon père n'est pas devant les portes lorsque je les atteins. Ce n'est pas dans les traditions. Pourtant, je sais que derrière sa fenêtre, il m'observe. Jusqu'à aujourd'hui, il avait refusé chaque demande en mariage. Il préférait me protéger de la cruauté des hommes, sachant qu'une fois mariée, il ne serait plus en mesure de le faire. À présent, les choses ont changé. Six longues années de guerre, c'est plus que notre monde peut en supporter. Il en va de la survie de notre peuple. Les combats ont trop duré. Je n'ai pas bronché lorsqu'il m'a proposé cette alliance, je savais ce que j'avais à faire : accepter. Mon accord donné, il n'a pas tardé à proposer cette union au roi Xerios.

Je m'approche du carrosse auquel sont attelés de grands chevaux à la musculature saillante, puis me retourne pour observer le palais où j'ai grandi. Il est majestueux, ouvert sur le monde. Entouré d'un immense parc floral, bordé par des forêts et prairies, il est accessible à tous. Notre peuple est fidèle à son roi et il le lui rend bien. Je n'ai pas vécu à l'écart de ces familles. J'en connais la plupart, même si elles préféraient toutes garder une certaine distance avec moi – les légendes perdurent – et aucun des lieux de notre royaume ne m'est inconnu. J'en ai parcouru chaque parcelle, si bien que je pourrais le cartographier. Une peine immense m'envahit à l'idée de quitter ce qui m'est si familier, mais je ne peux plus reculer. Nos peuples ont besoin de cette union pour vivre enfin en paix.

Je tourne sur moi-même, puis mon regard tombe sur Malo qui se mord la lèvre. Nous sommes amies depuis l'enfance, elle est entrée au palais en tant que domestique à la mort de sa mère, ma nourrice, mais cela n'a en rien altéré notre relation. Bien que la coutume l'interdise, elle se jette sur moi et me serre dans ses bras. Je prends une profonde inspiration tandis que son étreinte se resserre. J'aurais voulu l'emmener avec moi, mais son père en a décidé autrement… Elle va autant me manquer que ces lieux.

— Tu es sûre de toi, Kalliopée ? me souffle-t-elle à l'oreille.

Sûre ? À vrai dire, je ne suis sûre de rien, mais l'avenir dépend de cette décision : de moi et de lui. Pour toute réponse, je me contente d'entourer sa taille de mes bras. J'ignore la brûlure qui se répand dans ma gorge et mon cœur qui se compresse. Un toussotement nous rappelle à l'ordre, alors je me détache rapidement de Malo. Je ne voudrais pas lui causer des ennuis. Surtout maintenant qu'elle sera seule, loin de ma protection. Son père acceptait sa présence au palais, mais malgré mes suppliques, il a refusé qu'elle me suive. Lui seul pouvait décider, nous avons dû nous résigner. Il souhaite désormais lui trouver un époux. Si j'ai toujours aimé ma nourrice, lui, je ne l'ai jamais porté dans mon cœur.

Elle me sourit tendrement et ses prunelles s'humidifient. J'espère qu'elle aura autant de chance que moi. Je crois que mon sort est enviable, puisque celui à qui je suis destiné est mon unique amour.

— Malo, tenté-je, la gorge serrée.

Elle secoue la tête, comme pour me supplier de ne pas poursuivre. Au bord des larmes, je préfère baisser le regard sur ses doigts noués, geste qu'elle effectue toujours lorsqu'elle tente de contenir ses émotions. Je voudrais la prendre une dernière fois dans mes bras, mais nous avons déjà fait fi des protocoles, alors je fais un pas en arrière et, sans la regarder, me détourne.

Le cocher m'aide à monter dans le véhicule qui m'amènera à Lapisia. Celle que je devrai désormais considérer comme ma nation. Sienna me suit et s'installe face à moi. Elle me semble ravie de quitter le palais et ne paraît pas désolée, au contraire. Je l'observe longuement et réalise qu'elle est la seule personne qui me rappellera Viridia.

La porte se referme sur nous et je n'ai pas la force de tourner la tête vers l'extérieur, vers ce qui, désormais, représente mon passé. Mon regard se dirige sur mes mains, agrippées à l'étoffe drapée aux couleurs de ma maison : l'émeraude. Symbole d'espoir et de chance. Ma gorge se noue à l'idée de quitter cette vie qui était la mienne. Non, elle n'était pas parfaite, mais elle m'appartenait. J'inspire profondément afin de chasser la tristesse qui tente de m'envahir et seule une larme solitaire, qui roule le long de ma joue, témoigne de ma douleur. Je la sens glisser pour arriver au coin de mes lèvres. Elle est chaude, salée. L'espace d'un court instant, son goût me fait oublier que je pars, que je ne reviendrai jamais.

Je refuse de m'apitoyer sur mon sort parce qu'au fond de moi, celle que j'étais à quatorze est pleine d'espoir. Ce mariage qu'elle n'aurait jamais espéré est à portée de main.

Le véhicule commence à avancer, mais il m'est toujours impossible de relever le regard, de voir ma première vie s'éloigner de moi. Je me le refuse. J'aurais bien trop peur de reculer et je ne le dois pas. Alors dans ma tête, je me répète mon futur titre.

Bientôt, je ne serai plus Kalliopée, princesse de Viridia, mais Kalliopée, princesse de Lapisia, épouse de l'héritier du trône lapisien.

Chapitre 2
Kalliopée

Au bout de trois jours de voyage, j'ai délaissé les paysages, devenus, au fil des lieues, ternes et tristes. Le carrosse cahote sans cesse, me donnant la nausée. J'ai l'impression que je ne survivrai pas à quatre jours supplémentaires. Les vallées verdoyantes ont laissé place au désert aride. Viridia est belle, vivante, joyeuse malgré la guerre, mais je sais, grâce aux récits qu'on m'a rapportés, que Lapisia est bien différente.

J'ai lu que les montagnes rocheuses sont si hautes qu'elles semblent toucher le ciel et cachent le bleu azur pour laisser place à un sombre gris. Des monts percés de mines produisent tous genres de minerais, des plus nécessaires comme le charbon, aux plus précieux comme l'or. D'après les récits les plus pointus que je possédais dans ma bibliothèque, on y décrit l'air ambiant comme suffoquant, bien loin du climat frais et agréable de chez moi. Car si une partie du territoire est occupé par ces hauteurs, l'autre partie est désertique. Le vent en transporte le sable qui s'infiltre dans l'air et l'opacifie. Je sais aussi que si chez moi, au nord, l'année passe au rythme des saisons, au sud, seul l'été domine.

Mes yeux se perdent à l'horizon où des ruines semblent se dessiner. Il ne reste que des vestiges des anciennes villes. La nature a repris ses droits et ce que le temps n'a pu effacer se retrouve désormais noyé sous la végétation ou le sable.

— Vous voulez manger, Votre Altesse ? me propose Sienna, m'extirpant de mes pensées.

Je me tourne vers elle et la découvre qui attend ma réponse, les sourcils haussés. Ma servante a quelques années de plus que moi. Pourtant, ses joues rondes et son regard pétillant la font toujours paraître plus jeune qu'elle ne l'est réellement. Jusqu'à il y a peu, elle était affectée aux appartements du roi. C'est la raison pour laquelle que je ne lui avais jamais vraiment parlé.

— Appelle-moi, Kalliopée, s'il te plaît.

Depuis deux semaines que nous planifions mon départ et qu'elle est à mon service, elle n'ose pas cette familiarité malgré mes ordres répétés. À présent, j'ai vraiment besoin d'une alliée et cette distance qu'elle refuse de réduire me donne l'impression d'être seule au monde. Elle sera l'unique ancrage à mon passé dans ce royaume qui m'est inconnu.

— Je…

— Sienna, tu es tout ce qu'il me reste de Viridia, tu es la seule amie que j'aurai… *là-bas*.

— Ne dites pas cela, Votre Altesse. Tout le monde vous adorera.

Je souris face à sa naïveté.

— Je représente Viridia, la cité responsable de la guerre qui fait rage entre nos deux peuples. Je ne serai jamais l'une des leurs, avoué-je sans animosité. Et quand bien même… ils me jugeront au premier regard.

Gênée, elle baisse la tête. Elle sait autant que moi que j'énonce la réalité. Il y a six ans, ce sont des Viridiens qui ont commis cet attentat venu rompre la paix dont notre monde jouissait. Depuis, l'Union des Cinq n'est plus. Quelques alliances se sont formées, mais la guerre qui fait rage entre Lapisia et Viridia a altéré les ententes entre les autres royaumes. Aquaria s'est isolée, et Nivisia et Liberisia, les peuples les moins puissants et les plus pacifistes, s'entraident afin de survivre. Par souci de protection, tous ont dû prendre part au combat au cours de ces dernières années. Nos territoires sont donc bordés de champs sur lesquels pères et fils ont perdu la vie. Nos cités ont vu leurs hommes mourir, un à un. Mais pourquoi ? Par ego ? Par avidité ? Je n'en sais malheureusement pas assez. Mon père a toujours tenu à ce que je sois préservée et le peu d'informations dont je dispose sont celles rapportées par le bouche-à-oreille. Je dois reconnaître qu'il m'arrivait parfois d'écouter aux portes, mais cela n'a jamais réellement fructueux. Je n'étais pas assez discrète et mon père connaissait ma grande curiosité, si bien qu'il ne tardait jamais à me repérer.

Pour quel motif les nôtres ont-ils commis ce crime ? Pourquoi le roi Xerios a-t-il toujours refusé de mettre fin à cette guerre ? Il n'y que lorsque mon père a proposé à ce que je sois unie au prince que le dialogue a pu s'ouvrir. Depuis, les combats ont cessé et j'ai l'espoir que l'avenir sera meilleur.

— Tout le monde vous aimera, ils comprendront qui vous êtes réellement, princesse.

Mon sourire s'agrandit à ses mots et d'autant plus lorsque je réalise qu'elle a délaissé les *Votre Altesse*. J'aurais certainement préféré Kalliopée, mais j'imagine que c'est déjà beaucoup pour elle.

— Je me demande comment est le prince Karel… murmure-t-elle pensivement.

Oui, moi aussi. Je ne sais pas ce qu'il reste du garçon que j'ai connu. Déjà prompt à la bagarre, je ne sais pas s'il est devenu un redoutable guerrier ou s'il est encore l'homme doux qu'il m'avait laissé entrevoir. Enfin, non… cet été-là il n'était encore qu'un garçon. Je souris nostalgiquement aux souvenirs de mon unique été de liberté. Si je n'ai jamais été enfermée entre les murs du château, je n'avais toutefois pas le droit de me rendre aux camps d'été ni de me mélanger aux jeunes de mon peuple. Je pouvais, par exemple, apporter mon aide au dispensaire, mais les loisirs étaient proscrits. Mon père était protecteur et avait toujours peur qu'on s'en prenne à moi pour l'atteindre lui : « la politique est sanglante », ne cessait-il de me répéter.

Chaque année, lorsque les camps d'été avaient lieu, je le suppliais de me laisser y aller, mais il refusait, jusqu'à celui de mes quatorze ans. Cette année-là, j'avais répondu à chacune de ses requêtes, je m'étais montrée obéissante, volontaire même. Si bien que quand ma nourrice l'a supplié d'y réfléchir et a plaidé ma cause en lui rappelant à quel point j'étais une enfant raisonnable, il n'a pas su dire non. Il y avait toutefois une condition : dissimuler mon identité. Un véritable plan avait été mis en place par mon père et les organisateurs. Je n'étais alors qu'une noble parmi les autres, et ceux de ma cité avaient été sommés de garder le silence sous peine d'être punis. Mon père était certes bon, mais il était aussi intransigeant. Aussi, ma réelle identité n'a jamais été dévoilée.

Savoir qu'*il* ignore tout de ma venue m'amuse et je me plais à imaginer sa surprise. Me reconnaîtra-t-il ? Sera-t-il heureux de voir que je suis celle qui lui est destinée ? Je secoue la tête en me traitant de sotte. L'important n'est pas là, non. Le plus important c'est que notre mariage apaisera peut-être les tensions et les rébellions qui rythment nos vies depuis plus de six ans. Il a suffi d'un évènement, un seul, pour que tout déraille. Plus rien ne va désormais. L'Union a été dissolue, les frontières sont quasiment fermées et les échanges commerciaux s'en tiennent au strict minimum.

Depuis des siècles, ils considèrent la femme comme responsable de tous leurs maux ? Ce sont pourtant eux qui se font aujourd'hui la guerre. Je ne prétends pas avoir les capacités de gouverner, mais je trouve ça désolant de savoir que mon sexe m'empêchera toujours de le faire. Peu importe mon intelligence ou mes enseignements. Depuis ma naissance, je n'étais destinée qu'à être la fille du roi. Et si mon père venait à mourir ? Je n'ai aucune idée de celui qui lui succéderait. Mon genre m'a sortie de l'équation, à peine étais-je sortie du ventre de ma mère. Cette dernière étant morte en couche, elle n'a pas eu de deuxième chance ni mon père d'ailleurs. Chez nous, pas de remariage, pas d'enfants illégitimes. En tout cas, s'il y en a, ils n'ont aucun droit. Il n'y a donc, pour le moment, aucun héritier au trône. Maintenant que je vais épouser Karel, je suppose que le trône de Viridia lui reviendra de droit dès lors que je lui donnerai un fils. Étrangement, je me sens sereine à l'idée qu'il soit celui qui dirigera mon peuple. Il n'a rien d'un tyran sanguinaire.

Je décide de fermer les yeux quelques instants. Le voyage sera encore long et éreintant. Sans que je ne résiste, je vogue dans mes souvenirs qui se sont ravivés depuis que j'ai appris qu'il serait mon époux. Lorsque je l'ai rencontré, cette union me semblait inenvisageable. Le métissage était interdit, même avant la guerre.

— Apprends-moi à me battre !

— Pardon ? me demande-t-il, choqué

— Je t'ai vu, tu es l'un des meilleurs combattants. Apprends-moi.

Il me jauge et un rire sonore sort de sa bouche. Je devine que ça n'a rien d'amical, il se moque de moi. Je suis petite et fine – pas vraiment le physique pour se battre – mais je suis agile et futée, je pourrais certainement apprendre vite. Je fronce les sourcils, impatiente.

Je l'ai observé depuis notre arrivée. Il vient toujours se cacher ici pour s'entraîner. Pas parce que c'est interdit, mais parce que la plupart des filles l'épient sans retenue. Il est beau, je ne peux pas le nier. Grand, une peau cuivrée faisant ressortir le vert profond de ses yeux, de sombres boucles barrent son front en sueur. Pas étonnant que toutes tentent de lui faire la cour. Toutes, sauf moi. Depuis que je suis ici, je cache mon regard plutôt que d'observer ce qui m'entoure afin de ne pas avoir d'ennui.

En revanche, s'il est beau, il sourit rarement, voire quasiment jamais. Le sourire qui se dessine sur ses lèvres à l'instant est arrogant, je devine qu'il ne m'estime pas beaucoup. Si habituellement, je me détourne plutôt que d'affronter les moqueries, cette fois je ne le fais pas. Je sais que ce sera certainement ma seule occasion d'apprendre et je m'ennuie tellement. Les loisirs féminins ne me passionnent pas : couture, dessin, peinture... Ces deux mois de liberté sont peut-être les seuls que je n'aurai jamais. Je veux en profiter comme il se doit. Apprendre à faire des choses qui m'intéressent réellement, peu importe qu'elles soient convenables ou non, pour une fille. J'attends et l'absence de réponse de sa part étouffe ma détermination. Voyant que je n'obtiendrai rien de lui, je capitule et me retourne afin de m'éloigner.

Des branches se cassent sous mes pieds, tant ma démarche n'est pas féline. Je suis incapable de passer inaperçue. Un bœuf ferait moins de bruit, et je suis sûre que si je devais me cacher pour survivre, je me ferais repérer dans la minute. Je relève un peu ma toge, en soupirant d'agacement. Question équité vestimentaire, il y a là aussi du progrès à faire. Quand les garçons sont habillés par souci de praticité, nous ne portons des vêtements destinés qu'à nous dévoiler aux yeux des hommes. Les pans de ma tenue dans les mains, je fais un grand écart pour m'exercer à faire le moins de bruit possible. Ma démarche n'est pas gracieuse, mais au moins je suis plus discrète. J'amorce un nouveau grand écart quand un rire se fait entendre derrière moi. Je ferme les yeux, priant pour qu'il ne m'ait pas suivie jusqu'ici. Ma jambe toujours en l'air, je suis obligée de la reposer pour ne pas tomber. Son rire retentit à nouveau lorsque mon pied atterrit sur un amas de feuilles provoquant un bruissement sonore. Pourtant, ce qui me parvient le plus, c'est la mélodie qui sort de sa bouche : un bien joli son pour un garçon si imbu de sa personne.

— Je veux bien t'apprendre.

De surprise, mon corps pivote de lui-même pour lui faire face.

— Par contre, tu auras besoin d'une autre tenue, me fait-il remarquer en baissant le regard sur ma robe toujours relevée.

Un sourire appréciateur s'affiche au coin de ses lèvres et, perplexe, je suis la direction de ses yeux, avant de relâcher brusquement le tissu pour lui dissimuler mes jambes nues, tout en tentant de cacher mon malaise.

Enfin privé du spectacle, il fixe ses iris aux miens. Je suis surprise qu'il ne les fuie pas avec répulsion. Cela m'encourage à lui adresser un regard qui le défie de m'observer avec autant d'inconvenance qu'il y a quelques secondes.

— Je n'ai rien d'autre, on doit porter la tenue traditionnelle, ici, lui rappelé-je, agacée.

— Rejoins-moi dans mon chalet, demain à l'aube. Je te prêterai quelque chose de plus confortable.

Cette fois, c'est au tour de mon rire de chanter. Lui et moi ne faisons clairement pas le même gabarit. Je suis toujours en train de rire quand il me passe devant, sans un bruit, le dos droit. Je me retourne et l'observe tandis qu'il s'éloigne pour rejoindre le campement. Campement... un bien faible mot pour désigner un complexe hôtelier. Mes yeux se baissent en direction de ses pieds qui ne semblent rien briser tant sa progression est silencieuse.

Mais comment fait-il ?

Chapitre 3
Kalliopée

Après des heures de voyage, l'attelage s'arrête aux abords d'un village. Alors que je l'observe derrière ma fenêtre, il me paraît presque sinistre. Lorsque le cocher nous ouvre la porte, je descends, suivie de près par Sienna qui m'adresse un sourire que je devine se vouloir rassurant. Mes pieds, gonflés par la chaleur, sont à l'étroit dans mes chaussures fermées, mais je ne le montre pas. Le dos droit, je marche jusqu'à l'un de nos gardes, sans laisser paraître ma douleur. Au nombre de deux, ils appartiennent à la garde royale lapisienne. Dès que nous avons pénétré leurs territoires, ils sont venus afin de nous escorter. Ils sont bruns, dotés du teint chaud typique des Lapisiens. L'absence de métissage confère à chacun de nos peuples des singularités physiques, ce qui rend notre appartenance à l'un d'eux identifiable en un coup d'œil.

Une perle de sueur longe ma colonne vertébrale. Je me retiens de l'écraser contre le tissu de ma robe et la laisse poursuivre sa course jusqu'au bas de mes reins. Sienna me tend un mouchoir que je place aussitôt devant mon nez. L'air est suffocant et chargé de poussière.

— Nous devrions nous hâter, m'annonce le plus grand des deux gardes, en parcourant la rue du regard.

J'acquiesce et le suis, tandis qu'il prend la direction d'une auberge. Comme pour les cinq jours précédents, nous patientons à l'extérieur, le temps qu'il s'assure de la sécurité des lieux. L'œil curieux, je détaille les vêtements de l'autre garde qui nous accompagne. Il porte ce qui doit probablement être la tenue des soldats : une veste au col montant, droit et court, et de longues manches, un pantalon et des bottes épaisses, le tout, totalement noir. Je me demande comment il fait pour ne pas étouffer.

La porte s'ouvre enfin et, d'un hochement de tête, le garde nous invite à entrer. Sienna et moi échangeons un regard avant de le suivre. À l'intérieur, l'air est plus frais, même s'il fait toujours chaud. Les lieux sont déserts. Chaque établissement prévu pour nous accueillir a reçu un ordre de fermeture afin d'assurer notre sécurité. Au début je trouvais cela aberrant, mais depuis que nous sommes arrivés en territoires lapisiens, je trouve cela prudent.

Un homme d'une quarantaine d'années s'approche de nous, l'air agacé.

— Alors c'est vous la p'tite princesse ?

Mes yeux s'écarquillent face à la façon irrespectueuse dont il s'adresse à moi.

— Pouvez-vous nous indiquer nos chambres ? lui demande Sienna, avant que j'aie pu me défendre.

Le tenancier lève les yeux au plafond, puis se détourne, un torchon sur l'épaule. Je reprends mon souffle et balaie la pièce du regard. Rien de luxueux, mais de grandes tablées rendent l'endroit triste tant il est vide. J'imagine qu'habituellement, cette auberge est toujours surpeuplée de gens ivres et que les rires doivent remplacer le silence que seuls nos pas rompent.

— J'espère que la chambre siéra à la princesse..., crache-t-il presque, sans toutefois oser m'affronter.

— Pardon ? l'interrogé-je, convaincue qu'aucune réponse ne me parviendra.

Il se tourne enfin vers moi et me dévisage, sans gêne. Son regard remonte mon corps et je me mords la langue. Il glisse jusqu'à mon visage et semble déstabilisé lorsqu'il passe de l'un de mes yeux à l'autre. Puis, un sourire arrogant étire ses lèvres.

— Vous êtes le diable et vous ne pouvez même pas le dissimuler aux yeux des gens.

Mon cœur accélère à ses mots. Combien de moqueries ai-je subies à cause de mes iris ? Je ne saurais les compter, voilà pourquoi j'ai toujours dû en faire plus que les autres pour être appréciée, parce qu'on me jugeait au premier regard, sans même me connaître. Je ne leur en veux pas, la différence fait peur.

— J'espère que l'eau sera assez chaude pour la princesse.

Cette façon répétitive de désigner mon statut me prouve qu'il me méprise. Dans sa bouche, ça sonne bien plus comme une insulte que comme un titre honorifique. Sans savoir pourquoi, mon regard se dirige vers le garde qui s'est détourné. Un sourire m'effleure. Je suis seule depuis que j'ai quitté Viridia, j'en prends de plus en plus conscience. Pourtant, pour la première fois depuis le début de mon périple, cette solitude me noue la gorge.

Le gérant ouvre la première porte et jette presque mon bagage au sol. Il poursuit la visite sans masquer l'hostilité qu'il éprouve pour moi. Je serre mes poings, retiens mon souffle. Au moment où il s'apprête à sortir, je ne peux plus me contenir. Ma langue est devenue douloureuse tant mes dents s'y sont enfoncées.

— Monsieur, l'interpellé-je avec autorité.

Il se retourne, surpris que je m'adresse à lui.

— N'oubliez pas à qui vous parlez, l'informé-je. Un jour, je serai votre reine, que vous le vouliez ou non.

— Et ? Vous serez toujours une femme. Vous n'aurez aucun droit.

— Priez pour qu'il en reste toujours ainsi.

Ma menace a été prononcée avec douceur, mais mes mots sont aiguisés et je pense qu'il le comprend puisqu'il ne rajoute rien et me laisse seule avec Sienna et le garde.

Je soupire dès que la porte se referme.

— Attendez-vous à ce que ce genre de comportement soit fréquent, princesse, m'informe ce dernier.

Je ne sais pas si c'est un avertissement ou un simple constat, ni s'il est désolé ou au contraire, s'il jubile.

— Je m'en doute, mais ce n'est pas une raison pour que je me laisse faire, finis-je par dire, plantant mon regard dans le sien, qui se fait fuyant. Quoi ? Vous aussi, vous pensez que je suis le diable ?

— Non, se met-il à rire. C'est juste… déstabilisant.

Il ne rajoute rien et quitte la chambre, après en avoir fait le tour pour s'assurer que je n'encoure aucun danger. Pendant ce temps, Sienna a sorti une tenue confortable de mon bagage et a parfumé mon bain. Lorsqu'elle me laisse à son tour, je m'approche du miroir sur pied et découvre avec horreur que quelques secondes à l'extérieur ont suffi à recouvrir ma peau d'une poussière épaisse. Mon regard se lève sur mes cheveux que je touche du bout des doigts. Ils sont secs, loin de leur texture habituelle plus proche de la soie. Leur châtain ressemble désormais à un gris. Comment vais-je survivre dans cet environnement si différent du mien ?

Si les gens sont aussi hostiles que les paysages, je ne donne pas cher de ma peau.

Je fais un pas en avant afin de mieux voir mon visage. Un rayon de lumière filtre à travers la fenêtre, éclairant mes joues tapissées de légères taches de rousseur, puis dévoilant mes iris. Mes yeux vairons me fixent. L'un, aussi bleu que le ciel d'été, le second, couleur noisette. Je me souris, mais ne parviens pas à soutenir mon regard plus longtemps. Personne ne le peut. Jamais.

Les gens me dévisagent toujours avec curiosité, avant de détourner la tête, gênés. Il n'y a que père qui appréciait cette particularité qui me vient de ma mère. Il m'a dit un jour que c'était de ses yeux qu'il était d'abord tombé amoureux. Il répétait constamment : *« avec un regard aussi surprenant, elle ne pouvait qu'être explosive »*. Je regrette de ne pas l'avoir connue, je me demande ce qu'elle m'aurait enseigné sur la vie.

Je retire mes chaussures, puis défais le nœud qui retient ma robe à ma nuque. Aussitôt, le tissu glisse à me pieds. Ma lingerie suit le même chemin et je m'approche du grand bac d'eau. Lorsque j'y plonge mon pied droit, je constate qu'elle est tiède, mais, vu la chaleur qu'il fait ici, cela me permettra peut-être de me détendre.

Immergée, je laisse ma tête reposer en arrière. Après cinq jours de voyage, je me demande si ma venue à Lapisia n'était pas une erreur. Si je ne me suis pas crue plus forte que je ne le suis réellement. Un soupir m'échappe à cette pensée. J'ai le sentiment que tout pourrait m'arriver, que je ne serai plus jamais à l'abri.

Et lui ? Si je m'étais trompée ? En sept ans, les gens changent, et depuis nous, il y a eu la guerre. Et la guerre transforme les cœurs, même le plus pur d'entre eux.

Si le sien était devenu aussi aride que cette terre ?

Chapitre 4
Kalliopée

Le trajet du lendemain est aussi chaotique et fatigant que celui des jours précédents, mais s'y ajoute la lassitude du voyage. Fort heureusement, après cette nuit, il ne restera qu'une journée avant que nous n'arrivions à Lapisia. La boule dans mon ventre grandit de plus en plus à l'idée d'être enfin là-bas. Malgré le bain que j'ai pris hier, ma peau est déjà poisseuse et recouverte de poussière.

Sienna, sur la banquette face à la mienne, gémit doucement, avant de se réveiller. Elle semble perdue quelques secondes, puis se redresse brusquement.

— Je vous prie de me pardonner, Votre Altesse, s'affole-t-elle.

— Sienna, la réprimandé-je.

Elle se tape le front en réalisant qu'elle m'a encore donné du « Votre Altesse », ce qui me fait sourire.

— Vous avez besoin de quelque chose ? me demande-t-elle avec douceur.

Je secoue la tête, puis l'observe écarter les rideaux afin de contempler l'extérieur.

— C'est… différent, constate-t-elle, hésitante.

Je souris en détournant le regard. Je suis ravie de ne pas être seule pour ce voyage. Au moins, nous pourrons être surprises à deux. Il n'y a rien de plus terrible que de traverser l'inconnu sans personne. Je me demande ce que Malo aurait fait durant ce périple. Nul doute qu'elle se serait extasiée sur tout et n'importe quoi, et qu'elle aurait remis le tenancier d'hier à sa place, avant que j'aie eu le temps de le faire.

— Je n'ai jamais vraiment su ce qu'ils produisaient là-bas, souffle Sienna, me sortant de mes pensées.

Ma tête pivote vers elle, cachée par le rideau. Je suppose qu'elle continue de scruter l'extérieur. Tout comme elle, j'entrouvre le mien afin de m'intéresser au paysage.

— Du fer, de l'argent et d'autres minéraux, énuméré-je. Lapisia est un pays minier.

Mes connaissances sont maigres. Si mon père a toujours accepté ma curiosité, je devais me contenter de nourrir celle concernant le passé lointain. Je sais peu de choses sur la politique actuelle ou sur les royaumes de l'Union des Cinq. Je suppose que c'était sa façon à lui de me préserver. À Viridia, j'étais maintenue dans une bulle d'ignorance. La guerre, ses ravages, les blocus commerciaux… j'ai appris cela les rares fois où mon père ne me surprenait pas à écouter aux portes, lorsqu'il était en réunion avec ses conseillers.

N'étant pas destinée à régner, pourquoi m'aurait-on rempli la tête de ces actualités politiques ?

— Pour faire des bijoux ? s'intéresse-t-elle, en réapparaissant, les yeux remplis d'étoiles.

— Non, plutôt des armes, la contré-je, amusée.

Son sourire disparaît aussitôt et le silence regagne le carrosse. Mon regard retourne à la fenêtre. Au loin, il se perd. Les rocheuses sont déjà visibles, la cime des montagnes se dessine dans le ciel. Mon cœur se serre légèrement devant ce décor qui me paraît triste, mais je l'empêche de le faire plus que ça.

— Curieux, finit par dire Sienna.

Je me tourne vers elle qui me sourit à nouveau.

— Quoi ? demandé-je, perplexe.

— Le royaume de votre futur époux fabrique des armes alors que le vôtre soigne les blessés et les malades.

Je lui retourne son sourire lorsque je réalise, qu'effectivement, nous nous opposons. Viridia, de par ses vallées verdoyantes, ses forêts luxuriantes et ses pluies fréquentes, offre une variété de plantes médicinales. Parmi nos citoyens, nous comptons bon nombre d'apothicaires, mais même ceux ayant choisi une autre profession savent reconnaître les plantes et leurs usages. Surtout les baies. Si n'importe quel étranger pourrait confondre la belladone et la myrtille, aucun Viridien ne se tromperait.

— Vous devriez dormir un peu, Vot… princesse, se reprend-elle de justesse lorsque mes yeux se plissent. Il nous reste encore quelques heures de route avant d'arriver à l'auberge.

Malgré mon manque d'envie, mes doigts libèrent le rideau et je m'allonge afin de trouver le sommeil. Bien que le carrosse soit fréquemment secoué, je m'endors rapidement, trop éreintée par le voyage.

*

— Princesse, me souffle-t-on à l'oreille. Nous sommes arrivés.

La joue collée contre le matelas de la banquette, mes yeux papillonnent et je grimace en me redressant.

— Dernière étape, m'annonce Sienna dans un sourire excité.

Je le lui rends, même si ma propre excitation se fait peu à peu grignoter par l'appréhension. À l'extérieur, la nuit est déjà tombée. Nous avons sans doute pris du retard. La porte est ouverte et je m'aide de son encadrement afin de descendre du véhicule. Darkos, le plus grand des gardes qui nous escortent, me tend sa main. Au détour d'une conversation, il m'a indiqué son nom. Il est peu bavard, mais je dois avouer que ne déceler aucune animosité de sa part m'a quelque peu allégée. Le second garde, que j'ai décidé de renommer Mini-Darkos, ne semble pas comprendre son attitude envers moi puisqu'il lui lance souvent des regards réprobateurs. Je l'ai même entendu lui dire que son seul devoir était de me conduire vivante à Lapisia, et que me rendre le voyage plus « confortable » n'était pas de sa responsabilité.

Je saisis volontiers sa main, malgré la grimace de Mini-Darkos dans son dos, car vu les courbatures dont souffre mon corps, un accident est vite arrivé. Je ne voudrais pas avoir subi ce voyage sans aucune attaque pour me rompre le cou, à quelques heures de route de ma nouvelle demeure. Je ris nerveusement à cette pensée, attirant l'attention du garde qui semble me prendre pour une folle. Je ravale mon rire et libère sa main dès que mes pieds touchent le sol. Tandis que mon bagage est déchargé, je m'étire le plus discrètement possible, tout en me massant la nuque. Ce voyage aura ma mort avant les citoyens de Lapisia, j'en suis certaine.

Comme chaque fois, notre escorte nous conduit jusqu'à une auberge où nous patientons, puis Darkos nous laisse afin d'en contrôler l'intérieur. Contrairement aux jours précédents, c'est bien plus tôt qu'il nous rejoint.

— Le prince est là, il vous attend, m'annonce-t-il formellement.

Mon cœur se met à tambouriner dans ma poitrine et ma main s'agrippe aussitôt à celle de ma servante. Comment ça ? Je ne suis pas prête.

— Princesse ? m'interpelle Sienna, soucieuse.

Je me tourne vers elle et la dévisage. Je pensais avoir plus de temps, une journée encore. Mon corps, épuisé par le voyage, supportera-t-il tant d'émotions ?

— Allons-y, lâché-je dans un souffle.

Elle acquiesce quand je libère sa main, puis se place derrière moi. J'observe honteusement ma robe sale, l'époussette, puis tente de discipliner mes cheveux afin d'avoir une allure plus convenable. Lorsque j'ai terminé ma toilette sommaire, je fais signe à Darkos que nous pouvons y aller. Mon souffle se coupe, un léger vertige parcourt mon corps, mais je me redresse afin de gagner quelques centimètres.

Je ne joue pas uniquement mon cœur. Après tout, Karel n'était qu'un amour de jeunesse et comme me le répétait ma nourrice *« un premier amour dure un jour, le dernier l'éternité »*. Il est vrai que j'étais soulagée d'apprendre qu'il serait mon époux. Parce qu'autrefois, il partageait mes convictions et ma colère quant à la condition des femmes. Je rêvais de nous voir libres et indépendantes, mais surtout en sécurité. Si mon père n'a jamais rien changé, malgré son amour pour moi, j'ai désormais l'espoir que ce rêve puisse devenir une réalité. Karel me soutiendra-t-il en rendant cela possible ? Ou est-ce que les champs de bataille auront fait du combat de ma vie, une lutte insignifiante et secondaire à ses yeux ? Alors que la porte s'ouvre, je réalise que je joue mon avenir, mais aussi celui des femmes.

Malgré la poussière dont est chargé l'air ambiant, j'inspire profondément et franchis le seuil.

L'intérieur est éclairé d'une lumière tamisée. Un homme est assis à l'une des tables, au centre de la pièce. Mes paupières se plissent afin de mieux le voir, mais je n'y parviens pas. Mes yeux sont trop secs. D'un pas prudent, je m'approche. Il ne parle pas, se contentant de m'observer. Je ne sais pas à quoi je m'attendais, mais peut-être à un peu plus que du stoïcisme.

— Bonsoir, Votre Altesse, le salué-je, la voix enrouée.

À présent, je suis assez près pour pouvoir le détailler : des cheveux ébène retenus en un chignon dont des mèches s'échappent, une fossette au niveau de son menton, une cicatrice à l'arcade sourcilière. Plus, je fais l'inventaire de ses caractéristiques, plus, mon visage se penche dans l'incompréhension. Ce n'est pas lui, je l'aurais reconnu.

Sa tête se penche légèrement sur le côté, comme si lui aussi cherchait à m'évaluer. Ce geste me dévoile une cicatrice qui s'étend de son oreille à son cou, il me semble reconnaître les vestiges d'une brûlure. Je ne grimace pas, j'en ai vu des pires, mais je ne retrouve rien du garçon que j'ai connu autrefois. Mon regard s'ancre au sien et une certaine urgence m'envahit, celle de fuir. Ce n'est pas le prince. Je recule d'un pas, lorsqu'un bruit à ma gauche m'interpelle et tout comme l'homme assis face à moi, je tourne ma tête dans sa direction.

Le soulagement m'envahit quand je croise ce regard perçant qui autrefois m'avait fait succomber.

Cette fois, je le reconnais, il n'y a aucun doute.

C'est lui.

Karel.

Chapitre 5
Karel

Lassé par cette journée de galop, je me débarrasse de mes vêtements et plonge dans la bassine. Mes paupières s'abaissent et ma tête se pose sur le rebord. Le confort ici est spartiate. Pas de tuyauterie ni de chaufferie pour acheminer l'eau chaude. Les bains en céramique sont remplacés par des bacs en bois. La fraîcheur de l'eau martyrise mes muscles courbaturés qui me rappellent que je devrais les ménager. Un bloc de savon en main, je frotte énergiquement chaque parcelle de ma peau pour en ôter la crasse déposée par le désert aride que nous avons traversé depuis l'aube, puis me rince avant de sortir.

D'ici, j'entends le vacarme de mes hommes tandis que je me sèche. Je distingue les rires gras, les verres qui s'entrechoquent pour trinquer à l'arrivée de ma future épouse. Ils sont impatients de rencontrer la princesse ; moi, ça m'indiffère.

Je revêts un pantalon, une chemise, ma veste et mes bottes. Il va falloir que je descende une bonne bouteille si je veux supporter leurs railleries.

— Votre Altesse Sérénissime ! s'exclame Jonah, moqueur, en me voyant atteindre la dernière marche des escaliers.

Attablés, mes hommes ont visiblement déjà demandé les services de prostituées si j'en juge par les créatures sur leurs genoux. Seul mon bras droit est resté sage. Samaël, Hrim et Zaïn semblent trop occupés pour s'être rendu compte de ma présence.

— Les gars, dis-je, en frappant le pied de Samaël du mien.

Il semblerait que sa bouche soit déjà envahie par la langue d'une jeune femme plus que dénudée. Sans vergogne, elle se frotte à lui. Je me pince l'arête du nez pour contenir mon agacement. Si Vàli, notre instructeur lorsque nous étions gosses, nous voyait ce soir, il ne pourrait s'empêcher de nous sermonner. Notre aîné n'a jamais apprécié notre goût pour l'ivresse. Que ce soit celle d'alcool ou de chair.

— Oh ! grondé-je finalement.

Ma voix a claqué, mais je n'ai pas eu besoin de maintenir la note puisqu'ils se sont tous tournés vers moi.

— C'est pas un bordel ici, si vous voulez baiser vos putes, y'a des chambres.

Dans un concert de grognements, nos trois comparses se font la malle, me laissant seul avec Jonah qui m'observe, la bouche étirée. Je m'apprête à le rejoindre lorsque deux mains manucurées m'entourent et se posent sur mon buste.

— Tu ne veux pas t'amuser avec moi ? me susurre une voix à l'oreille tandis que ses doigts amorcent une descente en direction de mon entrejambe.

— Là, tout de suite, j'ai juste envie de boire un coup, l'informé-je.

En temps normal, je ne serais pas contre, mais vu l'heure qu'il est, ma chère future épouse va arriver avec sa garde rapprochée. Si je ne la porte pas dans mon cœur, cette alliance m'est indispensable et il est hors de question que je la mette en péril parce que je n'aurai pas su maîtriser mes pulsions animales. La main manucurée poursuit néanmoins sa descente et je la retiens d'une poigne sévère avant de me retourner. La jolie brune, vexée, la retire, non sans me fusiller du regard, puis nous abandonne pour rejoindre, je suppose, l'une des parties déjà en cours à l'étage.

— Alors ? Tu crois qu'elle ressemble à quoi ? me demande Jonah, pensif.

Je n'en sais rien et je le lui signifie d'un haussement d'épaules.

— Sûrement différente de nos femmes. Pourvu qu'elle ne soit pas aussi moche que ce qu'on prétend.

À vrai dire, j'ignore ce que les rumeurs prétendent. À quoi ressemble-t-elle ? Ça m'est franchement égal.

— Rien à faire, elle devra juste m'offrir un héritier. Pour le reste, on ne fera que se croiser, me contenté-je de répondre, en fixant la mousse dans mon verre.

Il sait pourquoi je fais ça, lui, mieux que personne. Il sait pertinemment que cette opportunité était à saisir et qu'on n'aurait certainement pas eu d'autre chance.

— Même si c'est la plus belle femme que t'as jamais vue, c'est une Viridienne. Te laisse pas avoir, Karel.

Finalement, j'ai plus vraiment envie de rester là à boire. Il me saoule déjà. J'aimerais juste que, l'espace de quelques secondes, on arrête de me parler de ce foutu mariage et qu'on me laisse en paix.

— Je vais pisser, me contenté-je de dire, avant de quitter la pièce.

Lorsque je reviens, la porte de l'entrée s'ouvre sur Darkos, l'un des gardes royaux de mon père. Il semble surpris de nous trouver là, mais se reprend en se dirigeant vers moi, le dos droit. Je ne l'aime pas. À vrai dire, je n'aime aucun des hommes qui servent le roi. Sauf Amédée. Je ne suis pas dupe, mon père me surveille. Est-ce qu'il m'aime ? J'en ai foutrement aucune idée. Ce que je sais, c'est que je sers ses intérêts et qu'il s'assure que cela ne change pas.

— Votre Altesse, me salue-t-il dans un geste militaire que je lui retourne. Nous escortons la princesse.

J'acquiesce sans dire un mot, en soupirant de lassitude, puis, après un nouveau salut, il rejoint l'extérieur.

J'adresse un clin d'œil à Jonah et m'adosse au mur à sa droite. Chaque seconde qui s'écoule met à mal ma patience. Mon cœur tambourine contre ma cage thoracique. Pas parce que je vais rencontrer ma future femme, mais parce qu'enfin, nous approchons du but. Nous sommes si proches de la fin que la peur que tout s'écroule me prend à la gorge. Mon regard ne cille pas, je fixe sans cligner des yeux cette porte qui dévoilera dans quelques instants, celle qui me permettra d'atteindre mon objectif.

Dans un grincement sonore, le battant en bois s'ouvre. Dissimulé par les ombres, je peux l'observer sans retenue. Je ne vois dans un premier temps que sa tenue et mes sourcils se froncent aux couleurs qu'elle porte. Un vert que j'abhorre particulièrement. Toutefois, il est évident que sa robe la met en valeur. Son décolleté dévoile la vallée de ses seins et ceinture sa taille au niveau des côtes, donnant l'impression que ses jambes sont élancées. J'observe ma future épouse qui approche de Jonah et je souris, moqueur, lorsque je comprends qu'elle prend mon bras droit pour moi. Son visage se trouve dissimulé par une épaisse chevelure châtaine, mais à ses bras nus, je devine que son teint est bien plus pâle que le mien. Le bougre lui présente son plus beau profil en inclinant légèrement la tête, mais elle ne semble pas rebutée par la vision qu'il lui offre. Quelle est donc cette princesse ? Je souris irrépressiblement lorsqu'elle recule d'un pas.

Elle n'est finalement pas si courageuse que ça.

La pauvre, elle ne sait pas dans quoi elle vient de tomber. Si elle pense qu'être avec moi sera un cadeau, elle se trompe.

Une union pour la paix de nos peuples ? Foutaises. Les siens ne sont que vermines qui ont dû sentir que le vent tournait en notre faveur puisque, la queue entre les jambes, le roi Läven est venu nous proposer cet « accord diplomatique ». L'occasion était trop belle.

En revanche, si mon futur beau-père s'attend à ce qu'elle bénéficie d'un traitement de faveur, sous prétexte qu'elle est une princesse, il se trompe. Je ne fais d'écart avec personne, tout le monde est logé à la même enseigne. Je n'ai aucune patience ni aucune ouverture d'esprit. C'est même parce qu'elle est Viridienne que je serai plus dur envers elle.

Les membres de Jonah se raidissent et je sais qu'il n'apprécie pas vraiment la situation dans laquelle je le mets. Il est mon bras droit sur le terrain et, à la ville, mon ami. Marié, père de deux petites filles, il n'était pas pour ce mariage arrangé, pas plus que pour un autre. Il fait partie de ces hommes qui n'ont jamais levé la main sur leur femme. Selon lui, une loi qui existe n'est pas forcée d'être appliquée. Il déteste encore plus les conditions des femmes depuis qu'il est père. Chez nous, un homme vole, c'est à sa femme qu'on coupe une main. Il viole, c'est sa femme qui se retrouve privée d'organe sexuel. Et s'il tue… Quoi que l'homme fasse, s'il est marié, c'est à son épouse de payer pour lui. C'est le genre de sujet qu'on évite lui et moi parce que ça le met en rogne. L'Union des Cinq fonctionnait comme ça en temps de paix et, malgré sa dissolution, rien n'a bougé. Pour quoi faire ? Le changement n'est pas toujours bon.

Le parquet grince sous mes bottes, attirant l'attention de la princesse. Je me redresse et quitte l'abri que m'offraient les ombres. Seule la partie basse de son visage est éclairée. Je la sens se raidir et je ne retiens pas le sourire arrogant qui étire mes lèvres lorsque je m'approche d'elle, lui forçant à relever la tête. Je suis plutôt grand, mon corps s'est sculpté au fil des entraînements et des combats, et ma tenue de soldat, blanche, contrairement à celle de mes camarades, peut impressionner. Bras croisés, je me poste face à elle et, si je ne peux pas voir son regard, je constate qu'elle déglutit.

— Alors, princesse, votre voyage était-il agréable ?

Bien entendu, tout dans ma voix montre que j'exprime une fausse considération. Mes sourcils se froncent lorsque ses lèvres s'étirent en un sourire doux et qu'elle avance d'un pas, me dévoilant ses iris.

Mon souffle se coupe et je crois rêver. Deux yeux vairons que je pensais ne jamais revoir.

— Lia, chuchoté-je, surpris.

— Non, me dit-elle en baissant honteusement la tête. Il n'y a jamais eu de Lia, je suis la princesse Kalliopée de Viridia.

Je la quitte du regard, afin d'éclaircir mes idées, avant de lui faire à nouveau face. Aucun doute, même après tant d'années, je peux affirmer que ce sont les mêmes yeux. Impossible qu'il y ait deux regards comme le sien. Je me raidis, puis recule d'un pas, sous le choc. Un courant électrique traverse mon corps. Une colère prend possession de tout mon être, accentuée par l'air ravi qu'elle affiche. Elle tente de m'approcher, mais, à nouveau, je recule.

— C'est une blague, j'espère ?

Je lui ai hurlé ma question et elle redresse la tête, me toisant de sa taille pourtant plus petite que la mienne. Je la devine vexée et elle m'affronte du regard. D'un pas, je m'avance vers elle. Elle pense quoi ? Qu'il reste quoi que ce soit de notre étincelle, que ce mariage était une chance de nous retrouver ? Si c'est ça, elle est bien trop naïve. Si autrefois, mon cœur battait pour elle, aujourd'hui, il l'exècre. La façon dont elle me défie me déplaît. Je n'aime pas qu'elle se donne le droit de nous mettre sur un pied d'égalité, ni qu'elle pense que ce mariage nous sera bénéfique à tous les deux.

— Vous baissez les yeux quand je vous parle, c'est clair ? lui ordonné-je, la voix chargée de haine.

— Et pourquoi ? me demande-t-elle, d'un ton affirmé. Parce que je vais devenir votre épouse ? Au cas où cela vous aurait échappé, ce n'est pas encore le cas. Les lois vous autorisent peut-être à nous affranchir de toute liberté en nous possédant, mais en attendant, je n'appartiens à personne. Maintenant, Votre Altesse, si vous le permettez, le voyage a été long et je souhaiterais me reposer avant de dîner.

Elle effectue une légère révérence, sans me lâcher du regard. Elle m'affronte, me montre qu'elle ne se laissera pas faire. Elle n'a pas changé.

— C'était un plaisir de vous rencontrer, ajoute-t-elle.

Mes sourcils se froncent parce que je ne comprends pas pourquoi elle parle de rencontre alors que nous nous connaissions déjà avant ce jour.

— Si j'avais connu un homme comme vous, je pense que je m'en souviendrais, répond-elle à ma question muette.

Si les personnes présentent dans la pièce se laissent tromper par la douceur de sa voix, il est évident, à la façon donc ses yeux me poignardent, que ce n'était pas un compliment.

J'ignore son accent chantant qui s'immisce sous ma chair, qui me rappelle cet été avant que tout n'explose. Je les ignore elle et la rage qu'elle provoque chez moi. Si depuis trop longtemps je suis une tornade en perdition, elle vient de me transformer en véritable cyclone.

Oui, un jour, je me suis laissé duper par sa douceur, mais elle et les siens sont tous les mêmes. Si, j'avais refusé de voir le diable qui était en elle, aujourd'hui aucun de ses mots ne pourra me tromper.

Elle s'échappe, accompagnée de sa garde rapprochée et je saisis la bière posée sur la table. Jonah me fixe, sourcils arqués, puis observe les escaliers pas lesquels la princesse a disparu.

— C'était quoi, ça ? Tu la connais ?

— Non, claqué-je, afin de mettre fin à la conversation.

— Alors quoi ? C'est son regard de diablesse qui t'a mis dans cet état ?

Je l'ignore et me contente de faire le vide dans mon esprit.

— Tu devrais aller faire un tour au bordel, ça te détendra peut-être, finit-il par dire, voyant que je me mure dans un de mes éternels silences.

À bout, je repose ma chope et me tourne vers lui.

— À qui crois-tu parler comme ça ? le recadré-je. As-tu oublié qui je suis ?

Il marque un temps d'arrêt, ses sourcils se froncent, puis il hoche la tête. Je ne suis pas d'humeur et je préférerais qu'il la ferme. Le corps tendu, la mâchoire crispée, je devine qu'il veut m'envoyer chier, mais qu'il se retient. Il est évident qu'il est vexé, mais il me doit le respect. Je reste son prince avant tout. Il quitte sa chaise et contourne la table.

— Ne gâchez pas tout pour une crise de colère, Votre Altesse, me dit-il formellement. Je ne sais pas ce qu'il s'est passé entre vous, mais ce mariage est crucial. La paix en dépend.

Après ces mots, il me laisse seul.

Pourquoi fallait-il que ce soit elle ?

Chapitre 6
Kalliopée

À l'abri, dans la chambre qui m'a été assignée, j'effectue des va-et-vient. La pièce compte pour seul mobilier un lit et une table de chevet. La décoration est sommaire, le confort, spartiate, mais à l'instant, j'imagine que cet endroit sera préférable à la vie qui m'attend au palais. Mon bagage éventré gît au milieu de la pièce. Je passe une main dans mes cheveux, qui cascadent en boucles dans mon dos nu, afin de masser mon crâne, devenu trop douloureux à force d'émotions. Je m'interromps lorsque Sienna apparaît au seuil de la porte.

— Princesse, le repas va être servi. Voulez-vous qu'on vous le fasse porter à votre chambre ? me demande-t-elle avec douceur.

Non, hors de question que je me terre ici à cause du prince. Il est évident que je me suis fourvoyée en pensant avoir la chance de retrouver un peu de son ancien lui. Le garçon que j'ai rencontré a totalement disparu et la transformation n'a pas été que physique.

— Je descends, affirmé-je.

— Vous êtes certaine ? s'inquiète-t-elle.

— Oui, si je commence à me cacher, la vie à Lapisia sera invivable pour moi.

Elle m'adresse un sourire crispé, puis ouvre la porte afin que nous regagnions la salle à manger de l'auberge. Je me suis changée et porte une robe blanche : en gage de paix. Notre mariage est inévitable. Il ne sera pas aussi rose que je l'aurais voulu, mais j'espère qu'en y mettant du mien, il ne sera pas totalement noir. De nous deux, je suis celle qui a le plus à perdre.

Les lattes des escaliers grincent sous mes pas. Derrière moi, je sens la tension qui a pris possession de Sienna. Je cache la mienne, la fais disparaître en redressant mes épaules. S'il voit qu'il m'effraie, il n'en sera que trop satisfait. Ma répartie de tout à l'heure était exagérée, mais je devais lui montrer qu'il ne m'intimidait pas le moins du monde. Trop surprise par son accueil glacial, j'ai masqué mes émotions sous une montagne d'assurance.

Quand nous atteignons enfin le bas des marches, mon regard croise celui de Darkos. Il semble étonné de me voir ici. Peut-être pensait-il que j'aurais préféré m'isoler, mais c'est mal me connaître. En revanche, mes yeux ne cherchent pas à trouver mon futur époux et je me dirige, le port altier, jusqu'à une table libre. J'invite Sienna à prendre place face à moi et parviens à la convaincre, malgré ses protestations. J'ai beau vouloir paraître pleine d'assurance, je ne souhaite pas me retrouver seule au milieu de ces hommes. Elle se hâte de nous servir dès que le repas est apporté à notre table, par le gérant de l'auberge. Si celui-ci ne me manque pas de respect, il est évident, à son regard, qu'il me mésestime autant que celui d'hier. Dos aux soldats Lapisiens, j'attrape mes couverts en faisant abstraction des murmures qui me parviennent.

Je porte un premier aliment à mes lèvres et le mâche lentement. Je l'avale malgré la boule qui m'obstrue la gorge à chaque rire graveleux qui rompt le silence. Lui, il ne dit rien. S'amuse-t-il aussi de ce qu'ils peuvent bien dire ? Je n'en sais rien. J'ai préféré lui tourner le dos. Il aurait été trop difficile de contrôler mes émotions si ses yeux avaient croisé les miens.

— Peut-être va-t-elle tous nous brûler !

Ma main resserre sa prise sur mon couteau alors que le rire de l'homme qui a prononcé cette phrase se retrouve accompagné de ceux des autres.

— Princesse, chuchote Sienna. Vous ne préférez pas remonter ?

Dans mes tympans, je sens mon cœur battre avec force. Une chaleur désagréable me gagne. Elle n'est pas réconfortante, mais étouffante.

— Non, réponds-je toutefois à voix haute. Je ne plierai pas sous leurs provocations.

La vérité, c'est qu'à l'intérieur, j'ai le sentiment de tomber en ruine. À Viridia, j'étais protégée des moqueries par l'amour de mes proches. Ici, je suis seule. Je poursuis mon repas, mais j'ai de plus en plus de mal à chaque bouchée que j'avale. J'ai l'impression qu'il m'en faudrait peu pour rendre le contenu de mon estomac.

— Ça n'a rien d'humain. Peut-être que les rumeurs sont vraies, se moque une nouvelle voix.

Mes yeux se ferment à ces mots. Les rumeurs, je les connais presque toutes. Selon elles, je boirais le sang de nouveau-nés, sacrifierais des animaux sur un autel et m'adonnerais aussi à des rites sataniques. Si j'ai toujours prétendu qu'elles m'amusaient, elles m'ont, en réalité, toujours profondément blessée. Je préférais faire croire à père et à ma nourrice que ça ne m'atteignait pas. Supporter leur tristesse, en plus de la mienne, aurait été bien trop douloureux pour moi.

— Que tout le monde nous laisse ! claque sa voix dans mon dos.

J'ignore l'effet qu'elle me fait, j'intime à mon cœur de cesser ses battements qui se sont accélérés. J'aurais voulu être insensible à ce son grave, mais j'imagine qu'il y a des choses contre lesquelles on ne peut pas lutter.

Il lui a suffi d'un ordre pour que tout le monde déserte, y compris ma servante. Je devrais en discuter avec elle, elle ne devra obéir qu'à moi, même à Lapisia.

J'attrape le verre d'eau et le porte à ma bouche quand un raclement de chaise rompt le silence de la pièce. Je tourne le regard vers la droite et constate que Darkos et mini-Darkos ont également quitté leur table. C'est bien ma veine. Pourquoi faut-il qu'ils partent le seul moment où j'ai le sentiment d'être en danger ? Ils se trompent s'ils pensent que le risque vient de l'extérieur. Il est là : leur prince. Il apparaît dans mon champ de vision et s'installe à cheval sur le banc qui se trouve face à moi.

Les minutes s'égrènent et un malaise grandit en moi. Je ne supporte pas de me trouver seule avec lui. À la dérobée, je le dévisage. Ses cheveux bruns bouclent dans sa nuque. D'ici, je peux distinguer une cicatrice qui la remonte. Je me demande ce qu'il a vécu ces dernières années pour avoir été transformé ainsi. Le fait qu'il me présente uniquement la partie gauche de son visage, comme si je ne méritais aucunement son attention, vient à bout de ma patience.

— Pourquoi avoir exigé à ce qu'on soit seuls ? osé-je. Aviez-vous besoin d'un entretien privé ?

Je ne cache pas mon amertume, lui ne me cache pas son agacement. Ses iris verts s'ancrent aux miens, faisant naître une boule d'appréhension au creux de mon ventre. Son regard a changé, le vert est devenu plus sombre, mais aussi plus dur. Il n'a plus rien de celui de l'adolescent que j'ai connu autrefois, celui qui malgré son statut pouvait se montrer insouciant. « Le regard est le reflet de l'âme », je n'ai jamais cru à cet adage parce que je ne pense pas qu'il y ait en moi quoi que ce soit de foncièrement diabolique, contrairement à ce que mes yeux laissent penser. Pourtant, quand ses prunelles me fixent, me transmettant sa haine, sa colère, son intransigeance, je devine que c'est ce qu'il est devenu aujourd'hui : un homme dur et impitoyable.

Il se saisit d'un gobelet qu'il remplit d'alcool avant de le boire d'une traite, puis de le reposer brutalement sur la table. Alors que j'aurais voulu me montrer impassible, je sursaute. Je ne le connais plus, mais je sais qu'autrefois, l'impulsivité était un de ses traits de caractère dominant. Il se repositionne, et se penche sur la table afin d'approcher son visage du mien. Son souffle effleure ma peau et un parfum viné envahit mes narines, me forçant à détourner la tête et à retenir une grimace.

— Je pense que mes hommes et votre garde rapprochée n'ont pas besoin de connaître les termes intimes de notre mariage, me provoque-t-il dans un murmure.

Je soupire, déjà lasse de son petit jeu.

— Venez-en aux faits, le sommé-je en lui faisant à nouveau face.

Son sourire salace ne m'échappe pas, mais je l'ignore. Plutôt mourir que de me laisser toucher par lui.

— Une dame de compagnie vous sera assignée, vous n'aurez pas le droit de quitter le palais et vous devrez rester dans vos quartiers qui seront proches des miens. Pour votre sécurité, bien sûr, énumère-t-il.

Un sourire amer prend naissance sur mes lèvres à ces mots. Ma gorge, elle, se noue. Je réalise que ma naïveté allait au-delà de ce que je pensais.

— Pour ma sécurité ou votre volonté ? le provoqué-je néanmoins.

— Ne perdez pas votre temps. Vous ne m'atteindrez pas, réplique-t-il en réponse à ma pique. Vous devriez plutôt profiter de vos dernières heures de liberté.

— Mes dernières ? Vous vous trompez, Prince Karel. J'ai perdu ma liberté le jour où je vous ai été promise.

Je lui transmets ma rancœur et repose brutalement mon verre. De son aura se dégage sa colère à mon encontre. Je ne la comprends pas, mais elle est bien là. Elle est palpable et empoisonne tout, jusqu'à mon propre cœur.

— Vous devriez apprendre à vous taire, s'agace-t-il.

— Pourquoi le ferais-je ? Qui me défendra si je me tais ? Vous ?

Je ris tant cette discussion est bien loin de celle que je m'étais imaginée lorsque je pensais à nos retrouvailles.

— Pensez-vous être digne du trône ? demandé-je, curieuse.

Même s'il se doute que ma question n'était pas sans intérêt, il répond tout de même.

— Je ne le pense pas, je le suis.

L'assurance qui se dégage de lui n'est pas feinte. Ses épaules sont droites et sa voix ferme. Je voudrais être capable de simuler un tel calme, mais je crois que je ne duperais personne. Surtout pas lui. Mais il se trompe s'il pense en être digne.

— Je n'en suis pas certaine, lâché-je. Vous laissez vos hommes salir votre future épouse, lui manquer de respect. Comment pensez-vous pouvoir défendre l'honneur de votre royaume si vous n'en êtes pas capable avec celui de leur future reine ? Ce constat est amer, mais je suppose que vous me réservez encore de nombreuses surprises.

Mon regard dévie sur ses poings qui se serrent à mes mots, seul signe que ce que je lui dis l'atteint. Ou alors est-ce que je souhaite tant qu'il ressente que j'interprète le moindre de ses gestes ? Je suis peut-être allée trop loin, mais je dois avouer que déverser ces mots me soulage.

— Vous n'avez rien d'une reine, assène-t-il froidement. Vous êtes…

— Le diable, terminé-je pour lui d'une voix blanche. Peut-être, dans ce cas, avez-vous eu tort de me faire entrer chez vous.

Chaque parole qui sort de sa bouche est une dague profondément enfoncée dans ma chair. Il sait mieux que personne à quel point le regard des autres pouvait m'être douloureux. Je me devais de contre-attaquer, de lui faire croire que cela ne m'atteignait pas.

— Avez-vous terminé ? reprends-je. Je voudrais pouvoir achever mon repas sans avoir des haut-le-cœur, et aller me coucher. Comme vous l'avez dit, il ne me reste que quelques heures de liberté. J'aimerais en jouir en paix.

Son regard se plisse. Ses yeux sont aussi orageux qu'autrefois lorsqu'il lui arrivait de s'emporter, mais désormais, un vide qui n'y était pas semble prendre beaucoup de place.

Comprenant qu'il ne cédera pas, je repose mon couvert avec délicatesse avant de me redresser. Sans même une révérence protocolaire, je me détourne de lui et rejoins les escaliers.

— Kalliopée, m'interpelle-t-il, alors que je m'apprête à monter la première marche.

C'est la première fois qu'il prononce mon nom. Mon véritable nom. Involontairement, mon cœur tressaute. Lentement, je me retourne pour lui faire face. Il s'est relevé et me fixe intensément. Sans que je sache pourquoi, j'ai le pressentiment qu'il s'apprête à m'asséner un nouveau coup de poignard.

— Le garçon que j'ai été n'est plus, et l'homme que j'aurais pu être ne sera jamais. Ne vous accrochez pas à un passé stupide. Sinon, vous regretterez encore plus amèrement votre venue ici.

Je ravale la douleur qu'il m'inflige en lui adressant un sourire crispé. Ce passé stupide, comme il le dit, représente le seul été où j'ai été vraiment libre.

— Ne vous inquiétez pas, Votre Altesse, il n'y a rien à quoi s'accrocher. Je suis une rêveuse, pas une utopiste.

Lorsque je regagne ma chambre, je m'y enferme et clos mes paupières afin de chasser ce souvenir qui se presse dans mon esprit. Souvenir que je trouvais beau et qui, avec notre échange, devient cruellement mensonger.

Assise contre un arbre, je sèche mes larmes à l'abri des regards. La cime des arbres me protège à présent du soleil.

— Lia ?

Mon cœur bondit lorsque Karel apparaît et je me relève. Je détourne toutefois le regard pour ne pas qu'il voie les larmes qui ont trempé mes joues.

— Qu'est-ce que tu fais ? me demande-t-il.

— Je voulais juste m'entraîner. Tu sais, comme toi, à être discrète.

— C'est raté, se moque-t-il en s'approchant. Tu veux que je t'aide ?

Je secoue la tête. Je veux juste être seule. Je fixe éperdument mes pieds, priant pour qu'il juge bon de s'en aller.

— Tu veux qu'on discute de ce qu'il s'est passé avec les autres ?

Je me raidis lorsque je comprends qu'il a tout entendu, puis la honte me gagne. Je déteste ce qu'ils disent à mon sujet, mais je crois que je détesterais encore plus qu'il partage leur avis.

— Pourquoi tu ne me regardes pas ? poursuit-il, en faisant un nouveau pas jusqu'à moi.

Ses pieds apparaissent dans mon champ de vision. Pourquoi je ne le regarde pas ? Parce que j'ai honte de mes yeux et de leurs différences. Je tente un pas en arrière, mais ses mains retiennent mes épaules.

— Lia ? m'interpelle-t-il avec douceur.

— Ils disent que je suis le diable, murmuré-je. Je déteste mes yeux.

Si chez moi personne ne se permet de telles moqueries, c'est à cause de mon statut royal. Ici, je ne suis personne et les réelles pensées des gens apparaissent. Est-ce également ce qu'on murmure à mon sujet à Viridia ?

Ses doigts redressent mon menton, mais malgré tout, je détourne les yeux afin de ne pas croiser les siens.

— Tu devrais en être fière. Tu n'as pas à les cacher, ils marquent ta différence. Un jour, tu changeras le monde.

Je secoue la tête, mais consens tout de même à lui faire face en relevant mon regard. Mon souffle me manque lorsque je remarque sa lèvre fendue. Inquiète, j'ancre mes iris aux siens. Un œil au beurre noir a pris place sur le côté droit de son visage. Cette vision m'est plus douloureuse que la blessure infligée par les moqueries de ce groupe. Karel m'observe comme il ne l'a jamais fait. Comme s'il hésitait entre me dévorer ou m'aimer. Dans mon ventre, c'est l'effervescence. Dans mon cœur, l'excitation.

— Je ne pouvais pas les laisser dire de telles horreurs sur toi, m'annonce-t-il sans aucun remords.

Il fait un pas supplémentaire, qui suffit à éliminer le peu de distance qui séparait encore nos corps. Ses paumes se posent délicatement sur mes joues et il essuie les quelques larmes qui persistent toujours tout en me souriant avec douceur. Mon cœur tambourine, mais plus de colère. Cette fois, c'est l'espoir qui le fait battre. Son visage s'abaisse à hauteur du mien, ses mèches brunes caressent subtilement mes joues et je retiens mon souffle tandis que ses lèvres m'offrent mon premier baiser.

Un coup d'eau glacée sur le front, supprime ce souvenir qui me devient écœurant. J'observe la bassine et mon regard qui se reflète à sa surface.

Un jour je changerai le monde ? C'est bien ce que je compte faire.

Chapitre 7
Kalliopée

Devant l'auberge, nous patientons le temps que l'attelage arrive. Un peu plus loin, Karel et ses hommes se tiennent prêts à partir. Par sécurité, ils seront chargés de nous escorter jusqu'à l'enceinte du palais. Je savais que ma venue ne se ferait pas sans mal, mais je ne pensais pas qu'elle provoquerait une telle colère… en tout cas, pas au point où sept hommes devraient me protéger.

— Vous êtes sûre que vous allez bien ? me demande Sienna, à voix basse pour la troisième fois.

J'acquiesce, sans manquer le regard de Darkos sur moi.

Bien ?

Comme une personne ayant fait presque sept jours de voyage et n'ayant pas dormi de la nuit. Je dois certainement afficher une mine pâle. Je me suis ressassé notre conversation jusqu'au petit matin. J'ai analysé chacun de ses mots, pour me faire encore plus mal. La colère s'est répandue à chaque parole qui me revenait. Je le hais. Il n'y a pas d'autre terme. Je l'épouserai et, comme la plupart des femmes, je deviendrai esclave du destin de mon mari et je paierai pour ses péchés.

En une nuit, mes espoirs d'émancipation sont partis en fumée, mais je ne suis pas pour autant résignée. Je me battrai du mieux que je le pourrai jusqu'à ce qu'il me fasse sienne. En attendant, il n'aura aucun droit sur moi, et même si je sais que je me berce d'illusions, j'espère qu'à la cour, les traditions seront respectées et qu'on me laissera profiter de mon sursis. Je sais que mon père a dit que je n'étais forcée à rien, mais maintenant que je suis arrivée jusqu'ici, renoncer serait signer mon arrêt de mort. Jamais ils ne me laisseront partir. Je serai captive ou, dans le pire des cas, mon père recevra ma tête comme offrande. Le sort de nos royaumes ne serait pas enviable, la guerre prendrait un nouvel élan, porté par la rage de mon père. Je refuse d'être responsable de cela.

Le carrosse s'arrête devant nous et aussitôt, les bagages sont chargés. Je risque un coup d'œil dans *sa* direction et suis surprise de constater qu'il m'observe. Son regard semble me défier. Mes sourcils s'arquent. *De quoi ? Reculer ?* Certainement pas. Je détourne la tête et m'avance jusqu'au véhicule. J'accepte la main de Darkos et grimpe.

— Tout se passera bien, me surprend-il.

Je me fige et pivote la tête vers lui. Il regarde en direction du prince et de ses hommes.

— Je vous protégerai. De *lui* aussi, murmure-t-il tout bas, avant de s'éloigner.

Perdue, je prends place sur mon siège tout en observant Sienna qui s'assoit à son tour. Notre échange semble être passé inaperçu. Tandis qu'il ferme la porte et disparaît, je me demande si lui aussi sent le danger qui me guette. Étrangement, je suis rassurée de savoir que je ne suis pas la seule à craindre pour ma vie et qu'on me protégera, en théorie.

Le trajet me semble plus long que les autres jours puisque nous ne faisons même pas de halte pour le déjeuner. J'ai cessé de regarder derrière le rideau dès que nous avons quitté l'auberge. J'ai peur que cela ne matérialise sous mes yeux la réalité : j'arrive en territoire hostile.

Le soleil finit par décliner doucement et le véhicule s'interrompt. Curieuse, je passe ma main sous le tissu pour l'écarter. À perte de vue, il n'y a qu'un champ de rochers, mais en me penchant légèrement, il me semble voir les remparts de la cité.

— Pourquoi s'arrête-t-on ? s'interroge Sienna.

Mes sourcils se froncent. Nous sommes encore bien trop loin des portes, ce n'est pas logique. Soudainement, la portière s'ouvre, nous faisant toutes deux sursauter et mini-Darkos apparaît.

— Votre Altesse, le prince vous demande.

Je lâche un rire sans joie à cette annonce, l'homme se raidit.

— C'est un ordre, m'informe-t-il.

Je me mords la lèvre tandis que Sienna m'observe nerveusement. Sa tension est palpable, accentuant la mienne. Voyant qu'il s'apprête à se répéter, j'acquiesce. Mon cœur a repris sa course folle. Cela signifie-t-il que je ne passerai pas les portes de la cité vivante ? Bien que cette éventualité m'effraie, je me résigne à quitter le véhicule. Si ma mort doit arriver, je prie les dieux qu'elle soit rapide et sans douleur.

Je suis mon escorte qui me dirige seule vers les portes, nous éloignant du cortège et du carrosse. J'attrape les pans de ma robe en jetant des regards nerveux en arrière. Malgré la fin de journée, la chaleur est suffocante. L'écart s'agrandit et très vite, la sueur se met à perler dans ma nuque. Malgré le voile ocre qui recouvre le ciel, je sens les rayons de soleil me brûler la peau. Chaque pas que nous faisons nous rapproche des portes. Pourtant, j'ai l'impression que nous ne les atteindrons jamais. J'observe les alentours et distingue enfin les monts dont les ouvrages parlaient, mais ils ne sont pas aussi près que je l'aurais cru. Ils ne sont qu'un décor lointain, qu'une toile de fond. Mini Darkos cesse ses pas et je constate que nous sommes à mi-chemin entre les portes et le cortège.

— Qu'est-ce que…

— Vous avez ordre d'attendre là, me coupe-t-il avant de repartir.

Je m'accroche avec plus de force aux pans de ma robe qui s'envolent à chaque bourrasque. Je suis obligée de plisser les yeux pour que la poussière ne s'infiltre pas sous mes paupières. Ma tête se lève vers les remparts qui se dressent majestueusement. Je suis encore bien trop loin d'eux. Lorsque je me retourne vers le cortège, je ne distingue que des silhouettes qui disparaissent par moments au gré des mirages. Seule, je suis bien trop consciente de mon souffle qui s'est alourdi sous le coup de l'anxiété.

Soudainement, un point se détache du groupe et je recule instinctivement d'un pas. Cette fois, mon souffle s'affole. À cause du vent, mes cheveux m'aveuglent une courte seconde. Quand enfin, je le vois à nouveau, je constate que la monture de Karel galope à vive allure dans ma direction. Je suis soudainement terrorisée par la silhouette menaçante qui s'approche bien trop rapidement de moi. Me revient alors son hostilité à mon égard. Puis le doute s'immisce. Et s'ils n'avaient accepté cet alliance que pour trouver une occasion de se venger en m'assassinant ? Mon corps réagit avant que je ne puisse retrouver mes esprits. Je me détourne et puise dans mes ultimes forces pour rejoindre les remparts. Chaque pas m'arrache une grimace tant les courbatures se manifestent.

Dans mon dos, j'entends le martèlement des sabots qui viennent dans ma direction. Mon souffle se coupe. Je trébuche, mais parviens à me rattraper en gardant le regard rivé sur les immenses portes qui pourraient peut-être me sauver la vie. J'ai le sentiment d'être poursuivi par la mort elle-même, mais je ne pleure même pas. Je n'ai qu'un seul objectif : m'en sortir. Malgré le martèlement de ma poitrine qui se répercute en écho dans mes oreilles, j'entends qu'il est juste derrière moi, qu'il m'a enfin rejointe. C'est à ce moment-là que mon corps lâche et que je tombe, encore bien trop loin des portes. Je suis incapable de crier, de supplier. Je réalise avec effroi que quand je ne pensais qu'à sauver nos peuples, les lapisiens ne rêvaient peut-être que de me voir mourir. Cette fois-ci, la terre écorche mes genoux lorsque je m'écrase au sol.

Dans un gémissement terrifié, je me recroqueville, prête à accueillir la douleur. Celle de ma mort, mais aussi de la trahison. Pourtant, rien ne vient. La tête nichée entre mes bras, je prends quelques instants pour reprendre mon souffle. Le martèlement des sabots est proche et régulier, il me semble qu'il me contourne. Bien que je ne sois pas totalement rassurée, la curiosité l'emporte et mon regard perdu se lève. Ma gorge est si serrée que je peine à déglutir. La poussière tournoie dans l'air et m'encercle, me donnant l'impression d'être prise dans une tornade sableuse. Mes yeux se plissent et je le distingue. Mes suppositions étaient justes, il me contourne au galop. Malgré le rideau poussiéreux qui s'est formé, je devine la puissance de sa monture. Les muscles du cheval se tendent à chaque foulée qu'il effectue. Mon regard se lève jusqu'à lui. Je suis obligée de pivoter la tête au gré de ses cercles. Mes cheveux me fouettent le visage. Quand il disparaît dans mon dos, c'est pour réapparaître aussitôt de l'autre côté. Je peine à me remettre debout, tant il me donne le tournis. Le dos droit, l'allure conquérante, Karel ne me lâche pas des yeux. Je lis dans son regard, une promesse : celle que je lui appartiens, peu importe que notre mariage ne soit pas encore prononcé et cela m'ôte le souffle qu'il me restait.

Mon rythme cardiaque s'apaise quand je comprends que je ne vais pas mourir aujourd'hui. Du moins, pas tout de suite. Je porte une main à ma bouche afin de respirer sans avaler de sable. Au bout d'un temps qui me semble extrêmement long, le cheval se positionne et se cabre face à moi. Mes bras se lèvent, comme s'ils pouvaient me protéger de la menace qu'il représente. Je retiens mon souffle et serre mes paupières avec puissance. Mes ongles s'enfoncent plus profondément dans mes paumes. Quand plus aucun son ne me parvient, j'abaisse lentement mes mains et découvre le cheval, immobile. J'ai du sable plein les yeux et respirer m'est difficile.

Un foulard lui couvrant le bas du visage, le prince descend de sa monture et s'approche. L'étalon retenu par les rênes, il me tend son autre main. Aussitôt, mon instinct de survie se réanime et j'effectue un pas en arrière. Je n'ai pas le temps d'en faire un second qu'il m'attrape abruptement le bras. Sa peau rêche semble brûler la mienne. J'avais pris conscience de son teint cuivré, mais le contraste avec ma peau bien plus claire est frappant. Ses doigts agrippent ma mâchoire, puis il tire sur son mouchoir afin de me décrasser le visage. Je tente de me défaire de sa prise, mais il me rapproche de lui avec autorité. Je me retiens de lui dire que j'en serais capable seule et que sa démonstration de force me déplaît. Je suis bien trop épuisée pour lutter.

— C'est la coutume. La parade nuptiale, d'abord, m'annonce-t-il durement.

Une parade ? Mon front se plisse d'étonnement. J'ai plutôt eu l'impression que c'était une intimidation, mais ça aussi je le tais. Je détourne le regard, agacée. Je suis essoufflée, un point de côté me tire douloureusement le ventre et mes yeux me brûlent tant le sable les a asséchés. En quoi est-ce une parade nuptiale ? J'ai cru mourir !

— Maintenant, vous devez officiellement être présentée au peuple, ajoute-t-il, en libérant mon visage et en me désignant sa monture.

Avec appréhension, j'observe les grandes portes qui me maintiennent encore à l'abri des Lapisiens.

— Dépêchez-vous ! tonne-t-il.

— Et vous ? demandé-je néanmoins.

— Le futur roi tient le cheval qui porte la future reine.

Mes yeux se lèvent au ciel, d'agacement. J'ignore la main qu'il me tend, place ma chaussure dans l'étrier et m'installe sur le cheval. Quand je retombe sur le siège dans une force que je n'ai pas su contenir, le choc de mon corps sur la selle ravive la douleur dans mon dos. Je retiens mon souffle et le relâche lorsque les tiraillements se font moins ressentir. Mes doigts se fondent dans la crinière à laquelle je m'agrippe. La robe de l'étalon est aussi noire que les yeux de son maître quand sa colère est si puissante que ses prunelles en dévorent ses iris verts. Nous nous dirigeons aussitôt vers les murailles. En me retournant, je constate que si le reste du cortège est prêt, il nous laisse prendre de l'avance et l'appréhension monte encore d'un cran lorsque nous nous retrouvons à l'entrée de la citadelle. Mon regard se lève sur les remparts. D'ici, on dirait qu'ils touchent le ciel. Les murs sont d'un blanc nacré qui, par endroit, s'est noirci. Un grincement me fait sursauter quand les portes s'ouvrent. Je resserre ma prise sur les crins de ma monture et la sens s'agiter. Perçoit-elle les battements de mon cœur ? Il cogne si fort que je me demande comment ma cage thoracique tient le choc. J'inspire profondément et soupire lorsque, soulagée, je constate qu'il n'y a personne derrière les portes.

Karel tire les rênes et le cheval amorce son avancée. Mon regard se baisse dans sa direction. Sa démarche n'a rien de naturel, elle paraît rythmée. Je comprends alors qu'il marche au pas. Le dos droit, le col de sa veste blanche remontée sur sa nuque, il semble regarder au loin. Je me calque sur sa posture et adopte la même. Je redresse mes épaules, ma colonne vertébrale, ainsi que ma tête.

Au bout de la petite allée, nous prenons un chemin sur la droite et des bruits de foule me parviennent. Mon ventre se tord et je baisse instinctivement le visage. Je ne pense pas qu'il me reste assez de force pour traverser ce moment.

— Comportez-vous en reine.

Ma tête pivote vers Karel qui regarde toujours droit devant lui.

— Ne baissez jamais le regard.

Troublée par ces mots, je m'en imprègne et chasse la peur. Tout comme il me l'a dit, je ne baisse pas le regard. Nous débouchons sur une place peuplée de monde. Les citoyens sont tenus à l'écart par des militaires. Mes yeux se fixent sur un point invisible et je me réfugie dans une bulle pour ne pas entendre les insultes et les reproches. Je m'imagine à Viridia. Je m'imagine parcourir les plaines en riant aux éclats, courir après Malo, chanter avec mon père, me faire gronder par ma nourrice. Je m'imagine l'air frais du printemps aux odeurs d'herbe coupée. Je fais abstraction du sable qui m'irrite les yeux et qui s'infiltre à chacune de mes inspirations.

Je caresse discrètement les crins de ma monture en imaginant que c'est Dark Horse qui me porte. Je m'imagine *partout*, sauf ici.

— Rentre chez toi !

— Comment pouvez-vous en ramener une chez nous, après ce qu'ils ont fait ?

— Sorcière !

— Démon !

Tous les mots se mélangent. Je ne sais jamais s'ils sont prononcés par des hommes ou des femmes, tant ils sont hurlés avec rage. Sans que ma posture ne change, mes yeux se baissent en direction du prince. Les phalanges de ses mains ont blanchi autour de la longe retenant le cheval et la veine de son cou apparaît. Y'a-t-il un espoir pour qu'au fond, il soit resté un peu le même qu'avant ?

Je n'en sais rien. Mais bêtement, ce faible espoir me donne le courage de reporter mon regard droit devant et d'oublier ces mots qu'on me crache au visage.

Je tente de retrouver mon souffle et enfin, nous arrivons au cœur de la citadelle. Mes yeux se lèvent sur les remparts du palais, surplombant la ville. La nausée me gagne tant ils sont immenses et imposants. Un vertige me prend, mais je n'abandonne pas. Nous pénétrons les grandes portes ouvertes et nous nous trouvons enfin à l'abri des injures et des cris.

Le silence religieux qui règne dans la cour n'est rompu que par les sabots du destrier. J'observe, hypnotisée, sa crinière et je prie pour être assez forte pour la vie qui m'attend.

Mes yeux glissent sur Karel et j'ai le pressentiment qu'il ne me rendra pas la tâche facile.

Chapitre 8
Kalliopée

Le cheval s'immobilise et, l'instant d'après, Karel accroche mes hanches pour m'aider à descendre. Si pour monter, j'ai refusé son aide, je crois que mes jambes ne sont plus capables du moindre effort. Dès que je touche le sol, il détache ses mains et je me détourne afin de rejoindre le véhicule qui pénètre à son tour dans la cour.

Quelques instants plus tard, nous sommes prêts à découvrir les lieux.

Suivie de près par Sienna, je m'avance vers les grands escaliers et lève la tête sur l'immense tour qui nous surplombe. Pourquoi tout me paraît si grand, ici ? D'un œil attentif, je tente de me souvenir de mon château. Était-il aussi majestueux ou plus modeste ? Je détourne le regard avant d'être prise d'un vertige et monte les premières marches. Le marbre brille sous mes pieds et je suis sûre que si je me baissais, mon visage pourrait s'y refléter. Karel nous devance de quelques pas. Mes doigts, égratignés par ma chute, se saisissent des pans de ma robe. Seules les bottes des gardes résonnent dans le grand hall.

Étrangement, nous traversons la tour pour nous retrouver à nouveau à l'extérieur. Un jardin mène à un bâtiment moins élevé. Il fait seulement deux étages. Tout en pierre blanche, les fenêtres sont immenses et doivent laisser entrer la lumière du jour. Je suis surprise que le vent n'y souffle pas et que la poussière n'ait pas pris possession des lieux. J'observe les parterres de fleurs sans m'y attarder. Le jardin est séparé en quatre surfaces et deux chemins de graviers les traversent, formant une croix. Certaines plantes viennent de Viridia, je les reconnais. Ils doivent sûrement user de beaucoup d'eau pour qu'elles soient si verdoyantes et résistantes à cette chaleur. Une oasis au milieu du désert. De grandes portes-fenêtres ouvertes nous accueillent et, surprise, je constate qu'il fait plutôt frais à l'intérieur. Le contraste avec l'extérieur fait frissonner ma peau.

Une femme s'approche de nous et sourit au prince en effectuant une courbette. Elle est très belle et bien plus grande que moi. Je la détaille avec un mélange de curiosité et d'envie. Sa tenue colorée met en valeur son teint caramel et ses cheveux noir de jais sont retenus en un chignon haut duquel tombent quelques mèches bouclées. Elle est très gracieuse et parée de nombreux bijoux. Je jalouse ses formes généreuses, plus prononcées que les miennes, et ses grands yeux en amandes qui brillent d'assurance, contrairement aux miens. La façon dont elle regarde le prince en s'adressant à lui ne cache en rien la relation qu'ils entretiennent probablement. Ce qui me fait passer de l'envie à la jalousie.

— Xintia sera votre dame de compagnie, m'informe-t-il, sans se tourner vers moi.

Cette dernière ne m'accorde pas un regard tandis que j'encaisse la nouvelle. Suis-je condamnée à ne ressentir que de l'amertume, ici ? Il m'affecte sa maîtresse pour dame de compagnie ? Dans mon dos, je sens Sienna se tendre et une nouvelle inquiétude prend possession de moi. Que compte-t-il faire d'elle ?

— Je n'ai pas besoin d'elle, le contré-je. Sienna est déjà avec moi.

Après avoir émis un claquement de langue réprobateur, il se tourne vers moi.

— Sienna restera à votre service, mais elle n'est pas une dame de compagnie. Xintia a grandi à la cour. Elle est cultivée et sait entretenir une conversation.

Cette dernière daigne enfin m'accorder son attention et son sourire devient plus hostile que celui qu'elle adressait à Karel quelques instants plus tôt. Entretenir une conversation ? À la façon dont elle l'observe, je doute qu'ils aient bavardé des nuits entières. Je déglutis, puis cligne des yeux, tentant de retrouver un semblant de patience. Je me contiens du mieux que je peux pour ne pas exploser à peine arrivée. J'ai déjà cru mourir une fois aujourd'hui, je préfère attendre demain avant de recommencer.

— Si tels sont vos désirs, plié-je malgré-moi.

Ma voix ne laisse rien transparaître de ma rancœur. Les coins de ses lèvres s'étirent en un sourire qui me vrille le cœur. Il est satisfait de me voir capituler. Son regard dévie jusqu'à ma servante qui semble avoir cessé de respirer.

— Vous dormirez dans les dortoirs des serviteurs du château, lui annonce-t-il, mais vous resterez au service de la princesse.

À nouveau, il reporte son attention sur moi. Mes yeux se plissent de méfiance. A-t-il dit cela parce que je lui avais cédé du terrain ? Est-ce une récompense ? Plutôt que de me réjouir, ce constat me dégoûte. Voilà que je pense déjà comme une esclave.

— Je vais vous conduire à vos quartiers, me dit-il avant de se détourner et d'amorcer son avancée.

— Et le roi ?

Ses pas cessent et il se retourne lentement. Son regard glisse sur mon corps, un sourire uniquement voué à m'humilier sur les lèvres. Je regrette aussitôt ma question. Trop fatiguée, j'ai parlé sans réfléchir.

— Pensez-vous que je pourrais vous présenter dans cet état ? J'ai du respect pour le roi, me dit-il sur un ton méprisant.

Je soupire avant que ma bouche ne s'étire malgré moi en un sourire empli d'amertume. Je ravale les mots qui se pressent à mes lèvres, ceux qui voudraient l'injurier et lui reporter la faute concernant mon état. Pourtant, si je reste muette, mon regard est plus que parlant. Je le hais et la parenthèse qui a eu lieu il y a quelques minutes, celle où j'ai naïvement espéré qu'au fond de lui il était toujours le même, est déjà oubliée. Je baisse les yeux afin d'observer sa tenue dont le blanc a viré au marron, puis la mienne. Ma robe est déchirée à divers endroits et le tissu est complètement souillé par la poussière ocre du désert.

Quand je relève la tête, je constate qu'il s'est éloigné et qu'il monte les escaliers. Je m'empresse de le rejoindre et le suis, le regard rivé sur mes chaussures abîmées. Le tissu qui la retient à mon pied s'est également déchiré, laissant apparaître mes orteils. Je me sens sale et honteuse. Indigne d'une princesse. Était-ce le but de toute cette mascarade ? Me traîner dans le désert et m'effrayer pour ensuite me faire plier plus facilement ?

Il ouvre une porte et je le suis sans rien observer des meubles qui ornent la chambre. Je ne sais même pas si les couleurs me plaisent ni si elle est à mon goût. À vrai dire, je m'en moque. Je m'approche seulement de la fenêtre et me sens privée d'air lorsque je constate qu'elle donne sur la grande tour que nous avons traversée plus tôt.

Je vais étouffer, ici.

— Bien, dit-il dans mon dos. Chacun de vos repas vous sera apporté, ici. Vous aurez…

— Attendez, le coupé-je en me tournant vivement. Je vais vivre cloîtrée dans cette chambre ?

Si mon seul point de vue sur l'extérieur est cette tour et que je ne peux même pas en sortir, je ne vais pas seulement étouffer, je vais mourir.

— Non, bien sûr que non.

Malgré sa négation, mes yeux se plissent. J'attends la suite et au sourire arrogant qu'il affiche, il est évident qu'elle ne m'enchantera pas.

— Mais tant que vous ne serez pas mon épouse, vous ne serez pas acceptée à la table du roi.

— Et les invités diplomatiques ? demandé-je, outrée.

— Vous vous considérez comme une invitée ? Je dirais plutôt une prisonnière, un gage de paix. Vous serez autorisée à vous promener dans le palais et dans les jardins, mais vous ne pourrez pas quitter cet endroit. On ne va pas prendre le risque que vous disparaissiez et que les relations entre nos royaumes se dégradent encore, non ?

Mon cœur tambourine encore. Depuis hier, il est mis à rude épreuve et s'épuise. Je manque de mots et il s'apprête à se retourner lorsque je m'avance, combative. Je refuse qu'on épie le moindre de mes faits et gestes quand j'ai tout abandonné pour la paix.

— Je suis là de mon propre chef, non ? Pourquoi voudrais-je partir ?

— C'est ainsi. Je vous conseille de suivre mes ordres et de ne pas les discuter.

— Certainement pas, non, lâché-je dans un rire qui ne lui cache rien de ma rancœur. Je n'ai encore aucun ordre à recevoir de votre part. Si ça vous démange tant de me retenir prisonnière, allez-y, enfermez-moi dans une geôle ! Après tout, dans quelques semaines je devrais partager votre couche, ça ne pourra jamais être pire, asséné-je avec hargne.

Il comble l'espace qui nous sépare et je n'ai pas le temps de reculer que ses doigts saisissent mon menton. Je me sens privée d'air à le savoir si proche de moi. Ma respiration s'est faite plus courte à cause de la colère que je muselle. La sienne se ressent jusqu'au bout de ses doigts.

— Je vous confirme qu'une cellule vous paraîtra plus sûre que mon lit.

Il s'incline et son souffle caresse mon oreille. Inconsciemment, mes paupières se baissent.

— Je vous ferai hurler, murmure-t-il. Mais certainement pas de plaisir. Vous envierez votre dame de compagnie qui, elle, profitera pleinement de son temps passé avec moi.

J'éclate de rire à ses mots alors qu'intérieurement, je hurle. Je vais devenir folle ici, c'est certain.

— Vous êtes un monstre, lâché-je, la gorge sèche.

— Vous n'avez même pas idée, princesse.

Ses doigts libèrent mon visage, mais j'ai toujours l'impression de les sentir sur ma peau. L'instant suivant, la porte se referme et je me retrouve seule. Plantée au milieu de la pièce, je perds mon souffle. La panique m'envahit et mon regard effectue des va-et-vient dans la chambre. Un hoquet s'échappe d'entre mes lèvres lorsque je constate avec dégoût que la chambre est identique à celle que j'occupais à Viridia, jusqu'à la tapisserie. Il se joue de moi, se réjouit de me briser morceau par morceau. Il compte m'écraser, je le comprends, maintenant.

Animée d'une nouvelle rage, je me rends dans la salle de bains attenante. Là encore, elle est identique. Je me saisis du porte-savon en granit et, dans un cri de rage, je le fracasse sur le miroir. Le reflet de mon visage se craquelle avant que la psyché n'éclate en plusieurs morceaux. J'attrape le plus affûté d'entre eux et retourne dans la chambre. Je me fige, respire vite, mal.

Je refuse que cette copie de ma chambre, souvenir de mon bonheur disparu, soit témoin de ce que je vivrai ici. Il est hors de question que je subisse ce cauchemar dans ce qui me rappelle ma liberté révolue. Je saisis le dossier de la chaise posée face au bureau, la fais traîner derrière moi jusqu'à ce que j'arrive devant la tapisserie. Je laisse tomber le bout de verre au sol, puis positionne le siège devant le grand cerisier en fleurs. Je me baisse et récupère mon outil.

Malgré le peu de force qu'il me reste, je parviens à grimper sur le meuble et taillade une première fois la tapisserie de droite à gauche. Je déglutis en appréciant le soulagement que cela me procure. Je resserre ma prise sur l'arme et recommence. Encore et encore. À chaque fissure, je déverse ce que je ressens : la colère, la haine, la rage, l'amertume, la solitude. À chacune d'elle, le verre s'enfonce plus profondément dans ma peau, maculant ma main de sang. Pourtant, la douleur n'est rien à côté de celle que je ressens à l'intérieur. Je m'acharne à détruire chacune des fleurs de ce cerisier. J'éventre la tapisserie, la déchiquette, la dissèque. Je la lacère comme j'ai l'impression qu'il lacère mon cœur. Sur la pointe des pieds, je tente d'atteindre les branches de la tapisserie qui se trouvent sur le plafond, mais la chaise, tanguant sous mes gestes nerveux et violents, bascule. Je chute lourdement et relâche le bout de verre avant de me blesser plus sérieusement. Mon dos percute le sol, mon souffle se coupe. La douleur de ces derniers jours se rappelle à moi et, à bout de force, je lâche prise. Je vais mourir ici, c'est certain.

Je ne retiens plus mes larmes.

Non ! Je ne mourrai pas. Je vais m'effondrer maintenant, à l'abri des regards, et demain, à nouveau, je me battrai.

Il pourra tenter de me briser, encore et encore. Peut-être même y parviendra-t-il, souvent. Mais chaque fois, je me relèverai. Je ne mourrai pas ici. Ni aujourd'hui ni demain.

Chapitre 9
Kalliopée

Les jours sont passés. Combien ? J'ai arrêté de les compter au bout de deux douzaines. J'occupe mes journées en déambulant dans les couloirs et les jardins. J'ai appris que le roi était en déplacement et que ce n'était pas lui qui me refusait à sa table, mais le prince. Je n'ai croisé ce dernier qu'à de rares occasions et à chacune d'elles, nous avons affiché une froideur réciproque… sauf que la mienne était feinte. J'aurais voulu lui adresser des regards assassins ou le mépriser, mais mon père m'a toujours dit que l'indifférence était la plus puissante des armes. Alors pourquoi ai-je l'impression que je me blesse moi-même en lui dissimulant ce que je ressens ?

Quand je ne déambule pas dans le palais, je passe mes journées à lire pour m'évader. En compagnie de Xintia… qui n'est pas des plus agréables puisqu'elle ne masque pas son mépris à mon égard. Je me garde bien de lui dire que j'éprouve le même sentiment pour elle. J'ai beaucoup trop de combats à mener ici pour perdre mon temps avec la maîtresse de Karel. Nous feignions donc la politesse pour donner le change quand nous nous trouvons en public, mais dès que nous sommes seules, nous nous murons chacune dans nos silences. Sienna m'a avoué ne pas l'apprécier et je mentirais si je disais que cela ne m'avait pas fait plaisir.

Je quitte ma chambre, seule, après avoir congédié Xintia. Aujourd'hui, je n'avais pas envie de m'embarrasser de faux-semblants et de devoir jouer la comédie. Ma tenue me compresse. Si mes appartements ont été copiés à l'identique, ce n'est pas le cas de ma garde-robe. Une servante est venue récupérer mes vêtements afin de les nettoyer. Depuis, je ne les ai pas revus. C'est étrange, mais je me sens dépossédée. Comme si me retirer mes choix vestimentaires était la première de mes privations.

Mes pas me portent jusqu'à l'aile sud où j'ai découvert un jardin botanique. Il est bien plus grand que celui situé à l'entrée du palais. Au fond de celui-ci, de multiples arbres forment une petite forêt. De nombreux rochers sont recouverts de mousse et l'odeur qui se dégage du lieu est identique à celle des étendues boisées viridiennes. Un écosystème au milieu du désert des territoires du sud. J'aime m'y ressourcer. Il me donne l'impression de retrouver un peu de mon essence. J'ouvre les portes, puis les referme afin que l'air étouffant de l'extérieur ne pénètre pas le palais. Sous mes pieds, le gravier crisse et, malgré mes chaussures, je les sens qui s'enfoncent à travers mes semelles fines.

Le doux parfum des fleurs se mélange à celui, plus agressif, de la poussière. Je longe le chemin qui me conduit jusqu'aux arbres. Arrivée sur place, j'époussette la mousse de la main afin d'en ôter le sable qui s'y est déposé : signe évident que le désert souhaite reprendre ses droits sur la végétation. Quand j'ai enlevé ce qu'il m'était possible de retirer, je m'assois et laisse reposer mon crâne contre le tronc. Mes yeux se ferment quelques secondes, puis mes paupières se soulèvent. Les branches feuillues laissent filtrer quelques rayons de soleil, inondant l'endroit d'une lumière chaude. Mon cœur s'allège. C'est subtil, mais je le ressens.

Depuis que je suis ici, j'oscille entre colère, rancœur et dégoût, alors le moindre sentiment positif est à prendre. Je pose mon livre sur mes cuisses et l'ouvre. Je reprends ma lecture sans parvenir à me concentrer. Même lire ne me permet plus de m'évader. Je me sens vide de tout.

Je poursuis toutefois et, malgré la chaleur, je préfère être ici qu'à l'intérieur, épiée. Le vent tente sauvagement de tourner la page que je suis en train de lire et, agacée, j'y pose ma main. Si la météo s'y met, aucun endroit ne me permettra de trouver la paix.

— C'est donc ici que vous venez vous cacher ?

Mes yeux se ferment au son de cette voix. Doit-elle venir m'interrompre, même ici ? Si je préfère étouffer sous cette chaleur, c'est qu'il y a une raison. Je ne lui réponds pas, ne lui accorde même pas un regard. Xintia est une femme vicieuse. Elle n'attend qu'une chose de moi : que je perde le contrôle. Mais elle gaspille son temps.

— Je ne suis pas certaine que Karel vous autorise à être ici.

Karel ? Vraiment ? La familiarité qu'elle emploie pour parler de lui m'agace.

— Vous n'aurez qu'à le lui confier sur l'oreiller, réponds-je toutefois d'un ton calme.

Ma patience n'est qu'apparente. Elle se met à rire et je garde les yeux rivés sur les jointures de mes doigts qui blanchissent à chaque son qui sort de la bouche de cette harpie.

— Quand on se retrouve seuls, vous êtes certainement le dernier sujet qu'on aborde, croyez-moi. Non, en fait, si je devais me montrer honnête, nous parlons souvent de vos yeux. Comment faites-vous pour vivre avec cette difformité ? Ce qu'on raconte est-il vrai ? Vous vous nourrissez réellement du sang de nourrissons ?

Mon regard se lève sur elle, blasé, alors qu'elle affiche une moue arrogante.

— Je comprends qu'il ne vous veuille pas à *notre* table.

Je souris pour masquer la douleur ressentie à cette précision.

— J'aurais dû être à votre place. Si votre père n'était pas venu proposer cette alliance, je serais devenue l'épouse de Karel.

Son sourire s'est transformé en une grimace lorsqu'elle me dévoile enfin ce qui la bouffe de l'intérieur. Pour la première fois depuis que je suis amenée à la côtoyer, je me sens supérieure à elle et la satisfaction m'envahit.

— Je suis pourtant là. Ne ressassez pas le passé, Xintia. Vous vous faites du mal pour rien.

Le temps se suspend. Que pensait-elle ? Que je me tairais indéfiniment ? Que je me laisserais faire ou encore, qu'elle m'intimidait ? Si je ne m'énerve pas, cela ne m'empêche pas de lui clouer le bec. Qu'elle ne prenne pas mon silence pour ce qu'il n'est pas.

— Il ne vous aimera jamais, contre-t-elle pourtant. Personne ne vous aimera jamais. Vos yeux… ils sont le signe que vous êtes le diable.

Je l'observe fixement tandis qu'elle me crache son venin. Malheureusement pour elle, il n'a pas d'effet sur moi. Je sais qu'elle n'est que jalousie. Ses yeux, pourtant si jolis, sont plissés comme pour me jeter des sorts silencieux. Si elle le pouvait, cette fille me tuerait avec ses iris, c'est certain.

— Vous apporterez le malheur sur Lapisia. Je l'ai compris, les citoyens aussi. Et Karel… il vous méprise encore plus que moi. À votre avis ? Pourquoi vous évite-t-il à ce point ?

— Assez !

Nous sursautons toutes deux à la voix tranchante qui a interrompu le discours de ma dame de compagnie. Mon cœur tambourine et je sais que, quoi qu'il arrive, je serai, à ses yeux, la seule fautive de l'emportement de sa maîtresse.

—Karel, je l'ai trouvée ici. Tu lui avais pourtant expressément demandé de rester dans le palais, minaude-t-elle d'un ton plus doux que lorsque c'est à moi qu'elle s'adresse.

Je lève le regard sur lui, il m'observe sans ciller. Ses yeux suffisent à me transmettre la colère qu'il éprouve. Il tourne la tête vers Xintia qui s'est rapprochée de lui.

— Merci, Xintia. Tu peux nous laisser.

Je ravale mon dégoût quand il fait usage de familiarité à son égard. Aussitôt, la splendide brune retourne en direction du bâtiment.

l'air ravi. Il ne dit rien pendant quelques secondes qui se transforment en minutes. Je retourne à mon ouvrage et, contre toute attente, je trouve les mots qui le composent bien plus passionnants que tout à l'heure. Je les déchiffre un à un et, si ma nervosité m'empêche d'en saisir le sens, ils me permettent au moins d'oublier l'endroit où je me trouve. Ou tout du moins, la personne qui me tient « compagnie ».

— Vous avez détruit mon cadeau de mariage, me surprend-il finalement. Reproduire votre chambre à l'identique a demandé beaucoup de travail.

Un cadeau de mariage ? Ce n'est pas l'effet que cela m'a fait. Ma tête se relève, mais je ne le regarde pas. Dorénavant, je ne le ferai plus. Si mes yeux le repoussent tant, alors je ne les poserai plus sur lui.

— Je n'avais pas saisi le but de cette offrande, me contenté-je de répondre.

Il ne m'aura pas. Mon regard, fixé sur le tronc face à moi, dévie jusqu'à Xintia qui disparaît derrière la porte.

— Pourquoi la laissez-vous vous parler ainsi ? me demande-t-il durement.

— Je préfère choisir mes combats, avoué-je avec lassitude.

— Celui-ci ne vaut pas la peine de vous battre ?

— Elle est votre maîtresse, non ? Je n'ai pas à vous dicter comment vous devrez vous comporter lorsque nous serons mariés puisqu'il est évident que vous seul aurez votre mot à dire, mais ne vous attendez pas à ce que je joue le rôle de la femme jalouse.

— Alors vous préférez la laisser vous mépriser ainsi ? se révolte-t-il.

— N'est-ce pas la façon dont vous vous comportez avec moi ? Comment pouvez-vous espérer de vos sujets qu'ils me respectent si vous en êtes vous-même incapable ?

Je me redresse calmement, époussette ma robe et referme mon livre d'un geste sec.

— Vous pouvez rester ici.

Je me fige et fais un quart de tour pour lui faire face. Nous ne sommes qu'à quelques pas l'un de l'autre. Mon esprit s'égare et je repense à mes espoirs lorsque j'ai quitté Viridia. Je m'étais imaginé des retrouvailles pleines d'émotions : de la surprise, mais aussi de la joie. Au lieu de cela, j'ai fait la rencontre d'un homme qui se plaît à me blesser. Je savais que le temps changeait les gens, mais je ne pensais pas que les transformations pouvaient être aussi extrêmes.

— Et vous ? Qu'allez-vous faire ? demandé-je, en reportant mon regard sur les portes qui pourraient me permettre de m'éloigner de lui.

— Vous surveiller.

Je ne réagis pas. Je me contente de cligner des yeux.

— Alors, non. Je préfère regagner ma chambre, si cela ne vous dérange pas.

Je saisis les pans de ma robe et lui adresse une révérence. Courber l'échine devant lui m'est douloureux, mais pas parce que je le méprise. Cela me fait mal parce qu'un jour, je l'ai aimé. En me rabaissant à ce geste, je veux qu'il comprenne que je rends les armes. Il ne m'aime pas, ne m'aimera plus jamais et je me contenterai de l'étiquette. Je me redresse, le regard à présent rivé sur ses poings serrés, puis le dépasse.

Tout en faisant crisser les graviers sous mes pieds, je m'éloigne.

— Tout ce qu'elle vous a dit était faux.

Alors que j'aurais voulu poursuivre ma route afin de lui montrer que ce qu'il me dit ne m'importe pas, mon corps cesse de lui-même son avancée.

— Nous ne partageons pas nos repas et nous n'avons plus partagé la même couche depuis que vous êtes arrivée au palais, poursuit-il. Je n'ai pas non plus dit toutes ces choses sur vos yeux.

Dos à lui, je ressens un mélange de soulagement, puis de la peine.

— C'est vrai, murmuré-je. Vous ne les avez peut-être pas dites, mais vous les avez tous laissés me manquer de respect alors que vous savez plus que quiconque ici à quel point cela peut me blesser, lui reproché-je. Et si vous n'en avez rien dit, cela ne vous a pas empêché de vous montrer cruel.

— Je suis désolé.

La façon dont il prononce ces mots est ambiguë. Il semble être en colère de devoir s'excuser. Incapable de répondre, au risque de croire en quelque chose d'impossible, je poursuis mon avancée et m'enfonce jusqu'à mes appartements. Mon cœur bat la chamade et je déteste Karel pour ce qu'il lui fait subir. Il lui donne de l'espoir pour le lui retirer aussitôt. Si j'avais accepté ses excuses, il m'aurait tout de suite poignardée à nouveau.

Je ravale la boule qui m'obstrue la gorge tandis que je monte les escaliers. Les servants que je croise se retournent à mon passage. Digne, mon corps se redresse. Ma démarche n'est pas précipitée, elle est exagérément lente, parce qu'au fond de moi, je veux leur faire croire que je me sens ici chez moi.

J'abaisse la poignée de ma chambre et y entre. Ce n'est qu'à ce moment-là que mes épaules s'affaissent et que, dans un long soupir, je laisse mon dos se coller contre la porte.

— Princesse, me salue une voix.

Surprise, je rouvre les yeux. Darkos me fait face.

Chapitre 10
Kalliopée

Je me plaque contre la porte tout en l'observant. Il est vêtu de sa tenue d'officier et tient un sac en toile dans la main. À sa vision, mes sourcils se froncent.

— Qu'est-ce que vous faites dans ma chambre ? demandé-je avec méfiance.

Il se gratte la tête, visiblement gêné, puis fait un pas vers moi. Mon instinct de survie me pousse à me plaquer un peu plus contre la porte, comme si ce geste pouvait me protéger. Ses mains s'élèvent en ce qui me semble être un signe de paix, mais ça ne ralentit pas la course de mon cœur.

— Jolie œuvre, Votre Altesse, tente-t-il, en désignant la tapisserie sur ma gauche.

Je ne la regarde pas, trop concentrée sur lui. Les cheveux aussi bruns que les résidents de Lapisia, son teint est toutefois un peu plus clair que celui de tous ceux que j'ai pu croiser depuis mon arrivée. Une légère barbe masque le bas de son visage, faisant ressortir ses iris d'un vert presque bleu qui se fixent à nouveau aux miens. Malgré mes suspicions, il ne me semble animé d'aucune animosité. Je suis même surprise qu'il soutienne mon regard. Il m'avait déjà dit que celui-ci ne le dérangeait pas, mais cela m'étonne encore.

— Je vous ai posé une question, lâché-je, à bout de souffle.

Je retiens tant ma respiration que je me demande si je sais encore respirer. Darkos s'approche prudemment de moi et me tend le sac. Craintive, je le saisis et le dévisage. Il semble comprendre ce que je ne peux formuler puisqu'il recule à nouveau. Ce n'est que lorsqu'il a retrouvé sa place initiale que j'entrouvre la besace. Après en avoir examiné le contenu, je lève le regard sur lui. *Pourquoi ?*

— J'ai pensé que vous voudriez découvrir la citadelle, répond-il à ma question muette.

— Je n'ai pas le droit de quitter le palais, l'informé-je, en laissant tomber mon bras.

— Personne ne le saura. Ces vêtements seront peut-être un peu grands, mais ils vous permettront de vous fondre dans la masse.

Mes sourcils se froncent de plus belle. Si lors de notre voyage, il s'est parfois adressé à moi, c'était généralement pour me communiquer de simples indications sur notre localisation ou les heures de départ. Et bien qu'il ait promis qu'il me protègerait le jour de notre arrivée ici, je ne comprends pas sa présence dans ma chambre.

— C'est un piège ?

Je me doute que ma question n'a aucun intérêt puisque si c'était le cas, il ne me le dirait pas. Il ne semble cependant pas étonné et n'affiche ni mépris ni agacement.

— Non, juste la proposition d'un ami, me surprend-il.

— Nous ne sommes pas amis. D'ailleurs, je n'ai pas besoin d'en avoir. Encore moins ici.

Je ne dois faire confiance à personne. Qui sait ce qui se trame dans mon dos ? Et si c'était un piège de Karel pour me voir franchir les limites qu'il m'a fixées ?

— Détrompez-vous. Je sais ce que tout le monde murmure dans les couloirs. Vous avez besoin d'amis. Ici, plus qu'ailleurs.

Ma gorge se noue. Je me doutais qu'on colportait dans mon dos, mais pas que c'était le cas de tous. Je pensais que certains me laissaient le bénéfice du doute.

— Pourquoi vouloir être de mon côté ? demandé-je alors. Pourquoi me faire confiance ? Les autres ne le font pas.

— J'ai passé une semaine à vous escorter, Votre Altesse. Vous n'avez éventré aucun enfant et vous ne vous êtes adonnée à aucun rite satanique. Je pense que ça suffit à discréditer les rumeurs qui se propagent.

Je ne peux retenir le petit hoquet amusé qui m'échappe.

— J'ai juste pensé que visiter la citadelle pourrait vous plaire. Vous semblez de nature curieuse, ajoute-t-il en tournant sa tête vers l'une de mes imposantes bibliothèques. Vous rêvez de découvrir le monde, non ?

J'acquiesce silencieusement.

— L'exploration commence en sortant du palais.

— Comment allez-vous vous y prendre ? Le prince refuse que je sorte, le défié-je.

Nul doute que dès que nous passerons la tour, les gardes postés à l'entrée m'escorteront jusqu'à ma chambre.

— Le prince va s'absenter une partie de l'après-midi. Si on ne s'attarde pas, vous aurez le temps de visiter les lieux. L'aventure vous tente ?

Je le quitte des yeux afin d'observer la tour qui me fait face. Sortir d'ici ? Ce serait imprudent. Je fais taire ma soif de découvertes et pose à nouveau mon regard sur lui.

— Non, décliné-je à contrecœur. Je ferais mieux de rester ici.

Il me fixe avec perplexité, puis finit par hocher la tête.

— Bien… alors oubliez cette proposition. Puis-je vous demander quelque chose ?

— Bien sûr.

— Ne parlez de ça à personne.

J'acquiesce, ce qui semble le soulager. On s'observe quelques minutes en chiens de faïence, avant qu'il ne se racle la gorge.

— Bon… je vais vous laisser dans ce cas. Veuillez m'excuser pour mon intrusion, j'ai pensé qu'il serait préférable que nous soyons à l'abri des regards, mais je vous promets que cela ne se reproduira pas.

Il me tend sa main et je lui remets la besace qui était toujours en ma possession, il en positionne la lanière sur son épaule et je porte à nouveau mon regard vers l'extérieur. Il va partir et l'occasion ne se représentera peut-être plus jamais. Je tente toutefois de museler mon envie de liberté, mais plus je le fais, plus je la sens qui se déchaîne en moi. Mon cœur en est le témoin. Il est excité à l'idée de quitter ces murs.

— Je veux, avoué-je impulsivement. Je… je veux visiter la citadelle.

— Vous en êtes certaine ?

Je le fixe lui, puis la fenêtre, encore lui, puis à nouveau la fenêtre avant d'acquiescer vivement.

— Bien, alors je vais sortir le premier, m'informe-t-il aussitôt. Retrouvez-moi au rez-de-chaussée. Vous voyez la tapisserie mobile, à gauche des escaliers ? Je serai derrière. Descendez les premières marches, je serai là.

— Votre plan paraît trop simple, remarqué-je, perplexe.

— Il l'est, c'est ce qui en fait un bon plan.

— Tactique militaire ?

— Tactique d'enfant habitué à faire le mur, me répond-il, une expression plus légère sur le visage.

Il me fait signe de me décaler pour le laisser quitter la chambre et lorsqu'il s'apprête à ouvrir la porte, je ressens un élan de gratitude à son égard. Depuis que je suis ici, je dois tout intérioriser : mes craintes, mes espoirs perdus, mais aussi ma colère. Pour une fois que je ne ressens rien de tout ça, j'ai besoin de l'exprimer.

— Darkos, murmuré-je avant qu'il ne sorte. Merci.

Il m'adresse un léger sourire qui atteint son regard, puis revêt son attitude de garde royal avant de sortir.

La porte se referme et je me retrouve seule. Mon regard passe de la fenêtre à ma bibliothèque. Mon cœur cogne contre ma poitrine et mon souffle se perd. Qu'est-ce que je risque ? Une assignation à résidence ? C'est déjà le cas. Une nuit en cellule ? Le confort ne serait pas le même, mais même ici, je suis prisonnière. Un châtiment corporel ? Ce sera à l'image de ce que subit mon cœur. Lui seul compte et pour la première fois depuis mon arrivée, il éprouve de l'excitation. Il se réanime et ne demande qu'à ressentir la liberté dont il a été privé.

J'inspire, puis quitte ma chambre. Ma démarche est calculée. Ni trop rapide, ni trop lente. Lorsque j'atteins le haut des escaliers, je me retiens à la rambarde afin de ne pas faiblir. L'adrénaline coule à flots dans mes veines, mais je le cache du mieux que je peux quand je croise une employée de maison. Comme tous les autres, elle fuit mon regard. Je voudrais baisser le mien, mais je ne le fais pas. Parce que si je m'abaissais à cela, personne ne me respecterait. Enfin au rez-de-chaussée, j'observe nerveusement les alentours et constate qu'il n'y a personne. Dos à la tapisserie, je recule jusqu'à elle. Lorsque je la sens me frôler l'épaule, mes doigts s'y agrippent et je retiens mon souffle en passant la main derrière. Je remarque que le mur n'est pas droit et qu'il y a un renfoncement. Un coup d'œil à droite. Un coup d'œil à gauche. Et je me presse de disparaître en espérant ne pas avoir fait bouger le rideau plus que nécessaire. Comme me l'a indiqué Darkos, je descends les marches qui conduisent au sous-terrain.

Mes mains se posent sur les parois rocheuses tandis que je descends dans le noir. Une forte odeur me prend à la gorge. Des effluves piquants, un mélange de terre et d'humidité. C'est étouffant, pénétrant, mais j'imagine que la liberté a un prix et je crois qu'au point où j'en suis, je serais prête à traverser des égouts pour quitter le palais quelques instants. Je suis attentive au moindre son, à la moindre irrégularité sous mes semelles. Quand j'atteins la dernière marche, je me trouve dans un couloir éclairé par une fenêtre en demi-lune. Je peine à distinguer précisément ce qui m'entoure, mais le couloir sur ma droite est très étroit.

— Tenez, me surprend une voix dans mon dos.

Je sursaute, retiens un cri de stupeur, mais pose tout de même une main sur ma poitrine. Mon cœur ne tiendra jamais le coup à ce rythme-là. Je me retourne sur Darkos qui me tend la besace dans laquelle se trouvent les vêtements.

— Changez-vous. Vous serez trop reconnaissable avec votre tenue.

Il s'éloigne pour, je suppose, me laisser de l'intimité et je ne m'attarde pas. Je retire ma robe et revêts la tenue qu'il m'a apportée : un pantalon en lin blanc et un haut dans les mêmes tons. Il a également pensé aux chaussures qui semblent bien plus confortables que celles que je porte au palais. Je plie soigneusement mes vêtements avant de les ranger dans le sac que je dissimule dans une cavité.

Lorsque je le rejoins, Darkos me tend une cape.

— Couvrez-vous les cheveux et baissez le regard. La particularité de vos yeux a déjà fait le tour de la citadelle, ils ne parlent que de ça. Vous serez bien trop reconnaissable.

Je récupère le déguisement et le place sur mes épaules. Contrairement au reste de la tenue, il est noir. Je noue le lacet et remonte la capuche.

— Prête, Votre Altesse ?

Mon regard se lève vers lui. Je suis effrayée et, en même temps, impatiente. Est-ce possible de ressentir ces deux choses à la fois ?

— Oui, montrez-moi la citadelle.

Il me sourit et je ne peux m'empêcher d'en faire de même. La solitude se fait soudain moins pesante.

Nous traversons de nombreux couloirs étroits, juste assez larges pour que nous les empruntions, l'un après l'autre. Dans ma tête, je les cartographie. L'odeur de renfermé nous accompagne tout au long du trajet alors que mes paumes glissent sur les murs humides que nous longeons. La marche dure un petit moment et je devine que nous sommes dans les sous-sols de la ville. Nous tournons régulièrement à droite ou à gauche et les intersections se succèdent, si bien que j'ai peur de ne pas me rappeler du chemin. Enfin, nous nous arrêtons et Darkos pointe le plafond de son index. Je remarque alors une petite cordelette et aussitôt qu'il la tire, un escalier en bois se déplie. Le garde monte les premières marches et repousse une trappe avant de reprendre son ascension. J'attends qu'il ait disparu pour le rejoindre.

Bien que je l'aie suivi, l'idée que tout ceci ne soit qu'un piège refuse de me quitter. Lorsque je parviens en haut, il me tend une main que je saisis sans hésitation. Quand je suis enfin à ses côtés, il me libère et j'observe avec attention les lieux, tandis qu'il referme l'accès par lequel nous sommes entrés. Le soulagement m'envahit quand je réalise que non, il ne m'a pas menti. C'est étrange, mais savoir que je peux avoir confiance en quelqu'un ici allège mon cœur d'un poids. Devoir constamment rester sur ses gardes est éreintant. Soupçonner quiconque s'adresse à nous de nous vouloir du mal est épuisant. Cela force notre esprit à être en permanence sur le qui-vive, à ne jamais se reposer.

L'endroit qui nous accueille est une sorte de débarras. Dans cette pièce dont les murs sont bâtis de gros blocs de pierre, seules des caisses vides sont entreposées. L'endroit a l'air abandonné. Avoir inspiré cette odeur âcre, me donne tout à coup l'impression que l'air ambiant est bien frais, c'est agréable. Je songe à revenir longer ces couloirs, juste pour apprécier l'atmosphère du palais.

Darkos me fait signe d'attendre et entrouvre la porte qui semble donner sur une rue. D'un geste de la main, il m'invite à le rejoindre et l'instant d'après, nous nous trouvons à l'extérieur. J'inspire profondément. La liberté a vraiment une odeur différente. Je souris largement à ce constat sans pouvoir me retenir.

Je profite du fait que la ruelle soit déserte pour lever le regard et ce que je vois me surprend. La rue est très étroite et les murs sont hauts.

— Pourquoi autant de promiscuité ? demandé-je, curieuse.

— À cause du vent, du sable et du soleil. Ça protège les citoyens des trois.

Je trouve ça triste de devoir vivre si pressés les uns aux autres, mais je suppose que le climat ne laisse pas d'autre choix aux lapisiens. Nous débouchons sur une rue un peu plus large dans laquelle de nombreuses personnes déambulent. Quelques étals proposent de la nourriture et je ne peux m'empêcher d'inspirer lorsque nous nous en approchons.

— Vous voulez goûter ? me propose-t-il.

Je jette un coup d'œil par-dessous ma capuche et, bien que ces brochettes me semblent peu ragoûtantes, l'odeur qui s'en dégage fait gargouiller mon ventre. Je ne suis pas la seule à l'entendre puisque Darkos m'adresse un sourire connivent.

— Attendez-moi ici.

Puis il se ravise une seconde.

— Oh et… restez discrète.

J'opine du chef puis m'écarte afin de laisser les citadins circuler. C'est alors que je remarque, à l'écart, un bâtiment dont les marches sont occupées par un petit garçon qui joue avec une balle. Je n'ai jamais été très douée pour estimer l'âge des enfants, mais à le voir, je devine qu'il ne doit pas avoir plus de sept ou huit ans.

Après avoir vérifié que Darkos est toujours dans la file d'attente, je m'approche timidement du petit garçon. Rester discrète, c'est une chose, mais une future reine devrait connaître son peuple. L'enfant lève le regard sur ma tenue et j'ai l'impression d'être analysée millimètre par millimètre.

— Pourquoi tu caches ton visage ? T'as fait quelque chose de mal ?

Ma tête se penche à cette question à laquelle je ne m'attendais pas.

— Maman dit que si les gens se cachent, c'est qu'ils ont des choses à se reprocher.

— Ta maman n'a pas tort, avoué-je, légèrement amusée. Où est-elle ?

— Là-dedans…, me dit-il en désignant du pouce le bâtiment qui se trouve dans son dos.

Je m'assois sans pour autant empiéter sur son espace et l'observe à la dérobée. Menton posé sur ses genoux, il joue avec sa balle en la faisant tournoyer comme une toupie. Ses cheveux bruns sont décoiffés et retombent sur ses joues pleines, me dissimulant en grande partie son visage.

— Elle est malade. Les docteurs y disent qu'ils savent pas s'ils peuvent la soigner.

Ses yeux humides plongent dans les miens et lorsque sa bouche s'entrouvre, je comprends qu'il m'aura fallu moins de cinq minutes pour me faire repérer. Prise de panique, je détourne le regard à la recherche de Darkos. Si cet enfant signale ma présence, j'ai peur de ce qu'on pourrait me faire.

— Les gens y disent n'importe quoi. Ils sont beaux tes yeux.

Surprise, je pivote la tête vers le petit garçon. Sa main se dirige vers mon visage et plutôt que de reculer, je le laisse m'approcher en retenant ma respiration. La pulpe de ses doigts, recouverte de terre, frôle ma paupière inférieure. Avec douceur, il passe de l'une à l'autre, alors qu'un sourire timide s'imprime sur mes lèvres.

— C'est bizarre, mais quand même joli.

Il plonge ses prunelles dans les miennes et ma gorge se noue. Les enfants ne sont pas mauvais. C'est l'homme qui fait d'eux des adultes remplis de préjugés. Je cligne des yeux pour ne pas me laisser porter par l'impulsion de le prendre dans mes bras. En un bref échange, ce petit garçon m'a apporté bien plus que n'importe qui ici. Enfin, sauf... Darkos ! Je relève la tête à sa recherche et le repère qui fouille la foule du regard. Celle-ci est devenue plus dense, et je le sens tendu à l'idée de ne plus me trouver.

— Comment tu t'appelles ? le questionné-je.

— Tev et toi ?

— Tu peux m'appeler Kalli.

J'observe les alentours et m'apprête à me relever lorsque le petit garçon me retient par le bras.

— Tu vas revenir ? me demande-t-il, impatient.

Je ne parviens pas à le décevoir et ne peux m'empêcher de lui sourire.

— Oui, mais ça devra rester notre secret. D'accord ?

— Promis, Kalli.

Sur ces mots, je quitte les marches et m'empresse de rejoindre Darkos avant qu'il ne pense que j'ai cherché à m'enfuir.

Chapitre 11
Kalliopée

Dissimulée sous ma capuche, je découvre Lapisia. Darkos me montre les lieux incontournables. Les rues marchandes dans lesquelles j'observe les habitants vaquer à leurs occupations. Le royaume est riche et les citoyens semblent heureux d'y vivre. Lapisia est bien plus grande qu'elle n'y paraît, ou tout du moins, bien plus peuplée. Je n'ai pas aimé les brochettes, ce qui a amusé le garde. Quand il m'a demandé si j'étais curieuse d'en connaître la composition, j'ai deviné à sa moue moqueuse que l'ignorance était ma meilleure option et j'ai poliment décliné, ce qui n'a fait qu'accentuer son rire.

La proximité des résidences est quelque peu étouffante, mais l'air qui circule dans les rues est plutôt frais et atténue cette sensation. Les toits des allées les plus étroites sont reliés entre eux par des toiles colorées. Du bleu, du jeune, du rose, du vert. Ces touches de couleur égaient les bâtiments devenus ocres au fil du temps.

Nous ne nous éloignons pas du centre névralgique et restons à proximité du palais. Darkos est peu bavard. Il me donne des informations sur ce qu'il me montre, sans me parler de lui. La seule information que j'ai pu glaner est qu'il est désormais orphelin.

Malheureusement, le temps s'écoule et je commence à peine à me sentir à l'aise que nous retournons déjà dans le débarras. Les couloirs successifs nous conduisent jusqu'à l'escalier et je rejoins la cavité dans laquelle le sac est dissimulé. Comme tout à l'heure, Darkos se retourne pour me laisser me changer. Je retire la cape, le haut, puis passe ma robe avant d'ôter le pantalon. Celle que je porte aujourd'hui est parée de couleurs bien trop vives qui ne me vont pas au teint, mais à défaut de pouvoir choisir mes propres vêtements, je m'en contente. Je change de chaussures et replie soigneusement la tenue qu'il m'a prêtée avant de la ranger dans le sac en toile.

Je me redresse et retire les saletés qui se sont déposées sur ma robe.

— Je suis prête, annoncé-je.

Il se retourne et me fait face.

— Allons-y, Votre Altesse.

— Pas de *Votre Altesse* quand il n'y a que nous, s'il vous plaît.

— C'est que… c'est le protocole.

— Le protocole nous autorise-t-il à être amis ? le questionné-je, amusée.

— Non, vous avez raison. Comment dois-je vous appeler ? Princesse ?

Ses sourcils se froncent dans l'attente de ma réponse. J'apprécie le fait qu'il ne détourne pas le regard.

— Kalliopée. C'est comme ça que je me prénomme.

— Très bien, Kalliopée.

À la façon dont il bute sur mon prénom, je devine que cela ne se reproduira certainement pas. Toutefois, mon sourire s'agrandit. Pour la première fois depuis que je suis ici, j'ai réellement le sentiment d'avoir un ami. Peut-être que je me trompe, peut-être même que tout cela n'est qu'un leurre afin de me manipuler, mais je ne peux ignorer le sentiment d'apaisement que cela me procure. Et il me l'a dit le jour où nous sommes arrivés, non ? Il me protégera. En revanche, je ne comprends pas pourquoi. Aussi, je décide de le questionner.

— Dites-moi… Pourquoi vous soucier de moi ? Tout le monde me déteste, à Lapisia. Pourquoi prendriez-vous tant de risques pour me protéger ?

Il semble hésiter et je pense qu'il ne me répondra pas jusqu'à ce que son regard, déterminé, se pose à nouveau sur moi.

— Parce que… je vous l'ai dit, vous êtes quelqu'un de bien. Et je suis persuadé que vous serez amenée à accomplir de grandes choses. Pour l'instant, on ne fait que murmurer à votre passage. L'animosité est présente, mais encore innocente. Quand ils comprendront, tout comme moi, la force dont vous faites preuve, il est évident que vous deviendrez une cible.

Je me souviens alors qu'il avait promis qu'il me protégerait aussi de Karel.

— Même pour *lui* ?

— Il est l'héritier du trône. Quand bien même il viendrait à vous aimer, la couronne passera toujours avant vous. Il sera votre époux, mais aussi le premier qui pourrait vouloir votre tête.

Décontenancée, je ne parviens pas à lui répondre. Karel pourrait vouloir ma mort ? Je vois bien qu'il ne me porte pas dans son cœur, mais voudrait-il aller jusque-là ? Et pourquoi ? Cela n'aurait aucun sens. Darkos se détourne et monte les marches jusqu'à ce que nous nous trouvions devant le bureau.

— Merci encore, chuchoté-je. C'était très appréciable.

Il me regarde par-dessus son épaule et je cache du mieux que je peux combien ses derniers mots m'ont troublée.

— Je ne crois pas que cela pourra se reproduire de sitôt, Princesse, mais j'essaierai.

J'apprécie qu'il ne me fasse pas de promesse en l'air. Je lui souris pour lui signifier que je comprends. Sa tête pivote à nouveau, il jette un coup d'œil par l'interstice du rideau avant de se tourner pour me faire face.

— Je vais m'avancer le premier. Quand je sifflerai, vous pourrez sortir. Ne parlez de cette escapade à personne, pas même à Sienna, d'accord ? Ni de ces tunnels. S'ils savent que vous en connaissez l'existence, ils pourraient en bloquer l'accès.

— Je ne dirai rien à personne. Je vous le promets.

Il opine du chef avant de disparaître derrière le rideau. Mes yeux se ferment et je tends l'oreille. Au bout de quelques secondes, j'entends le signal et quitte à mon tour ma cachette. Darkos est au pied des escaliers et, si je ne savais pas ce que nous venons de faire, je penserais seulement qu'il assure ses fonctions, pas qu'il fait le guet. Lorsque je passe devant lui, je ne dis rien et remonte les escaliers. J'espère juste qu'il a pu percevoir ma gratitude.

Sur le trajet jusqu'à mes appartements, je ne croise personne et, lorsque je me trouve enfin à l'abri, je réalise que je ne lui ai pas remis le sac contenant la tenue. Je réagis aussitôt et balaie ma chambre du regard. Je me rends devant mon armoire, jugeant que c'est la cachette la plus sûre, et le place au fond. J'espère que personne ne se permettra de fouiller.

Lorsque je la referme, la porte menant à la salle de bains s'ouvre. Je ne sais pas comment j'y parviens, mais je ne sursaute pas.

— Où étiez-vous ?

Mes paupières se baissent au son de sa voix. Ma tête se tourne dans sa direction. Il pénètre dans la chambre en propriétaire des lieux. Son assurance enveloppe la pièce de son aura et j'ai l'impression que la mienne est réduite à néant.

— Que faisiez-vous ici ? contré-je, plutôt que de lui répondre.

— Constater les dégâts.

Le prince me fusille du regard, des bouts de verre en main. Bien que les jours aient passé, j'ai ordonné à Sienna de ne pas toucher à la salle de bains. J'avais besoin de ce rappel… je voulais me souvenir de la colère que j'avais ressentie à mon arrivée.

— Je ne crois pas vous avoir autorisé à vous introduire dans mes appartements privés.

Il s'adosse à la porte de la salle de bains, à présent fermée, et lève le regard sur la tapisserie qui se trouve à l'autre bout de la pièce.

— On m'a rapporté ce que vous aviez fait, mais je ne me doutais pas que vous y aviez mis tant de rage, dit-il en ignorant mon reproche. Je vous ai connue plus mesurée, princesse.

Il a craché mon titre comme si c'était une injure. Je n'aime pas le fait qu'il mentionne une époque qui est révolue ou qu'il fasse comme s'il me connaissait. Il ne sait rien de moi. Rien de mes états d'âme, de mes espoirs ou bien de ce qui qui anime mon cœur. Oui, il se souvient certainement de ce que j'aimais il y a sept ans, mais comment pourrait-il me connaître aujourd'hui ? En quelques semaines, je ne suis déjà plus la même.

— Il faut croire que vous n'êtes pas le seul à avoir changé, mon Prince.

Tout comme lui, j'ai prononcé son titre avec aigreur. Je le suis du regard alors qu'il se déplace dans ma chambre sans lâcher la tapisserie éventrée des yeux. Intérieurement, je jubile presque. La rancune est tenace.

— Où étiez-vous ? me demande-t-il à nouveau, le corps tendu.

De dos, je constate que sa veste marque ses épaules.

— Je déambulais dans le palais. N'en ai-je pas le droit ?

Il semblerait que la colère fasse de moi une excellente menteuse, puisque ma voix n'a pas tremblé.

— Je crois qu'on va avoir un problème, Kalliopée, m'informe-t-il en se tournant pour me faire face.

— Nous en avons déjà un, Karel.

Il s'approche de moi. La tension est palpable. Nos rages se mêlent pour former un cocktail qui pourrait exploser à la moindre de nos piques. Mon regard se baisse nerveusement sur le bout de verre qu'il tient en main avec force, quelques gouttes de sang perlant de sa paume, et la panique me gagne. Est-il au courant de ma sortie ? Souhaite-t-il me punir ? « Il sera votre époux, mais aussi le premier qui pourrait vouloir votre tête. » Ces mots de Darkos me reviennent en tête et mon corps s'anime. Je tente de m'éloigner de lui et de trouver refuge dans la salle de bains, mais il me retient par le poignet.

— Arrêtez de me fuir, tonne-t-il.

Ce simple toucher provoque des choses que je déteste ressentir. Contre toute attente, il semblerait que mon cœur réagisse contre ma volonté.

Que j'arrête ? Il passe son temps à me menacer et ici, loin de Viridia, je n'ai personne pour me protéger. Dos à lui, le regard fixé sur mon bureau, j'attends qu'il me libère, mais c'est tout l'inverse qui se produit. Son bras tire le mien en arrière et je me retrouve plaquée contre son torse. Son souffle semble aussi court que le mien. Je déglutis.

— Arrêtez de me fuir, répète-t-il dans un murmure.

Ces mots parcourent mon corps d'un frisson. Je voudrais trouver cela désagréable, pourtant, j'en viendrais à en demander plus. Je déteste mon cœur qui réagit à l'inverse de ce que ma raison lui dicte. Ma gorge se noue. J'ai beau tenter de ne ressentir rien d'autre que de la rancœur, l'indifférence qu'il affiche à mon égard depuis mon arrivée me blesse plus que je ne le souhaiterais. Je m'en rends pleinement compte au soulagement qui m'envahit à cette soudaine proximité. Je ferme les yeux afin de garder mon calme, mais j'offre à mon odorat l'opportunité de s'aiguiser. Des effluves de son parfum me parviennent. Une odeur brute qui m'évoque le désert, l'aridité, le danger. Les mots que je tais depuis des jours se bousculent à ma bouche à chacun de ses souffles. Je cherche frénétiquement une échappatoire, mais mes lèvres se descellent avant que j'aie pu en trouver une.

— Alors, ne me traitez plus comme une moins que rien, ne me traitez plus comme une ennemie. Vous voulez que j'arrête de vous fuir ? Traitez-moi comme votre future épouse. Comme votre future reine.

À chacun de mes mots, sa poigne se raffermit.

— Traitez-moi comme votre égale. Prouvez-moi que j'ai eu raison de sacrifier ma liberté, que j'ai eu raison de vous choisir pour roi.

Parce que oui, j'aurais pu rester auprès de mon père, à Viridia, jouir éternellement de ma liberté. Pense-t-il que ce mariage m'a été imposé ? Non, la décision me revenait, parce que si je suis certaine d'une chose, c'est que jamais mon père ne m'y aurait forcée. C'est moi seule qui ai choisi de me sacrifier pour son futur règne. Pour la paix.

Enfin, il me libère. Alors que je pense que l'instant est rompu, il ne bouge pas et je suis incapable de m'éloigner. Je cherche chacun de ses souffles, priant pour que ça ne s'arrête jamais.

— Pourquoi fallait-il que ce soit vous ?

Le ton colérique de sa voix me comprime le cœur et me donne la gifle mentale qu'il me fallait pour me réanimer. *Pourquoi fallait-il que ce soit moi ?* Je n'en sais rien et je regrette la naïveté de mon cœur et le bonheur qui l'a envahi lorsque j'ai dit oui à mon père, en pensant que je retrouverais celui que j'ai connu. Je m'éloigne, mais il me fait pivoter et me retient par les épaules. Je voudrais cacher la douleur qu'il provoque en moi. Pourtant, je n'y parviens pas. Je le déteste de faire preuve d'une impulsivité qui me fait croire qu'il ressent aussi fort que moi. Oui, j'ai horreur de ça, parce que l'instant suivant, il prononce toujours des mots qui me déchirent.

Ce n'est pas le désespoir qui tue, c'est l'espoir. Il se nourrit de nous, jusqu'à ce qu'il ne reste plus rien.

Mon regard se fixe sur un des boutons de sa veste blanche. Je tente de ralentir ma fréquence respiratoire et, par la même occasion, les battements de mon cœur, mais c'était sans compter sur sa voix qui vibre à nouveau dans ma poitrine.

— Regardez-moi.

Je n'y parviens pas. Sa main se pose sous mon menton et l'incline, sans douceur.

— Regardez-moi, répète-t-il.

Mon corps lui obéit et mes yeux se rivent aux siens.

— Je vous traiterai comme vous le méritez. Comme une reine.

Ce ne sont que des mots, je suis sûre que dès qu'il aura passé le pas de la porte, il reviendra sur sa parole.

— Vous ne mangerez plus dans votre chambre, vous serez conviée à ma table.

Si proche, je peux voir les nuances de ses iris alors qu'il me fixe sans ciller. Par endroits, le vert est plus éclatant, donnant à l'ensemble l'impression que d'un regard il pourrait sonder mon âme. Cependant, la sensation est fugace puisque la froideur qui règne au fond de ses pupilles prend bien trop de place.

— Et…

Je reste suspendue à ses lèvres.

— Je vous traiterai comme mon égale.

Je l'observe, perplexe. Se joue-t-il encore de moi ou ses mots sont-ils sincères ? Je ne parviens à le déterminer.

— Je ne vous crois pas, ne puis-je m'empêcher de lui avouer.

— Je vais vous en donner la preuve. Faites-moi une seule demande et j'y accéderai.

Je le fixe longuement, réfléchis à ce qu'il me manque. J'ai beau chercher, rien ne me vient. Sortir ? Il est évident qu'il refuserait, même s'il vient de me promettre le contraire. Je ne suis pas une matérialiste et mis à part mes effets personnels, aucune de mes possessions ne m'est chère. Je me souviens alors de la première chose dont il m'a dépossédée et mes mots s'échappent d'eux-mêmes.

— Mes vêtements, murmuré-je.

Ses sourcils se froncent d'incompréhension. Cela pourrait paraître futile, mais ça ne l'est pas. Je pense que la liberté d'une femme commence par les vêtements qu'elle porte. Peu importe sa tenue, elle seule devrait avoir le droit de la choisir.

— Je voudrais récupérer mes vêtements, s'il vous plaît.

— Je vous ferai porter vos vêtements.

Ses doigts libèrent mon visage et si j'arrive à retrouver mon souffle, un étrange vide prend également possession de moi. En revanche, son regard reste ancré au mien, je ne parviens pas à le lire. Autrefois, il n'y avait pas cette lueur glaciale. Certes, il était arrogant, mais pas aussi froid qu'aujourd'hui.

— Laissez-moi juste choisir votre robe pour ce soir.

Ce n'était pas un ordre, plutôt une demande, je crois.

— Ce soir ? le questionné-je pourtant.

— Le roi est de retour. Un bal sera donné pour nos fiançailles.

Mon regard rompt le dernier contact qu'il nous restait. L'appréhension me gagne. Comment me montrer fière devant des gens qui me méprisent ? Comment donner le change ? Je voudrais être certaine que je ne plierai pas sous le poids de leurs regards ou de leurs murmures, mais je ne pense pas que j'y parviendrai.

Il se détache, me tourne le dos et quitte la pièce, me laissant seule. Aussi stupide que cela puisse paraître, j'aurais voulu lui demander de me rassurer. Non, j'aurais voulu qu'il le fasse sans que j'aie besoin de le lui demander.

L'espoir tue, oui. Parce que c'est lui qui, à chaque fois, nous force à nous relever. Jamais on n'arrête d'y croire, jusqu'à ce que l'épuisement ait raison de notre cœur et de notre âme. Et c'est ce qu'il se passe en moi, parce que quoi qu'il fasse, aussi insignifiantes soient ses intentions à mon égard, cela suffit à me faire espérer.

Chapitre 12
Kalliopée

Alors que Sienna termine de me coiffer, j'avise dans la psyché la robe apportée il y a quelques minutes par les serviteurs du prince. Dans le reflet, je croise le regard de ma femme de chambre. Elle me sourit avec douceur.

— Elle vous ira à merveille.

C'est le cadet de mes soucis, mais plutôt que de le lui dire, je réponds à son sourire. Sans la déranger dans sa tâche, je tends le bras pour récupérer mon parfum : un mélange de fleurs des champs. J'ouvre le flacon, en verse quelques perles sur l'intérieur de mon poignet et le porte à mon nez. Je ferme les yeux, inhale et mes paupières se lèvent à nouveau. Sienna m'observe avec curiosité.

— Viridia vous manque tant que ça, princesse ?

Sa question me surprend et je suis obligée de ravaler un rire. A-t-elle vraiment l'impression que je suis épanouie, ici ?

— Un peu, oui. Viridia est ma patrie, l'endroit où vit ma famille, alors oui, elle me manque. Pas à toi ? demandé-je, étonnée.

— Je n'ai personne à qui manquer, princesse.

Je réalise alors que je ne connais rien de la jeune femme qui est à mon service depuis plusieurs semaines.

— Tes parents ? osé-je.

— Je n'en ai plus depuis longtemps.

Ses doigts manipulent mes mèches châtaines et son regard me fuit. Je ne sais pas ce que c'est que de n'avoir personne. Oui, ici, je suis terriblement seule, mais je sais que quelque part, sur cette terre, je suis profondément aimée.

— Je suis désolée, dis-je avec sincérité.

— Vous n'avez pas à l'être. Cela m'a au moins évité d'être mariée à un homme que je n'aimais pas. Je vais vous aider à vous habiller, il ne faudrait pas faire attendre le prince.

Je comprends son besoin de clore la conversation, alors je ne dis rien de plus et, assise face à ma coiffeuse, je lève à nouveau le regard sur la robe qu'a choisie Karel pour moi. Elle est somptueuse, mais bien différente de celles que j'ai pu porter dans ma vie, à commencer par les couleurs. Sienna m'aide à mettre mes chaussures et les noue au niveau de mes chevilles. Lorsqu'elle se redresse, je me lève de ma chaise et me tourne. Je m'approche de ma tenue de bal en la détaillant. Du bout des doigts, je saisis les manches longues. Le voilage noir est paré de bande de sequins d'or. Mon regard glisse jusqu'au col rond qui ne dévoilera que mon cou. Le buste est cousu de façon identique. Le même tissu, paré, là encore, de bandes dorées. En revanche, la jupe longue est une succession de couches de voilage noir. La robe est resplendissante, mais bien loin des couleurs vivantes qui ont l'habitude de m'habiller, même si je dois reconnaître que le contraste entre le noir et le doré la rend assez unique.

Sienna me défait de mon fin peignoir et le repose sur le lit. Elle décroche la robe de son portant et se baisse. J'enjambe le tissu, pénètre dans le cercle formé par le haut ouvert de la tenue, puis elle la remonte. Mon regard se perd sur la tapisserie déchirée. Je ne sais pas ce que j'appréhende le plus : faire mon entrée dans une cour qui me déteste probablement plus que n'importe qui présent sur ces terres ou être à *ses* côtés.

Mes bras glissent facilement dans les manches et les sequins ne m'irritent pas. Sienna me contourne et attache, un à un, les boutons dans mon dos. À chacun d'eux, j'ai l'impression que ma captivité se durcit, comme si c'était un symbole de mon emprisonnement dans ce palais. Je ferme les yeux pour tenter de reprendre mon souffle.

— Vous êtes prête.

Non…

Je me retourne et m'observe brièvement dans le miroir sur pieds. Mes cheveux, habituellement bouclés, sont à présent lisses et ma peau, toujours pure, est maquillée, jusqu'à mes lèvres colorées d'un rouge carmin. Mon regard est dessiné et paré d'un fard à paupières sombre qui fait ressortir le contraste entre mes deux yeux. C'est la première chose qu'ils verront. Je me tourne en direction de Sienna qui s'affaire déjà à récupérer mon petit coffre dans l'armoire. Précieusement, elle le rapporte et le dépose sur ma coiffeuse. Dans une révérence, elle s'éloigne. Je lui ai pourtant répété que nous pouvions nous passer de tant de protocoles lorsque nous nous trouvions seules, mais je suppose qu'employer « Princesse » plutôt que « Votre Altesse » est déjà un grand pas pour elle, alors je ne la réprimande pas.

Mes longs doigts, manucurés de rouge, s'approchent avec lenteur du coffret, tandis que mon cœur reproduit le rythme d'un tambour. Je tire sur la cordelette afin de le déverrouiller et soulève le couvercle, dévoilant ma couronne en or sertie de diverses pierres précieuses. Je n'ai jamais aimé la porter. Elle est lourde, encombrante et beaucoup trop voyante à mon goût, mais ça, c'était avant, quand j'étais chez moi, en territoire familier. Ce soir, l'avoir sur ma tête revient à leur montrer qui je suis : Kalliopée, princesse de Viridia et, un jour, reine de Lapisia. Je n'aurai jamais honte de mon peuple et encore moins de mon roi, mon père.

Je la saisis de chaque côté et mes mains s'élèvent. Le tambour dans ma cage thoracique accélère encore. Mes doigts relâchent leur prise lorsque ma tête se retrouve couronnée, puis je lâche un soupir.

Tout ira bien, Kalliopée. N'oublie pas qui tu es.

Je me tourne et m'observe dans le reflet. Je ne me reconnais pas, aussi apprêtée. Ce n'est pas moi, mais cela m'aidera à jouer mon rôle : celui de la princesse pleine d'assurance. Pour entrer un peu plus dans la peau de mon personnage, mon menton s'élève, mes épaules et mon dos gagnent quelques centimètres.

— Tout se passera bien, Princesse.

Je ne sais pas qui de nous deux elle tente le plus de convaincre. Je dirais elle.

— Si ce n'est pas le cas, je m'en remettrai, ne t'en fais pas pour moi, la rassuré-je. Tu peux y aller. Profite de ta soirée.

Nous échangeons un sourire, puis elle effectue une révérence et disparaît, emportant avec elle le mien. Je m'observe à nouveau dans le miroir avec cette fois, bien moins d'assurance.

Sois fière de celle que tu es.

Je détourne le regard et me rends jusqu'à la porte. Ma main se pose sur la poignée, mais je n'hésite pas. Sinon, je ne tiendrai jamais. Deux gardes m'attendent, vêtus de leur éternel uniforme noir, et m'escortent. Tandis que nous longeons le couloir, j'ai plus l'impression d'aller à l'échafaud qu'à un bal donné en mon « honneur ». J'empêche mes jambes de faiblir, mes mains de trembler. Mes doigts se retiennent aux voilages afin de trouver quelque chose à quoi se raccrocher.

Nous arrivons aux escaliers et je découvre que Karel nous attend au rez-de-chaussée. Dos à nous, il est vêtu de sa tenue officielle : une veste blanche décorée aux épaules. Quand il se retourne, je constate qu'il porte l'écharpe royale et que ses mains sont gantées. Son regard glisse sur ma tenue tandis que je descends les marches. Lorsque je me trouve face à lui, mes doigts libèrent l'étoffe de ma robe. J'espère un compliment qui ne vient pas. C'est pourtant lui qui a choisi ma robe.

— Vous m'attendiez ? demandé-je alors.

— C'est le protocole.

Son impassibilité me désarçonne. Je ne sais pas vraiment à quoi je m'attendais.

— Je n'avais pas besoin d'être escortée.

Il affiche un sourire en coin qui n'atteint pas ses yeux. Aucun de ses sourires n'y parvient. Lorsque mon regard le détaille, je constate que sa tête est sertie d'une couronne bien plus brute que la mienne : du métal frappé au marteau. Quelques mèches brunes bouclent à ses tempes. La veste blanche fait autant ressortir son teint mat que ma robe noire fait ressortir le mien, bien plus pâle.

— Ne faisons pas attendre le roi, conclus-je.

Il me présente son bras et j'y passe le mien. D'une démarche synchronisée, nous traversons le palais jusqu'à la salle de bal. Aucun de nous ne dit un mot durant notre avancée. Je ne trouve pas cela désagréable, au contraire. Quand il ouvre la bouche, j'ai toujours peur des paroles tranchantes qu'il pourrait m'asséner. Sous le voilage fin de mon bras, j'ai l'impression que son corps irradie ma peau.

— Vous allez faire sensation, me surprend-il, quand nous arrivons face aux portes closes.

Ma tête se tourne vers lui, mais je n'ai pas le temps de répondre que les battants s'ouvrent.

— Son Altesse Royale, le prince Karel de Lapisia et Son Altesse Royale, la princesse Kalliopée de Viridia.

Il avance, me forçant à en faire de même. Mon souffle se coupe et mon estomac se retrouve noué. Je ne sais où poser mes yeux et, trop effrayée à l'idée de ne rencontrer que des regards peu amènes, je préfère observer des objets plutôt que les invités. Nous traversons la salle et les murmures, dans un premier temps discrets, se font de plus en plus bruyants. Mes sourcils se froncent lorsque je croise le regard d'un invité qui grimace en observant non pas mes yeux, mais ma robe. Je fais abstraction de mon malaise jusqu'à ce que nous regagnions les trois sièges disposés sur une petite estrade. Comme le veut le protocole, nous nous détachons et nous retournons afin de faire face à l'assemblée en attendant la venue du roi.

J'observe la salle et les invités qui la peuplent. Tous sont vêtus de tenues colorées et aucun ne me dévisage avec discrétion. Ils ne cachent pas leur animosité à mon égard. Étrangement, cette fois, je sens qu'elle est justifiée, que ce soir j'ai commis un impair. Mon regard se baisse sur la robe qu'il a tenu à ce que je porte.

— Qu'avez-vous fait ? murmuré-je, à l'attention de Karel sans pour autant me tourner vers lui.

— Comment ça ?

Il ne semble ni perturbé ni surpris. Il veut juste que je prononce ce que je viens de comprendre toute seule.

— Cette robe. Pourquoi ?

— Vous vouliez que je vous traite comme mon égale, non ?

Sans pouvoir le contrôler, mon visage pivote dans sa direction. Ses yeux sombres me fixent.

— C'est ce que je fais, *Shaadi*. Bienvenue à la cour.

Mes sourcils se froncent à ce mot dont je ne comprends pas le sens, mais je me moque de savoir quel nom il a bien pu me trouver afin de se moquer de moi, c'est le dernier de mes soucis, ce soir.

— Quelle est la signification de cette robe ? demandé-je, les dents serrées.

L'air qui pénètre mes poumons se fait de plus en plus rare, alors que son regard glisse sur ma tenue d'un air conquérant.

— Le noir pour le sang séché de nos hommes. Le sable pour les dunes où nos pères et nos fils ont péri, tués par les vôtres. Voilà ce que représente cette alliance de couleur chez nous.

Mon cœur pulse dans ma poitrine et je comprends alors pourquoi les invités me dévisagent ainsi.

— Vous voulez la guerre ? soufflé-je, outrée en tentant de retenir la boule qui m'obstrue la gorge.

— On est déjà en guerre.

— Oui, et notre mariage est le seul moyen d'obtenir la paix. N'est-ce pas ce que vous voulez ? Que croyez-vous qu'il se passera lorsque le peuple se révoltera contre ce mariage ?

Malgré ma colère, je parviens à ne pas hurler et les mots franchissent ma bouche dans un souffle discret.

— Ils demanderont votre tête, je suppose.

Mon corps me démange et je sens le malaise poindre. Il détourne les yeux, sans doute lassé de me regarder, ce qui alimente ma rage.

— Êtes-vous à ce point-là égoïste ? Je me fous de ma tête. Ce sont nos peuples qui se déchireront. N'en avez-vous pas assez de voir vos hommes mourir ?

— Votre peuple a démarré les hostilités.

Un rire las m'échappe et, à mon tour, je me détourne. La cour continue de me dévisager. Il ne sait pas à quel point le vêtement que je porte pourrait mettre fin à la paix avant même qu'elle n'arrive.

— Pourquoi tant de rancœur ? Un peuple devrait payer pour une poignée d'hommes ayant commis un acte ignoble ? Vous ne serez jamais un bon roi !

— Et à ce rythme-là, vous ne serez jamais reine.

Mes paupières s'abaissent tandis que mon cœur sonne le glas.

— Je vous hais. Plus que je n'ai jamais haï personne, lâché-je dans un souffle.

La tonalité de ma voix n'a pas trahi le calme que je veux laisser paraître. D'ici, il est évident que personne n'a entendu notre conversation, mais les tremblements de mes membres me prouvent à quel point ce qu'il se passe ce soir m'anime d'une colère que je n'avais jusque-là jamais connue.

— Sa Majesté, le roi Xerios de Lapisia.

Mes paupières se soulèvent et mon regard se dirige sur la porte qui s'ouvre. Mes yeux se baissent sur la robe que je porte et je ne peux empêcher une larme de se frayer un chemin à travers mes cils.

Pourquoi s'évertue-t-il à me blesser ? Pourquoi s'acharne-t-il à vouloir faire de moi son ennemie ?

Je suis venue ici pour sauver mon peuple et, ce soir, j'ai l'impression d'avoir signé sa mise à mort.

Chapitre 13
Kalliopée

D'une démarche majestueuse, le roi Xerios traverse la salle. À son passage, chacun de ses sujets se baisse dans une révérence parfois exagérée. J'attrape nerveusement les pans de ma robe et m'incline à mon tour lorsqu'il rejoint l'estrade. J'attends qu'il me parle pour pouvoir me redresser, mais les secondes s'égrènent et rien ne vient. Mon regard se trouble sur mes voilages noirs. Je les fixe avec tant de concentration que mes yeux s'humidifient.

Un courant d'air me frôle lorsqu'il s'éloigne et monte sur l'estrade. Mon souffle se retire et je retiens ma lèvre inférieure quelques secondes, le temps que ses tremblements cessent. J'inspire profondément, puis me redresse quand, du coin de l'œil, je vois Karel le faire. Nous prenons tous deux places de chaque côté du trône royal. Le roi ne m'accorde aucun regard, mais je constate que son corps est rigide. Je ne distingue de lui que ses cheveux grisonnants puisque son visage est incliné sur le côté opposé, comme son fils lors de notre deuxième entrevue. Je comprends que son attitude n'est qu'une preuve de son mépris. Est-ce à cause de la robe, ou ma seule présence suffit-elle à l'irriter ?

— Mes chers sujets, je vous remercie d'avoir répondu présent à mon invitation tardive, démarre-t-il d'une voix grave. Comme vous le savez, je suis rentré aujourd'hui de l'Est et je n'ai pas pu dignement fêter l'arrivée d'un nouveau membre dans notre grande famille.

Mon cœur bondit quand je réalise qu'il parle de moi.

— Au prince Karel et à la princesse Kalliopée ! s'exclame-t-il.

Tous les sujets scandent nos deux noms et plutôt que de me satisfaire, cela me rend mal à l'aise. Le roi s'assoit et nous invite à en faire de même. Le plus dignement possible, je prends place sur mon siège.

Lorsque j'observe Karel à la dérobée, je le surprends à échanger des mots avec son père. Vu l'attitude de mon futur époux, je devine que leur conversation n'est pas cordiale. Bien que je ne distingue pas leurs propos, je remarque le ton virulent avec lequel ils sont prononcés. Le regard de Karel croise le mien, pour le fuir aussitôt. Préférant oublier la douleur ressentie il y a quelques minutes, je détourne également le mien. Un sujet, le dos courbé, s'approche de l'estrade, une boîte entre les mains.

C'est ainsi que s'écoule l'heure suivante. Les invités se présentent, puis déposent les cadeaux de fiançailles à nos pieds : vaisselle, tissus et bijoux, rien ne manque. Je commence à fatiguer, mais je retiens ma mâchoire de s'étirer en un bâillement qui serait peu convenable. Ma tête pivote lorsque, à son tour, Karel se lève et s'avance pour se positionner devant moi. Il s'incline, en fixant son regard au mien, un bras dans le dos, le second reposant sur ses abdominaux, puis récupère un coffret que lui présente un serviteur du palais.

— Princesse, veuillez accepter ce présent, offert de génération en génération à la future reine.

J'aimerais lui dire que je ne veux rien venant de lui, mais je tends toutefois les mains afin de récupérer le précieux contenant. En retenant mon souffle, j'en soulève le couvercle. Mes yeux s'exorbitent lorsque je découvre deux petites dagues. Leurs poignées en argent sont serties d'émeraudes et de rubis. M'offre-t-il réellement des armes ? Je ne comprends pas la signification de ce présent. Mon regard se lève pour croiser le sien.

— La future reine devrait être en mesure de se défendre.

J'incline la tête pour le remercier, sans toutefois détourner les yeux, et dans un souffle, quelques mots franchissent la barrière de mes lèvres :

— Je saurai en faire bon usage.

Un éclair furtif traverse son regard. Il ne sait pas quelle erreur il vient de commettre. Désormais, je ne serai plus sans défense et il est hors de question que je me laisse faire. Je me battrai, même lorsque nous serons mariés. Il est inenvisageable qu'il lève une seule fois la main sur moi, ni même qu'il me prenne de force. Je préfèrerais encore retourner ces armes contre moi plutôt que laisser la peur dicter ma vie.

Il courbe une dernière fois le dos, puis reprend place sur son siège. C'est seulement lorsque son regard ne capture plus le mien que je relâche mon souffle.

— Que le bal commence ! Buvez, mangez et amusez-vous ! clame le roi.

Aussitôt, les musiciens se mettent à jouer. Ma tête pivote lorsqu'il me ressemble reconnaître une chanson traditionnelle d'ici. Je ne la connais pas très bien, mais l'été de notre rencontre, ses amis et lui la chantaient souvent.

Le prince se lève et disparaît dans la foule, je me retrouve seule avec le roi. Vêtue ainsi, j'ai l'impression que lui parler serait une offense, alors je garde le silence. Mes yeux naviguent d'un côté à l'autre de la salle. J'observe les gens « fêter » nos fiançailles. Je ne suis pas dupe, ma présence n'a rien à voir avec leurs sourires, je suis la dernière raison qui explique leur venue ce soir.

— Votre Altesse, acceptez-vous de m'accorder cette danse ?

Surprise, mon regard se porte sur l'homme face à moi. Je ne l'ai pas vu arriver. Mes sourcils se froncent d'incompréhension. Il effectue une révérence, si bien que je ne peux pas voir à quoi il ressemble, et me présente sa main. Pourquoi voudrait-il danser avec la paria du palais ? Pourtant, je me lève en signe d'acceptation et saisis sa paume chaude. Il se redresse et, enfin, je peux découvrir son visage. Il doit avoir une cinquantaine d'années et fait sans doute une tête de moins que moi. Nous nous dirigeons jusqu'à la piste et, autour de nous, tout le monde s'écarte. Si cet homme accepte de me toucher, il semblerait que les autres aient besoin d'un périmètre de sécurité.

Une nouvelle mélodie débute et je me laisse porter par mon cavalier. Mon corps est tendu et je peine à suivre le rythme. Je ne peux m'empêcher d'observer ces gens qui grimacent en me regardant.

— Laissez-les médire, Votre Altesse.

Mes yeux se baissent sur mon partenaire. Il ne me regarde pas et observe lui-même la foule.

— Il voulait juste vous tester, ajoute-t-il.

Je suis la direction de son regard. Karel est au buffet, en grande conversation avec deux de ses hommes. Jonah et Samaël, il me semble. Les cheveux du premier sont attachés en un chignon et il semble scruter le moindre invité avec méfiance. Le second, lui, a une allure moins sauvage. Les quelques fois où je l'ai croisé au palais, je l'ai trouvé différent des deux autres hommes qui se trouvent à ses côtés. Son regard est malicieux, il est grand, fin et quelque chose de doux se dégage de lui.

— Cette robe, ce n'était pas une déclaration de guerre. Il voulait savoir ce que vous étiez capable d'endurer pour la couronne, poursuit-il.

Mes pas cessent quelques secondes, suite au choc de ses propos, mais d'une pression de la main, mon cavalier m'invite à poursuivre notre danse. J'ai du mal à le croire.

Ce n'était pas un test, c'était simplement de la cruauté.

— Il continuera, encore. Soyez préparée.

— Pourquoi me dire tout ça ? m'intéressé-je.

— Le prince est impulsif. Sous le coup de la colère, de la rage, il peut devenir quelqu'un d'incontrôlable ou de… déraisonnable, ajoute-t-il après avoir cherché ses mots. Inconsciemment, il teste vos limites. Il a besoin de quelqu'un d'aussi borné que lui, mais de peut-être plus mesuré. Quelqu'un qui serait capable de le contrôler. Si vous êtes capable de survivre à cette soirée et à tous les coups bas qu'il vous fera, vous serez en mesure de le soutenir.

Un rire amer, mais presque muet, s'échappe d'entre mes lèvres.

— Il perd son temps. Je ne suis pas mesurée, pas quand il s'agit de lui. La plupart du temps, il fait naître en moi une rage que je peine à contrôler. Je ne parviens pas à retenir mes mots et pire, je mens, uniquement pour *le* blesser. Je ne me reconnais plus quand je suis avec lui.

Je me doute que j'en dis trop, mais ce soir, je cumule une multitude d'émotions et il semblerait que cet homme ait trouvé l'endroit où appuyer pour me faire parler. Il ne me reproche pas mes mots, il m'écoute juste. Au bout de quelques secondes, lorsqu'au rythme de nos pas, j'ai retrouvé mon calme, il reprend :

— Si vous me permettez, Votre Altesse, vous avez renoncé à votre vie pour sauver votre peuple. Vous avez sacrifié votre liberté pour nos deux royaumes. J'ai espoir que vous saurez lui faire entendre raison quand il ira trop loin, que vous saurez préserver la paix. Karel serait capable de déclencher trois nouveaux conflits en un seul dîner diplomatique, me dit-il d'un ton amusé.

La musique prend fin, et c'est le signal pour nos corps de se détacher.

— Pourquoi me dire tout ça ?

— Quand je vous ai vue entrer dans la salle, j'ai su qui vous étiez, m'annonce-t-il songeur. Quand il avait dix-sept ans, il m'a parlé d'une fille différente des autres. Je ne crois pas que votre particularité physique soit commune à Viridia, je me trompe ?

Mes lèvres s'étirent en un léger sourire. Entendre ces mots me fait plus de bien que je ne l'aurais voulu. Mais je me reprends vite et retrouve une indifférence qui ne semble pas le duper.

— Ils ne passent pas inaperçus, reprend-il. Dans mes souvenirs, il ne me semble pas qu'il m'avait parlé d'un statut princier. Combien de chances y avait-il pour qu'il doive un jour épouser la première fille qu'il ait aimée, la princesse de Viridia ?

— Ce n'est pas une chance, suis-je obligée de le reprendre.

— Si vous le dites, Votre Altesse.

Il observe autour de nous et j'en fais de même. Je constate qu'immobiles au milieu de la piste de danse, nous avons attiré les regards.

— Je ne crois pas que les hommes se bousculeront pour danser avec vous, que diriez-vous de poursuivre notre conversation en allant nous désaltérer ?

Pourquoi semble-t-il tant s'intéresser à moi ? Puis-je lui faire confiance ? J'observe la foule et ne rencontre que des visages empreints d'animosité. C'est lassant. Ça m'oppresse. Je voudrais juste me mettre à leur hurler dessus, leur demander de vaquer à leurs occupations et menacer de hanter leurs rêves pour appuyer leurs rumeurs. Chaque regard de travers, chaque bouche qui remue, sans doute pour médire, renforce ma colère.

— Votre Altesse ? insiste-t-il.

Mes yeux se posent sur mon cavalier. Il me tend son bras. Son geste me semble n'avoir rien d'un ordre, mais tout d'une simple demande. Son regard noisette, empreint de chaleur, suffit à me convaincre. Après tout, peu importe si cet homme joue un jeu de dupes, je préfère passer une soirée en sa compagnie que seule parmi cette foule. Ma main s'enroule autour de son bras, puis nous nous déplaçons jusqu'au buffet le plus proche. Lorsque je lui annonce ne vouloir qu'un verre d'eau, il m'en tend un et se saisit lui-même d'une coupelle de liqueur avant d'en ingurgiter la moitié sans la savourer.

— Je ne crois pas que vous m'ayez dit qui vous étiez, finis-je par dire, contrite.

— Excusez-moi, je manque à tous mes devoirs. Je me prénomme Amédée. J'aurais voulu faire votre rencontre plus tôt, mais j'accompagnais le roi à l'est du royaume. Une affaire familiale. Xerios voulait s'assurer que Kaïs, le jeune cousin du prince, ne convoitait pas le trône, me dit-il, amusé. Je connais ces deux-là depuis leur plus jeune âge. Jamais l'un d'eux n'a cherché à s'emparer d'un bien qui appartenait à l'autre. C'était un voyage inutile, mais ma foi fort agréable. Le frère du roi est un hôte formidable, ajoute-t-il, d'un air rêveur.

Le silence s'installe à nouveau et, pour une fois qu'un étranger me fait la conversation, je veux combler les blancs qui peuvent s'immiscer.

— Pourquoi accompagniez-vous le roi ?

— Je suis son conseiller et, si les dieux le veulent, je serai celui de Karel quand il sera intronisé.

Je souris à ses mots. Il semble gentil et avenant, étrange pour un conseiller. Non pas qu'ils soient tous manipulateurs, mais celui de mon père, Silas, était austère. Il était toujours si sérieux, si calculateur, que la légèreté d'Amédée me désarçonne quelque peu. À la façon dont mon cavalier prononce le prénom du prince, je devine qu'il l'estime beaucoup.

— Et qui sait…, poursuit-il pensivement. Peut-être serai-je aussi celui de la reine quand elle dirigera.

Mon regard s'ancre au sien et je ne perçois rien d'autre que de la sincérité. Je bois une gorgée d'eau pour m'empêcher de parler trop vite. Toutefois, un léger rire incrédule m'échappe. *Quand elle dirigera ?* Cet homme est fou s'il pense qu'une femme accédera un jour au trône.

— Ça aussi, il m'en avait parlé. Vous rêviez de changer le monde.

— J'avais quatorze ans, précisé-je.

J'étais optimiste, je rêvais de voir un jour une femme sur le trône. C'est en tout cas ce que je lui avais dit. Je ne pouvais lui révéler que je me rêvais *moi* sur le trône, au risque qu'il ne perce à jour ma réelle identité. Aujourd'hui, le simple fait de nous libérer de nos entraves, de ces fers que l'on soude – autant métaphoriquement que réellement – à nos poignets me suffirait.

Bien que cet homme soit tout à fait charmant, je sais que quand il s'agit des femmes, chaque mot doit être pesé. Je ne peux pas dire à un homme que j'ai l'espoir de faire évoluer notre condition.

— Il est avantageux que vous ayez pris de l'âge, me dit-il, taquin. Aujourd'hui, vous avez gagné en sagesse. C'est nécessaire pour le combat que vous vous apprêtez à mener, mais vous ne serez pas seule.

Je sais qu'il fait allusion à Karel, mais là encore il se trompe s'il pense que le prince m'aidera à changer le monde.

— Il ne me soutiendra jamais.

— Je suis certain que si, mais si je me trompe, faites-le changer d'avis. C'est ça le mariage, apprendre à regarder dans la même direction.

Je repose mon verre, plus sèchement que je ne le voudrais et me tourne vers lui. Sa considération, son réconfort, ses encouragements… tout cela me semble trop pour que ce soit naturel.

— Je ne voudrais pas paraître impolie, dis-je d'un ton qui prouve pourtant le contraire, mais… pourquoi la condition féminine vous importe tant ?

Il semble surpris par ma question, puis observe dans mon dos. Il me fait signe de le suivre et nous nous mettons à marcher afin que des oreilles indiscrètes ne puissent entendre la totalité de notre conversation.

— Parce que c'est la seule raison pour laquelle je n'ai pas épousé la seule femme que j'aie aimée.

Je le dévisage à la recherche d'un indice qui me prouverait qu'il se joue de moi, qu'il me ment, mais dans son regard, je perçois une lueur de tristesse. La même que celle qui naît dans celui de mon père lorsqu'il parle de ma mère.

— Je vais vous raconter une petite histoire, poursuit-il. Celle d'un garçon qui est tombé amoureux, à l'âge de huit ans, de sa jeune voisine. Un amour enfantin, pensaient les autres, mais les années ont passé et les sentiments, plutôt que de s'atténuer, se sont renforcés. Pour la protéger, il a préféré sacrifier leur histoire. Fin.

Un blanc s'immisce. J'analyse ses propos, sans parvenir à comprendre.

—Vous auriez tout de même pu l'épouser, rétorqué-je. À présent, elle est peut-être mariée à un homme qui la traite comme…

— Non, vous ne comprenez pas, me coupe-t-il. Je suis un politicien, Votre Altesse. Qui sait ce qu'il pourrait m'arriver demain ? Je pourrais devenir gênant pour la couronne et être accusé de trahison. Qui en paierait les conséquences si j'avais une épouse ? Moi ? Non… vous savez comment tourne le monde. En restant célibataire, j'étais certain d'être le seul à payer pour mes erreurs.

— Je suis désolée pour vous, assuré-je avec compassion.

Je trouve cela honorable, mais ça m'attriste que les lois actuelles privent certaines personnes du véritable amour.

— Ne le soyez pas. Au moins, vous avez plus de chance que moi.

À ce moment-là, mon regard tombe sur Karel qui se trouve sur la piste de danse, en compagnie de Xintia. Je le détourne aussitôt, comme si cette vision m'avait fait l'effet d'une gifle, et cesse ma marche. Sans que je puisse le contrôler, mon cœur se pince.

— Vous trouvez que c'est de la chance, vous ? demandé-je avec sincérité en me tournant vers Amédée.

Son regard me semble bienveillant et je regrette de m'être montrée si transparente avec un inconnu. Je baisse ma garde bien trop rapidement.

— Je suis désolée, dis-je en reculant d'un pas. Je vais aller faire un tour. J'ai besoin d'air. Bien qu'ici, même en pleine nuit et en plein air, je pense que j'aurais l'impression d'étouffer, tenté-je de l'amuser.

Il incline légèrement la tête, peu dupe, et je m'agrippe aux pans de ma robe avant de traverser la salle de bal. Si je n'étais personne, ma fuite aurait pu passer inaperçue. Mais ici, ce n'est pas le cas et, à mon passage, la foule s'ouvre en deux. Les portes restées ouvertes après l'entrée du roi, je n'ai pas besoin d'attendre qu'un garde me laisse sortir. Je traverse à grands pas le couloir. Bientôt, je cours. Je peine à prendre une inspiration. J'ai l'impression de suffoquer, alors j'accélère encore.

Lorsque j'atteins les portes-fenêtres, je les tire et la brise me fouette le visage. À cet instant-là, je reprends mon souffle. Mes poumons se remplissent d'un air, certes chaud, mais qui est au moins naturel. Oui, le désert est aride, mais il n'est pas artificiel. Il est bien loin de ces parfums qui se mélangeaient dans la salle de bal. Je ferme les yeux et redresse ma tête. Lorsque mes paupières se soulèvent à nouveau, la Voie lactée se dévoile à moi. Hypnotisée, j'avance dans le jardin.

Deux royaumes différents, un même ciel.

Apprenez à regarder dans la même direction.

Chapitre 14
Kalliopée

La soirée s'est éternisée. Le roi ne m'a pas parlé, pas plus que le prince, trop occupé à jouer de ses charmes auprès de sa maîtresse. J'ai ravalé mon amertume face à si peu d'égard à mon encontre. Lorsque les invités sont progressivement partis, je suis allée me coucher, en saluant uniquement Amédée.

Ce matin, mon déjeuner m'a été apporté dans ma chambre et j'ai alors compris que les paroles de Karel n'étaient que mensongères. Je n'ai pas ma place à sa table. Oppressée, j'ai eu besoin de fuir. J'ai passé la matinée à chercher Darkos à travers le palais, sans le trouver. J'espérais que, peut-être, il pourrait m'aider à sortir, comme la veille. Avoir pu goûter, même de façon brève, à la liberté m'a déjà rendue dépendante.

Assise sur mon fauteuil, un livre en main, je fixe intensément l'armoire qui me fait face. Elle semble m'appeler, me murmurer de l'ouvrir. Je deviens folle, il n'y a plus aucun doute. Je baisse le regard sur mon ouvrage, mais c'est comme si les mots m'échappaient. Quoi que je fasse, le meuble et ce qui s'y trouve ne quittent pas mon esprit.

J'ai demandé à Sienna d'informer Xintia de mon besoin de solitude et que la soirée d'hier m'avait fatiguée. Selon ma servante, ma « dame de compagnie » a répondu que ça ne l'étonnait pas, « que les Viridiennes étaient des petites natures, même pas bonnes à féconder ». Son allusion ne m'a pas échappé. Elle parlait de ma mère, mais comme je l'ai dit à Karel, Xintia représente un combat futile. Je ne veux pas gaspiller mon énergie à me battre contre elle, j'ai déjà le sentiment d'en manquer.

Je me masse le front en retournant à la phrase que je tente de lire pour la cinquième fois. Lasse, je dévie mon regard vers la tour qui, chaque jour, me paraît plus grande. J'ai l'impression qu'elle se fait plus écrasante à chaque minute qui s'écoule, qu'elle aspire chacune de mes espérances.

Je referme d'un coup sec mon livre et, déterminée, me dirige vers l'armoire. Aussitôt, je m'agenouille et récupère le sac de vêtements. J'y enfourne mon ouvrage, qui pourrait me servir de couverture puis, sans hésiter plus longtemps, je quitte la chambre. L'empressement joue sur mon rythme et je me force à ralentir pour ne pas paraître suspecte. L'avantage d'être détestée, c'est qu'on est fui. Si bien que dès que j'apparais dans une pièce, elle se vide.

Je descends les escaliers, observe les alentours en feignant une curiosité des lieux et m'approche lentement de la tapisserie murale. Je jette un dernier coup d'œil et me glisse dans l'interstice. Aussitôt à l'abri, je dévale rapidement les marches malgré le manque d'éclairage. Comme la première fois, je me change, range mes vêtements, dissimule mon sac, puis me dirige dans le dédale de couloirs souterrains. Ma mémoire ne m'a jamais autant servi qu'aujourd'hui. Depuis hier, je me suis inlassablement répété les changements de direction. Je pense à rebrousser chemin lorsque je remarque enfin le petit cordon qui permet de faire descendre l'échelle. Je dois sauter pour l'attraper et lorsque mes doigts parviennent enfin à s'y agripper, je manque de lâcher un cri de joie.

Mon cœur accélère quand je soulève la trappe et que le même débarras qu'hier se dessine sous mes yeux. Je souris, excitée, et m'empêche de rire pour que le son ne se répercute pas en écho dans les souterrains. Je referme après mon passage et dispose des caisses comme l'avait fait Darkos hier. J'entrouvre la porte afin d'y passer ma tête et la referme précipitamment lorsqu'un groupe d'hommes en uniformes traverse la ruelle. Mon dos se plaque contre le mur et je me demande si je ne commets pas une erreur, si je ne prends pas trop de risques pour une simple sortie. Malgré mes hésitations, j'entrouvre à nouveau la porte et quitte le débarras dès que je suis sûre que la voie est libre.

Je me remémore chaque virage, jusqu'à déboucher sur la petite rue commerçante. Inconsciemment, mon regard se porte sur l'édifice en pierre devant lequel j'ai rencontré le petit garçon, mais aujourd'hui, il n'est pas là. Je poursuis mon exploration en m'éloignant un peu plus et découvre même des rues que je n'avais pas traversées hier. Certaines sont assez larges pour laisser circuler un véhicule, mais d'autres sont aussi étroites que celle menant au souterrain du palais. Les bâtiments sont tous construits en blocs de pierre blanche. Le soleil est masqué par le nuage de sable qui recouvre la ville. Le vent souffle fort et je suis sans cesse obligée de retenir ma cape pour éviter qu'elle ne glisse. Mes cheveux clairs ne passeraient pas inaperçus. Mon regard, lui, se rive au sol dès que quelqu'un s'approche de moi. Si je suis effrayée à l'idée qu'on me reconnaisse, mon besoin d'exploration l'emporte sur tout le reste.

Je croise régulièrement des hommes en uniformes qui, je suppose, sont là pour faire régner le calme. Dans la rue, les cris fusent, de ceux de la mère qui commande à son fils d'arrêter de jeter des cailloux contre leur porte d'entrée, à ceux du marchand qui hurle à qui veut bien l'entendre que ses produits sont les moins chers du royaume. Malgré le vacarme incessant, je me sens bien. Cette cohue me permet de m'oublier et, surtout, de ne plus penser au palais.

N'ayant pas d'argent, je ne peux malheureusement rien m'acheter parmi les aliments proposés sur les différents étals. Durant mon exploration, la cloche de la ville sonne à deux reprises et je suis consciente que je prends d'énormes risques. Plus je m'absente, plus je joue avec le feu. Ayant pris ma dose de liberté, je décide de revenir sur mes pas. Sans m'en rendre compte, je m'étais beaucoup éloignée et il me faut un moment avant d'arriver dans la rue du dispensaire.

Alors que je le dépasse, je suis surprise de découvrir que Tev patiente devant.

En remontant ma capuche, je m'approche de lui. Ayant certainement senti ma présence, il relève son regard sur moi et, aussitôt, sa mine triste disparaît pour laisser place à un visage souriant.

— Tu es venue, Kalli ! s'exclame-t-il.

Le garçonnet se jette sur moi et enroule ses bras autour de mes hanches. Sa joue repose sur ma poitrine et je constate que ses cheveux sont pleins de sable. Mes doigts s'enfoncent dans ses longues mèches et, avec douceur, j'ôte les plus gros grains de poussière.

— Que fais-tu là, Tev ? demandé-je, soucieuse.

— Maman est encore fatiguée, m'annonce-t-il tristement en se détachant de moi.

Mais à nouveau, un sourire étire ses lèvres tandis qu'il me tire par le bras.

— Viens, aujourd'hui elle est réveillée. Tu vas pouvoir la voir.

Mes chaussures s'enfoncent dans le sol. J'ai déjà trop tardé, je ne peux pas rester. Pourtant, lorsque son regard me supplie de ne pas l'abandonner, mes jambes arrêtent de lutter et je lui fais signe d'avancer. Nous montons les quelques marches qui nous séparent de la porte et j'aide Tev à la pousser. Les gonds grincent, provoquant un vacarme qui se répercute en écho dans la pièce qui nous accueille.

Moi qui pensais me trouver dans un petit hall, je constate que la pièce est remplie de lits. Ici et là, des hommes et des jeunes filles passent d'un patient à l'autre.

Comme chez nous, peu de femmes se trouvent dans les centres médicaux. Généralement, ce sont les célibataires ou les épouses de médecins. Sinon, elles ne servent qu'à nettoyer, ranger ou nourrir les patients. Peu d'entre elles ont accès à l'enseignement des médecines…

Mon regard se baisse sur Tev qui tient fermement ma main. Je la presse parce qu'à l'instant, les mots me font défaut. Surtout lorsque je vois un médecin remonter un drap sur le visage d'un jeune homme.

Tev n'y prête pas attention et me dirige à travers la pièce. Je pensais que sa mère se trouvait dans celle-ci, mais en bon guide, il me conduit jusqu'à un couloir, lui aussi rempli de lits, puis nous montons un escalier. Quand enfin nous entrons dans une nouvelle salle, il lâche ma main et se met à courir pour la traverser. Je réajuste ma capuche afin de ne pas être vue et rejoins mon jeune ami.

Je me décale pour laisser passer un médecin et la panique m'envahit lorsque son regard croise le mien. Je sais que je ne devrais pas être là, que je devrais rentrer au palais, mais je ne parviens pas à ignorer ce qu'il se passe ici. Je retiens mon souffle que je relâche dès qu'il se détourne sans m'avoir reconnue. Mon regard glisse jusqu'à Tev, au chevet de sa mère.

— Maman, chuchote-t-il à son oreille.

Je souris, attendrie, parce qu'il murmure, mais fort. D'ici, je l'entends distinctement.

— Je suis venu avec Kalli, je t'en ai parlé hier.

Alors que je m'approche, sa mère ouvre les yeux avec difficulté. Elle semble épuisée de lutter, je le devine à la lueur résignée qui anime ses iris. Son teint est blafard et la sueur a collé ses cheveux à son front.

— Bonj…, tente-t-elle avant d'être prise d'une quinte de toux.

— Non, vous n'avez pas besoin de parler, la rassuré-je.

Je me dépêche de lui servir un verre d'eau et surélève sa tête pour l'aider à boire. Ses mains se posent sur les miennes et essaient faiblement de supporter le contenant mais, épuisée, elle finit par cesser de lutter et ses bras retombent lourdement sur le matelas. Lorsque j'ai reposé le verre, je m'approche d'elle pour m'assurer qu'elle va bien. Ses yeux s'ancrent aux miens et je devine le moment où elle comprend qui je suis.

— Sauvez mon fils, me supplie-t-elle. S'il vous plaît.

N'ayant pas la force de lui annoncer que je n'ai aucun pouvoir, je me contente d'acquiescer.

La conversation s'achève là puisqu'un homme vient s'occuper d'elle. J'observe chacun de ses gestes tout en me mettant en retrait. Il lui passe un gant sur le front, prend sa température et lui fait boire de l'eau. Alors qu'il s'apprête à aller vers un autre patient, je l'arrête avec douceur en le retenant par le bras.

— Excusez-moi, il n'y a pas de médicaments pour soigner les malades ? demandé-je, surprise.

Je plisse les yeux afin qu'il ne puisse pas remarquer la différence de pigmentation de mes iris. Il secoue la tête, l'air abattu.

— Elle va… ? insinué-je pour que Tev ne comprenne pas ma question.

Le médecin observe le garçon à la dérobée avant de me regarder à nouveau et d'opiner du chef. Aussitôt, mon visage pivote vers Tev. Il parle à sa mère, lui annonce ce qu'ils feront le lendemain si elle est un peu moins fatiguée et je peine à garder mon sang-froid. À l'intérieur, je me craquelle.

Je sais pourquoi ils n'ont pas de médicaments : la guerre a des conséquences. Les Lapisiens ont cessé de nous fournir des armes et des matériaux et les Viridiens ont refusé de leur vendre des plantes médicinales. Oui, il y a certainement des contrebandiers, mais à quel prix fournissent-ils les biens ? C'est sans doute trop onéreux pour les personnes alitées ici.

À travers une des fenêtres ouvertes, j'entends la cloche sonner à nouveau. L'angoisse me saisit.

— Tev, dis-je en m'inclinant pour être à son niveau. Je dois y aller, mais je reviens demain.

— Tu le promets, hein ?

— Oui, je te le jure même ! Prends soin de ta maman, d'accord ?

— Oui ! me confirme-t-il, déterminé.

Sans savoir pourquoi, alors que je ne l'ai rencontré qu'hier, j'ai besoin de prendre ce petit garçon dans mes bras. J'ai besoin de le rassurer et de lui faire comprendre qu'il n'est pas seul. J'embrasse son front et l'abandonne au chevet de sa mère.

Le trajet passe sans que je m'en rende compte. Rapidement, je me retrouve vêtue de ma robe, devant la tapisserie. Si mon corps est là, mon esprit, lui, est resté au dispensaire auprès de Tev et de sa mère.

Mes doigts entrouvrent le rideau tandis que je retiens mon souffle. Heureusement, il n'y a personne et je quitte ma cachette. Je monte les escaliers, traverse le couloir, l'esprit toujours égaré, perdue dans cette réalité dont le palais me tenait éloignée.

Une fois dans ma chambre, mon dos plaqué contre la porte, je me laisse lentement glisser contre le bois. Silencieusement, les larmes dévalent mes joues, sans que je ne tente de les retenir ou que je n'aie l'énergie de les essuyer. Je me sens impuissante. Voir ces lits, cette mère, cet enfant, ces médecins dans l'impossibilité de sauver les patients, me plonge un peu plus dans un gouffre de noirceur. Si je ne suis pas folle, je risque de le devenir.

Demain, ça changera. Je trouverai un moyen d'aider.

Il le faut.

Et tandis que je me fais cette promesse, je sais que, quoiqu'il arrive, peu importe le mal que Karel pourrait me faire, je resterai forte pour que la guerre cesse. Parce que nous ne sommes pas les deux seules personnes concernées par ce mariage. Des vies dépendent de cette alliance et je refuse que nos egos les sacrifient.

Chapitre 15
Kalliopée

Allongée dans mon lit, mes yeux papillonnent lourdement. Mon sommeil a été compliqué, peu reposant. Mon esprit n'est jamais revenu au palais. Chacune de mes pensées était tournée vers Tev, allant jusqu'à m'ôter toute envie de me nourrir. Mon ventre gargouille justement, mais je crois que je ne pourrais rien avaler, tout comme hier. La nausée se rappelle sans cesse à moi. Depuis mon arrivée ici, j'ai probablement perdu du poids.

Je m'étire en tournant la tête vers la fenêtre, dont les volets sont ouverts. Je ne les ferme jamais, peut-être le devrais-je. Apercevoir, dès mon réveil, la tour qui me fait face me plonge un peu plus dans un état d'angoisse extrême. Une vague de froid m'envahit et une boule se loge dans mon ventre, provoquant instantanément des douleurs. Je détourne la tête dans l'espoir de faire fuir ce malaise, sans succès. Même mon lit devient anxiogène. Préférant quitter la pièce au plus tôt pour aller me réfugier dans le jardin boisé, je me redresse.

Mon cœur jaillit hors de ma poitrine et je ne peux retenir un cri de frayeur quand je découvre que Karel est assis sur la chaise de mon bureau, face à moi, un livre en main. Pourtant, il ne le lit pas, non. Son regard dénué de chaleur est braqué sur moi. Le temps s'étire et la tension s'intensifie. Inconsciemment, je recule contre ma tête de lit quand il se redresse. Cette fois, le temps se suspend et j'ai l'impression d'être une proie dans l'attente de sa mise à mort. Son corps se raidit et il semble gagner quelques centimètres.

C'est le signal. Je rejette la couverture qui me retient prisonnière dans l'espoir de fuir, mais avant que j'aie pu quitter mon lit, ses doigts enserrent ma cheville et me tirent vers lui. Couchée sur le ventre, je me retourne pour le repousser du pied, mais d'un geste sec, il me somme d'arrêter. Sa poigne se raffermit, sans pour autant être douloureuse. Pourtant, je ne peux empêcher les larmes de s'agglutiner au coin de mes paupières. Mon souffle s'est accéléré et, malgré l'air qui circule vivement dans mes poumons, j'ai l'impression d'étouffer. Mon dos se relâche sur le matelas et j'abandonne la partie. Je ne me débats plus.

— Où étiez-vous hier ? me demande-t-il sévèrement.

Mon regard se fixe sur le toit de mon lit à baldaquin. Sa voix, chargée de colère, me tord le ventre.

— Je me suis promenée dans le palais.

La mienne ne m'a pas trahie. Elle ne doit pas le faire, Tev compte sur moi. Sa poigne se resserre, signe que ma réponse ne lui convient pas.

— Je vous ai cherchée, m'annonce-t-il durement.

— J'étais juste bien cachée. Je sais me montrer discrète. N'est-ce pas vous-même qui me l'avez appris ?

— Pourquoi passez-vous votre temps à me mentir ?

Mon regard glisse sur lui. Debout, face au lit, ma cheville toujours retenue par sa main, il me surplombe. Il ne porte qu'un simple haut, dévoilant ses avant-bras. Lorsque mes yeux rencontrent les siens, je perçois leur dureté et leur sauvagerie à leurs prunelles dilatées. On ne peut pas le nier, il a le charisme d'un roi.

— Parce que vous passez votre temps à me décevoir.

Mes mots n'étaient pas teintés de colère, mais plutôt de tristesse. Ce matin, je n'ai pas la force de lutter contre ce qu'il me fait ressentir. J'ai beau tenter de recouvrir les plaies qu'il m'inflige par de la rancœur, la douleur est bien là, tapie dans l'ombre.

Alors que je pense qu'il va surenchérir, prononcer de nouvelles paroles qui blesseront un peu plus mon ego, il libère ma cheville qui retombe mollement sur le matelas, puis disparaît de mon champ de vision. Un courant d'air froid balaie mon corps, faisant voler jusqu'à moi des effluves de son parfum, et la porte claque. Ce n'est qu'à ce moment-là que je reprends mon souffle. Ce bref échange chargé de tension m'a déjà vidée de toute énergie.

Je passe le reste de la journée à errer dans le palais. Cet après-midi, Sienna m'a annoncé que le prince serait à l'extérieur. Je sais que dans les prochains jours, il guettera le moindre de mes gestes, alors je profite de son absence pour récupérer le sac, y placer un livre et y ajouter les dagues qui m'ont été offertes par Karel lui-même.

Comme la veille, je me rends au cœur de la citadelle. Par chance, hier, au cours de ma promenade, j'ai aperçu un prêteur sur gages dans une ruelle. J'hésite quelques instants devant la devanture, en palpant le sac dans lequel se trouve le coffret. Je culpabilise à l'idée de devoir m'en débarrasser, mais mes effets personnels n'ont qu'une valeur sentimentale… Seule ma couronne pourrait me rapporter de l'argent, mais il est évident que sa vente ici ne passerait pas inaperçue. J'ai fouillé ma chambre dans son intégralité, à la recherche de quelque chose qui épargnerait que je me sépare de ces dagues, mais rien… absolument rien.

Le cœur battant, je pénètre dans la boutique et remonte un peu plus ma capuche. Le pas lent, je m'approche du comptoir en serrant contre mon ventre le sac en toile. Un homme quitte l'arrière du magasin et me salue. Les mains tremblantes, je retire le coffret en bois verni et le dépose sur la table avant de le faire glisser jusqu'à lui. Sans un mot, il le fait pivoter et l'ouvre. Instantanément, sa tête se redresse tandis qu'il en extirpe l'un des poignards.

— Où avez-vous eu ça ?

— Peu importe, réponds-je simplement. Combien ?

Il prend une petite loupe, la place sur son œil avant de reposer précieusement l'arme dans son coffret.

— Mille pièces. Le coffre, j'le prends pas.

Mes poings se serrent, je sais qu'ils en valent beaucoup plus, mais je n'ai pas le temps de négocier. Ma sortie d'aujourd'hui doit être la plus brève possible.

— D'accord.

Il semble satisfait de son affaire, alors que moi, je suis pressée par le temps. Dès qu'il me remet une bourse, je quitte son magasin. Je les rachèterai quand que je le pourrai, en espérant qu'elles ne trouveront pas preneur entre temps. Comment je me procurerai l'argent ? Je ne sais même pas, mais je chasse ces réflexions qui me tordent déjà le ventre.

Alors que je bifurque vers une des artères principales, je fais précipitamment demi-tour. Karel et ses hommes sont là. Je réfléchis, en observant nerveusement les alentours, à un autre moyen de rejoindre le dispensaire. Malheureusement, je n'ai pas exploré la ville dans ses moindres recoins et ce n'est pas le jour pour me perdre. Je baisse la tête, la rentre dans les épaules et regagne la grande rue. Je ferme les yeux quand je les dépasse. Ma respiration suspendue, je prie pour qu'ils ne m'interpellent pas. Il n'y a que lorsque je parviens dans une petite ruelle que je reprends mon souffle. Aussitôt, mes pas s'activent pour rejoindre au plus vite Tev.

Quand le bâtiment se dessine enfin sous mes yeux, je m'y précipite et, constatant que le petit garçon n'est pas sur les marches, je repousse la porte.

Je prends la direction des escaliers et les monte pour me rendre dans la pièce où sa mère était hier. La panique m'envahit lorsque je découvre que le patient qui occupe son lit est un jeune homme.

— Excusez-moi, demandé-je à un des médecins. Où se trouve la femme qui était là hier ?

— Elle est décédée cette nuit, m'annonce-t-il d'une voix lasse.

Je suis arrivée trop tard. Je masque du mieux que je peux mon émotion, mais ma voix éraillée ne le trompe sûrement pas.

— Et le petit garçon qui était avec elle ?

— Suivez-moi, me demande-t-il.

Nous quittons la pièce pour en rejoindre une autre. Celle-ci n'est occupée que par des enfants. Je ravale la boule qui m'obstrue la gorge quand je comprends ce qu'il se passe.

Après m'avoir salué, il s'éloigne. Les jambes flageolantes, je m'approche du lit dans lequel Tev se trouve. Depuis hier, le visage du petit garçon a perdu de ses couleurs. Sentant sans doute ma présence, ses yeux fatigués s'ouvrent et sa tête pivote dans ma direction.

— Kalli.

Sa voix est cassée et je comprends qu'il peine à parler. Je saisis l'une de ses mains et passe mes doigts dans ses cheveux.

— Je t'avais promis que je reviendrais.

Je grimace un sourire pour masquer la douleur profonde qui s'empare de moi en le découvrant si fragile. Je n'ai jamais pensé à l'éventualité que la maladie s'emparerait de son petit corps.

— Mais je ne vais pas pouvoir rester plus longtemps, tu comprends ?

— Oui. Si tu reviens demain, on ira voir maman, d'accord ?

Incapable de lui faire de la peine, je chuchote un faible « oui ». J'ai beau lutter, je ne parviens pas à libérer ses mains, mais chaque seconde qui s'écoule fait craqueler mon cœur. Du mieux que je peux, je tente d'en maintenir les morceaux pour qu'il ne cède pas ici, devant lui.

Je porte mes lèvres à son front et lui promets de revenir le lendemain. Sans le regarder une dernière fois, au risque de faire demi-tour, je m'éloigne et quitte la pièce en faisant abstraction des autres enfants. Mon cœur ne pourra pas en supporter davantage.

J'arrête le médecin qui m'a menée à lui et lui remets la bourse du prêteur sur gages.

Son regard croise le mien et il se raidit quand il me reconnaît. Il refuse précipitamment la bourse, comme si elle était empoisonnée, mais d'autorité, je la place dans sa paume.

— Les patients en ont besoin. Vous ne pouvez pas vous payer le luxe de refuser cet argent, même s'il venait du diable. S'il vous plaît, le supplié-je.

En temps normal, je n'aurais pas agi ainsi, je me serais montrée dure, trop vexée par son attitude, mais aujourd'hui, il ne s'agit pas de moi. Il s'agit de Tev et de tous ces malades.

— Il y a mille pièces d'or, elles devraient suffire à acheter quelques médicaments.

Ses sourcils se froncent et son regard, qui ne m'avait pas lâché, se baisse sur la bourse. Ses doigts resserrent leur prise et, soulagée, je la libère ainsi que son poignet.

— Ça ne suffira pas longtemps, m'indique-t-il d'une voix fatiguée.

Je le sais, mais j'espère trouver une autre solution au plus vite. Sans rien ajouter, je me retourne et rejoins le rez-de-chaussée. Mes pas se font plus rapides tandis que je maintiens, avec de plus en plus de difficulté, cette boule qui m'obstrue la gorge. Quand je repousse la porte, elle éclate et je laisse les larmes s'écouler librement. Même si elles m'aveuglent, je n'en retiens aucune. Je me dirige jusqu'au débarras, longe les couloirs, puis me trouve devant le rideau après m'être changée. Ce n'est qu'à ce moment-là que je verrouille ma peine. Je sèche mes larmes, ravale la boule qui m'obstrue la gorge et repousse la tenture lorsque je suis certaine que personne ne pourra me surprendre.

Cette fois, j'ai préféré laisser le sac en toile dans la cavité, puisque, plutôt que de regagner ma chambre, je me rends dans le jardin. Il est évident qu'il ne passerait pas inaperçu et que si je venais à croiser Karel, il me questionnerait sur son contenu. Mon ouvrage en main, je m'adosse contre l'arbre. Mon rythme cardiaque n'a pas repris sa cadence normale. J'ai peur qu'il ne le fasse plus jamais, qu'il soit condamné à battre toujours aussi vite. J'ouvre le livre, le dépose sur mes cuisses, tandis que mes yeux se perdent sur les racines qui, par endroits, jaillissent du sol.

J'abaisse mes paupières et inspire profondément. Comme toujours, l'odeur de poussière irrite mes narines, mais c'est mieux que rien. C'est le signe que je peux encore respirer.

— Vous êtes là…

Visiblement, il est toujours aussi silencieux que par le passé. Je ne lui réponds rien, mais rouvre les yeux pour les baisser sur mon ouvrage.

— Que faites-vous, ici ?

— J'avais besoin d'air, me contenté-je de dire, sans émotion aucune.

Je ne suis plus capable de ressentir quoi que ce soit aujourd'hui. Je sais que le laisser m'atteindre mettrait en péril le verrou que j'ai posé sur ma tristesse. Si j'autorisais mon cœur à ressentir de la colère envers Karel, j'ai peur de la douleur qui pourrait m'envahir.

— Ce soir, vous dînerez à la table du roi.

Je lève un regard surpris vers lui. Les mains dans les poches, il m'observe sévèrement. Une ride marque ses sourcils.

— Si ça ne vous dérange pas, je suis épuisée.

Moi qui lui en ai voulu de ne pas tenir ses promesses, voilà qu'aujourd'hui, je décline son invitation… Mais je ne suis pas sûre de pouvoir survivre à ce dîner.

— Vous dînerez à la table du roi, répète-t-il en détachant chaque syllabe afin que je saisisse chacune d'elles.

Ses genoux fléchissent et il me fait face. Il m'observe avec méfiance, cherchant probablement à deviner ce que je lui dissimule. Pourtant, je parviens à ne rien laisser transparaître.

— Ne me forcez pas à vous y conduire de force, *Shaadi*.

Encore cette appellation dont je ne comprends pas le sens. Je détourne le regard, trop consciente qu'il mettrait sa menace à exécution. Si j'ai peur de ne pas survivre à ce dîner, je n'ai pas non plus la force de lutter contre lui. Je suis pathétique.

— Bien, acquiescé-je.

Mon accord donné, il se redresse et s'éloigne. Il n'y a que lorsqu'il atteint les portes que mon visage se tourne dans sa direction. Je vais devoir faire preuve de patience et ne pas le laisser m'atteindre. Juste ce soir.

Demain, on verra.

Chapitre 16
Kalliopée

Lorsque je quitte ma chambre, je constate avec soulagement que Karel ne m'attend pas. Ainsi, je vais pouvoir souffler durant le trajet qui me conduira jusqu'à la salle à manger.

Je descends les escaliers, puis longe le grand couloir menant jusqu'à la salle du trône. Je ne m'y arrête pas et bifurque sur la gauche. D'ici, j'entends l'agitation qui règne dans les cuisines. Chez moi, j'avais l'habitude de regarder notre cuisinier s'affairer derrière les fourneaux. Il préparait toujours une portion supplémentaire de dessert parce qu'il savait que je n'avais jamais assez d'une seule part. À ce souvenir, un sourire nostalgique se dessine sur mon visage. La douleur que j'ai ressentie cet après-midi en découvrant l'état de Tev me semble encore plus vive.

J'essaie d'être forte, de rester fière. Pourtant, j'ai peur que ma vie ici ne fasse que grignoter mes espoirs. Mais à quoi bon vivre sans ? Ils nous poussent à nous relever, à nous battre.

Si je le pouvais, je serais au dispensaire, je veillerais sur Tev. On me trouverait peut-être pathétique si on savait que je me suis autant attachée à un petit garçon que je n'ai vu que trois fois, mais… il y a des choses qui ne se contrôlent pas. L'affection que j'ai pour lui est arrivée subitement. Il a suffi d'un mot, d'un geste… Tev est le symbole de ma présence ici. C'est pour la paix, pour la survie de nos peuples. Désormais, je ne me bats plus uniquement pour les Viridiens, mais aussi pour le peuple de Lapisia. Si le petit garçon venait à mourir à son tour, je crois que je perdrais tout espoir.

Bien trop tôt, j'atteins les portes de la salle à manger. Darkos est le garde chargé de surveiller l'entrée. Étrangement, voir un visage familier allège un peu le poids qui semble peser sur mes épaules.

— Vous allez bien ? s'inquiète-t-il à voix basse.

— Je suis juste un peu fatiguée.

Alors que je voudrais pouvoir me confier à quelqu'un, je choisis de lui mentir. Lui avouer la vérité serait lui révéler que j'ai trahi sa confiance et que j'ai quitté le palais. Afin qu'il ne perçoive pas la culpabilité que je ressens, je détourne la tête vers la porte devant laquelle il se trouve.

— Ce n'est qu'un repas, tente-t-il de me rassurer.

Plutôt que de lui dire que chaque seconde en la présence du prince serait comparable à dix ans au purgatoire, j'opine du chef. Je prends une grande inspiration et lorsque je redresse mes épaules, il comprend que c'est le signal pour lui de m'ouvrir.

La porte grince et j'attends qu'il s'écarte pour pénétrer à l'intérieur. En signe de paix, j'ai choisi de porter une robe longue aux couleurs de Lapisia : le rouge rubis. C'est grâce à cette pierre que la cité est devenue si prospère à sa fondation. Désormais, les gisements se sont faits rares et d'autres minéraux sont venus le remplacer, mais Lapisia arbore toujours fièrement cette teinte.

Je pensais qu'ainsi, le dîner se déroulerait paisiblement, que mon gage de paix permettrait de cesser les hostilités, ne serait-ce que pour quelques heures, mais c'était mal connaître Karel et son besoin de m'humilier constamment.

Bien que le cœur n'y soit pas, je souris en rejoignant la table. J'effectue une révérence à l'attention du roi et prends place sur la chaise vide à côté du prince. Je n'adresse pas un regard à ce dernier, pas plus qu'à sa maîtresse. Alors il me mentait en prétendant ne pas partager leurs repas ? Et qu'en est-il de sa couche ?

Je déteste la jalousie que j'éprouve, même si elle me semble légitime. Aucune femme n'aime savoir que son époux ou fiancé partage une relation charnelle, voire sentimentale, avec une autre qu'elle. Mes doigts retiennent avec force les pans de ma robe afin de masquer ma colère lorsque je prends place.

— Nous pensions que vous ne viendriez pas, m'informe le roi.

— Veuillez m'excuser, Votre Majesté, je ne suis pas encore familière avec les lieux. Je me suis égarée.

— Vous passez pourtant vos journées dans les couloirs, intervient Xintia.

Je me mords la joue et cherche mes mots. Comment me montrer polie avec elle ? Je déteste qu'il m'ait mise dans cette situation en me forçant à partager mon repas avec sa maîtresse. Je me demande quand il arrêtera de jouer avec mon cœur.

— Vous avez raison, mais je dois avouer que j'étais nerveuse.

Je ne lui ai pas répondu à elle, je l'ai autant ignorée que mon fiancé. J'ai regardé le roi plutôt que de lui accorder la moindre importance. Ce dernier m'adresse un regard dédaigneux qui accentue mon malaise.

— Bien, se contente-t-il de dire. Nous allons pouvoir dîner, à présent.

Il fait signe à un homme qui disparaît aussitôt pour se rendre, je suppose, en cuisine. Mon cœur se calme peu à peu et, lorsqu'on me sert un verre d'eau, j'en saisis le pied et me désaltère. Je voudrais demander quelque chose de plus fort, mais je ne suis pas certaine que cela soit convenable.

Quelques minutes plus tard, tandis que je feins de m'intéresser à la conversation entre la maîtresse de mon futur époux et le roi, qui m'ignore grandement, une femme s'approche en poussant un chariot. Nos entrées servies, je me saisis de ma fourchette et porte la feuille de salade à mes lèvres. Je la mastique longuement, jusqu'à ce qu'elle soit réduite en bouillie. Autrement, je ne suis pas certaine que je parviendrais à l'avaler. À mes côtés, Karel reste silencieux. Il doit sans doute m'observer en triomphant intérieurement. Moi, je suis à des milliers de lieues d'ici. Ce qu'il se passe ce soir n'est rien en comparaison du sort de certaines personnes.

Sentant les larmes monter à la pensée de Tev, je récupère mon verre et en bois à nouveau l'intégralité.

— Vous avez fait sensation au bal, s'extasie faussement Xintia.

Je me fige, mais reprends vite contenance en lui retournant son sourire. Au jeu des faux-semblants, je pense la surpasser.

— Oui, on m'a offert cette robe en présent et j'ai cru bon d'honorer celui qui m'en avait fait cadeau, m'excusé-je. À présent, je n'accepterai plus rien de cette personne.

Un frisson glacial longe ma colonne vertébrale. Sans doute est-elle due à la colère du prince à mes mots. N'était-ce pourtant pas lui qui l'a cherché ?

— Ce serait mieux, en effet, finit par consentir le roi, les lèvres pincées.

À ses mains qui resserrent leur prise sur ses couverts, je devine que là ne vont pas cesser ses reproches.

— Vous ne vous rendez pas compte de ce que vous avez fait. Je savais qu'accueillir une femme comme vous au palais serait une erreur.

— Une femme comme moi ? osé-je impulsivement.

— Si j'avais su…

Il ne poursuit pas alors je préfère me taire et me reconcentrer sur mon assiette.

Pense à la paix. Pense à Tev. Ne te trahis pas, Kalliopée.

Subis.

Je mâche un nouvel aliment en priant pour ne pas le rendre sur la table. Étonnamment, il n'a aucun goût. Peut-être est-ce parce que mon amertume surpasse le sien.

À nouveau, on fait comme si je n'étais pas là. Une étrange tension se fait sentir à mes côtés et sans pouvoir me contrôler, mon visage se tourne vers Karel. Il me regarde, la mâchoire serrée. Mon cœur, jusque-là calme, se réveille. Préférant ne pas le laisser s'exprimer, je détourne la tête.

Nos assiettes sont enlevées, puis de nouvelles sont apportées : de la viande en grande quantité. Bien trop pour cette tablée. D'autant plus que mon appétit se fait de plus en plus petit. Pourtant, parce que je sais que ma situation est déjà bancale, je me contrains à manger. À présent, chaque bouchée a le goût de la rancœur. Chaque mouvement de ma mâchoire symbolise ce que je fais subir à mon premier amour : je le réduis, lui aussi, en bouillie.

En face de moi, Xintia rit, me forçant à relever les yeux.

— C'est vrai qu'on a fait les quatre cents coups. N'est-ce pas, Karel ?

Pour toute réponse, ce dernier émet un grognement et Xintia se penche sur la table afin de s'adresser à moi, un air réjoui sur le visage.

— L'été de ses dix-sept ans, il est rentré de son voyage et il s'est déclaré à moi. Il voulait qu'on se marie, ajoute-t-elle, pensive.

Mes sourcils se froncent et, si je n'ai jamais été douée avec les chiffres, je sais tout de même compter. Karel a trois ans de plus que moi et c'est l'âge qu'il avait cet été-là. Je réalise soudainement que lorsque moi j'étais rentrée pleine de mes plus beaux souvenirs, lui, il passait à autre chose. Je me suis bercée d'illusions en imaginant qu'il lui était peut-être arrivé de penser à moi, au moins de temps en temps. Mais non, il a cessé de le faire dès que l'été a pris fin. Je savais qu'il ne nourrissait plus de sentiments à mon égard, mais savoir que ça n'a jamais été le cas est une douleur supplémentaire.

Mais la vie est ainsi. Parfois, certaines personnes prennent une place sans avoir à lutter alors que notre présence ne leur importe pas. La réciprocité est une chance. Je pensais que nous avions au moins eu cela. Je ravale la boule qui m'obstrue la gorge et me désintéresse de la discussion.

— Aviez-vous de nombreux amis à Viridia ? me demande subitement sa maîtresse, me forçant à rejoindre la conversation.

Avec curiosité, j'observe le roi qui ne me paraît pas gêné par le fait que Xintia monopolise la conversation. Au contraire, il semble apprécier qu'elle m'ait prise pour cible. Après tout, il semble l'apprécier, elle.

— Une, avoué-je sans honte. Malo, la fille de ma nourrice.

Les yeux de Xintia s'écarquillent de stupéfaction.

— Je ne suis pas vraiment surprise, finit-elle par dire en haussant les épaules.

Cette fois, ce sont mes yeux qui s'arrondissent.

— Pourquoi ? m'étonné-je.

— Ne faites pas l'innocente, répond le roi, d'un ton qui laisse transparaître sa colère.

Elle me cloue sur place. Je comprends alors que depuis le début du dîner, il se retenait.

— Il faut être au plus bas de la population pour vouloir côtoyer le diable. Ils espéraient sûrement quelque chose en contrepartie. Si le roi Läven m'avait parlé de ça… J'avais entendu les rumeurs, mais je pensais qu'elles étaient infondées. Mais regardez-vous. Et c'est vous qui êtes censée nous aider à ramener la paix ? Vous nous mènerez à notre perte ! lâche-t-il dans un rire sarcastique.

Mes poings serrent avec force le tissu de ma robe. Je m'échappe. Aucun des mots qu'il me dit ne me parvient plus. Je disparais. Viridia. Père. Malo. Leurs sourires apparaissent un à un, jusqu'à celui de Tev. Celui-là, plutôt que de m'aider à m'isoler, me ramène à la cruelle réalité. À cet instant, je lâche prise sur mes émotions. Je m'apprête à me redresser lorsque mon bras est retenu par une poigne forte. Mon cœur cède. Les sons me parviennent à nouveau et je constate que l'instant a échappé au roi qui poursuit sa tirade. Les doigts se desserrent, mais au lieu de me quitter, la paume chaude de Karel se pose sur ma main. Je déteste que ce soit lui qui réussisse à me calmer. J'en veux à mon cœur de m'être infidèle et de laisser le prince me contrôler.

Quelques minutes s'écoulent et, même après que le roi ait repris une conversation normale avec Xintia, Karel ne me libère pas. Et au contraire lorsque je tente de récupérer ma main, ses doigts m'en empêchent avec force. Je décide alors d'abandonner la partie, de lui céder, parce que je crois que de toute façon, c'est ce qu'implique le mariage. Je me suis convaincue que je me battrais, mais en serais-je capable ? Je suis une femme, nos forces physiques ne sont pas égales. La combativité est épuisante et si elle n'apporte aucun résultat, en vaut-elle la peine ? Je sens sa prise se relâcher, bien que ses doigts soient toujours aussi raides. Ma tête pivote vers lui et nos regards se croisent. Mon cœur tressaute quand il me semble percevoir une lueur de culpabilité dans le sien, mais je me détourne, consciente que ma détresse émotionnelle me ferait croire n'importe quoi.

Le roi a cessé de s'époumoner, mais Xintia poursuit ses provocations. Une nouvelle remarque sur mon regard et je manque de riposter.

— Père, me devance Karel en libérant enfin ma main. Si vous le permettez, je vais reconduire la princesse dans sa chambre. Elle était un peu faible, cet après-midi. Il vaudrait mieux qu'elle se repose.

— Tu reviens ? lui demande Xintia lorsqu'il se lève.

Je me mords la joue lorsqu'elle le tutoie.

— Je vous prie de m'excuser, je suis fatigué moi aussi, j'ai passé la journée au centre d'entraînement.

Il me tend sa main et je la saisis. Pas parce que j'en ai l'envie, mais parce que je n'en ai pas le choix. Je ne suis pas certaine que je parviendrais à me lever sans son aide. Plus nous nous éloignons, plus la colère m'insuffle l'énergie pour avancer.

Lorsque les portes se referment derrière nous, je lâche son bras comme s'il m'avait brûlée et me hâte dans les couloirs. Trop aveuglée par les larmes qui ne demandent qu'à sortir, je me précipite pour regagner ma chambre.

Lorsque, essoufflée, j'y arrive enfin, j'ouvre la porte et me retourne vivement pour la refermer, mais le pied de Karel m'empêche de le faire.

— Partez, demandé-je, les dents serrées.

Je pousse plus fort, espérant le voir capituler, mais je m'épuise contre cette porte. Je relâche alors la porte et m'en éloigne le plus vite possible. De toute façon, autant me rendre à l'évidence : je ne fais pas le poids. Il pénètre dans la chambre et la claque aussitôt. Je parviens difficilement à retenir mon souffle qui s'accélère. Leurs mots, leur manque de respect… c'est plus que je ne peux en supporter.

— Pourquoi m'avoir retenue ? Qu'est-ce que ça peut vous faire ? grondé-je, fatiguée de lutter. Alors quoi ? Je dois intérioriser ? Me mordre la langue et ne jamais hurler quand ça ne va pas ? Rester digne en toute circonstance ?

— Non, c'est sur moi que vous devez vous défouler. Quand vous serez reine, peu importe ce que les gens vous diront, vous devrez montrer qu'ils ne vous atteignent pas, vous devrez vous montrer plus forte qu'eux et, le soir, quand nous serons dans notre chambre, c'est sur moi que vous pourrez extérioriser vos émotions, m'annonce-t-il durement en désignant successivement la porte, puis moi.

Trop surprise, je reste coite. Perdue, je tente de comprendre le sens de ses mots.

— C'est sur moi que vous pourrez hurler, cracher votre haine, pleurer votre douleur, énumère-t-il. Quelqu'un vous agace ? C'est à moi que vous vous plaignez. Si une personne vous inspire de la méfiance, c'est à moi que vous devrez partager vos soupçons. Parce que *personne* ne doit connaître vos faiblesses. Personne sauf moi, votre époux !

Il fait un pas en avant. Mon souffle s'accélère à nouveau et je devine que j'approche du point de non-retour. Je dois me brider encore un peu, au risque de tout lui dévoiler. Mes yeux s'humidifient, tandis que je m'agrippe à ma robe.

— Dites-moi que vous me haïssez, que vous préféreriez épouser n'importe qui sauf moi. Dites-moi que vous avez détesté la présence de Xintia.

À chaque phrase, il fait un pas de plus.

— Dites-moi que ce qu'elle vous a raconté vous a blessée. Dites-moi que…

Animée d'une nouvelle rage, je le bouscule alors qu'il me fait face. Je me sens parcourue d'une étrange énergie. Le verrou a sauté, je le sais.

— Je vous hais, Karel ! hurlé-je. Je préférerais épouser le plus vil des hommes plutôt que vous ! Je déteste que votre maîtresse ait assisté à ce dîner ! Je vous hais de toujours me donner de l'espoir, de toujours me faire croire que vous faites un pas vers moi. Parce que contre toute attente, malgré vos nombreux coups bas, j'ai toujours cet infime espoir que vous m'estimiez assez pour me respecter. Je hais votre patrie de ne pas m'accorder la moindre chance. Je voudrais rentrer chez moi, mais je ne le fais pas parce que malgré tout, des innocents meurent chaque jour. Je voudrais ne pas être la future reine, ne pas avoir à supporter le poids de cette couronne alors que je ne pourrai rien y changer parce que je suis une femme ! Quoi qu'il arrive, je pourrai juste observer !

Le dernier mot lâché dans une plainte, sa main s'enfonce dans mes cheveux et nos bouches se percutent. Mon cœur implose, c'est douloureux. Je me surprends à ressentir un soulagement bien trop prononcé. Nos souffles se mêlent et, alors que je voudrais le repousser, je l'implore de m'aider à respirer. Et c'est ce qu'il fait, à chaque baiser. Il me donne l'air qui me fait défaut. Lorsqu'enfin, nos bouches se séparent, je libère sa veste que je retenais tandis que je lui déversais mes maux. Sans que je m'en rende compte, je me suis mise à pleurer.

— Mais plus que tout, murmuré-je la voix enrouée, je vous déteste de m'avoir fait croire un jour que vous m'aimiez.

— Je vous aimais, Kalliopée.

Ma tête se relève pour croiser son regard, mais il est perdu au loin.

— Vous vouliez l'épouser, lui rappelé-je.

— C'est ce qu'elle a raconté.

Enfin, ses yeux s'ancrent aux miens. Toujours pourvus de leur froideur, ils me semblent pourtant sincères.

— Pourquoi ne pas me l'avoir dit ? Pourquoi l'avoir laissée mentir ? Vous vouliez m'humilier ?

— Non, je voulais vous apprendre.

Ses iris me toisent avec sérieux.

— M'apprendre quoi ?

— À ne pas croire tout ce qu'on vous dit, à ne pas vous laisser porter par la colère. Quoi qu'on fasse pour vous provoquer, ne les laissez pas vous atteindre. Ne les croyez pas. Les gens vous manipuleront.

— N'est-ce pas ce que vous faites, vous aussi ? osé-je.

— Si.

Un sourire amer s'affiche sur mon visage. Je suis fatiguée. Épuisée de me mentir à moi-même, de cacher ce que j'éprouve. Alors, parce qu'il me l'a demandé, je lui déverse tout ce que je ressens, sans aucune limite.

— Vous n'êtes pas celui que je déteste le plus, avoué-je.

— Qui me surpasse ? me demande-t-il dans un sourire qui ne me trompe pas.

— Moi. Je me déteste encore plus, parce que quoi que vous fassiez, je vous espère toujours.

Je pense qu'il va me rire au nez, mais non. Ses yeux me fixent intensément. Je les soupçonne d'être à la recherche de la vérité, mais ça l'est. Quoi que je fasse, je l'attends, j'espère. Son regard devient plus grave et j'ai le sentiment qu'il ne cherche plus à me sonder, mais plutôt à me montrer ce qu'il dissimule au fond de lui.

— Je ne l'ai pas invitée à notre table, je ne savais pas qu'elle serait là.

Étrangement, je le crois. Je me fais alors la réflexion que c'est la seule bonne nouvelle que j'ai entendue aujourd'hui. Et irrépressiblement, mes yeux s'inondent à nouveau de larmes.

— Pleurez, souffle-t-il en plaquant mon corps contre le sien. Avec moi, vous en avez le droit.

Bien que je voudrais avoir assez de fierté pour le repousser, c'est ce que je fais, je laisse les digues céder. Je sanglote sans plus pouvoir m'arrêter. Il me porte jusqu'à mon lit, chuchote au creux de mon oreille qu'il ne partira pas et, dans ses bras, je pleure jusqu'à ce que la fatigue vienne à bout de mes larmes.

*

Apathique, le corps couché sur le flanc, je lui fais face après m'être détachée. La nuit est tombée depuis longtemps et seule la lune éclaire la chambre plongée dans l'obscurité. Je pense qu'il dort, mais il me surprend lorsque ses paupières se soulèvent et que son regard plonge dans le mien.

— Je t'aimais vraiment.

Je suis étonnée qu'il mette fin à l'ultime barrière de langage qui subsistait entre nous.

— Mais je ne sais plus le faire.

— Parce que vous l'aimez, elle ?

Contrairement à lui, je suis incapable de repousser cette barrière. Elle me donne assez de distance pour supporter le poids de ses mots.

— Non, parce que tout ce que je suis capable de semer, c'est la mort.

Une pression se fait ressentir dans ma poitrine. Elle est légère, mais bien présente. Aussi, pour qu'elle ne s'accentue pas, je détourne le regard et observe avec attention le toit de mon lit à baldaquin.

— Je provoque, je manipule, je tue. Mon cœur réagit dès que je t'aperçois, mais… je ne crois pas que je pourrai changer. Et, quoi qu'il arrive, tu finiras par être blessée et tu me haïras. C'est inévitable, c'est écrit.

Bien que je ne comprenne pas ses mots, que je ne sache pas s'il s'agit d'un aveu ou de spéculations, je les accepte et m'en imprègne. Le garçon que j'ai aimé a disparu pour toujours. Sur ces dernières révélations, le sommeil m'emporte loin de lui, du palais, de Lapisia. Il me conduit dans un monde où la maladie, la mort et la douleur n'existent pas.

Chapitre 17
Kalliopée

Les bras repliés sur mon ventre, j'erre dans les couloirs, épuisée. Je l'étais déjà à mon réveil, mais plus la journée s'éternise, plus je sens que je puise dans mes réserves. Pourtant, pour la première fois depuis mon arrivée ici, mon sommeil n'a pas été perturbé. Je soupire, mais un sourire franchit mes lèvres lorsque j'aperçois Darkos au loin, en compagnie de son coéquipier. Il m'adresse un clin d'œil avant de bifurquer en direction des appartements royaux.

Je détourne la tête afin d'observer le ciel orangé d'aujourd'hui. Comme souvent, la valse du vent qui balaie le sable forme un dôme au-dessus de la ville. D'ici, on peut voir le jardin menant à la tour.

Mes pas cessent d'eux-mêmes lorsque j'aperçois Karel. Ce matin, à mon réveil, il avait disparu. Si je me suis sentie un peu seule, j'étais tout de même heureuse qu'il ne soit pas parti quand j'étais encore éveillée, hier soir. Je pense que, fragile comme je l'étais, j'aurais pu le supplier de rester. A-t-il quitté ma chambre aussitôt que le sommeil m'a happée ? Je n'en ai aucune idée. Je crois que je n'oserais pas le lui demander. Si sa présence, cette nuit, m'a permis de m'apaiser, elle n'a en rien effacé Tev de ma mémoire. Toute la journée, je n'ai pas arrêté de m'inquiéter pour lui, mais le prince étant au palais, j'avais peur qu'il cherche à me voir ou qu'il me surveille. Maintenant qu'il sort, je réfléchis nerveusement à ce que je souhaite. Je sais que je courrais un gros risque à quitter à nouveau le palais, mais le pressentiment que Tev a besoin de moi refuse de me quitter. Dans ma poitrine, mon cœur bondit. Je sais que je ne pourrai pas lutter contre mon besoin de soutenir le petit garçon. Demain, il sera peut-être trop tard.

Aussitôt, je rebrousse chemin et reviens sur mes pas. Je cours presque jusqu'à la tapisserie menant aux souterrains. Aujourd'hui, pas de livre pour appuyer un mensonge si je venais à me faire prendre. Il est hors de question que je perde du temps ou que je prenne le risque de croiser Sienna. Je lui ai expressément dit que j'avais besoin de marcher dans le palais, mais que je ne voulais personne pour me déranger. Elle trouverait étrange que peu de temps après, je sois déjà de retour.

Le soleil est sur le point de se coucher, mais ce n'est pas grave. Je connais suffisamment les lieux pour m'orienter, même de nuit.

Après m'être assurée que personne ne se trouve à proximité, je disparais derrière la tapisserie, récupère le sac que j'ai laissé hier, puis me change précipitamment. Mes vêtements dissimulés dans la besace, je longe les couloirs, une main sur la paroi me servant de guide. Le soleil décline progressivement et je n'y vois pas grand-chose, malgré les petites lucarnes, çà et là. Pourtant, je n'abandonne pas.

Le reste du trajet se fait sans encombre et j'arrive rapidement dans le débarras, puis le dispensaire. Lorsque j'y pénètre, il y a autant de monde qu'en journée, mais j'imagine que la maladie ne prend pas de repos. Je monte les marches jusqu'à rejoindre la pièce dans laquelle Tev se trouve.

Silencieusement, je m'approche de lui. Les yeux clos, il est endormi. Je récupère une chaise, m'y assois et saisis sa main de la mienne. De la pulpe de mon pouce, j'en caresse le dos. Je ne souhaite pas le réveiller. Combattre la mort est une lutte qui requiert beaucoup d'énergie. Ma tête repose sur le lit et j'observe sa poitrine se soulever difficilement, mais à un rythme régulier. Essoufflée par mon trajet, je tente de reprendre mon souffle en me calquant sur les mouvements de sa cage thoracique. Bercée, mes yeux papillonnent, et j'ai beau lutter, la fatigue m'emporte.

Un son de cloche me réveille en sursaut. Je me redresse et la surprise me provoque une quinte de toux. Quand mon regard se dirige vers la fenêtre, je constate que la lune est haute dans le ciel. Vu le silence qui règne dans les lieux, je devine que la nuit est tombée depuis longtemps. Je vais devoir rentrer. Nul doute que mon absence a dû être remarquée. Je redresse ma tête, repositionne la capuche qui avait glissé de ma tête, et me tourne vers les autres lits. Malgré la pénombre, je distingue une femme qui s'occupe d'une petite fille malade, avant de se déplacer vers un autre lit. Je comprends alors qu'elle est là afin d'aider. Je voudrais moi aussi pouvoir me montrer utile, mais il est évident que Karel serait contre. Et quand bien même il me donnerait son accord, le peuple n'est certainement pas prêt à m'accepter parmi les siens.

Je baisse le regard, puis me tourne à nouveau vers Tev. Bien qu'il soit tard, je reprends ma position initiale, puis mes yeux s'attardent sur la poitrine du petit garçon. J'attends le mouvement qui m'avait bercée tout à l'heure. Mes yeux se plissent, je retiens mon souffle, mais rien ne vient. Je me concentre, me convainquant que le manque de luminosité me joue des tours. Mon visage se crispe et la panique me gagne.

— S'il vous plaît, hélé-je la jeune femme en me tournant vers elle.

J'ignore les patients endormis, trop inquiète pour Tev. Comprenant que quelque chose ne va pas, elle quitte le chevet d'une fillette et me rejoint d'un pas rapide. Elle passe une main sur le front du petit garçon puis pose deux doigts au niveau de sa carotide. Ses gestes sont rapides, mais précis. L'instant d'après, elle me fixe, puis se retourne.

— Père, appelle-t-elle en quittant la pièce.

Sans qu'elle me l'énonce, je sais déjà qu'il est trop tard. Mon visage se tourne vers Tev et s'approche du sien. La boule qui se trouve dans ma poitrine est douloureuse, mais je ne la laisse pas éclater. Délicatement, mes lèvres se posent sur son front. Je caresse une dernière fois ses cheveux, mais chaque seconde durant laquelle je fais durer mes adieux met à mal mon sang-froid. Mon souffle s'accélère et j'ai bien peur de m'effondrer.

— Je suis désolée, Tev…, chuchoté-je, la gorge nouée.

Je me redresse, me détourne et, d'une démarche de condamnée, traverse le dispensaire dans l'autre sens. Chaque pas me semble plus lourd, plus compliqué, mais rapidement, je me retrouve à l'extérieur. La nuit, les lieux sont calmes. Pas un chat ne rôde. Le silence me permet d'entendre le sable qui s'est déposé sur les pavés crisser sous mes chaussures. Dans cette large rue, le vent me fouette le visage. Je tente d'oublier, de faire le vide. Pourtant même les particules qui m'irritent habituellement les narines et la gorge ne parviennent pas à détourner mes pensées. La mort de Tev me rappelle brutalement combien mes combats sont vains, mes espoirs insensés. J'aurais tout donné pour le sauver. Depuis six ans, trop d'innocents sont morts. En venant ici, je m'imaginais que tout prendrait fin, que la guerre terminée, nos peuples seraient épargnés, mais je n'ai jamais été autant dans le faux. Faute de médecine, les dommages collatéraux sont bien trop importants. L'impuissance que je ressens face à ces évènements fait grandir ma colère. Je tente tant de la contenir que mes membres en tremblent.

Ma capuche se baisse, libérant mes cheveux qui tournoient dans mon dos. Les bourrasques ne cessent que lorsque je rejoins la petite ruelle. Cette fois, le chemin n'est que faiblement éclairé. Seule la lune me permet de me guider. Je marche jusqu'au débarras et lorsque je m'y retrouve à l'abri, mon dos s'appuie contre la porte pour la refermer. Mes paupières se baissent lentement, tandis que j'observe l'une des piles de caisses en bois. Pour ne pas penser à lui, pour ne pas laisser la fureur prendre possession de moi au risque qu'elle ne me rende incontrôlable, je me remets en route.

Je me concentre sur la rugosité des murs sur lesquels mes doigts glissent lorsque je longe le souterrain, sur mon ouïe, qui entend leur frottement. Je me focalise sur l'odeur de vieille pierre qui règne dans les lieux ou sur le goût du sable qui a envahi ma bouche. Pourtant, si j'occupe la plupart de mes sens, le noir m'empêche de chasser les images qui jaillissent devant mes yeux. À plusieurs reprises, je dois les fermer fortement pour ne pas me laisser submerger par les souvenirs du dispensaire. Pas seulement ceux de Tev ni de sa mère, mais aussi ceux de ce premier jeune homme dont le visage avait été recouvert d'un drap. Souffrent-ils tous du même mal ? Si oui, quel est-il ? Combien d'entre eux s'en sortiront d'ici à ce que la paix soit officielle ?

Perdue dans mes réflexions, je ne réalise pas que je suis déjà arrivée. Par automatisme, je me change et remonte les escaliers. À cette heure-ci, je n'ai pas à attendre pour quitter ma cachette. Le cœur battant, j'espère ne croiser personne. Heureusement, les couloirs sont vides. Quand je parviens à ma chambre, mon cœur se calme enfin. Mes doigts s'enroulent autour de la poignée que j'abaisse et je pénètre dans la pièce, faiblement éclairée par la lune. Je me retourne, repousse la porte. Mon front se pose contre la surface du bois et je soupire, essoufflée. Je ne vais pas m'écrouler. Si je le fais, je ne me relèverai pas. Je vais juste me coucher et oublier. Demain est un autre jour. Pourtant, j'ai beau me répéter ces mots, mon cœur s'alourdit, comme si la peine pesait plus lourd à chaque battement.

— La promenade était agréable ?

Au son de cette voix, je me décompose. Je me retourne et balaie la pièce du regard. Il est là, assis sur le fauteuil de mon bureau.

— Je me suis endormie dans le jardin, dis-je d'une voix qui manque de conviction.

— Ne me mentez pas.

Il n'a pas crié, il n'en a pas eu besoin. Le ton de sa voix trahit ses émotions. Étrangement, le fait qu'il n'use plus de familiarité pour s'adresser à moi me blesse. Son corps se détache du dossier et ses coudes se posent sur ses genoux. La faible luminosité de la pièce m'empêche de voir son regard, mais la tension qui émane de lui me parvient en masse. Il m'écrase.

— Je vous ai cherchée. Là-bas, en premier lieu. Je vais vous poser la question une dernière fois, Kalliopée. Ne me décevez pas. Où. Étiez. Vous ? articule-t-il.

Je déglutis. Sa colère est palpable. Ma culpabilité aussi. Je voudrais pouvoir le lui dire, mais il en découlerait beaucoup trop d'interrogations, à commencer par la façon dont j'ai découvert le passage secret. Je refuse de trahir Darkos.

— Je me suis endormie dans le jardin, répété-je dans un chuchotement.

Un bruit de choc brise le silence de la pièce lorsqu'un objet atterrit à mes pieds. Inquiète, je baisse le regard et constate avec effarement que c'est le coffret en bois qui contenait les dagues. Inconsciemment, je palpe le sac que j'ai oublié de laisser sur place. La boîte ne s'y trouve plus.

— Ce n'est pas ce que…

Je n'ai pas le temps de finir ma phrase qu'il m'a rejointe et que ses doigts se sont enroulés autour de ma gorge. Son corps se colle au mien, plaqué contre la porte, et sa bouche prend la direction de mon oreille.

— Où étiez-vous ? Réfléchissez à votre réponse, Kalliopée, me menace-t-il.

Il ne me fait pas mal, pourtant à l'intérieur la douleur est vive. Hier soir, j'avais l'impression de l'avoir approché, mais à présent, il est évident que c'était une parenthèse et je suis la seule à blâmer. Il ne me fait plus confiance. S'il a trouvé le sac et ce qu'il contenait, c'est qu'il sait que je connais le passage secret, inutile que je m'enfonce dans mon mensonge, je ne ferais qu'accroître sa fureur.

— Dans la citadelle, avoué-je, les paupières closes dans l'attente de sa sentence.

— C'est ce que vous faisiez ces derniers jours, n'est-ce pas ?

Je suis incapable de lui répondre, alors j'opine seulement du chef.

— Je vous ai cherchée partout depuis mon retour. J'ai retourné chaque recoin de ce *riek* de palais ! rage-t-il.

Mes doigts tentent de le forcer à défaire sa prise sur ma gorge, mais s'il ne la serre pas, il refuse de me libérer.

— Et j'ai pensé aux souterrains… Je me suis dit que vous ne deviez pas les connaître et que si tel était le cas, vous ne seriez pas assez sotte pour sortir. Mais par acquis de conscience, j'y suis allé. Et quand j'ai trouvé le sac, qui soit dit en passant était mal dissimulé, j'ai tenté encore et encore de me convaincre qu'il n'était pas à vous, que vous ne me feriez pas ça. Que vous ne m'auriez pas trahi.

Le vert de ses iris a laissé place au noir de ses prunelles. Il libère un rire qui me semble empli de fureur tout en secouant la tête. Je détourne les yeux, coupable.

— Qui vous a montré le passage ?

— Je l'ai trouvé seule. J'ai toujours aimé explorer, vous le savez.

Je ne sais pas s'il me croit, mais il baisse le regard sur la boîte, libère enfin ma gorge et plaque la paume de ses mains de part et d'autre de mon visage. S'il m'a libérée, il me retient toujours prisonnière de sa présence.

— Où sont-elles ? me demande-t-il alors.

Malgré sa proximité, je ne reconnais pas son parfum, il me semble presque absent. Ma tête me tourne quelques instants, mais je laisse mon dos reposer plus lourdement contre la porte afin de le masquer du mieux que je peux.

— Kalliopée ! me hurle-t-il.

Je sursaute, puis me reconnecte à la réalité. Je me souviens alors qu'il m'a parlé des dagues.

— Je les ai vendues, avoué-je.

— Ne mentez pas, gronde-t-il si fort que cela me fait sursauter.

— Je ne vous mens pas, Karel.

Ses bras retombent, il s'éloigne sans cesser de me fixer. Je me sens faiblir et l'air a de plus en plus de mal à pénétrer mes poumons. Parce que s'il m'a laissé assez d'espace pour respirer, la culpabilité semble m'empêcher de le faire.

— Qui allez-vous voir en ville ? Que complotez-vous ?

Mon ventre se tord lorsque je comprends qu'il pense que je cherche à le trahir. Et à la lueur haineuse qui semble le traverser, je sais qu'il me sera difficile de le convaincre du contraire.

— Je vous dis la vérité.

— Pourquoi je vous croirais ? Après tout, tout a débuté sur un mensonge, Lia…

Mes paupières s'abaissent. Naïvement, j'ai pensé que ce détail n'aurait aucune importance. J'aurais dû me douter qu'il s'en servirait contre moi un jour ou l'autre.

— C'était la condition pour pouvoir être présente cet été-là, affirmé-je. Personne ne devait savoir… Puis lorsque nous sommes devenus amis, j'ai eu peur qu'il soit trop tard. Alors, je n'ai rien dit. Ça n'avait aucune importance, on devait ne jamais se revoir, me justifié-je.

Il secoue la tête, puis m'observe fixement. Je comprends qu'il attend une autre réponse concernant les dagues. Hélas, je n'en ai qu'une à lui offrir.

— Je vous assure que je les ai vendues contre mille pièces d'or. C'était pour le dispensaire, pour qu'ils puissent acheter des traitements pour les malades.

Il s'approche à nouveau de moi et agrippe mes épaules afin de me plaquer contre la porte.

— Vous voulez me faire croire que vous, les responsables de la privation dont Lapisia est victime, vous vouliez donner un moyen au dispensaire de soigner ses patients ? crache-t-il, sarcastique.

— Je ne suis responsable de rien, je ne dirige pas Viridia ! Vous le savez aussi bien que moi. Je vous dis la vérité, m'énervé-je.

— Je ne vous crois pas. Je trouverai ce que vous complotez, je ne vous lâcherai pas d'une semelle. Vous serez épiée, surveillée. Chacun de vos mouvements sera analysé, décortiqué, à tel point que vous regretterez de m'avoir trahi. Quoi que vous et votre père complotiez, je trouverai ce que c'est.

Il relâche sa prise, me repousse sur le côté et quitte la chambre. Je ferme les yeux et réalise que si je ne le rattrape pas maintenant, il y aura peu de chances pour qu'il me pardonne un jour.

Je m'anime et le suis jusqu'à ses appartements. Quand sa porte claque, je me jette sur la poignée et l'abaisse. Dans mon empressement, j'ouvre si violemment que le battant cogne contre le mur.

— Je vous dis la vérité ! Je ne vous ai pas trahi. Je vous assure que j'ai vendu les dagues à un prêteur sur gages et…

Il n'écoute pas la fin de ma phrase et s'isole dans ce qui, je suppose, est sa salle de bains. Le pic d'adrénaline passé, je me sens épuisée.

Sous mes yeux, des taches noires apparaissent à intervalle régulier. Je fais un pas vers la pièce dans laquelle il a disparu, mais tangue. En me rattrapant à un meuble, un vase tombe et se fracasse bruyamment sur le parquet. Le temps se fige. Je ne sais pas si c'est lui qui s'étire ou si c'est mon corps qui ralentit. La porte s'ouvre alors que je m'écroule au sol. Une brûlure vive irradie mes poumons, je voudrais hurler ma douleur, mais seul un souffle s'échappe tandis que je tente d'emplir mes poumons d'air. Je tente de me relever, afin de rejoindre la fenêtre dans l'espoir que cela m'aide à reprendre mon souffle, mais mes bras refusent de me soutenir.

Mes paupières se soulèvent avec difficulté, puis le noir. Je cesse de lutter et me laisse tomber au sol. Seul un murmure me parvient. *Shaadi*. Mais je ne sais même plus si ce mot provient de la réalité ou de mon imagination.

Chapitre 18
Karel

Assis face à mon bureau, je repousse le livret qui inventorie les denrées alimentaires dont la citadelle dispose. Nous arrivons à court de nourriture et, si l'alliance n'est pas rapidement scellée, j'ai peur que la famine ne prenne possession de nos remparts. Je m'accoude au bureau en me concentrant sur ce problème-là afin d'oublier celui qui se trouve dans la pièce d'à côté. Je déboutonne ma veste et la retire. Un cognement contre ma porte me fait relever la tête.

— Entrez, ordonné-je aussitôt.

Elle s'ouvre et Jonah apparaît. Il effectue un salut militaire que je balaie d'un geste impatient.

— Alors ? demandé-je, sourcils haussés.

— Elle n'a pas menti pour le dispensaire, un médecin m'a confirmé qu'il l'avait vue hier.

— Elle y faisait quoi ?

— Apparemment, elle rendait visite à un petit garçon. Il est décédé hier soir alors qu'elle y était.

Il gratte nerveusement sa barbe fraîchement repoussée, qui dissimule la fossette qui se trouve sur son menton. Je détourne la tête, envahi par la culpabilité. Moi qui n'en éprouve jamais, voilà que je le fais pour une Viridienne. J'ai mis en doute ses propos et l'ai repoussée alors qu'elle avait peut-être besoin de moi. Malgré tout, je reste en colère contre elle. Ces dagues appartenaient autrefois à ma mère et j'ai l'impression qu'elle a trahi sa mémoire en s'en séparant.

— En revanche, elle n'a pas remis de pièces d'or.

Mes yeux se posent à nouveau sur lui et il ponctue son annonce en secouant la tête de droite à gauche. La culpabilité que j'éprouvais il y a quelques instants s'évapore aussitôt. Il n'y a que deux raisons qui expliqueraient qu'elle ne leur ait pas remis cet argent : soit elle n'a pas vendu les dagues et j'ignore ce qu'elle a pu en faire, soit elle les a bien vendus et s'est servi de cet argent pour autre chose. Financer des opposants ? Ça ne lui ressemble pas, mais en même temps, je ne la connais plus. Elle a beaucoup changé.

Autrefois, elle était facilement lisible, aujourd'hui je fais face à une étrangère. Elle a gagné en assurance et quoi que les gens disent sur elle, elle reste digne et maîtresse de ses émotions. Il n'y a que l'autre soir qu'elle m'a montré à quel point elle était vulnérable, ou peut-être était-ce juste une ruse pour me forcer à baisser la garde ?

— Et pour le prêteur sur gages, là aussi ça coince, reprend-il. Il n'y en a qu'un au cœur de la cité. Il n'a acheté aucune dague ces derniers temps.

— Il ment peut-être, tenté-je.

— Les hommes ont retourné le magasin, Karel. Ils n'ont rien trouvé.

Mon dos se repose contre le dossier du fauteuil. Je me masse la nuque, le corps raidi par la tension accumulée. La nuit passée sur la banquette de ma chambre n'aide certainement pas. Lorsqu'elle est revenue à elle, elle était incapable de marcher et la porter jusqu'à ses appartements aurait été trop risqué. Si quelqu'un nous avait croisés, il y aurait eu de nouvelles rumeurs dans les couloirs du palais. Je préfère garder son état secret et régler cette affaire en toute discrétion. Si mon père venait à savoir pour les dagues, il est évident que son impulsivité le pousserait à la condamner sans mener l'enquête et nous serions contraints de renoncer à notre projet. Des années que nous attendons une opportunité comme celle-ci. Je refuse qu'elle nous glisse entre les doigts.

— Tu peux y aller, le sommé-je.

Il opine du chef et se dirige vers la porte avant de se retourner.

— Elle prépare sans doute quelque chose, Karel. Ne lui fais pas confiance.

— Je ne lui fais pas confiance, grondé-je, agacé qu'il puisse douter de moi.

Lorsqu'il quitte le bureau, je me redresse de mon fauteuil et me dirige jusqu'à la fenêtre. D'ici, j'ai une vue sur le jardin où elle aime parfois lire un livre, adossée au plus grand arbre. Ces derniers jours, je l'y ai peu vue. Je l'ai surveillée, cherchée. Je ne pensais pas qu'elle aurait trouvé un moyen de quitter le palais. J'aurais dû m'en douter. Hier, j'ai été surpris quand à mon retour, Xintia m'a annoncé que la princesse avait été aperçue disparaissant derrière la tapisserie. Je n'ai pas voulu croire cette harpie prête à tout pour empêcher ce mariage. Bien sûr, j'ai caché le nom de ma source à Kalliopée, elle déteste suffisamment Xintia sans que j'aie besoin d'en rajouter. Je suis descendu et j'ai fait le tour des souterrains. C'était stupide, si elle les avait empruntés, elle ne risquait plus de s'y trouver. Alors j'ai fait demi-tour en prévoyant de l'attendre devant la tapisserie, mais j'ai aperçu la sangle d'un sac en toile. La rage s'est emparée de moi quand j'y ai découvert le coffret vide. J'aurais pu la confronter là-bas, à son retour, mais ma fureur était telle que, si je l'avais laissée exploser dans les couloirs, elle aurait résonné à travers les tunnels. Je préférais régler ça en privé.

De crainte qu'elle ne disparaisse si elle comprenait que ses sorties avaient été remarquées, j'ai volontairement laissé le sac là où elle l'avait abandonné.

Dans ma tête, tout se bouscule. Je tente de comprendre. Cette alliance est-elle un prétexte pour pénétrer le palais et nous affaiblir de l'intérieur ? Après tout, nos motivations, à mon père et moi, sont loin d'être pures. Je soupire et me détourne. Sans que je sache pourquoi, cette possibilité m'arrache les tripes.

Je remets ma veste, l'ajuste et marche jusqu'à la porte avant de marquer une pause, le temps d'attacher chacun de mes boutons. Lorsque c'est fait, je quitte mon bureau afin de me rendre dans ma chambre. Le médecin royal est arrivé il y a déjà un moment. Après avoir questionné Sienna, j'ai appris que la princesse se nourrissait peu, qu'elle se réveillait toujours à l'aube et qu'elle se couchait au milieu de la nuit. Je suppose que l'épuisement et la malnutrition ont eu raison d'elle. Si je regrette de m'être emporté ? Pas le moins du monde. Elle m'a trahi, il fallait que j'attaque.

Je m'apprête à toquer à la porte lorsque la poignée s'abaisse, laissant apparaître le médecin. Une mallette en main, il referme derrière lui.

— Comment va-t-elle ? le questionné-je sévèrement.

— Pour l'instant, elle se bat.

Mes sourcils se froncent à ces mots. Se battre ?

— Qu'a-t-elle ?

Il se racle la gorge en ramenant sa mallette sur son ventre et je n'aime pas la façon dont son regard me fuit.

— Elle a contracté le virus…

Mon cœur bondit hors de ma poitrine. Nerveusement, mes yeux se posent sur la porte qui me sépare d'elle. Mes paupières s'abaissent et je peine à garder mon calme, à faire comme si cette nouvelle ne m'atteignait pas. Parce que peu importe qu'elle cherche à me nuire, je refuse l'idée de la voir mourir. Pas alors que nous approchons de notre but.

Non, je me mens à moi-même.

Cela n'a rien à voir avec notre projet.

— Les deux prochains jours seront déterminants, Votre Altesse. Si… si son état s'aggrave, je crains que la princesse n'y survive pas.

— Que peut-on faire ?

— J'ai déposé sur votre table assez de médecine pour la soigner, mais les recherches ne sont pas assez avancées, on ne sait pas exactement comment guérir les malades. Tout ce qu'on peut faire…

Je ne le laisse pas terminer ses explications et lui tourne le dos. Je remonte le couloir, le pas rapide – je ne cours pas, je n'en ai pas l'énergie – et trouve Jonah en grande discussion avec Hrim, la plus jeune de nos recrues. Il n'est pas aussi imposant que Jonah ni aussi agile que Samaël, mais le courage est son arme. Il ne recule jamais devant rien.

— Allez chercher les hommes, leur ordonné-je.

— Lesquels ? me demande Hrim.

— Zaïn, Samaël et faites venir Vàli. Demandez-lui de prendre trois de ses hommes avec lui. Dépêchez-vous, je vous rejoins au pied de la tour. Et qu'ils prennent un foulard.

— Kar…, tente Jonah.

— Dépêchez-vous, le coupé-je avant de regagner mon bureau.

Une fois à l'abri, je traverse la pièce et m'agrippe au fauteuil qui fait face au mien. Mes poings se resserrent et j'endigue la douleur qui semble vouloir me submerger. Je lutte pour qu'elle ne m'envahisse pas. Je souffle fort. Sous mes doigts, le cuir grince. À présent, c'est la rage qui tente de trouver une faille pour s'échapper. Elle veut exploser, mais je ne saurais contre qui la diriger. Plutôt que de laisser mes émotions prendre le contrôle, je saisis mon poignard, le range dans l'étui qui se trouve à l'intérieur de ma botte et attache mon fourreau de ceinture autour de mes hanches, avant d'y glisser mon épée.

Je me hâte de rejoindre l'entrée et constate avec fierté que mes hommes sont déjà dans la petite cour. Vàli me fait un signe de la tête en me désignant les hommes qui l'accompagnent, ceux en qui il a le plus confiance. Mon ancien instructeur a dû comprendre que la situation était grave. J'arrive à leur niveau, mais ne m'arrête pas. Je traverse la tour, et poursuis ma route. Aucun d'eux ne me demande ce qu'il se passe. Ils savent qu'aujourd'hui, je ne suis pas leur ami, mais leur prince.

Le martèlement de nos bottes fait régner le silence dans les allées peuplées de monde. Nous passons de ruelle en ruelle, jusqu'à atteindre le dispensaire. Je noue le foulard autour de mon cou et le remonte sur mon nez. J'inspire, clos mes yeux quelques secondes, puis pousse la porte. Quand elle se referme derrière mes hommes, je parcours la pièce du regard et me tourne vers Samaël.

— Allez me chercher tous les médecins qui se trouvent dans le bâtiment.

Ils acquiescent tous, puis traversent la salle pour se disperser dans l'édifice.

— Qu'est-ce que tu fais ? me demande Vàli, surpris par ma détermination.

Je me tourne vers mon aîné qui, bien que marqué par les années de guerre, n'a rien perdu de son sérieux ni de sa force.

— Va avec eux, me contenté-je de lui dire. Le temps presse.

Il semble surpris par mon ton intransigeant, mais ne discute pas mon ordre. Lorsque j'ai commencé à apprendre l'art de la guerre, c'est Vàli qui m'a tout enseigné. Il a été mon instructeur et mon commandant jusqu'à ce que je sois à la tête de mon propre régiment. Bien entendu, je ne me voyais pas faire équipe avec d'autres hommes que ceux avec qui j'ai grandi. J'ai donc pris avec moi Samaël, Jonah, Zaïn et Hrim. Ils m'aident à diriger un régiment de soixante hommes. Je leur confierais ma vie, les yeux fermés.

Quand je me retrouve seul et que les bruits de bottes de mes hommes, qui se sont dispersés à travers le bâtiment, ne sont plus que des sons étouffés, je prends conscience de ce qui m'entoure. Çà et là se trouvent des lits de fortune dans lesquels sont allongés des patients de tout âge. Au loin, je vois une infirmière consoler une femme éplorée. Je savais qu'une maladie avait pris possession de la ville depuis quelques semaines, mais je faisais assez confiance à mon père pour penser qu'il s'occupait de la situation. Jusque-là, je ne m'en suis pas mêlé, mais aujourd'hui, Kalliopée est directement touchée par ce virus qui, en quelques jours, assèche les poumons des malades.

Je m'interdis de regarder avec attention la pièce pour ne pas devenir fou. Ce n'est pas le moment. Enfin, je vois une dizaine d'hommes en blouse grise rejoindre l'entrée. Ils s'observent les uns les autres, s'interrogeant probablement sur les raisons qui amèneraient le prince à venir, accompagné de son armada.

— Qui sont les quatre meilleurs d'entre vous ? demandé-je fortement, afin de me faire entendre malgré le bout de tissu qui me couvre la bouche.

Ils semblent hésiter, puis l'un d'eux, celui qui dirige sûrement cet endroit, secoue négativement la tête.

— Elle est malade, c'est ça ? me demande-t-il alors. Vous voulez nous priver de nos meilleurs médecins pour elle ? J'ai raison ?

Je passe sur le fait qu'il ne s'adresse pas à moi comme il le devrait. Ce n'est pas le moment de gérer cette insolence. Ce problème sera réglé quand Kalliopée sera guérie. Le cas contraire, il n'aura même pas le temps de s'en excuser, sa tête sera au bout d'une pique.

— Vos quatre meilleurs médecins, réitéré-je sèchement.

— Et nos patients ? Combien d'entre eux acceptez-vous de laisser périr pour qu'elle vive ?

Tous. Je tuerais chacun d'eux de mes propres mains si ça pouvait m'assurer sa survie.

— Ce n'est pas uniquement pour la princesse, mais pour tous vos patients. Je veux une équipe formée de vos quatre meilleurs chercheurs. Vous aurez tous les moyens nécessaires pour trouver un remède.

Le médecin fronce les sourcils, puis soupire. Il se désigne et pointe du doigt trois autres blouses grises. Je me tourne vers mes hommes qui attendent mes directives, le corps raide.

— Je veux deux hommes pour chaque médecin, vous les escortez et leur donnez les passe-droits dont ils ont besoin. Peu m'importe ce que vous aurez à faire, du moment que vous le faites vite.

— Il y a quelqu'un d'autre qui pourrait nous aider.

Je me tourne vers le médecin qui a parlé. C'est un de ceux qui composeront l'équipe de chercheurs. D'un mouvement de tête, je l'invite à poursuivre.

— Ma fille, Mira. Elle est douée.

Les autres médecins grognent de désapprobation. Pourtant, je suis prêt à tout, même à requérir l'aide d'une femme.

— Allez la chercher. Retrouvez les patients qui ont guéri et comprenez pourquoi ils l'ont fait. Vous avez deux jours. Pas un de plus.

Mon dernier mot prononcé, je leur tourne le dos et tire la porte. Je sais que mes hommes seront capables de constituer des équipes efficaces. Enfin à l'extérieur, j'abaisse le foulard et me prends l'odeur de poussière de plein fouet. Je ne m'attarde pas et descends les marches afin de regagner le palais. Dans mon dos, la porte claque.

— Karel ! m'interpelle Samaël. Qu'est-ce que tu fais ?

— Je sauve la paix, mens-je, sans même me retourner.

La vérité, c'est qu'à l'instant, je me moque de la paix, de la guerre, du plan que nous avons fomenté depuis des mois. Je me moque de la possible trahison de Kalliopée, de ce qu'elle projette contre moi. Je me moque d'absolument tout, sauf d'elle, et j'ai le sentiment qu'en la sauvant, elle, je pourrais sauver mon cœur.

Chapitre 19
Kalliopée

— Princesse, mangez, s'il vous plaît, me supplie Sienna.

D'un geste mou de la main, je repousse son bras. Je suis fatiguée, mon corps entier m'est douloureux et je souhaiterais juste dormir. Pourtant, elle s'acharne à vouloir me nourrir de ce potage sans saveur. Je tente de les avaler, mais chaque cuillérée me donne des haut-le-cœur et je puise dans mes ressources. Je ne parviens plus à lutter contre mon corps qui se fait plus lourd à chacune de mes respirations.

— Princesse, vous devez vous nourrir.

Mon regard trouble distingue péniblement ses traits, mais à son ton autoritaire, je l'imagine les sourcils froncés. Un foulard lui couvre le nez. Je sais ce qu'il se passe, je l'ai compris dès que je me suis effondrée au sol. Le mal qui a ôté la vie de tant de personnes s'en prend désormais à mon corps.

— Sienna, je…

Ma phrase s'interrompt à cause d'une quinte de toux. Chacune d'elles me brûle l'œsophage et me donne les larmes aux yeux. Je peine, chaque fois un peu plus, à reprendre mon souffle.

— Princesse…

La porte s'ouvre, arrêtant Sienna, mais la personne qui pénètre les lieux ne se prononce pas. J'ai bien trop peu d'énergie pour me tourner. Mes paupières s'abaissent et je n'ai pas besoin de le voir pour savoir que c'est lui. La pièce s'est chargée de sa présence. Il s'impose, où qu'il se trouve. Ma servante entreprend de se lever, mais je retrouve suffisamment de force pour essayer de la retenir.

Malheureusement, au bout de quelques secondes, mes membres sont déjà épuisés et je la libère.

Les chaussures de Sienna couinent tandis qu'elle se précipite vers la sortie, puis la porte claque. Je tente de me redresser contre la tête de lit, sans y parvenir. Je me laisse alors retomber sur la montagne de coussins.

Je ferme les yeux et m'efforce de prendre de petites respirations pour ne pas me provoquer une nouvelle quinte de toux.

Le prince se déplace, faisant grincer le parquet à chacun de ses pas. Rapidement, il apparaît dans mon champ de vision. Lui non plus, je ne parviens pas à le voir nettement. La fièvre trouble ma vue et me donne des maux de tête. Il s'empare d'une chaise qu'il fait traîner sur le sol et le bruit que cela provoque crispe mes paupières, me coupant le souffle. J'ai l'impression qu'on martèle mon crâne. Je ne respire à nouveau que quand il s'assoit.

Si je n'arrive pas vraiment à le voir, je distingue cependant le foulard qui devrait le protéger de moi, pendu lâchement à son cou. Mon bras se soulève difficilement pour le désigner. Karel attrape mon poignet et le retient.

— Protégez-vous, murmuré-je.

Il ne me répond pas et se saisit du bol de soupe, posé sur le chariot.

— Votre statut princier ne vous préservera pas, m'exaspéré-je.

Chaque mot qui sort de ma bouche menace mes poumons de s'immoler. Je brûle de l'intérieur, mais je ne le montre pas. Je déglutis lorsqu'il plonge la cuillère dans le bol. Je retiens mon corps de se crisper à ce son. Chaque bruit aigu me donne l'impression d'avoir des aiguilles qui s'enfoncent dans mon crâne.

— Vous êtes digne, même dans la maladie.

Je cligne plusieurs fois des paupières et son image se fait plus nette. Ses yeux me sondent avec agacement.

— Ne vous ai-je pas déjà ordonné de ne pas jouer la comédie devant moi ?

— Même quand je ne la joue pas, vous ne me croyez pas, ne puis-je m'empêcher d'énoncer.

En effet, je n'ai pas oublié la façon dont il avait rejeté ma vérité. Je ne sais pas pourquoi je m'étonne. Le droit de nous défendre nous est aussi retiré. Pas de procès. Coupable d'office. On ne s'appuie que sur des faits, qu'ils soient avérés ou pas, et des spéculations. La présomption d'innocence n'existe pas pour les femmes.

— Mangez, me somme-t-il en portant la cuillère à mes lèvres.

— Je peux le faire seule, rétorqué-je, essoufflée.

— Taisez-vous. Parler vous épuise trop et vous ne dites que des âneries.

Il approche l'ustensile et me force à ouvrir la bouche en le pressant contre mes lèvres. Je déteste me sentir si faible, alors c'est avec amertume que j'avale le potage. À présent, il est froid et glisse dans ma gorge. Cela a au moins le mérite de soulager un peu la douleur. Tandis qu'il approche une seconde cuillère, je prends mon courage à deux mains pour lui répéter *ma* vérité, en espérant qu'il prendra conscience que c'est la seule qui existe.

— J'ai vendu les dagues et j'ai donné l'argent au dispensaire, chuchoté-je.

— On en parlera lorsque vous serez remise.

Ma poitrine se soulève rapidement et je tente de retenir la quinte de toux qui menace. Sentant que je n'y arrive plus, je repousse la nouvelle cuillérée qui s'était suspendue à mes lèvres et pivote à temps pour tousser. La douleur m'arrache une grimace. J'ai l'impression qu'un feu brûlant incendie mes poumons. Je m'étouffe et parviens difficilement à retenir un hoquet de frayeur lorsque je constate que ma main est recouverte de gouttelettes de sang. Je referme la paume avant qu'il ne les remarque, reprends mon souffle et me retourne en tentant de masquer ma panique.

— Je voudrais me reposer, s'il vous plaît. Je me sens un peu mieux, mais je suis épuisée.

Ces quelques mots sont les derniers que je pourrais prononcer avant de cracher à nouveau mes poumons. Je refuse qu'il me voie ainsi, alors je feins d'avoir repris ma respiration. La vérité, c'est que je la retiens pour qu'il ne constate pas à quel point mon état semble s'aggraver. En apnée, la douleur diminue, c'est quelque peu apaisant.

Le peu de force qu'il me reste me permet de garder mon poing serré. Le prince ne dit rien. Je ne peux pas voir son visage, car mes yeux sont redevenus larmoyants à cause de ma quinte de toux. Il se lève et je prie pour qu'il se dépêche de quitter la pièce parce que j'ai de plus en plus de mal à retenir mon souffle.

Alors que je pense qu'il va partir, il saisit mon poignet et j'ai beau lutter, ses doigts desserrent les miens pour découvrir ce que je lui cache. Il n'a même pas eu besoin d'y mettre de la force.

— Vous ne vous sentez pas mieux, me reproche-t-il.

Je reprends ma respiration et l'air vif qui circule dans mon œsophage irradie tout à son passage, puis la brûlure s'intensifie lorsqu'il le fait dans l'autre sens. Mes doigts tremblants se referment sur ma paume.

— Partez, le supplié-je en tentant de récupérer mon bras.

D'un geste sec, il tire sur mon poignet et mon corps se retrouve contre le sien. Je m'efforce de le repousser, mais il me serre contre lui.

— Vous allez être malade, m'énervé-je.

— Ils trouveront un remède.

— Ne prenez pas de risques inutiles. Votre peuple a besoin de vous.

Ses bras se raidissent, mais il ne se détache pas de moi.

— Vous aviez raison Kalliopée. Je ne serai jamais un bon roi.

Mon cœur loupe un battement et je tente de m'extirper de ses bras qui m'encerclent, mais il resserre sa prise.

— Je me fous de mon peuple ou de la paix.

Mes poumons, mis à rude épreuve, s'emplissent d'air à ces mots. Il s'éloigne enfin de moi et prend ma tête entre ses mains.

— Je serais capable de le sacrifier pour que vous viviez. Peu importe ce que vous complotez contre moi, je serais capable de mettre mon royaume à sang pour vous protéger.

***

Mes paupières papillonnent lourdement. Je tourne la tête sur la gauche, en direction de la fenêtre et constate qu'ici, dans sa chambre, il n'y a pas de grande tour qui nous donne l'impression d'étouffer. La pleine lune éclaire la nuit silencieuse. Je pivote afin de me coucher sur le flanc et suis surprise de le découvrir sur une chaise. Des documents en main, il les feuillette à la lumière d'une petite lampe. Son crayon rature ici et là des mots. Du moins, je suppose. Ses sourcils, comme toujours, sont froncés. Je voudrais trouver la force de lui dire qu'il peut me laisser, qu'il sera certainement mieux dans son bureau ou dans un lit, mais la vérité, c'est que je n'en ai pas non plus l'envie. Sa présence a le don de m'apaiser. Alors je l'observe en attendant que le sommeil m'accueille à nouveau.

Avec soulagement, je remarque que la fièvre a baissé et que ma gorge ne m'irrite plus autant. Hier, après qu'il soit parti de la chambre, j'ai accepté les cuillérées que me donnait Sienna. La journée s'est écoulée rapidement. Entre mes longues périodes de sommeil et les passages fréquents de ma servante ou du médecin, je n'ai pas eu le temps de repenser aux paroles qu'il avait prononcées ni à la véracité avec laquelle elles sonnaient.

Ma respiration n'est plus aussi difficile qu'elle l'était, même si ma gorge est toujours douloureuse. Chercher mon souffle pour vivre n'est plus un supplice.

Un soupir d'apaisement s'échappe d'entre mes lèvres, tandis que j'observe son crayon bouger au fil des mots qu'il couche sur le papier. À ce moment, il s'immobilise. Mes yeux glissent doucement sur son corps jusqu'à rejoindre les siens. Ils sont fixés sur moi et je m'en veux de l'avoir perturbé alors qu'il travaillait. Il repose lentement les documents à ses pieds, et se relève à l'aide des accoudoirs du fauteuil, puis me rejoint.

Sans qu'aucun de nous ne prononce un mot, il se saisit d'un linge humide et l'essore avant de tamponner mon front. Mes iris restent rivés à son visage. Sa concentration m'arrache un léger sourire qui fait cesser ses gestes. Je me fustige intérieurement de toujours tout gâcher.

— Vous faisiez quoi ? demandé-je, la voix rauque, pour mettre fin à ce silence qui devient gênant.

— Rien qui ne puisse vous intéresser.

Mes yeux se lèvent au plafond. Que peut-il en savoir ?

— Parce que je suis une femme ?

Ma gorge m'irrite, mais je parviens à ne pas être prise d'une quinte de toux.

— Parce que vous êtes souffrante.

Je réalise que mes efforts étaient inutiles et qu'il a remarqué que si mon état s'est amélioré, je ne suis toujours pas tirée d'affaire. Sa réponse supprime aussitôt l'agacement qui commençait à poindre. Il reprend sa tâche et je le sens hésitant. Sa mâchoire se serre alors que sa main se crispe sur le tissu humide, le faisant goûter sur ma peau.

— Qu'avez-vous à me dire ?

Son regard quitte mon front pour plonger dans le mien. Je n'aime pas la colère contenue que j'y perçois, je devine qu'elle est mauvais signe.

— Je préfère attendre que vous…

— Dites-le-moi, le coupé-je. Maintenant.

Lentement, il repose le linge et se redresse. Son corps me surplombe tandis qu'il m'observe.

— J'ai demandé à mes hommes d'interroger le prêteur sur gages et le directeur du dispensaire.

Je suis déçue qu'il ait eu besoin de vérifier mes propos, mais tout de même soulagée à l'idée que les soupçons qui pesaient sur moi soient écartés.

— Vous pensiez que je vous croirais sans vérifier ?

Oui, en tout cas, je l'espérais.

— Non, reprend-il. Et visiblement, j'ai eu raison de douter. Maintenant, est-ce que vous allez me dire ce que vous avez fait des dagues ?

Mes yeux s'écarquillent d'effroi. Il n'a pas crié, mais sa voix vibrait de colère. La panique prend possession de moi lorsque je réalise qu'on lui a menti.

— Je les ai vendues au prêteur sur gages et j'ai remis les mille pièces d'or au dispensaire, répété-je une énième fois.

Je suis lasse de devoir sans cesse me justifier et que le résultat ne change pas. Je suis à deux doigts de mentir et de lui dire que je les ai jetées dans un caniveau.

— Réessayez, princesse, me commande-t-il.

Mes poings se serrent et ma mâchoire se crispe.

— Pourquoi ne me croyez-vous pas ? Pourquoi est-ce que vous refusez de m'entendre ? Pourquoi faut-il que vous doutiez de moi plutôt que d'eux ?

— Parce que vous êtes une Viridienne, me répond-il froidement.

— Oui, j'en suis une et je suis fière de mon peuple, de mon royaume, de mes couleurs.

Je suis forcée de reprendre mon souffle qui se fait de plus en plus difficile. Je voudrais me ménager et je comprends alors pourquoi il préférait attendre. Hélas, maintenant que la conversation a été amorcée, il est hors de question qu'on n'aille pas jusqu'au bout.

— Je suis fière d'avoir du sang viridien. C'est pour eux que j'ai sacrifié ma vie, pour les sauver. Mais vous vous entêtez à penser que je suis votre ennemie. Quoi que je fasse, quoi que je dise, vous ne me croyez pas. Mais dites-moi, Karel, qui de nous deux joue avec l'autre depuis le début ? Ce n'est pas moi, c'est vous ! Depuis que je suis ici, j'ai pris sur moi. J'ai accepté chacun de vos mots, j'ai enduré chacune de vos manipulations et vous osez mettre en doute mes motivations ? Si vous me pensez tant coupable, pourquoi être ici ? Pourquoi veiller sur moi ?

Je le défie du regard, je le supplie aussi. Je retiens une quinte de toux qui lui servirait de prétexte pour se défiler. La douleur est si forte que je dois planter mes ongles dans mes paumes pour ne pas céder au besoin d'ouvrir la bouche pour laisser cet air irradiant s'échapper de ma gorge.

— On en rediscutera, m'annonce-t-il simplement en contournant le lit.

Non, non, c'est beaucoup trop facile. Quand c'est lui qui me crache des horreurs, je ne fuis pas. Alors je lui interdis d'avoir cette lâcheté.

— Votre Altesse, le hélé-je, alors qu'il rejoint la porte.

Cette fois, je ne peux m'empêcher de tousser et suis obligée d'attendre que la douleur passe pour poursuivre.

— Un jour, vous apprendrez la vérité. Vous saurez que je n'ai pas menti. Mais sachez que peu importe quand vous en prendrez conscience, dès le moment où vous aurez passé cette porte, il sera trop tard. Je ne vous le pardonnerai pas.

Le temps se suspend. J'attends. J'espère. Juste une dernière fois. Ma respiration en fait de même, dans l'attente de sa décision. Je clos mes paupières lorsqu'il abaisse la poignée de la porte et l'entrouvre.

— Vous avez raison, lâché-je dans un souffle, sans le regarder. Vous ne serez jamais un bon roi. Pas parce que vous seriez prêt à sacrifier votre peuple pour une femme, mais parce que vous seriez prêt à le faire pour une conspiratrice.

Je ne sais pas s'il se retourne, ni même s'il hésite. J'entends juste la porte claquer et lorsque j'ouvre les yeux, je constate qu'il a décidé de partir. Je me roule en boule, laissant cette fois la douleur s'emparer de mes voies respiratoires. La brûlure est certes douloureuse, mais elle ne me permet pas d'occulter celle que subit mon cœur. Comment est-il capable de faire ça ? Me tirer d'un état d'apaisement pour me plonger dans un bain de rancœur ? Je ferme les yeux, tentant de supprimer les pensées néfastes qui m'assaillent. Je le hais et je voudrais le blesser comme il me blesse. Je voudrais lui infliger une douleur bien plus vive que celle qu'il m'inflige. Mais Karel est ce qu'il est et j'ai le sentiment que jamais je ne pourrai l'atteindre, que la couche de glace qui le recouvre ne peut-être forée.

Je déteste celle que je deviens. À son contact, je découvre des sentiments que je préférerais ignorer. Je ne suis pas de ceux qui détestent, mais je crois que Lapisia grignote chaque jour celle que j'étais à mon arrivée. Chaque lever de soleil me révèle une facette du monde que je préférerais ignorer. Parce que chacune d'elles me transforme en quelqu'un que je ne veux pas être.

Je muselle mon amertume et la garde dans un coin de mon cœur. Le jour où il comprendra, je la laisserai s'exprimer et, à ce moment-là, c'est moi qui rejetterai ses mots et qui refuserai de croire ses excuses.

Chapitre 20
Karel

Assis sur le fauteuil face à mon lit, j'observe le médecin qui vérifie l'état de Kalliopée. Cette dernière ne m'accorde aucun regard et reste obstinément fixée sur Sienna, qui est à quelques pas d'elle. Depuis deux jours, je m'enquiers de sa santé auprès du docteur, mais elle et moi n'avons plus échangé un mot. Je pourrais simplement l'éviter, mais son état était bien trop grave pour que je l'ignore.

L'homme d'âge mûr range les instruments dans sa mallette, puis s'écarte du matelas. La princesse et sa servante échangent un sourire soulagé et cette dernière se rapproche, un bol de bouillon en main. Kalliopée se retrouve masquée par le médecin qui me fait face et qui, d'un signe de tête, m'invite à le suivre. Je me relève et nous quittons la chambre. Je me retiens de lui accorder un regard, parce que je sais que son obstination à m'éviter pourrait amplifier ma colère.

— Le traitement semble faire effet. Elle devra tout de même être suivie jusqu'à sa complète guérison, mais c'est prometteur, Votre Altesse.

Je libère un soupir de soulagement et observe fixement la porte qui se trouve dans son dos.

— De longues semaines que la maladie sévit dans les rues de la ville…, ajoute-t-il pensivement.

— Mon père était au courant ? m'intéressé-je soudainement.

— Oui, bien sûr, je l'ai alarmé sur la vitesse de propagation, mais il m'a avoué que les caisses étaient presque vides et que nous n'avions pas les moyens de mener à bien les recherches.

Je me contente d'acquiescer alors qu'intérieurement, je fulmine. Les caisses n'ont jamais été vides. Certes, la guerre a compliqué notre approvisionnement, mais pas par manque de moyens, plutôt parce que les échanges commerciaux ont cessé.

Il s'éloigne et je me retrouve seul face à la porte de ma chambre. Elle va désormais pouvoir rejoindre ses quartiers et moi, je vais pouvoir retrouver mon confort. Bien que je tente de me convaincre que c'est uniquement pour cela que je suis soulagé, je ne peux plus nier que voir son visage retrouver ses couleurs a apaisé mes tourments.

***

Je pénètre dans le dispensaire en remontant le foulard que je porte autour du cou. Aujourd'hui, seuls Samaël et Jonah m'accompagnent. Mes yeux se plissent mais ne trouvent pas l'homme que je cherche. Je traverse alors la salle, dont la moitié des lits sont désormais vides, et rejoins l'étage. Derrière moi, mes compagnons m'encadrent.

Arrivé au premier étage, je balaie le couloir du regard lorsqu'une femme sort de l'une des pièces.

— Le responsable, lui commandé-je.

De l'index, elle me désigne le bout du corridor, avant d'effectuer une révérence. D'un geste sec de la tête, j'ordonne à mes hommes de me suivre et rejoins la pièce où se trouve le médecin.

Il est en train de s'occuper d'un malade lorsqu'il m'aperçoit et me fait signe d'attendre. Mes sourcils se haussent, puis je me tourne vers Samaël qui ne peut dissimuler son sourire narquois. Certes cet homme est médecin, mais ne lui a-t-on pas appris le respect de la couronne ? Toutefois, je me tais. Il nous a été d'une grande aide et a contribué à sauver Kalliopée.

Impatient, je fais le tour de la chambre en observant le mobilier ainsi que les instruments. Je ne touche cependant à rien, préférant ne pas attraper un quelconque microbe, puis je reviens au médecin et suis attentivement du regard les gestes qu'il effectue sur son patient.

— Quels sont les résultats ? m'impatienté-je.

Parce que si Kalliopée est guérie, je ne sais pas ce qu'il en est du reste de la population.

— Eh bien… mes recherches m'ont permis de trouver une cure plus efficace que celle que nous avions jusqu'à maintenant. Hélas, ce virus nous est inconnu et il y a quelques paramètres que nous ne sommes pas parvenus à identifier… Toutefois, se reprend-il lorsque mon corps se tend, nous étions à un patient sauvé pour dix malades, mais grâce à vous, Votre Altesse, nous pouvons désormais en sauver six.

J'opine du chef, satisfait qu'il ait fallu quelques jours à peine pour trouver un traitement plus efficace. À présent, je ne peux plus taire la colère que j'éprouve envers mon père. Que faisait-il, tout ce temps ? Je me tourne vers Samaël qui retire de sa poche trois bourses avant de les déposer sur un chariot proche du lit médical. Le cliquetis métallique des pièces interpelle aussitôt le médecin.

— Quinze mille pièces d'or pour votre équipement, des plantes médicinales et tout ce dont vous aurez besoin. Un geste de gratitude de la part de la couronne.

— Je ne l'ai pas fait pour elle, finit-il par dire plutôt que de me remercier.

Je cligne lentement des yeux, me demandant si cet homme est suicidaire puis, sentant que ma patience approche doucement de sa limite, je préfère me détourner.

— Quel connard, souffle Jonah, dans mon dos quand nous nous trouvons dans le couloir.

— Si tu m'avais laissé faire, Karel…, ajoute Samaël.

Jonah et moi échangeons un regard amusé. Samaël a un physique qu'on pourrait qualifier de trompeur. Plutôt fin, un visage d'une douceur exagérée et un regard à faire tomber les filles. Il paraît tout avoir du gendre idéal. Je ne pense pas que les femmes se presseraient à sa porte si elles voyaient le sourire dément qui éclaire son visage quand il charcute ses victimes. Samaël est le moins sain d'entre nous. Il prend plaisir à voir ses victimes souffrir lentement et plus elles luttent, plus il se montre vicieux. Il est notre meilleur atout pour récolter des informations.

Quand nous atteignons le rez-de-chaussée, nous accélérons le pas afin de rejoindre la sortie. Je n'ai pas envie de m'attarder ici plus que nécessaire. J'ai eu de la chance de ne pas contracter la maladie lorsque j'étais avec Kalliopée. Le médecin royal m'a presque ordonné de rester éloigné d'elle, mais je n'ai pas réussi. Enfin... jusqu'à ce qu'elle soit remise. J'étais trop perdu pour la croire. Elle est la fille de notre ennemi, pourquoi la croirais-je plutôt que mes sujets ?

Je n'ai pas quitté son chevet jusqu'à ce qu'elle soit en état de regagner son lit. Mais voilà sept jours qu'elle a quitté mes appartements, manifestement guérie, et que nous n'avons pas échangé une seule parole. Pas même une réplique acerbe. Si, avant notre dispute, je sentais qu'elle espérait chacun de mes mots, aujourd'hui, elle s'est renfermée sur elle-même et me fuit. Quand je la croise, elle se détourne et emprunte un autre couloir.

Elle ne peut pas m'en vouloir. Elle devrait comprendre. C'est une viridienne, elle est dans mon pays. Dans la situation inverse, je suis certain qu'elle en aurait fait de même.

Son rétablissement a engendré beaucoup de fatigue et je n'ai pu la retrouver aux dîners, ma seule chance de l'obliger à me parler. Mais ce soir, elle sera obligée de s'y trouver. Le médecin a donné son accord. Ce soir, elle n'aura d'autre choix que de rester à mes côtés.

Alors que nous atteignons la grande porte, un homme nous interpelle. Lorsque je me retourne, il me semble le reconnaître. Je crois que c'est l'un des médecins qui a participé aux recherches.

— Votre Altesse, je souhaitais vous remercier.

Il s'incline afin de me montrer sa gratitude.

— La santé publique concerne la couronne, réponds-je simplement.

— Pardon, oui, dit-il en se redressant. Mais… je voulais parler de ma fille, Mira. Vous lui avez fait confiance et l'avez laissée rejoindre les recherches. Sans elle, nous n'aurions sans doute pas trouvé de remède. En tout cas pas dans des délais aussi courts.

J'échange un regard avec Samaël qui se met à sourire. Il a compris la même chose que moi.

— Sans elle ? demandé-je, pour confirmer mes soupçons.

— Oui, ma fille a trouvé le traitement, m'annonce-t-il fièrement.

Un sourire incrédule s'affiche sur mon visage. À mes côtés, Jonah et Samaël rient.

— Puis-je me permettre de vous demander ce qui vous amuse, Votre Altesse ? m'interroge-t-il, inquiet.

— Vous pouvez, vous pouvez, se moque Jonah. C'est que votre chef prétend avoir trouvé lui-même le traitement.

Le médecin, qui s'était tourné vers Jonah, me refait face. Il semble chercher une confirmation de ma part, que je lui donne en opinant du chef.

— Malheureusement, son seul don est celui du mensonge, pas de la médecine.

À ces mots, mon corps se raidit et ce qui m'amusait il y a quelques secondes prend à présent un tout autre sens. J'échange un regard entendu avec mes hommes et m'approche du médecin pour qu'aucune oreille indiscrète ne puisse entendre notre discussion.

— Avez-vous vu la princesse, ici ? murmuré-je.

Ses sourcils se froncent, mais à mon grand regret, il secoue la tête de droite à gauche.

— J'ai entendu dire qu'elle était venue, mais si je l'avais croisée, je l'aurais reconnue. Une chevelure aussi claire que la sienne, ça ne passe pas inaperçu.

Je soupire en m'éloignant et suis surpris de voir Samaël s'avancer.

— Y'avait un p'tit gars, apparemment sept ou huit ans. Une personne est venue le voir deux ou trois fois, y'a une dizaine de jours. Elle portait une cape. Ça ne vous dit rien ?

— Je ne pense pas non. Par contre, j'ai vu quelqu'un comme ça remettre une bourse au responsable. Ça m'a interpellé parce que pour être honnête… les dons ne sont pas communs. On a plus souvent des citoyens qui se font passer pour malades et qui dévalisent nos stocks…

— C'était quand ? m'impatienté-je.

— Un jour ou deux avant que vous ne veniez, je crois. Je suis désolé, je ne me souviens de rien d'autre et je n'ai pas vu si c'était un homme ou une femme.

— Vous savez combien de pièces d'or cette personne a données ?

— Je n'en ai aucune idée. C'est d'ailleurs une des raisons pour lesquelles je me souviens de cet évènement… Quoi qu'elle ait remis au docteur, ce n'est pas passé par la trésorerie et ce n'est pas allé dans notre caisse, c'est moi qui inventorie les dons.

Je lui tourne le dos et rebrousse chemin, sans avoir besoin d'échanger un seul mot avec mes hommes. Ils ont tiré les mêmes conclusions que moi. Je fouille chaque pièce de l'étage à la recherche du traître, sans le trouver.

— Son bureau est là-bas, m'indique Jonah après être allé se renseigner.

Je hoche la tête et longe le couloir. Sans frapper, je pénètre dans les lieux. Assis à son bureau, il relève le regard et semble surpris de me voir ici. Mon œil avise les bourses que Samaël lui a remises quelques minutes plus tôt et j'ai un sérieux doute sur ce qu'il allait en faire.

Il se lève précipitamment et effectue une révérence en me lâchant un « Votre Altesse », qui clôt instantanément mes yeux d'agacement. Il contourne son bureau, débarrasse une chaise et m'invite à m'asseoir, mais d'un geste sec de la tête, je refuse. Je fais signe à Jonah de prendre place et mon bras droit s'en approche, s'y installe et dépose bruyamment ses pieds sur le bois verni du meuble. Je constate que le mobilier est plutôt de bonne facture pour un dispensaire qui manque de moyens. Toujours à l'entrée, Samaël claque la porte et s'y adosse. Acculé, le docteur blêmit.

Ce genre de scénario, c'est notre truc.

— Un problème, Votre Altesse ?

— Je ne sais pas… à vous de me le dire.

— Je… je mettais juste l'argent en sécurité. Nous faisons souvent l'objet de vols.

Je me racle la gorge en arpentant la pièce. Ma colère monte, elle est palpable. Elle est si puissante qu'elle accentue sa peur. Je saisis une loupe posée sur une des imposantes bibliothèques et la tapote sur ma main.

— Jonah ? interpellé-je mon ami.

— Votre Altesse ? me demande-t-il nonchalamment.

— Peux-tu, s'il te plaît, me rappeler le contenu de ton interrogatoire ?

Il acquiesce, se redresse et je surprends Samaël en train de lever les yeux au ciel. Jonah a toujours tendance à en faire trop.

— Non, non, elle ne m'a rien donné. De toute façon, je n'aurais rien accepté venant de quelqu'un comme elle, récite-t-il en imitant le médecin que je n'ai pas lâché du regard.

À chaque mot qui sort de la bouche de Jonah, le lâche se décompose. Mes sourcils se froncent et je baisse les yeux sur mon ami.

— Tu n'avais pas fait mention de la dernière partie.

Le médecin semble surpris par notre familiarité, mais ici, c'est comme à la caserne. On n'est pas au palais. Pas besoin de garder une distance protocolaire.

— Je ne voulais pas que tu te vexes et deviennes fou de rage. Après, on arrive plus à te contrôler.

Mon regard se dirige sur le traître qui déglutit bruyamment à la menace à peine voilée.

Il tente un pas vers la sortie, mais le sourire que lui adresse Samaël, un de ceux qui promet les pires sévices, suffit à lui faire rebrousser chemin.

— Du coup, demande Jonah en penchant sa tête vers l'arrière afin de s'adresser au médecin, vous vouliez dire quoi par « quelqu'un comme elle » ? J'avoue que j'ai pas pensé à vous poser la question, sur le moment.

— Je… euh… bafouille-t-il, m'arrachant un soupir de lassitude.

Aussitôt, il se raidit et j'en ai ma claque. D'habitude, ce genre de mise en scène m'amuse, mais là, j'ai beau tenter de me contrôler, la colère crépite au bout de mes doigts.

— On va avoir un problème, doc, annoncé-je. Quelqu'un a vu la princesse vous remettre la bourse.

— C'est faux ! clame-t-il.

— Moi, je dirais que c'est vrai, intervient Samaël, toujours adossé à la porte qui joue cette fois avec un poignard.

Jonah se tourne vers lui, sourcils froncés.

— Bah quoi ? s'étonne Samaël. Tu préfères croire qui ? L'autre gars ou celui qui prétend avoir trouvé le traitement et qui, en plus, s'apprêtait à se tirer avec quinze mille pièces ?

— C'est pas faux, lui accorde Jonah.

Pendant leur petit numéro, j'observe le médecin avec attention. La sueur perle sur son front et il me semble sur le point de faire un malaise. Son regard se pose nerveusement sur moi, puis il recule. Il sait.

Pourtant, au lieu de blêmir un peu plus, il semble retrouver un peu de courage. Ça arrive parfois. Un petit élan d'audace quand on se sent au bord du précipice. On donne tout ce qu'on a pour ne pas crever. Malheureusement pour lui, il est tombé sur la mauvaise personne. Peu importe que son courage se nourrisse de son instinct de survie, mon besoin de vengeance, alimenté par ma rage, le surpasse.

— Vous n'avez aucune preuve. Trouvez-en une et ensuite, venez m'arrêter. Ma femme sera ravie de subir ma peine.

Jonah grogne. Il n'aime pas ça. Il donnerait sa vie pour Lavia, son épouse. Je traverse la pièce et repousse le traître contre le mur. Mon avant-bras bloque sa trachée, lui ôtant le souffle. Dans mon élan, j'ai renversé des bibelots qui traînaient sur le bureau, provoquant un vacarme qui fait tiquer Samaël. Oui, ce qu'on fait n'est pas autorisé… alors il vaudrait mieux qu'on se montre discrets. Je suis prince, mais pas réellement au-dessus des lois. Des exécutions arbitraires, on en a déjà fait. Dans des bordels, au palais même, mais jamais en plein jour dans un dispensaire destiné à soigner la population malade. Ce ne serait pas bon pour l'image de la couronne.

— Vous n'avez pas répondu à Jonah, demandé-je en approchant mon visage au plus près du sien. Que vouliez-vous dire par « quelqu'un comme elle » ?

Je desserre ma prise afin de le laisser me répondre.

— Cette femme est le diable et vous l'avez faite entrer chez nous. Par votre faute, Lapisia va disparaître.

À nouveau, mon bras exerce une pression sur sa gorge. Je tends la main vers l'arrière et aussitôt, Samaël me remet sa dague. Mon regard le détaille et une rage incontrôlable prend possession de moi en pensant à Kalliopée. Je l'entends me supplier de la croire et je revois le désespoir lorsque j'ai refusé de le faire. Mes iris croisent ceux de l'homme que je m'apprête à assassiner. Ses yeux s'écarquillent et mon souffle s'accélère. Je repense au chaos qui se trouve dans ma tête depuis qu'elle est réapparue dans ma vie, au tiraillement que je ressens entre mon royaume et la princesse, entre mon père et ma future épouse. À qui dois-je jurer fidélité ? Mes doigts resserrent leur prise sur le manche de l'arme. Je l'entends me dire qu'elle ne me pardonnera jamais et je suis soudainement terrorisé à l'idée qu'elle ait dit vrai. Mais après tout, peu m'importe qu'elle me déteste un jour, un mois, un an ou même toute une vie, elle devra de toute façon la passer à mes côtés. Elle ne pourra pas m'ignorer éternellement. En attendant, je compte bien la venger de ceux qui ont tenté de me détourner d'elle.

Je recule légèrement pour qu'il comprenne chacun de mes mots.

— Si elle est le diable, qu'est-ce que ça fait de vous ?

Je ne lui laisse pas le temps de répondre, le poignard s'enfonce dans sa trachée sitôt que mon bras en libère l'accès. Ses yeux s'écarquillent et, aussitôt, des gargouillis proviennent de sa gorge d'où le sang s'écoule déjà.

— Un geste de gratitude de la part de la couronne, prononcé-je, un rictus empli de ressentiment, avant qu'il ne s'effondre à mes pieds.

Je retire l'arme de ma victime et essuie la lame contre mon pantalon avant de la rendre à Samaël.

— Quel trou du cul ! lance Jonah, en repoussant le pied du cadavre pour pouvoir ouvrir la porte.

Lorsque nous quittons la pièce, je suis envahi par la culpabilité. Pas parce que j'ai tué cet homme, non, certainement pas, mais parce que malgré ses suppliques, j'ai refusé de la croire. J'ai toujours appris à être méfiant. Pourtant, pour la première fois de ma vie, j'ai l'impression que plutôt que de me protéger, cela m'a desservi.

Nous traversons le couloir et croisons une infirmière qui hurle quelques secondes plus tard. Le cri est si strident qu'il me fait grimacer.

— Il a attaqué le prince, annonce fortement Samaël.

Oui… généralement c'est la façon dont on couvre nos méfaits quand on se fait surprendre. Heureusement, vu la réputation que ce lâche devait avoir, je pense que personne ne viendra nous reprocher sa mort.

— Retournez voir le prêteur sur gages… il ment forcément.

Jonah m'observe du coin de l'œil avant d'acquiescer. Je veux que ce traitre confesse et qu'il nous rende ce qui nous appartient. Malheureusement, je ne peux pas procéder comme avec l'homme que je viens d'assassiner, parce que les morts ne parlent pas. Je préfère rester en dehors de ça, je le tuerais fatalement et je regretterais aussitôt de ne pas avoir laissé Samaël se charger de l'interrogatoire. Peu m'importe si ce dernier doit le torturer des jours, des semaines ou même des mois. Il serait préférable pour cette pourriture de parler le plus tôt, ça ne lui évitera pas la mort, mais ça abrégera ses souffrances. Parce que oui, il va souffrir.

En rejoignant l'entrée, je constate que le médecin qui nous a permis d'éclaircir une partie de l'histoire est toujours là.

— Vous avez eu une promotion, lui annonce Jonah. Félicitations, chef !

J'ouvre la porte et le soleil m'éblouit aussitôt, me forçant à plisser les yeux. Je m'apprête à reprendre la route quand on me retient par le bras. Je me retourne pour faire face à Jonah.

— Pour qui tu fais tout ça ? Pour elle ou pour la justice ?

— Pour elle, avoué-je.

Pas besoin que je démente plus longtemps.

— J'espère que tu sais ce que tu fais, Karel.

— Pour l'instant, je fais n'importe quoi.

Je ne rajoute rien et me détourne. Dans mon dos, j'entends les pas de mes amis sur le sol poussiéreux. Les ruelles que nous empruntons nous conduisent jusqu'à l'avenue menant au palais. Mes yeux se lèvent sur la grande tour et se baissent aussitôt. De toute ma vie, je ne me suis jamais senti aussi coupable que maintenant.

J'ai refusé de la croire.

Depuis le début, je m'évertue à la blesser parce que c'est ce que le roi attend de moi. Ce mariage nous est indispensable pour mener à bien nos projets, mais il m'a bien fait comprendre qu'elle devrait en souffrir. Que je devrais lui mener la vie dure. Il la hait, plus que quiconque.

Je me suis exécuté.

Pourtant… il m'est arrivé de lui désobéir, de lui montrer plus d'intérêt que je n'aurais dû, que je n'en avais le droit.

Nous parvenons au pied de la tour et mon cœur accélère. Malgré ce que mon père et moi projetons, je ferai en sorte que l'amour qu'elle éprouvera pour moi surpasse la haine qu'elle pourra ressentir quand nous aurons assouvi notre vengeance.

Chapitre 21
Karel

Comme le soir du bal, je l'attends au pied des escaliers. Les bras croisés au niveau de mes reins, je me doute que ma posture rigide n'est pas des plus avenantes, mais il y a des habitudes qu'on ne change pas. Un bruissement de tissu m'indique qu'elle arrive dans mon dos. Lorsqu'elle me rejoint enfin, elle se positionne à mes côtés et, du coin de l'œil, je la vois lever le regard.

— Je n'avais pas besoin d'escorte.

Ma tête pivote dans sa direction et mes yeux se plantent dans les siens. Mon regard passe de son iris bleuté à celui marron. Hormis leur particularité, ils ne sont pas si différents de ceux des autres. Ils ne dissimulent aucunement les émotions qui les traversent. Ce soir, je peux y lire toute la colère qu'elle ressent à mon égard. Leur éclat est vif.

— Allons-y, réponds-je seulement.

Ses sourcils se froncent, sans doute est-elle surprise que je ne tente aucune provocation, mais elle garde le silence alors qu'elle se met en route.

Durant le trajet, je l'observe du coin de l'œil. Elle est vêtue d'une robe rouge dont la traîne paraît voler au-dessus du sol et se déplace de façon gracieuse. Je ressens une pointe d'agacement lorsque je constate que ses mains serrent le tissu et je devine qu'elle retient ses mots. Elles seules me donnent un indice sur le ressentiment qu'elle éprouve, puisque sa posture reste fière. La tête haute, elle regarde droit devant elle, telle une conquérante. Elle veut donner l'impression qu'elle se sent ici chez elle. Quiconque pourrait s'y tromper, mais pas moi.

Les deux gardes postés à l'entrée nous ouvrent les portes et nous pénétrons dans la salle à manger.

— Père, salué-je le roi, déjà assis à sa place.

— Votre Majesté, ajoute-t-elle en lui adressant une révérence.

Mon père lui jette tout juste un regard, ce qui n'échappe pas à Xintia dont le sourire s'agrandit. Je m'approche de la table, tire la chaise de ma future épouse qui m'observe, agacée, avant de prendre place. Les premières minutes, Xintia monopolise la conversation. Elle espère encore que mon père finira par annuler le mariage qui me liera à Kalliopée. Ce qu'elle ne sait pas, c'est que cela ne changerait rien à ses chances de m'épouser. Elles sont nulles. Elles l'ont toujours été. Mon père ne l'estime pas, il trouve juste en elle un moyen de provoquer la princesse. Xintia n'est intéressée que par le prestige. Depuis quelques mois, elle s'est installée au palais car son père espérait qu'elle parviendrait à m'attirer dans ses filets. Hélas pour elle, si j'ai profité des avances généreuses qu'elle me faisait, je ne l'ai jamais envisagée à la place de Kalliopée. Pas même lorsque nous étions jeunes. Mon père aurait pu la renvoyer chez elle quand la princesse est arrivée, mais il a vu en son ambition démesurée une occasion de se divertir. Son rôle s'arrête là : espérer une place qu'elle n'occupera jamais.

Les entrées nous sont apportées et je n'ai qu'une hâte, c'est que ce repas prenne fin. Je déteste ces simulacres de dîners familiaux. Les courbettes, les faux-semblants… je leur préfère la solitude, le calme et le silence. Tout ce qui m'apaise, c'est de retrouver un semblant de proximité avec Kalliopée.

— Alors, princesse. Vous êtes-vous bien remise ? l'interroge mon père.

Ma tête s'incline sur le côté et je l'observe, à l'autre bout de la table, peu dupe. Il se moque de son état et je ne parviens pas à saisir la raison pour laquelle il feint de s'y intéresser.

— On ne peut mieux, Votre Altesse, merci, lui répond-elle.

Sa voix est posée, presque blanche. Elle semble elle aussi avoir compris que ce n'était rien d'autre que de la fausse considération. Il aurait été plus évident pour moi de me trouver entre eux, afin de détourner l'attention de mon père, mais ce dernier décide de tout, y compris du plan de table.

— Bien, bien…

J'attends la suite qui ne saurait tarder, vu le sourire qui se dessine déjà sur ses lèvres.

— Vous vous doutez que les sorties seront proscrites, désormais.

— Oui, Votre Altesse. Je suis condamnée à épouser votre fils et à vivre recluse. Les termes du contrat ne m'ont pas échappés.

Mes paupières s'abaissent tandis que ma mâchoire se serre avec force.

— Condamnée ? Je voudrais bien votre place, moi, rit nerveusement Xintia.

Je me raidis et retiens mon souffle, espérant qu'elle n'aura pas la stupidité de surenchérir, mais à la façon dont ma future épouse se redresse sur son siège, je sais que je me suis montré trop optimiste.

— Oui, condamnée. Je ne pense pas qu'il y ait de mot plus juste. Quant à ma place, croyez bien que je vous la céderais volontiers si j'en avais l'opportunité. Hélas, on ne peut pas lutter contre le destin.

Les yeux de Xintia s'écarquillent et les miens se referment avec plus de force. Je serre mes poings sur mes jambes. La patience n'est pas l'une de mes qualités, elle devrait le savoir. Et si je peux accepter que nous réglions nos différends en privé, je refuse qu'elle se serve d'une conversation avec le roi pour me faire part de ses reproches. Toutefois, je garde mon calme, conscient que cela ne ferait qu'envenimer la situation.

— Vous devriez apprendre à vous taire Kalliopée, lui conseille Xintia. Un jour, il sera votre roi.

— Et avant tout mon époux, réplique la princesse. Je ne me tairai jamais devant mon mari, aussi puissant soit-il. Quant au fait qu'il sera un jour mon roi, encore faudra-t-il qu'il soit digne de sa couronne. Dans le cas contraire, là non plus il n'aura pas droit à mon silence.

Ma main s'abat violemment sur la table, les faisant sursauter toutes les deux. Je resserre mes poings, conscient que ma colère ne fait que s'accentuer à chacun de leurs échanges. Kalliopée ne m'accorde pas un regard alors que le mien ne cherche qu'à la confronter. Je me retiens de la traîner jusqu'à sa chambre pour l'empêcher d'en ressortir un jour.

L'arrivée des employés de cuisine nous offre une pause bienvenue. Ils débarrassent nos entrées, auxquelles personne n'a touché et déposent le plat principal. Le fumet de la viande ne me donne même pas envie. Je me saisis de mon verre et en bois l'alcool qui s'y trouve. Je ne prends pas la peine de le déguster. Fort heureusement, les deux jeunes femmes semblent conscientes qu'elles ont épuisé mon quota de patience puisqu'elles se concentrent sur leurs assiettes.

— Fils, m'interpelle mon père, me forçant à relever les yeux de mon verre.

— Père ?

— Demain, je voudrais que tu ailles voir les destructeurs.

Mes sourcils se froncent à cette annonce qui me surprend. Je n'ai pas entendu parler de quelconques travaux au sein de la cité, en tout cas rien qui ne nécessite une démolition.

— Pour quelle raison ? m'intéressé-je.

— Qu'ils détruisent le dispensaire.

Je me décompose, alors qu'à mes côtés, je sens Kalliopée se raidir. Lui, il s'est adossé à son fauteuil, en vainqueur. Il se délecte des réactions qu'il provoque chez elle. Détruire le dispensaire ?

— Et fais brûler les corps des défunts, ajoute-t-il après une pause.

— Pourquoi ? osé-je.

— Ne prenons pas le risque que le virus se propage. Tu n'auras qu'à rassembler des hommes qui se chargeront de fabriquer un bûcher géant hors des remparts et demandes aux fossoyeurs de déterrer les cadavres des malades.

Kalliopée laisse échapper un hoquet horrifié et même si je ne suis pas un tendre, je la comprends.

— Père, la maladie est en déclinaison, le virus se propage moins facilement et le re…

— Pourquoi ? m'interrompt Kalliopée avec dégoût.

Il lève lentement les yeux sur elle. Je devine alors que la santé de nos sujets ne lui importe pas, ni même la sienne, mais qu'il agit uniquement dans le but de la provoquer. Il se penche en avant et la toise, un coude nonchalamment posé sur la table.

— Parce que depuis que vous avez rapporté cette maladie au palais, c'est devenu un problème qui me concerne.

Mon père a laissé la situation s'enliser, il n'a offert aux médecins aucun moyen de combattre la maladie et il veut qu'elle en porte le blâme ?

— Vous n'aviez qu'à vous contenter de faire votre devoir, ajoute-t-il, profitant de la béatitude de Kalliopée.

— Et quel est mon devoir ?

Parce que je connais mon père, parce que je sais à quel point son ego peut parfois dicter ses décisions, je tente de saisir la main de Kalliopée pour qu'elle ne franchisse pas la limite, mais d'un geste sec, elle me repousse et se tourne vers moi.

— Vous, ne me touchez pas ! crache-t-elle.

La haine que je perçois dans ses yeux bicolores me vrille le cœur. Je la sens sur le point de craquer, de céder à sa rancœur. Le problème, c'est que je ne sais pas ce que cela provoquera en elle et encore moins en moi. J'ignore si je parviendrai à la ramener à la raison si elle venait à la laisser s'exprimer. Tout comme j'ignore si ma propre rancœur, suite à son ignorance de ces derniers jours, ne se nourrirait pas de la sienne pour exploser. Aucun des scénarios qui se dessinent ne me semble meilleur que l'autre. Elle détourne les yeux pour faire face à mon père.

— Quel est mon devoir ? répète-t-elle avec un calme qui me surprend.

— Obéir et vous taire, crache-t-il.

Un rire empli d'amertume s'échappe des lèvres de la princesse, tandis que mes poings se resserrent sous la table. Cette fois, ma colère n'est plus dirigée contre elle, mais contre mon père.

— Vous vous trompez si vous pensez que j'accomplirai ce « devoir » sans me battre. Vous faites erreur si vous croyez que je me tairai lorsque vous prendrez une décision aussi odieuse que celle d'exhumer les corps d'innocents. Vous allez les brûler dans le désert ! Vous savez qu'ils seront condamnés à errer sans jamais trouver le repos. Vous savez aussi qu'ils ne sont pas contagieux. Pourquoi faire ça ? Pourquoi aller jusque-là ?

— Pour que vous appreniez à rester à votre place, lui répond-il calmement. Que cela vous serve de leçon.

À ces mots, elle se relève de son siège, le faisant basculer au sol. Le temps se suspend. Des larmes tentent de se frayer un chemin à travers ses paupières, mais elle n'en laisse aucune s'échapper. Elle inspire profondément et, la seconde suivante, le moment est passé. La princesse retrouve son calme avant de s'incliner devant mon père.

— Votre Majesté, je n'ai plus d'appétit. Si vous le permettez, j'aimerais retourner dans ma chambre.

Elle n'attend pas sa réponse et se détourne afin de quitter la salle à manger. Je me tourne vers ce roi qui était autrefois mon idole. Ses lèvres arborent un sourire victorieux. La colère gronde en moi, alors je préfère mettre fin à ce repas à mon tour. Je jette ma serviette sur la table et me lève.

— Où vas-tu ? s'énerve-t-il.

— Faire en sorte que votre erreur ne compromette pas mon mariage.

— J'ai fait ce que je devais faire en tant que roi ! gronde-t-il.

— Non. Ce que vous auriez dû faire en tant que roi, c'était donner aux médecins des moyens de trouver un remède. C'était leur fournir de l'équipement et de l'argent pour qu'ils puissent faire leur travail. Tout ce que vous faites, là, c'est jouer avec les nerfs de ma future épouse.

Je refuse qu'un autre que moi s'accorde le droit de la tourmenter.

— Maintenant, si vous le permettez, je vais tenter d'empêcher un incident diplomatique. Vous savez tout comme moi que nous avons besoin de ce mariage, ajouté-je avant de m'incliner et de quitter la pièce, la démarche assurée.

— Karel, tonne-t-il.

Je m'arrête, mais ne me retourne pas.

— Ne me trahis pas.

Mon regard se perd sur la porte derrière laquelle elle a disparu, puis se détourne alors que je jette un œil par-dessus mon épaule. Mon père m'observe, menaçant.

— Ce n'est pas ce que je compte faire, mais cessez de la provoquer. Si elle décide de rentrer à Viridia, tout cela n'aura servi à rien.

Je reprends ma route et ne retrouve mon souffle que lorsque je me trouve hors de la salle à manger. Je dois la rejoindre. Elle pourra même laisser éclater sa colère sur moi si elle en ressent le besoin. Je l'ai mérité. D'ici, j'entends ses chaussures claquer contre le sol. Elle court. Je longe le couloir, puis bifurque quand on me retient par le bras. Surpris, je pivote pour découvrir Xintia.

— Reste avec nous. Ça fait des semaines que tu ne partages plus nos repas.

Je soupire, las de devoir sans cesse la repousser depuis que je suis rentré de campagne.

— Je préfère retourner dans ma chambre.

— Allez, minaude-t-elle. Non, j'ai mieux. Je peux venir. Comme avant, susurre-t-elle en se rapprochant.

J'inspire profondément en me demandant comment je vais devoir m'y prendre pour qu'elle comprenne enfin. Je baisse le regard sur cette brune à la bouche pulpeuse capable de tous les vices. Mes yeux s'ancrent aux siens et je ne sais pas ce que j'ai pu trouver d'intéressant chez elle. Elle n'a aucun caractère, elle n'est rien d'autre qu'une arriviste capricieuse. Elle manque de classe et de convictions. La seule chose pour laquelle Xintia se bat, c'est pour son confort personnel. Autrefois, oui, ça me convenait parce que je savais qu'elle n'attendait pas plus d'implication de ma part. Pas de sentiments, juste du sexe, c'était de toute façon tout ce dont j'étais capable… mais à présent, Kalliopée est ici, dans ce palais.

— Xintia, murmuré-je, en m'approchant d'elle.

Ses yeux s'illuminent dans l'attente de mes mots, mais elle se trompe, ce ne seront pas ceux qu'elle espère entendre.

— Apprends à rester à ta place.

Elle recule d'un pas et son regard perd son étincelle pour devenir hargneux.

— Tu choisis ce démon plutôt qu'une femme qui t'aime ? crache-t-elle.

— Tu ne m'aimes pas, tu aimes juste la couronne que je porte.

Je ne me fatigue pas à la reprendre sur la comparaison de la princesse, elle n'en vaut pas l'énergie. Kalliopée avait raison, il y a des combats qu'il est inutile de mener. Ils ne feraient que m'épuiser en vain. Xintia se détourne et s'en va d'un pas rageur.

— Xintia ? l'interpellé-je, sévèrement.

Lentement, elle pivote sur elle-même pour me faire face, consciente, au ton de ma voix, que c'était dans son intérêt.

— Dorénavant, ce sera Votre Altesse. Pas de Karel ni de Kalliopée. Pas même de prince ni de princesse. Votre Altesse, répété-je. Et tu t'adresses à nous avec le respect que tu nous dois. Provoque-la une fois de plus et ce n'est pas sa colère que tu déclencheras, mais la mienne. Me suis-je bien fait comprendre ?

Je vois ses épaules se raidir avant qu'elle ne s'incline.

— Parfaitement, Votre Altesse, crache-t-elle avant de se redresser et de disparaître dans le couloir.

Lorsque je suis enfin seul, je soupire et reprends ma route.

J'accélère le pas alors que je la rejoins. Je m'étais convaincu que marié ou pas, je ne ferais que ce qu'il me chanterait, que rien ne changerait. Pourtant, dès que je me suis trouvé face à elle, j'ai eu beau la haïr, il y a des limites que je n'ai pas pu dépasser. Et même si le mariage n'a pas encore eu lieu, je ne suis allé me perdre entre les jambes d'aucune femme.

Je hais tellement le destin de se foutre de moi avec autant d'ironie. Comment se pouvait-il que la femme à qui je pensais pour supporter ma haine soit la même que celle qui l'alimentait ? Pourquoi fallait-il que celle qui soignait intérieurement mes plaies soit aussi la personne qui symbolisait à mes yeux ceux qui me les ont infligées ?

Je sais que je ne devrais pas la retrouver, parce que ce soir, j'ai moi-même du mal à me contenir. Je sens que je m'approche d'une limite que je ne dois pas franchir au risque que ma rage ne m'aveugle. Pourtant, je monte les escaliers et, plutôt que de me rendre dans ma chambre, je frappe à la sienne.

Derrière la porte, j'entends ses pas claquer sur le sol et mon front se pose contre le bois. J'inspire, mais ne parviens pas à me contrôler davantage et frappe à nouveau. Une fois, deux fois, trois fois. Alors que j'ai commencé avec le plat de la main, je termine avec mes poings. Mon cœur bat furieusement dans ma poitrine, si bien que lorsque je n'entends plus ses pas résonner, j'ignore si c'est parce que mon rythme cardiaque me rend sourd à tout son extérieur ou si c'est parce qu'elle s'est arrêtée.

J'inspire à plusieurs reprises dans l'espoir de me calmer, puis j'ouvre les yeux sur les rainures de la porte. Je revois sa rancœur à mon égard et je ne sais pas si je parviendrai à la faire disparaître.

— J'aurais dû vous croire, Kalliopée.

Je n'ai jamais su m'excuser, aussi c'est tout ce que je trouve à dire. La porte se déverrouille et je suis surpris qu'elle veuille bien m'ouvrir sitôt ces mots prononcés, sans que j'aie besoin de la supplier, ni même d'argumenter. De toute façon, je ne l'aurais pas fait. Elle apparaît derrière le battant, les joues rouges.

— Oui, vous auriez dû, m'annonce-t-elle durement.

Ses yeux s'ancrent aux miens, et je prends réellement conscience d'à quel point je l'ai blessée.

— J'honorerai ce mariage, Votre Altesse.

Mes poings se serrent à cette distance qu'elle instaure entre nous.

— Je subirai votre couche et vous offrirai un héritier digne du trône, mais c'est tout que vous obtiendrez de moi.

Ses sourcils se froncent, puis elle disparaît. La porte claque devant mon nez, alors que ses mots me lacèrent la peau. Je comprends, à la fureur que je ressens, que j'avais visé juste.

Sa rancœur nourrit la mienne.

Chapitre 22
Kalliopée

J'expulse l'air contenu dans mes poumons et m'éloigne vivement de la porte lorsque celle-ci s'ouvre à la volée et claque contre le mur. Karel pénètre dans la chambre et je perçois aussitôt la fureur qui l'anime. Sa tête pivote lentement vers moi, puis son regard croise le mien, faisant accélérer mon souffle. Jamais je ne l'ai vu si proche du précipice. Nerveusement, j'évalue la distance qui me sépare de la porte et la panique m'envahit lorsque je réalise que quoi qu'il arrive, il parviendra à m'intercepter. Mes yeux se baissent sur le lit qui constitue mon unique rempart contre lui. Je recule lentement d'un pas afin de rejoindre la salle de bains qui se trouve dans mon dos, mais le geste ne lui échappe pas. Il en effectue un dans ma direction pour combler la distance que j'ai ajoutée.

À nouveau, je recule et, à son regard qui s'assombrit, à son corps qui se raidit, je comprends qu'il est déterminé. Ses épaules se redressent et il se dirige vers moi, anticipant ma prochaine action. J'effectue un demi-tour, la peur me nouant le ventre. Je savais qu'à le provoquer ainsi, je finirais par le pousser à bout. Pourtant, je n'ai pas pu m'en empêcher. Je le déteste tellement de me croire coupable que j'ai voulu le piquer à vif, le blesser dans son ego. Je parviens jusqu'à la porte de la salle de bains, mais Karel est bien plus rapide que moi et la referme en y plaquant sa main dans un vacarme qui me fait sursauter.

— On n'a pas terminé, gronde-t-il, son corps collé au mien.

Plutôt que d'accentuer ma peur, il ravive ma colère. Il peut être furieux si cela lui plaît, je l'avais pourtant prévenu que s'il quittait ma chambre sans se retourner, je rejetterais ses excuses. Contrairement à lui, je tiens parole. Il n'a pas le droit de m'en blâmer.

Mon dos repousse son torse avec force et je ne sais pas si c'est dû à la surprise, mais je parviens à le contourner sans qu'il ait le temps de réagir. Je tire sèchement sur mon bras lorsqu'il tente de l'agripper. Mon cœur est entré dans une course folle.

Je pivote et me précipite en direction de la porte. Le lit me barrant la route, je suis obligée de l'escalader afin de ne pas perdre de temps. Je fixe sans relâche le battant en bois, priant pour parvenir à m'échapper avant qu'il ne m'atteigne. Il m'a maintes fois fait comprendre qu'il n'était plus le même ; je le crois, et j'ignore de quoi il est capable maintenant. Je parviens au milieu du lit lorsqu'un poigne puissante m'attrape la cheville et la tire en arrière. Mon corps chute lourdement sur le matelas, me faisant rebondir. Mon souffle se coupe et s'il y a quelques instants, la colère avait pris le pas sur mes émotions, c'est à présent la frayeur qui me submerge. Je m'agrippe au rebord du lit tandis que mes jambes s'agitent pour qu'il me libère, mais d'un geste sec, il me tire vers lui, me forçant à lâcher ma prise. Avant que j'aie pu renouveler ma tentative d'évasion, il me saisit par les hanches afin de me faire pivoter, puis il se couche sur moi. Ainsi, je ne suis libre d'aucun mouvement. Il respire aussi fort que moi et la lueur qui traverse son regard n'a rien d'humaine. Ses iris verts étincellent d'une fureur que je ne lui ai jamais connue.

Ses mains encerclent mes poignets qu'il retient de part et d'autre de ma tête. Je me débats, mais ses bras poussent sèchement sur les miens, m'ordonnant silencieusement de m'arrêter. Résignée, je cesse tout mouvement.

— Lâchez-moi, m'énervé-je toutefois en tentant de masquer la peur qui a pris possession de moi.

Essoufflés, nous nous affrontons du regard. J'attends qu'il me libère, mais il n'en fait rien. M'écrasant sous son corps, ses yeux se lèvent en direction de l'entrée, je bascule ma tête en arrière et suis soulagée de découvrir une femme de chambre dans l'encadrement.

— Fermez la porte, lui ordonne-t-il.

Mes yeux s'exorbitent d'effroi.

— Non, la supplié-je.

Pourtant, au lieu de me secourir, elle ignore ma détresse et obéit. Un gémissement de frayeur m'échappe, tandis que mes paupières s'abaissent rapidement afin de retenir les larmes qui menacent de s'écouler. La porte se referme et je me retrouve seule avec mon futur bourreau. Je ne parviens ni à lui faire face ni à effectuer le moindre mouvement. Mes yeux toujours clos, je me contente de retenir ma respiration et de prier pour que ce moment ne provienne que de mon imagination. Au fond de moi, j'ai peur, j'ai mal. Je suis blessée et en colère. Je ressens tant des choses que j'ai l'impression que je vais finir par imploser. Comment pourrait-il en être autrement ? Comment peut-on survivre à autant de sentiments ? En moi, c'est un cataclysme. Une tempête qui menace mes fondations de s'écrouler. Je l'aime, le hais. Je voudrais l'apprivoiser, mais il m'effraie. Je voudrais être digne de lui, alors que d'une certaine façon, je le trouve indigne de moi. Tout se mélange alors que je garde les yeux fermés. Le silence n'est rompu que par nos respirations saccadées.

— Je ne vous ferai rien, murmure-t-il.

Mes paupières se soulèvent et ma tête se tourne vivement vers lui. Ses sourcils froncés me confirment que sa phrase sonnait bien comme de l'inquiétude. Mon regard glisse d'un œil à l'autre, cherchant à savoir s'il se joue de moi, tandis que ses doigts se desserrent autour de mes poignets.

— Ce n'est pas ce que votre position laisse suggérer, parviens-je à prononcer, malgré les tremblements de ma voix.

Il roule aussitôt sur le côté, afin de se retrouver couché sur le dos. Il m'entraîne dans son mouvement, si bien qu'à présent, je me trouve à califourchon sur lui.

— Mieux ? demande-t-il.

Mon cœur bat toujours la chamade, mais la frayeur s'estompe peu à peu. La position est étrange, mais pas parce qu'elle est inconvenante, plutôt parce qu'elle me donne l'illusion d'avoir le pouvoir sur lui. Je sais pourtant que c'est faux. Peut-être est-ce une de ses ruses ? Préférant cesser d'y réfléchir, j'amorce un mouvement pour me détacher de lui.

— J'ai détesté que mon père vous parle ainsi, m'annonce-t-il en me retenant doucement par les cuisses.

Je me fige à ces mots.

— Je vous ai détestée, vous, de m'ignorer des jours pour ensuite me provoquer à travers votre conversation avec Xintia.

Mon souffle, qui s'était calmé, repart de plus belle.

— C'est votre faute, vous…

— Mais plus que tout, je me déteste de ne pas vous avoir crue, me coupe-t-il en enfonçant ses mains dans mes cuisses pour me faire taire.

Mes sourcils se froncent et, pour la première fois depuis mon arrivée ici, Karel arbore un regard empli de remords. Je déteste mon cœur d'être si manipulable. Depuis que je suis ici, il n'attend qu'une chose : que Karel se confie, qu'il s'ouvre à moi comme je me suis ouverte à lui. Et alors que je lui avais juré que je ne le pardonnerais pas, voilà que cet organe de malheur ressent de l'espoir, qu'il supplie ma raison de ne pas condamner le premier garçon que j'aie aimé, le *seul* garçon que j'aie aimé. J'aimerais prétendre que je suis quelqu'un de réfléchi, qu'on ne me dupe jamais deux fois, mais je mentirais. Je suis de ceux qui écoutent avant tout leur cœur, même si ce dernier accorde sa confiance trop rapidement et bien souvent à ceux qui ne la méritent pas.

— Comment avez-vous su que je ne mentais pas ?

— Un des médecins du dispensaire vous a vue remettre une bourse… le responsable volait les dons, c'est pour ça qu'il n'a rien dit.

Je détourne le regard, ne supportant pas d'en entendre plus.

— Et le prêteur sur gages ? Quelle est son excuse ?

— Il dément toujours.

Un rire amer m'échappe. Il me croit pour le dispensaire, mais il a sûrement toujours des doutes sur la façon dont je me suis procuré cet argent ou sur ce que j'ai pu faire des dagues. Après tout, je pourrais vendre n'importe quel objet venant de cette chambre. D'une pression sur mes cuisses, il m'invite à le regarder à nouveau, ce que je fais, non sans laisser transparaître ma colère.

— Je vous crois, affirme-t-il d'un ton assuré.

— Pourquoi devriez-vous me croire pour les dagues alors qu'il n'y aucune preuve qui corrobore mes dires ?

— Parce que je me moque des preuves. J'aurais dû vous croire depuis le début.

Je cligne des yeux, persuadée d'avoir rêvé. La tête enfoncée dans le matelas, il est à ma merci.

— Je pourrais vouloir votre mort. Pourquoi me faire confiance ? Il y a quelques jours, vous m'accusiez de trahison. Vous affirmiez que je complotais contre vous.

— Je regrette mes mots.

Son regard se fait plus dur. Comme si c'était à moi qu'il reprochait son erreur. Karel a cette façon de ne jamais se soumettre, de toujours donner aux autres l'impression qu'ils sont responsables de ses choix.

— Je pourrais prendre le poignard qui se trouve sous votre botte.

Il semble surpris que je l'aie aperçu, malheureusement pour lui, je suis observatrice. Il ne se raidit pas pour autant.

— Je pourrais vous l'enfoncer dans la trachée ou le cœur, continué-je, pour ajouter du poids à ma menace.

Ma provocation est certes stupide, mais j'ai besoin d'avoir la certitude qu'il ne doute plus du tout de moi. Parce que tant que je n'en serai pas sûre, j'aurai en permanence l'impression qu'il ne me fait pas confiance. Et sans confiance, lui et moi nous ne pourrons pas avancer. Je ne veux pas d'un mariage rempli de soupçons et de haine, je ne le supporterais pas.

— Vous voulez quoi ? Que je vous dise de le prendre ? Alors, allez-y, prenez-le.

Je me fige, mais alors que je m'apprête à me détacher de lui, ses mains s'agrippent à nouveau à mes cuisses.

— Prenez-le, répète-t-il avec détermination.

Je ferme les yeux, tentant de retenir le flot d'émotions qui me submerge à l'idée de me saisir de ce poignard. Comme je le disais, je l'aime, mais je le hais. Je ressens tant de colère à son encontre, mais aussi à l'égard de ce royaume. J'ai sacrifié ma liberté pour la paix, mais tout le monde s'évertue à me blesser, y compris lui. Je rouvre les yeux et croise ses iris qui n'ont rien perdu de leur détermination. Je me penche en arrière, sans le lâcher du regard. À tâtons, je relève le bas de son pantalon et saisis le manche en cuir dès que je le sens. Je le retire de son fourreau et me repositionne droite. Ma paume, serrant le poignard, se pose sur ma cuisse.

— Lisez-vous de la peur dans mon regard ?

— Vous savez que vous seriez plus rapide que moi.

Sa main se détache de ma jambe et accroche mon poignet qu'il positionne brusquement au niveau de sa gorge.

— Je vous fais confiance, Kalliopée, m'assure-t-il lorsque mon regard quitte la lame pour rencontrer le sien.

Il me libère et attend. Je détourne les yeux pour observer sa peau qui se reflète sur la lame.

— Je vous déteste de ne pas m'avoir crue, je vous déteste de passer votre temps à me blesser, murmuré-je, la voix enrouée.

Mes doigts se referment avec force sur l'arme tandis que je tente de contenir ma rancœur.

— Je déteste Xintia d'être toujours là et votre père pour ce qu'il compte faire. Je déteste qu'on détourne le regard quand on me croise, qu'on murmure à mon passage. Parce que sans moi, il n'y aura pas de paix. Nos royaumes seront toujours en guerre et nos enfants, maris, frères continueront de mourir sur les champs de bataille. Mon père ne m'a jamais forcée à rien, *j'ai* accepté, j'ai renoncé à ma liberté. Au bout du compte, je suis la seule qui y perd. Alors pourquoi s'évertue-t-on à ce point-là à faire de moi un monstre ?

Une goutte de sang perle sur sa peau quand la lame l'entaille légèrement. Il ne grimace ni ne réagit. Il accepte chacun de mes mots sans répliquer.

— Mais après tout, qu'est-ce que ça change, hein ? chuchoté-je, la voix éraillée. En définitive, la mort frappe, même en temps de paix. Et les puissants s'en sortent toujours mieux que les pauvres.

Mes yeux se remplissent de larmes alors que je ravale la boule qui m'obstrue la gorge. Des jours que la culpabilité me pèse. Mon statut a forcé la médecine à évoluer, mais Tev n'a pas eu cette chance. Il est mort.

— Il n'y aura pas de bûcher et vous n'êtes coupable de rien, surtout pas d'être en vie.

La sincérité que je lis dans son regard est désarmante, parce qu'elle me donne envie de croire ses mots.

— Votre père vous y forcera, réponds-je, en occultant ses derniers propos.

Nous savons tous deux que s'il a déployé autant de moyens, c'était pour me sauver.

— Je ne le ferai pas.

Je secoue la tête. Si je suis touchée par le geste, je sais qu'il sera dans l'obligation d'obéir. Son père est le roi.

Ma main s'éloigne de sa gorge et je libère le poignard qui tombe lourdement sur le matelas. Aussitôt, ses doigts se détachent de mes cuisses, mais plutôt que de me laisser m'échapper, il agrippe mes bras et je me retrouve couchée sur lui. Mon souffle se coupe. Contrairement à tout à l'heure, ce n'est pas de peur. Ma respiration devient erratique lorsqu'un voile de désir traverse son regard. Je ne peux pas l'ignorer, je le ressens aussi. Il semble le deviner puisque l'une de ses mains s'enfonce dans mes boucles et en empoigne une partie.

Nos souffles se mêlent dans l'attente de ne faire plus qu'un, tandis qu'aucun de nous ne détourne le regard ni ne s'éloigne.

— Je ne ferai rien contre votre volonté, chuchote-t-il, la voix rauque.

— Je vous crois.

— Dites-moi non.

— Embrassez-moi.

Aussitôt, comme s'il avait peur que je me dérobe, ses lèvres s'emparent des miennes. Et moi, comme si j'avais peur qu'il ne se rétracte, je prends ce qu'il me donne, je laisse mes murailles s'effondrer afin de rejoindre les ruines des siennes. Je me repais de son goût empreint de désespoir, de colère, de fougue. Mes émotions se joignent aux siennes, me donnant le tournis.

Comme la première fois, j'ai la sensation qu'un brasier prend possession de moi. Karel a un goût brut qui me rend dépendante. À chacun de ses baisers, j'en redemande. Au lieu d'étancher ma soif, il l'accentue. Mes mains, restées inactives, s'enfoncent dans ses cheveux. Jamais je n'ai connu une faim si puissante, mais la colère que je muselais depuis des jours semble amplifier ce que je ressens à l'instant. Karel exacerbe chacune de mes émotions. Il me donne envie de le fuir, puis l'instant suivant, m'éloigner me paraît impossible.

Nous reprenons mutuellement nos souffles lorsque nos bouches se séparent. Mes paupières se soulèvent et l'intensité de son regard me tord le ventre. Comme une affamée, je retrouve ces lèvres capables des meilleures délices comme des pires mots. Chacun de ses gestes m'électrise et mon sexe pulse contre son entrejambe, que je sens grossir malgré les couches de vêtements qui nous séparent. Mue par un besoin à assouvir, j'ondule contre son corps. D'un geste brutal, il nous fait pivoter, me surplombant à présent.

Sa bouche quitte la mienne pour se diriger vers mon cou qu'il mord avec rage, m'arrachant des gémissements que je ne cherche même pas à retenir. Mes doigts se détachent de ses cheveux pour se glisser sous sa veste, tandis qu'il dévore ma gorge. Il se redresse, enlève sa veste, puis tire sur les pans de sa chemise dont les boutons s'arrachent afin de la quitter à son tour. Je suis surprise par le nombre de cicatrices qui ornent son buste et ne peux empêcher mon regard de chercher une réponse au fond de ses pupilles. Sans prononcer un mot, j'ai l'impression qu'il me raconte tout ce qu'il a pu vivre de pire et je déglutis pour que la boule qui se trouve dans ma gorge ne prenne pas plus d'ampleur. Plutôt que de lui dire que quoi qu'il ait dû traverser, j'en suis désolée, je l'attire à moi et l'embrasse comme si cela devait être la dernière fois. Le soulagement m'envahit quand il revient à moi en gémissant contre mes lèvres.

Mais bientôt, cela ne nous suffit plus et nos baisers ont un goût de trop peu. Mon corps est en feu et j'ai l'impression que je pourrais m'immoler. L'une de ses mains tente d'agripper ma peau au travers de ma robe, puis elle remonte jusqu'à ma poitrine. Il grogne de frustration et je mentirais si j'affirmais que je ne ressens pas la même chose que lui. Karel se détache, puis se redresse.

— Tu veux qu'on arrête ? m'interroge-t-il, en portant ses mains jusqu'au décolleté de ma robe.

Je sais que je n'ai que deux options : lui demander de partir et sans doute le regretter ou poursuivre sans être capable de m'arrêter et avoir des remords. Son regard ne quitte pas le mien et attend patiemment ma réponse, me donnant l'impression que quoi je déciderai, il l'acceptera.

— Continue, affirmé-je alors, sûre de moi.

D'un geste sec, il éventre le tissu, dévoilant ma poitrine. Trop attisée par mon désir, je ne suis même pas gênée. Sa bouche retrouve la mienne avec tant de sauvagerie que je gémis. Malheureusement, il me laisse sur ma faim en prenant la direction de mon cou. Il dévie jusqu'à mes seins qu'il suçote puis mord. Mon dos se cambre à chaque morsure qu'il m'inflige. L'une de ses mains remonte l'ourlet de ma robe et glisse le long de mes jambes, lui dévoilant chaque parcelle de ma peau. Ma tête s'enfonce dans le coussin lorsque sa cuisse se niche entre les miennes. Son corps me surplombe, mais je ne me sens nullement oppressée par son poids. Nos bouches se soudent à nouveau et nos baisers s'approfondissent. Chaque friction que sa jambe exerce contre le tissu de mon sous-vêtement me rapproche de l'implosion. Son membre, gonflé dans son pantalon, s'enfonce dans ma cuisse. Savoir que je lui fais autant d'effet accentue mon désir. Si je n'étais pas privée de la parole, je lui offrirais déjà ma virginité.

Mon cœur va si vite que j'ai l'impression qu'il va exploser alors que l'air, lui, semble me manquer. L'une de ses mains s'agrippe à mes cuisses pour donner plus de puissance au geste et dans un gémissement qu'il aspire, mon cœur rate un battement. Entre mes jambes, la sensation est si forte qu'elle me paraît presque douloureuse. Pourtant, je ne veux pas qu'il s'arrête. Je peine à garder mon souffle alors que les mouvements de sa cuisse se font plus féroces. J'enfonce ma tête dans le coussin et me cambre. Mes jambes se resserrent et, lorsque ses dents mordent à nouveau ma gorge, je sens une énergie me traverser avec puissance. C'est euphorisant, douloureux et en même temps délicieux. Mon corps se tend et mon visage se niche dans son cou afin qu'il n'entende pas le râle qui s'extirpe de ma gorge. J'ai l'impression d'être tout en haut, au sommet, et que rien ne pourra m'arriver. Mais l'instant est aussi bref qu'il est puissant. Cela a quelque chose de cruel. La sensation d'invulnérabilité se dissipe et la chute me paraît aussi violente que l'ascension.

Ses mouvements ralentissent jusqu'à s'arrêter, tandis que je respire toujours bruyamment. Il se détache de moi et le froid m'envahit lorsque son torse quitte ma poitrine. Je me fige quand nos corps se séparent, mais aussitôt, je retrouve sa chaleur puisque son oreille se pose sur l'un de mes seins. Mes tympans pulsent et je devine qu'il entend mon cœur en faire de même. J'observe fixement le plafond et, après un moment aussi intense que celui qu'on vient de vivre, je ne peux m'empêcher d'analyser et de me demander s'il a ressenti autant de plaisir que moi ?

Quelques instants plus tard, alors que je tente encore de comprendre, il pivote pour se coucher à côté de moi. Je n'ose pas effectuer le moindre mouvement, à présent trop gênée pour lui faire face, mais comme toujours, j'ai l'impression qu'il anticipe chacune de mes réactions puisque sa main se pose sur ma joue dans une invitation à le regarder. Lentement, je tourne la tête, sans que mes yeux osent croiser les siens.

— Un jour, tu m'as reproché d'être incapable de défendre ton honneur, tu te souviens ?

J'acquiesce. Je ne m'en souviens que trop bien. Je le regrette et en même temps, au moment où j'ai prononcé ces mots, ils étaient véridiques.

— Je ne laisserai jamais personne te manquer de respect ni te calomnier.

L'assurance avec laquelle il me dit cela est à la fois réconfortante et effrayante. Mon regard rejoint le sien et la sévérité qui a pris possession de ses iris me terrorise soudainement.

— Qu'as-tu fait ?

— Rien que tu aies besoin de savoir. Mais sache que si je ne suis pas certain d'être un bon roi, je ferai ce qui est en mon pouvoir pour être un bon époux.

Afin de sceller sa promesse, il dépose un doux baiser sur mes lèvres et me ramène à lui. Je me fonds contre son corps, sans pouvoir fermer les yeux. Le regard rivé sur la fenêtre, je me demande pourquoi je ressens toujours autant de dualité lorsque je suis avec Karel.

Alors que sa peau irradie sous mes doigts, je me perds dans mes réflexions. Karel est impulsif et peut se montrer incontrôlable. Serai-je capable de l'apaiser quand il plongera dans ses tourments ? Ou risque-t-il de m'entraîner avec lui ?

Trop effrayée à l'idée que, demain, cet instant ne soit rien d'autre qu'un souvenir, je retarde le sommeil. Pourtant, bercée par sa respiration qui s'approfondit au fil des minutes, je m'endors à mon tour.

Chapitre 23
Kalliopée

Alors que je déambule dans le palais, je m'arrête devant l'une des grandes fenêtres du premier étage. Ma paume se pose contre le verre et mon front la rejoint. Je ferme les yeux, inspire. Entre ces murs, j'ai le sentiment d'être une prisonnière. Mes paupières se soulèvent et j'observe le petit bois du jardin. Viridia, le cours d'eau qui la traverse, ainsi que ses immenses étendues végétales me manquent.

Ce matin, à mon réveil, Karel était parti. J'ai longuement pensé à ce qu'il s'est passé cette nuit. La colère, la haine, le désir. Je ne regrette pas un seul instant. Ce que j'ai ressenti était puissant et vivifiant. Et j'ai la naïveté de croire que nous avons franchi une étape, que désormais nous saurons avancer ensemble. Je souris à cette pensée. Suis-je idiote de croire que ce que nous avons vécu hier avait une signification pour Karel aussi ?

Je suis sortie de mes réflexions lorsqu'un mouvement en contrebas attire mon attention. Sur la pointe des pieds, je tente de gagner quelques centimètres afin d'avoir un meilleur angle de vue.

Enfin, Karel et le roi apparaissent pleinement dans mon champ de vision. Mes sourcils se froncent lorsqu'il me semble assister à une querelle entre eux. Le souverain étant de dos, je ne peux voir si la conversation est animée des deux côtés ou si seul Karel hurle. Son père lève la main et les épaules du prince se voûtent. Mon regard passe nerveusement de l'un à l'autre, alors que mes yeux se plissent. Je tente de me concentrer sur les sons qui me parviennent, sans pouvoir les distinguer avec netteté. Je soupire, résignée. Le roi rejette sa longue cape rouge rubis en arrière et prend la direction du bâtiment.

Plutôt que me détourner, j'observe Karel. Ce dernier se passe une main dans les cheveux et effectue des va-et-vient incessants. Mon regard se baisse sur mes doigts, à présent appuyés sur le rebord de la fenêtre. Je détaille chaque grain de peau en m'efforçant de contenir la boule qui grossit dans ma gorge. Je crains d'avoir compris le sujet de leur discorde.

Je déglutis et redresse la tête. Karel, toujours dans le jardin, a relevé son visage vers l'étage où je me trouve et me fixe, sans laisser apparaître aucune émotion. Est-il en colère ? déçu ? ou cela lui est-il égal ? Ses traits inexpressifs ne me permettent pas de le savoir. Je le détaille longuement. Parfois, son stoïcisme est désarmant. Je tente de lui adresser un sourire qui, malgré mes efforts, refuse de s'imprimer sur mes lèvres, puis je me détourne.

Dans la nuit, nous nous sommes réveillés et avons parlé de choses futiles. C'était étonnant, mais agréable. Et alors que nous discutions, Karel m'a indiqué qu'une grande bibliothèque se trouvait dans le château. Curieusement, personne n'avait jugé bon de me communiquer cette information depuis mon arrivée. Il a pensé que je pourrais m'y plaire, étant donné que j'ai déjà lu tous les ouvrages présents dans ma chambre.

Il m'a à nouveau appelé *Shaadi* et j'ai osé lui demander ce que cela signifiait. Je me suis quelque peu vexée quand il m'a annoncé que c'était un petit être maléfique dans le folklore lapisien. Un petit démon qui avait tendance à mettre la pagaille partout où il passait.

Je descends les marches menant au rez-de-chaussée lorsque Karel apparaît. Lentement, je le rejoins. La tête droite, mais le cœur écrasé. Je sais qu'il a sans doute fait tout son possible pour convaincre son père, alors je ne veux pas qu'il pense que je lui en veux d'avoir échoué.

— Il n'a rien voulu entendre. Je suis désolé.

— Je comprends, murmuré-je.

La vérité, c'est que si j'avais tenté de m'adresser à lui plus fortement, il aurait noté les tremblements de ma voix.

Ses iris verts me percent l'âme, mais contrairement à hier, ils semblent impassibles et je ne parviens à leur faire face. Afin de ne pas l'accabler plus avec ma tristesse, je le dépasse et baisse le regard sur les pans de ma robe qui, à chaque pas que je fais, laissent apparaître mes chaussures. Il ne me retient pas, ne tente pas de me réconforter avec des mots vides de sens. Je marche vite mais, si je le pouvais, je courrais. Je le ferais jusqu'à ce que mes poumons me brûlent, jusqu'à ce que ma douleur s'évacue. Ce qu'il y a de plus horrible à être enfermée dans ce palais, ce n'est pas d'avoir mal, c'est de devoir faire croire que ce n'est pas le cas. De toute façon, je n'aurais aucun moyen de me débarrasser de mes maux. Malo n'est pas là, mon père non plus. Une escapade à cheval aurait pu me permettre, même un court moment, de déverser ma rage en galopant le plus vite et le plus loin possible. Mais non, je suis condamnée à errer dans ces couloirs.

Je m'arrête devant la porte indiquée cette nuit par le prince. Mes yeux glissent sur les rainures du bois qui la composent et plutôt que d'y entrer je m'en éloigne pour m'adosser au mur qui y fait face. De nouveaux murs, de nouveaux livres, de nouveaux meubles, mais toujours le même palais. Cette nouveauté me procurerait un sentiment de liberté, mais combien de temps l'effet durerait-il ? Quoi qu'il arrive, je serais toujours à l'intérieur, prisonnière. Aujourd'hui, je ne veux plus découvrir le monde grâce à des mots, je ne veux plus le changer en inventant des histoires. Je veux être ma propre histoire. Un sourire se dessine doucement sur mes lèvres lorsque je réalise que, malgré les évènements des dernières semaines, je reste une rêveuse.

Un grincement me force à relever la tête et le battant de la porte s'ouvre sur Amédée, le conseiller du roi. Je ne sais pas lequel de nous deux semble le plus surpris de voir l'autre.

— Votre Altesse, s'incline-t-il aussitôt.

Je voudrais lui dire qu'il n'a pas besoin d'en faire autant, mais l'énergie me fait défaut. Je crois que je n'ai plus envie de me battre. Il se redresse et ses sourcils se froncent d'inquiétude lorsqu'il réalise que je suis légèrement apathique. De son index, il masse le pli qui se trouve entre ses yeux et cela me procure un étrange sentiment de bien-être. Mon père faisait souvent ça, lui aussi. Aussitôt, la chaleur qui m'avait envahie par ce simple geste s'évapore. Je déteste penser à lui au passé… comme s'il ne compterait plus dans mon futur.

— Tout va bien, Votre Altesse ?

Je parviens juste à sourire, car je n'en sais rien. Je détourne la tête, embarrassée de me montrer si faible face au conseiller du roi. Mon regard rencontre celui de Karel, au bout du couloir. Je ne sais pas ce que je ressens à l'idée qu'il m'ait suivie. Son corps se tend et, parce que le prince est ce qu'il est, il m'observe avec sévérité. Je baisse les yeux, honteuse de ne pas correspondre à ce qu'il attend de moi. Il voudrait que je sois digne et fière, que je ne montre jamais ce que j'éprouve, mais cela ne me ressemble pas. Je ne peux ignorer ce que je ressens, c'est parfois trop violent. Parce que je ne veux pas le décevoir un peu plus, je refais face à Amédée qui semble ne rien avoir perdu de l'échange entre le prince et moi, aussi court fût-il.

— Vous souhaitez faire quelques pas dans le jardin ? me propose-t-il.

— Volontiers.

Il hoche la tête en signe d'assentiment et m'invite, d'un geste de la main, à le devancer. D'une démarche synchronisée, nous longeons le couloir, nous éloignant du prince, puis bifurquons jusqu'à l'une des portes-fenêtres menant dans le jardin. Dès que nous nous trouvons dehors, j'ai l'impression que l'air me fait plus de mal que de bien. Si à l'intérieur, ce sont les murs qui m'étouffent, à l'extérieur, c'est l'air qui me fait cet effet.

Aucun de nous ne parle et seuls les graviers qui s'entrechoquent sous nos semelles viennent rompre le silence qui nous accompagne. Lentement, nous traversons la grande allée qui nous conduit à l'ombre des arbres. Plutôt que de s'arrêter de marcher, Amédée poursuit sa promenade en regardant, d'un air inquiet, le bâtiment auquel nous tournons le dos.

— Suivez-moi, princesse, chuchote-t-il.

Je me fige et l'observe qui s'éloigne. À mon tour, je jette un coup d'œil par-dessus mon épaule, puis pivote à nouveau la tête vers Amédée. Je décide d'assouvir ma curiosité et le suis, quelques pas en retrait. En chemin, je dois faire de grandes enjambées pour ne pas marcher dans des trous ou me prendre les pieds dans des racines. Par endroit, le sable est venu recouvrir la mousse qui épouse certains rochers.

— C'est une forêt artificielle, m'indique Amédée en se tournant vers moi. L'illusion est parfaite, n'est-ce pas ? Les textures, les détails, même les odeurs. Mais, il n'y a pas de vie, ici, princesse.

En effet, tout semble si réel… Je me doutais que rien ne pouvait pousser dans ce désert, mais croire que c'était possible me réconfortait. Le conseiller du roi a repris sa route et, au bout d'un petit moment, nous parvenons au pied d'un mur : les remparts du palais.

— Vous n'étiez jamais venue jusqu'ici ? me demande-t-il en percevant mon trouble.

— Non, je savais qu'il y avait un mur, mais je ne voulais pas le voir, je restais à l'orée du bois. En occultant ce qui se cachait derrière, j'avais l'impression d'être chez moi, ris-je un peu amèrement.

Il époussette un rocher, me faisant sourire, et m'invite à m'y asseoir. J'accepte volontiers alors qu'il s'adosse au mur.

— Vous savez pour le dispensaire ? le questionné-je.

Il acquiesce, les lèvres pincées.

— Vous ne pouvez rien faire pour que le roi change d'avis ? Si vous lui dites que je me tiendrai tranquille, que je ne me rebellerai plus. Si… si moi je lui dis que je…

Ma phrase se meurt, je suis incapable de trouver mes mots.

— Vous pourriez cesser d'exprimer vos opinions ? me demande-t-il, un large sourire aux lèvres.

Un soupir amusé s'échappe d'entre les miennes.

— Non, vous avez raison.

Je gonfle mes poumons d'air et les relâche, résignée.

— Karel a essayé, ne lui en veuillez pas trop.

— Je ne lui en veux pas, avoué-je. C'est douloureux, mais je ne lui en tiens pas rigueur.

— Son père est sa seule figure parentale et… la haine qu'il éprouve pour vos sujets n'a rien à voir avec vous, princesse.

Mon regard se braque sur lui, tandis que mes sourcils se froncent. Je savais que Karel n'aimait pas les miens, mais je pensais que c'était une simple histoire d'ego, de territoires ennemis ou de royaumes en guerre.

Pour quelles raisons haïrait-il autant les miens ? Dans ma tête, je cherche à inventorier les informations manquantes ou celles auxquelles je n'aurais pas prêté attention, puis l'évidence me frappe. Depuis que je suis ici, personne ne l'a mentionnée, pas une fois. S'il m'est arrivé de vouloir poser la question, aucun serviteur ne reste jamais assez longtemps pour que nous ayons pu discuter et le prince… il est avare en mots et je sais qu'une question aussi personnelle que celle-ci pourrait le mettre dans une colère noire, surtout que jusqu'à il y a peu, il semblait haïr le simple fait que j'existe.

— Qu'est-il arrivé à la reine ? demandé-je alors, persuadée qu'Amédée me répondra.

Le regard du conseiller, qui était dirigé sur ses pieds, se lève pour se poser sur moi.

— Elle était là, ce jour-là, m'informe-t-il tristement.

Dans ma tête, tout s'embrouille. Je me doute qu'il parle du point de départ de la guerre, mais je n'ai jamais su ce qu'il s'était passé. Mon père m'a toujours dit que des Viridiens avaient perpétré un attentat, mais il n'est jamais entré dans les détails. Pour lui, je n'avais pas besoin d'en savoir plus…

— Que savez-vous ? me demande-t-il, conscient que je suis dans l'ignorance.

— Rien, je crois.

L'angoisse me tord le ventre et un scénario macabre se crée de toute pièce dans ma tête.

— Expliquez-moi, le pressé-je.

Il observe nerveusement les alentours, sans doute pour être sûr que nous soyons bien seuls.

— Chaque année, un marché était organisé. Sept jours de fête où des marchands de l'Union se pressaient. Lapisiens, Viridiens, Aquariens, Nivisiens, Liberisiens. Tous les royaumes étaient réunis pour cette grande fête. La reine, la mère du prince, aimait s'y rendre avec Karel et Maha.

— Maha ?

Il acquiesce tristement avant d'inspirer profondément.

— Elle avait dix ans. Elle était la cadette du prince…

Cet été-là, il m'avait peu parlé de sa vie au palais, mais nous étions jeunes et égoïstes. Notre famille nous semblait acquise, tout comme la paix. Je réalise avec effroi que la vie du prince a basculé quelques semaines après nos au revoir, tout comme celle de nos deux peuples.

— Le roi n'a jamais apprécié se mêler au peuple, mais la reine, au contraire, adorait. Elle n'avait aucun pouvoir, mais elle était aimée et respectée. Elle ne disait jamais non à une découverte, tout comme Maha. Elles se ressemblaient énormément.

À ses yeux qui s'humidifient, je devine qu'il avait beaucoup d'affection pour elles et que me relater ces évènements lui est difficile. Je m'en veux de lui imposer ça par simple besoin d'assouvir ma curiosité.

— Nous pouvons en parler un autre jour…

— Non, princesse. Vous devez savoir, me dit-il en ancrant son regard au mien.

La gravité qui traverse ses iris me surprend et m'effraie, mais j'acquiesce.

— Quelques hommes tenaient un stand de spécialités Viridiennes. Ils les ont convaincues d'essayer leurs brochettes végétariennes. Karel a refusé. Pour lui, un soldat de dix-huit ans à l'époque, un repas n'en était pas un s'il ne contenait pas un minimum de viande.

Il sourit, mais je sens que c'est pour se forcer à poursuivre son histoire. Moi, ma gorge s'est nouée depuis longtemps et j'ai peur de ce que la suite me réserve.

— Elles ont dégusté ces mets, ont poursuivi leur visite durant l'après-midi, puis Maha s'est effondrée… Ensuite… ce fut à la reine… À vrai dire, tous ceux qui avaient goûté à ces spécialités ont péri. Aucun n'a pu être sauvé, le poison était trop puissant.

Je devine alors que la reine et la princesse sont mortes sous les yeux de Karel. Je n'imagine pas la tragédie qu'il a traversée ni ce qu'il a dû ressentir. Je me repasse en boucle l'histoire qu'Amédée vient de me conter et la guerre qu'elle a provoquée, puis je pense inévitablement à notre mariage qui est censé y mettre fin.

— Elles étaient personnellement visées ? m'inquiété-je.

— Nous n'en sommes pas certains. Quand on a découvert ce qui reliait les victimes, les assassins avaient déjà quitté la citadelle. Karel était fou de rage, et j'étais avec lui quand on les a retrouvés. Pour quelles raisons ont-ils perpétré cet attentat ? Nous n'en saurons jamais rien. Acte isolé, sans doute. Politique, je ne le pense pas. Karel était devenu incontrôlable lorsque nous avons mis la main sur eux. Il les a frappés, un à un, jusqu'à ce qu'ils ne respirent plus. Pour la première fois de ma vie, j'ai eu peur, princesse. Parce que j'ai cru qu'il ne reviendrait jamais à lui. Il devenait fou et à chaque vie qu'il ôtait, sa soif de vengeance ne faisait que s'accentuer. Quand le dernier est mort, il a continué à le frapper jusqu'à ce qu'il soit trop épuisé pour le faire, jusqu'à ce que ses mains soient écorchées et son corps recouvert de sang. Il est remonté sur son cheval et a disparu des jours entiers. J'ai cru que… j'ai cru qu'on ne le reverrait plus jamais.

Il marque une pause et je tente de m'imprégner de ce qu'il vient de me dévoiler. Je comprends alors l'origine de cette part d'ombre qui semble souvent posséder Karel.

— Il ne vous hait pas, princesse. Il y a juste une colère qu'il ne parviendra jamais à faire disparaître. Ces hommes sont morts mais, malgré tout, Karel cherchera un nouveau coupable. Il pourrait tuer chaque Viridien que sa douleur ne faiblirait pas.

Je me relève sur mes jambes flageolantes qui supportent difficilement mon poids. La chaleur s'est faite suffocante, comme si elle m'enserrait la gorge au point de m'étouffer.

— Princesse ? s'inquiète Amédée en se positionnant face à moi.

Ses doigts frais se posent sur mes joues tandis qu'il tente de me garder avec lui.

— Mon père était-il au courant ?

Ses sourcils se froncent. Sans doute ne comprend-il pas ma question.

— Je… oui, bien sûr. C'est pour venger son épouse et sa fille que le roi Xerios a déclaré la guerre à Viridia.

Non, il n'aurait pas fait une chose pareille. Il n'aurait pas pris un risque aussi inconsidéré, non ? S'il avait su, il aurait été bien trop inquiet pour me laisser vivre ici, aux côtés d'un homme dont la femme et la fille ont été assassinées par les nôtres.

— Mon père m'a sacrifiée pour la paix ? demandé-je d'une voix blanche.

— Non, souffle-t-il pour tenter de me rassurer.

Pourtant, j'ai beau essayer de m'en convaincre, nul doute qu'il connaissait les risques lorsqu'il a décidé de m'envoyer ici. J'avais l'impression de sacrifier ma liberté pour la paix, mais je réalise que mon père a peut-être choisi de sacrifier ma vie pour que la guerre prenne fin. Mon regard se dirige nerveusement vers le palais, toujours caché par les arbres. À présent, je ne me sentirai jamais en sécurité. J'aurai peur de tout le monde, en permanence.

— Princesse ?

— Que vont-ils faire de moi ? m'inquiété-je.

— Le prince empêchera le roi de vous faire du mal.

— C'est son père, son roi. Pourquoi irait-il à l'encontre de ce qu'il lui commande ? m'exclamé-je virulemment, tant la frayeur prend possession de moi.

Je sais que le conseiller n'y est pour rien, mais il est le seul à qui je peux exprimer mon angoisse.

— Pourquoi irait-il à l'encontre de ses ordres ? reprends-je. Et même lui. Pourquoi voudrait-il me sauver ? Je représente ceux qu'il hait le plus au monde.

— Parce qu'il vous aime, princesse.

J'aimerais le croire, sincèrement, mais en mon for intérieur, le doute s'installe. Pas sur ses sentiments, mais sur leur puissance. À quel point m'aime-t-il ? Au point de me choisir, moi ? Au point de me sauver la vie si son père venait à vouloir me la prendre ? Au point de ne plus ressentir cette colère qui le dévore ? L'amour qu'on éprouve pour une personne suffit-elle à contrebalancer la haine que l'on ressent à l'égard de tout un peuple ?

— Vous voyez ce mur ? me demande-t-il soudainement.

J'acquiesce, ma tête toujours dans ses mains, même si je ne comprends pas ce que me réserve la suite.

— Si un jour, vous vous sentez en danger, longez-le jusqu'au nord. Il n'y a pas beaucoup à marcher. Vous trouverez un immense chêne dont les racines révèlent une faille. Ce n'en est pas une, c'est une issue. Enfoncez-vous dedans, elles vous conduiront aux tunnels. Quittez le palais si vous vous sentez menacée.

— Il y a déjà les sous-sols…

— Cette issue vous conduira hors de la cité. Marchez en direction de l'Est, cela vous prendra une demi-journée, puis vous tomberez sur un village. Demandez à parler à Suri. Elle vous aidera si vous lui annoncez que vous venez de ma part.

— Pourquoi me dire tout ça ? Pourquoi m'aider ? demandé-je.

— Parce qu'à l'image de cette forêt, le palais est vide de vie, Votre Altesse. Mais depuis que vous êtes ici, j'ai l'impression que le prince renaît. S'il venait à vous arriver quelque chose, je préférerais être mort plutôt que d'assister à son règne. La colère, il la connaît. Il a appris à la contrôler en enfermant ses émotions, mais à vos côtés, il les débride. Je suis heureux pour lui et c'est une bonne chose, sauf si…

Il n'a pas besoin de poursuivre, j'ai compris ce qu'il insinuait.

— Nous devrions y retourner. Je ne voudrais pas qu'ils soupçonnent que je vous ai montré cette issue.

J'acquiesce vivement, puis nous quittons le mur, unique témoin des révélations qui m'ont été faites.

Je suis en colère contre mon père, contre ces Viridiens qui ont assassiné tant d'innocents et contre le roi qui me voue une haine que je n'ai nullement méritée.

Mais plus que tout, j'ai mal pour Karel et pour la souffrance qu'il ressent encore aujourd'hui. J'aimerais pouvoir la lui ôter, mais je sais que j'en serais incapable. La douleur ne se donne pas, elle se subit.

Chapitre 24
Karel

Dès qu'elle disparaît dans le couloir, je me détourne. Je pensais que mon père m'écouterait, mais le monarque est têtu et j'ai dû me rendre à l'évidence : je n'arriverai pas à le faire changer d'avis. Malheureusement, il est avant tout mon roi et je dois lui obéir. Je me masse nerveusement la nuque tout en longeant les couloirs. Mes pas me portent à l'extérieur. Je salue les gardes lorsque je traverse la tour. Puis passe les portes qui conduisent à la cité.

Dans les rues, les citoyens m'adressent des « Votre Altesse » auxquels je ne réponds pas. Je n'ai jamais eu besoin d'escorte, mes compétences physiques et tactiques sont connues de tous et, sans que je sache pourquoi, mon peuple m'a toujours respecté. Plus par crainte que par estime, j'imagine.

Je descends l'artère menant au pied des remparts. C'est là-bas que se trouve le quartier dédié à notre armée. Logements de fonction, cantine, centre d'entraînement... tout y est. Hélas, en six ans, nous avons perdu la moitié de nos effectifs.

Deux gardes m'ouvrent les portes et je me trouve immédiatement face à des binômes qui simulent des combats. Je me débarrasse de ma veste en la jetant sur une chaise en bois délabrée et m'avance. Mes camarades ne prêtent pas attention à moi. Ici, pas de prince. Je suis l'un des leurs.

Samaël et Jonah sont là et s'entraînent au combat à mains nues. À chacun de mes pas, mes poings se serrent. Je les dépasse et me rends devant un des sacs de frappes. Je ne pense pas être en état de me battre contre l'un d'eux.

J'étire mon corps et fais craquer ma nuque avant de me mettre en position. Bras repliés, les poings devant le visage. La jambe droite en avant, la gauche en arrière. J'inspire et ferme les yeux. Sous mes paupières, sa déception se dessine. J'aurais voulu pouvoir faire quelque chose contre sa détresse. Ma jambe gauche s'abaisse, mes muscles se tendent. J'aurais espéré faire disparaître la culpabilité qui l'habitait, hier soir. D'une impulsion, mon corps pivote, ma jambe quitte le sol, fendant l'air. Je voudrais être capable de dire non à mon père. Mon pied percute le sac de frappes dont les chaînes qui le retiennent grincent, sous la puissance du choc. Aussitôt, mon pied reprend sa position initiale et je recommence. Mon poing gauche s'abaisse, et d'un mouvement rotatif de l'épaule, se cogne à son tour contre mon adversaire fait de plumes et de foin.

Du coin de l'œil, j'aperçois l'un des gardes du palais qui s'approche. Darkos. Il se positionne derrière le sac et le maintien pour que je puisse y frapper avec plus d'aisance. Poing gauche, jambe droite. Poing droit, jambe gauche. Je martyrise chacun de mes muscles, je les pousse à bout, refusant de les épargner malgré leur résistance. La chaleur écrasante d'aujourd'hui accentue la transpiration qui s'écoule entre mes omoplates. Le tissu me colle désagréablement à la peau. Je cesse l'exercice et m'éloigne quelques secondes, le temps de me séparer de ma chemise et me remets en position.

— Un corps à corps ? me demande celui qui assiste, aux premières loges, à mes exercices.

Je secoue la tête de droite à gauche en signe de négation. Je ne crois pas être en mesure de m'arrêter si je venais à commencer. J'aurais trop peur que la rage ne me rende aveugle. D'autant que je ne lui fais nullement confiance. Il y a quelque chose chez lui qui me déplaît. À vrai dire, c'est le cas de chacun des membres de la garde rapprochée du roi.

— Certain ?

Mon corps se tend et je me gratte nerveusement le crâne.

— Je ne crois pas que Karel soit dans un bon état d'esprit pour faire du corps à corps, répond Samaël en nous rejoignant.

Le prénommé Darkos acquiesce avant de s'éloigner, puis je me tourne vers mon ami qui m'observe, l'air inquiet. Je suppose que je fais ma tête des mauvais jours. Sans un mot, il se place derrière le sac et le retient dans ses bras.

— Il n'a rien voulu entendre ?

— Non, craché-je en reprenant mes exercices.

L'air poussiéreux assèche ma gorge à chaque inspiration que je prends.

— Et *lui*, tu l'as fait parler ? demandé-je, essoufflé, en sautillant sur place avant d'élever ma jambe.

Les bras de Samaël se contractent lorsqu'il encaisse le choc. Le prêteur sur gages a été arrêté et demeure dans nos cachots. C'est là-bas qu'il finira ses jours.

— Non, mais il finira par le faire.

Ma jambe droite se replie et mon genou vient heurter le sac. Le choc se répercute dans chacun de mes muscles qui se contractent pour l'encaisser.

— Qu'est-ce que tu fais là, alors ? m'énervé-je.

— Wow, wow, wow, nous interrompt Jonah qui était avec une jeune recrue.

Je fusille du regard mon expert en torture et m'approche de lui. Même si à présent je chuchote, chaque son qui s'extirpe de mes lèvres exprime ma colère.

— Pourquoi t'es pas dans ces putains de cachots à lui soutirer des informations ?

— Écoute, il n'a ni femme ni enfant. Sa boutique, son appartement, tout a été fouillé. Il résiste plutôt bien, sauf qu'on ne sait pas comment orienter l'interrogatoire, d'accord ? Mais vas-y, essaye ta méthode personnelle, nul doute qu'il parlera, me lâche-t-il avec sarcasme avant de repousser le sac et de s'éloigner.

Nerveux, je frappe ma cible. J'ai de plus en plus de mal à respirer correctement, mais je ne m'arrête pas.

— Karel, si ce type disait la vérité ? me demande Jonah en prenant la place de Samaël.

Mon corps se tend, je cesse tout mouvement et lève le regard sur mon ami. Ma respiration est lourde alors que mon cœur pulse dans mes oreilles.

— Je la crois.

Il détourne le regard avant de le reposer sur moi.

— D'accord. Alors moi aussi.

Nos yeux se fixent en une conversation silencieuse. Pas besoin de mots. Depuis nos dix-huit ans, on fonctionne comme ça. La guerre a fini de cimenter une amitié déjà présente. Si au départ, mon statut ne leur inspirait pas confiance, ils ont vite compris que j'étais aussi bon guerrier, voire meilleur, qu'eux. Au fil des années, une véritable confiance mutuelle s'est installée. Je leur confierais ma vie. Sans hésiter. Que ce soit Jonah, Samaël ou moi, si l'un de nous a une certitude, les autres le suivent.

— On en informe le roi ? me demande soudainement Jonah.

Je secoue vivement la tête. Hors de question que mon père soit au courant. Dans le meilleur des cas, il rendrait la vie de Kalliopée encore plus difficile s'il savait qu'elle s'est séparée des dagues de ma mère. Et dans le pire… je n'ose même pas imaginer.

— Il n'a pas besoin de le savoir, mais on doit poursuivre les investigations. S'il refuse de parler, c'est qu'il nous cache quelque chose. Quelqu'un a dû le payer cher pour qu'il taise le nom des acquéreurs. Donc vous faites ce que vous voulez, il n'y a pas de limites, mais je veux qu'il me crache un nom. Même si ça doit être les boyaux à l'air.

Jonah opine du chef et se remet en position.

— Samaël fait tout ce qu'il peut et crois-moi… il est inventif…

Je le sais, il me fait même peur par moments, mais plutôt que de laisser les remords s'immiscer, je reprends mon entraînement.

Lorsque je quitte le camp, le soleil décline. Je me suis acharné sur ce sac à en avoir les jointures des mains rougies par les coups et les muscles endoloris. Si je suis fatigué, je ne me sens pourtant pas mieux. Je remonte la rue principale en me demandant comment je vais pouvoir lui épargner un nouveau repas en compagnie de Xintia et de mon père. Je souffle, dépité, lorsque je me souviens de la réponse de ce dernier quand je lui ai demandé que Xintia quitte le palais. Il a ri.

J'ai toujours respecté mon père, même si je ne suis pas sûr de l'avoir réellement aimé un jour, mais la colère qui l'anime depuis des années a fini par me contaminer. Moi aussi, je hais les Viridiens et ce qu'ils représentent. Je les exècre. Pas un n'est épargné. Hommes, femmes, enfants, vieillards. Pourtant, j'ai eu beau tout faire pour la haïr, elle aussi, je n'y parviens pas.

Elle a beaucoup changé en sept ans, même si au fond, elle est restée la même. Elle est toujours aussi déterminée et continue de masquer ses émotions aux yeux des autres. Kalliopée sait se montrer digne, mais elle n'hésite pas à montrer son humanité. C'est une chose que je respecte. Chacun de ses éclats de voix me confirme que si je souhaite un jour régner, je veux le faire auprès d'une femme comme elle. Une qui saura me hurler au visage quand une de mes décisions ne lui plaira pas. Une qui saura me confronter à mes doutes et à mes erreurs. Une qui sera capable de tenir tête à un homme comme moi.

En revanche, par moments, elle se renferme et refuse de me montrer ce qu'elle ressent. Je ne peux cependant pas lui reprocher ses silences quand je me mure dans les miens. Je n'ai jamais pris l'habitude de partager mes états d'âme et encore moins de me montrer vulnérable face à quelqu'un. Pourtant, il semblerait qu'elle parvienne, peu à peu, à fendiller ma carapace. Hier soir, j'étais fou de rage. Je voulais lui faire mal parce qu'elle me rejetait, mais lorsque j'ai vu la frayeur dans son regard et dans les larmes qu'elle tentait de retenir, je me suis senti vide de tout. Elle avait peur de moi. Oui, c'est ce je souhaitais depuis son arrivée au palais : qu'elle me craigne. Plus que quiconque. Il semblerait que je me sois leurré et qu'au contraire, je veuille qu'elle soit la seule à ne pas avoir peur de moi. J'ai détesté voir la frayeur déformer ses traits.

Je repense alors à mon père et à son plan. À la façon dont il s'attend à ce que je la trahisse. Et j'ai beau ne m'imaginer qu'aux côtés d'une femme comme elle, je refuse de renoncer à notre projet.

Plutôt que de me torturer avec un évènement qui ne se déroulera pas avant des mois, je refoule les hypothèses qui défilent dans ma tête.

Je monte les escaliers, le pas las, et rejoins ma chambre. Lorsque je passe devant la sienne, je m'empêche d'y entrer. Aujourd'hui, je l'ai déçue et, bien que notre relation ait pris un nouveau tournant cette nuit, je ne suis pas certain de parvenir à garder mon calme si elle venait à me rejeter à cause de mon échec. Je l'ai laissée m'approcher, mais je ne me suis pas pour autant transformé en agneau. Je disais vrai quand je lui ai confié ne pas savoir aimer. Je maîtrise mal mes émotions. Si je tais celles qui me feraient passer pour un faible, je laisse librement s'exprimer la rancœur, la colère et la rage. Comment brider ces émotions qui sont les seules à me maintenir en vie ?

Ma paume se pose sur la poignée froide de ma porte et je l'abaisse. Je pensais que la solitude m'accueillerait, mais j'ai la surprise de découvrir la princesse assise sur mon lit. Sa tête se lève et son corps se redresse quand elle s'aperçoit de ma présence. Mes sourcils se froncent lorsqu'il me semble lire de la pitié dans son regard. Mon corps se raidit et je recule d'un pas quand elle quitte le lit.

Je ne sais pas exactement pourquoi elle est là, mais je ne suis pas sûr que la raison de sa présence me plaise.

— Je ne crois pas t'avoir donné l'autorisation de rentrer dans ma chambre.

Elle ne répond pas, à mon instar le jour où c'est elle qui m'a fait ce reproche. Elle avance encore jusqu'à se retrouver au milieu de la pièce. Ses yeux atypiques ne se détournent pas. J'ai beau chercher à comprendre, je ne saisis pas les émotions qui semblent sur le point de la submerger et je suis terrorisé par ce qu'elle tente silencieusement de me transmettre.

Son visage se baisse, puis elle s'agenouille. Mes poings se serrent à cette vision. Si je veux que Kalliopée accepte mes décisions et me soutienne, je ne veux pas qu'elle le fasse par soumission.

— Relève-toi.

Pourtant, elle ne le fait pas. Au contraire, ses bras s'étirent sur le sol, alors que son front se pose sur le parquet.

— Qu'est-ce que tu fais ? Kalliopée, relève-toi, grondé-je entre mes dents.

— Je crois que ça n'a jamais été fait. Alors au nom de mon peuple, je demande pardon au tien pour les victimes innocentes. Et je te demande pardon à toi, pour la mort de ta mère et de ta sœur.

Mon cœur tambourine tandis que des images que je tente tous les jours d'effacer m'assaillent. Ma respiration se raccourcit, alors, pour ne pas me transformer en monstre aveuglé par sa rage, je serre un peu plus mes poings. Chacun de mes membres se contracte, ravivant la douleur provoquée par une journée d'exercices.

Le temps se fige, je suis incapable de prononcer le moindre mot. Je refuse ses excuses, peu importe qu'elles soient sincères, parce que jamais je ne pourrai les pardonner pour ce qu'ils ont fait. Jamais ma haine ne s'apaisera. Ils ont détruit ma vie alors qu'elle commençait à peine.

J'ai de la chance d'être toujours là ?

Non.

Comment survit-on aux gens qu'on aime ? Je n'ai trouvé qu'un moyen de le faire. Je hais, viscéralement, du plus profond de mes entrailles et à chaque battement de cœur, le peuple viridien.

Chapitre 25
Karel

Kalliopée se relève lentement et fait un pas en avant. D'un geste brusque, je referme la porte, restée ouverte dans mon dos. Je refuse que quiconque soit témoin de cette scène.

— Ne t'approche pas ! la menacé-je d'un doigt alors qu'elle tentait, d'un nouveau pas, de combler la distance qui nous sépare.

— Je suis désolée pour Maha et…

— Ne prononce pas son nom ! ragé-je. Tu n'en as pas le droit ! Comment oses-tu ? Après ce que vous leur avez fait !

— Tu ne peux pas m'en vouloir, Karel ! crie-t-elle plus fort que moi.

Le silence reprend à nouveau ses droits. Malgré le regard que je lui lance, elle inspire et je sais qu'elle poursuivra, quoi qu'il advienne.

— Je ne suis coupable de rien, si ce n'est de venir du même endroit que ces gens-là, reprend-elle sur un ton plus doux. Ne me reproche pas de ressentir de la compassion à ton égard, ne *m'empêche pas* d'en ressentir. Tu me demandes de partager mes tourments, mais tu t'enfermes dans les tiens.

— Ne m'entraîne pas sur ce terrain-là, *Shaadi*.

— Sinon quoi ? me provoque-t-elle.

Je sais à quoi elle joue, elle tente de me pousser dans mes retranchements. Elle pense qu'en nourrissant notre confrontation, je finirai par me dévoiler à elle.

— Sinon, je ne me contrôlerai plus. Il n'y a pas que les mots qui permettent de se décharger de sa colère.

Elle sait ce que j'insinue. Ses sourcils se froncent tandis que mes lèvres s'étirent en un rictus qui n'a rien d'engageant.

— Tu me frapperais ? me demande-t-elle, en me provoquant à nouveau.

— Bien sûr que non !

Pas parce qu'elle est une femme, non… mais parce qu'elle est Kalliopée ! Ses mains se lèvent au niveau de ses bretelles et simultanément, elle les fait glisser sur ses bras. À son regard qui ne quitte pas le mien et qui me semble déterminé, je devine ses intentions.

— Décharge-toi de ta colère comme tu le souhaites, mais fais-le, Karel.

Rapidement, la robe échoue à ses pieds. Mes yeux remontent le long de ses jambes nues. Le seul tissu qui la recouvre à présent est un sous-vêtement en coton. Mon regard poursuit son ascension, je déglutis. Son ventre se creuse à mon passage, comme si je la touchais vraiment du bout des doigts. S'il y a quelques instants, la colère me rendait fébrile, je suis à présent complètement perdu. Je détourne la tête avant d'avoir atteint sa poitrine. Je pensais que mon allusion la ferait disparaître, mais je l'ai sous-estimée. J'ai beaucoup trop chaud et je suis à la limite d'envoyer valser les codes que doit respecter notre mariage.

— Rhabille-toi, la sommé-je.

N'apercevant aucun mouvement, je pivote à nouveau vers elle et mon regard croise le sien. La différence de couleur de ses yeux donne toujours plus d'intensité à ses émotions. Comme si cette particularité était en accord avec sa personnalité. Kalliopée semble mener en permanence un duel contre elle-même. Ce soir, son iris bleu laisse transparaître sa fragilité tandis que le marron tente de la masquer derrière de l'assurance.

Son visage se baisse et elle récupère la robe à ses pieds, avant de la faire remonter sur son corps. En l'espace de quelques secondes, la princesse a été capable d'effacer ma colère. Sa fragilité occulte tout le reste. Je la sens blessée par ma réaction. Aussi, je décide de me justifier.

— Ce n'est pas…

— Tu n'as pas à t'excuser, me coupe-t-elle, en me faisant à nouveau face.

Elle a beau tout faire pour le cacher, elle est froissée par mon rejet.

— Je n'allais pas le faire, la contré-je. J'allais juste te dire que si ça ne tenait qu'à moi, j'aurais déjà accepté ce que tu t'apprêtais à m'offrir. Je m'en serais même emparé hier soir. Avec ton consentement, bien sûr. Mais on n'est pas mariés et on doit être…

— *Je dois être* serait plus juste.

— Dans les faits, on devrait être tous les deux purs. Mais en effet, ce n'est pas comme si l'on pouvait vérifier en ce qui me concerne.

Elle me jette un regard de biais et je ressens un étrange soulagement lorsqu'elle semble retenir un sourire.

— Je ne savais pas…, finit-elle par dire dans un murmure.

Son regard se lève et rencontre le mien. Je ravale ma salive qui s'est faite acide.

— Tu sais qu'il te faudra me parler de ce qu'il s'est passé. Parce que, que tu le veuilles ou non, ça pèsera sur notre mariage un jour ou l'autre.

— Il n'y a rien à dire, lui affirmé-je.

— Tout en toi prouve pourtant le contraire. Ton corps se contracte à leur mention, et ton regard…

— Mon regard ?

— Il est parfois abyssal. Par moments, tu disparais. Je ne sais jamais où tu vas, mais tu te transformes en coquille vide.

— Je reviens toujours.

— Ne cesse jamais de le faire, parce que je ne suis pas certaine de vouloir venir te chercher. Il y a des endroits dont je préfère ignorer l'existence, Karel. Je ne suis pas assez forte pour y mettre les pieds.

Pour la première fois depuis bien longtemps, mes tourments s'apaisent sans que j'aie besoin de frapper, cogner ou tuer. Je ne suis pas prêt à partager ce fardeau que je porte seul depuis des années. Oui, mon père et moi nourrissons les mêmes projets, mais nous ne parlons jamais d'elles ni de ce qu'il s'est passé ce jour-là. C'est une souffrance muette sur laquelle je ne sais poser aucun mot.

Je m'approche d'elle, tandis que son regard reste rivé au sol. Sa tête se redresse et il me semble percevoir de la surprise dans ses yeux lorsque mes doigts défont le nœud qui retient ses cheveux. Ses boucles châtaines tombent sur ses épaules. Mes paumes se glissent dans sa nuque afin d'incliner sa bouche, nos souffles se suspendent, mon ventre se tord. Je voudrais effacer cette guerre qui est entre nous, je voudrais que nous soyons à nouveau Karel et Lia. Oui, Lia était une Viridienne, mais je l'aurais épargnée. D'une certaine façon, Kalliopée mourra par ma faute. Il n'y a pas que les mots ou les coups qui tuent.

Nos lèvres s'effleurent, alors que ses paupières se ferment. Je crois ne jamais avoir été aussi impatient à l'idée d'embrasser une bouche.

— Il y a d'autres moyens de se faire plaisir, murmuré-je contre ses lèvres.

Sous mes doigts, je sens son corps se tendre et ses iris m'apparaissent lorsque ses paupières se soulèvent, pleines de ce que je crois être de l'inquiétude.

— Ou pas, ajouté-je afin de la rassurer.

— C'est juste que je n'ai…, débute-t-elle.

J'attends qu'elle poursuive, mais elle n'en fait rien. Je comprends alors qu'elle n'a absolument aucune expérience. Si la plupart des filles se préservent jusqu'au mariage, beaucoup ont déjà exploré leur sexualité sans mettre en péril leur hymen. Cet été-là, nous nous sommes contentés de nous embrasser. Nous n'avions pas besoin de plus.

— C'est gênant, finit-elle par dire en se détournant, privant mes doigts de son contact.

— Non, la rassuré-je. Tu as le droit de ne pas avoir voulu…

— Ne pas avoir pu…, me reprend-elle. Je ne suis pas une vierge effarouchée. Si je n'ai eu aucune expérience, c'est parce que mon regard… je ne plaisais pas aux autres garçons, enfin on ne m'a jamais courtisée. Tu es d'ailleurs le seul qui m'ait embrassée.

Elle ponctue sa phrase d'un rire qui ne masque en rien la douleur que les autres lui ont infligée. Je l'attrape par la main et la dirige vers ma salle de bains.

— Qu'est-ce que tu fais ? s'inquiète-t-elle.

— Tu m'as dit ne pas être une vierge effarouchée, non ?

— Tu ne m'as pas répondu !

Je me retourne afin de lui faire face. De ma taille, je la surplombe, la forçant à relever la tête pour que nos regards se croisent.

— Je sors d'un après-midi d'entraînement. Je ne suis pas des plus propres. Donc… je vais prendre un bain. Soit tu regagnes ta chambre, proposé-je en libérant sa main pour appuyer mes propos, soit tu me suis.

Elle jette un coup d'œil nerveux sur la porte toujours close. J'attends, patiemment. Nos regards se croisent à nouveau et ses pupilles se dilatent.

— Je te suis.

Je ne lui laisse pas l'occasion de changer d'avis et récupère son poignet avant de pivoter. J'ouvre et la tire en avant pour refermer la porte, qui claque dans mon dos. L'air devient aussitôt lourd et chargé d'un mélange de tension et d'appréhension. Étrangement, j'éprouve tout à coup de la frayeur. Je ne comprends pas réellement pourquoi. Des filles, j'en ai connu beaucoup. Ce n'est ni une fierté ni une honte. C'est un fait. Mais… pour la première fois, je ressens bien trop puissamment.

— Déshabille-toi, lui demandé-je en me dirigeant vers la grande baignoire afin de faire taire le flot de pensées qui m'assaille.

Je place le bouchon et ouvre les robinets. Mes doigts se positionnent sous la cascade qui s'écoule jusqu'à ce que la température me convienne, j'en profite pour me laver les mains. Contrairement à mes habitudes, j'y plonge quelques sels de bain et un peu de savon. Je me doute qu'elle sera plus à l'aise si la mousse dissimule rapidement nos corps.

Au silence qui persiste dans mon dos, je présume qu'elle ne s'est pas débarrassée de ses vêtements. Lorsque je me retourne, je constate qu'elle n'a pas bougé.

— Tu veux que je te montre comment faire ? la taquiné-je.

Un rire nerveux s'échappe d'entre ses lèvres tandis qu'elle rougit. En revanche, elle ne détourne pas le regard, attendant que je m'exécute. Si au départ je ne faisais que plaisanter, je me défais de ma veste que je laisse tomber à mes pieds. Mes doigts manipulent les boutons de ma chemise sans que nos yeux ne se détachent. La buée se dépose déjà sur la petite fenêtre et sur les miroirs. L'air s'est alourdi. Pourtant, je sais que ce n'est pas uniquement dû à la chaleur qui provient de la baignoire, mais aussi de celle qui émane de nos deux corps.

Le silence n'est rompu que par l'eau qui s'écoule toujours dans mon dos. Ce son nous coupe du monde et de la vie au palais. Elle rend l'ambiance hermétique à ce qui se passe à l'extérieur des murs de cette pièce.

Son regard quitte timidement le mien pour observer mes doigts qui défont la ceinture. Le cuir se détache de la boucle et je tire dessus afin de l'ôter. Dans un claquement sonore, elle rejoint à son tour ma veste et ma chemise. Mon souffle se fait plus court à chaque vêtement dont je me débarrasse. L'instant me paraît à la fois crucial et précieux. Si elle pense être la seule à vivre une première fois, elle se trompe.

Alors que je m'apprête à déboutonner mon pantalon, je suspends mon geste. Les sourcils de la princesse se froncent et son regard se fixe à nouveau au mien. Elle semble irritée que j'aie interrompu son spectacle.

— À ton tour, murmuré-je.

— Quoi ?

— À ton tour, répété-je en détachant chacun de mes mots.

Si d'habitude, elle refuse mes ordres, il semblerait que celui-ci attise son désir. Ses prunelles se dilatent. Le changement sur son iris noisette a beau être presque imperceptible, le bleu ne peut me mentir.

Les bras le long du corps, elle inspire avant que ses doigts ne fassent lentement remonter le bas de sa robe. Centimètre par centimètre, elle me dévoile des bouts de peau. Et alors que tout à l'heure j'ai laissé mon regard errer sans m'autoriser à réellement la détailler, là, je lui permets de se nourrir du spectacle. Lorsque le tissu est assez remonté, ses bras s'élèvent et son visage disparaît pour me dévoiler sa poitrine. La pointe de ses seins fermes est dirigée vers moi.

Un appel à la luxure.

Mes poings se resserrent parce que, plus les secondes s'écoulent, plus ma patience et mon désir sont mis à rude épreuve. Le tissu échoue au sol et, instinctivement, ses mains recouvrent ses seins. Lentement, je la rejoins. Sa tête pivote en arrière afin que nos regards ne se dessoudent pas. Sa peau irradie la mienne, pourtant déjà brûlante. Son souffle effleure mon cou alors que je retiens le mien. Je retire doucement les cheveux qui cascadent sur ses épaules et les ramène en arrière. Mes doigts glissent sur sa nuque, puis sur ses clavicules. Je les laisse poursuivre leur chemin et mon pantalon devient de plus en plus étroit. Mon membre durcit à chaque millimètre qui me rapproche de sa poitrine. Lorsqu'ils parviennent au rebondi d'un de ses seins, ma paume s'y presse tandis que je l'empoigne. Elle inspire tout en gémissant et ma bouche percute la sienne. Je l'embrasse avec avidité en malmenant sa poitrine. Ma main libre poursuit sa descente jusqu'à l'orée de sa culotte. Je passe sur le fin tissu afin de la caresser. À nouveau, un son étouffé s'échappe d'entre ses lèvres, galvanisant mon désir. Ma langue force le passage de ses dents et caresse la sienne langoureusement. Dans mes épaules, ses ongles s'enfoncent à chaque pression que mes doigts exercent par-dessus le sous-vêtement.

J'écarte sa culotte et, cette fois, c'est moi qui grogne alors que mon sexe se gonfle un peu plus. C'est à croire qu'il va exploser. Je quitte l'humidité de ses replis, lui arrachant un son plaintif qui fait spontanément naître un sourire sur mon visage. Je n'ai jamais été inattentif aux réactions de mes partenaires, mais ce soir, je suis conscient de chacun de ses souffles, de chacun de ses gestes. Mes yeux se rouvrent. Je me détache d'elle et fais glisser son sous-vêtement. Ses paupières papillonnent et je découvre son regard enflammé. Cette Viridienne va me rendre fou.

Non, elle le fait déjà.

Je la saisis par les aisselles et la dépose brusquement sur le meuble. Mes mains effleurent ses genoux et remontent sur ses cuisses. L'une poursuit son chemin tandis que l'autre glisse à l'intérieur. Kalliopée s'agrippe à mes bras alors que ses yeux se ferment.

— Regarde-moi, lâché-je d'une voix rauque.

Elle m'obéit aussitôt et soutient mon regard, même lorsque mes doigts pressent son clitoris. Ses cuisses s'ouvrent un peu plus et la façon dont elle s'offre à moi m'enhardit. De mon autre main, je maintiens sa nuque afin qu'elle ne détourne pas la tête. À chaque pression que j'exerce sur son intimité, elle se cambre et je crois que jamais je n'ai fait preuve d'autant de self-control.

— Karel, souffle-t-elle comme une prière.

Je suppose qu'elle ressent la même chose que moi, qu'elle a besoin de combler ce vide qui semble nous posséder tous les deux.

Pour une fois, je suis prêt à être celui qui résiste… Je ne veux pas la déshonorer.

Si mon pouce reste sur son bouton de chair, mon majeur descend et la pénètre. L'étroitesse de son sexe met à mal le mien qui gonfle un peu plus. Un deuxième doigt rejoint le premier. Mes mouvements sont, dans un premier temps, doux, puis j'accélère et approfondis mes gestes, encouragé par ses paupières qui s'abaissent tandis qu'elle perd son souffle. Son corps se cambre chaque fois un peu plus alors que ses hanches ondulent. Je ne sais pas si c'est ma main qui la baise ou si c'est elle qui baise ma main. Des images de moi, la possédant réellement, ne font que déferler devant mes yeux. Quand nous serons mariés, je le ferai partout. Sur chacun des meubles de ma chambre, dans chacune des pièces de ce palais.

Kalliopée étouffe un nouveau gémissement quand son corps se contracte. Je sais ce qu'elle fait, elle se retient. Mes doigts s'enfoncent plus profondément en elle alors que mon pouce exerce de fortes pressions contre son clitoris.

C'est le moment où elle implose, dans un râle douloureusement érotique. Ses jambes tentent de se refermer, mais je les en empêche jusqu'à ce que la jouissance s'évapore. Heureusement que je ne suis pas un novice, je crois que j'aurais explosé dans mon pantalon. Son corps s'alanguit et je suis obligé de la ramener à moi. Sa poitrine nue se colle à mon buste et je sens son cœur battre à tout rompre, à l'unisson du mien. Avec douceur, je dépose un baiser sur son front humide et, lentement, retire mes doigts.

Peu à peu, sa respiration ralentit, tout comme la mienne. En revanche, dans mon pantalon, rien n'a bougé. Si elle est capable de me faire autant d'effet avec de simples préliminaires, je ne suis pas sûr de survivre le jour où je pourrai la posséder.

Mes mains s'agrippent à ses cuisses et je la porte jusqu'à la baignoire. Je l'y dépose et l'eau, qui ne s'est pas arrêtée de couler, déborde. Je coupe les robinets alors que mes pieds se retrouvent dans une flaque.

Je déboutonne enfin mon pantalon et me débarrasse de mes derniers vêtements, libérant mon érection. Les yeux de Kalliopée ne manquent rien du spectacle et s'écarquillent.

— Un souci ? la provoqué-je.

Ses joues déjà rougies prennent une nouvelle teinte.

— C'est juste que… hier soir, je ne me doutais pas qu'elle était si…

Elle cherche ses mots alors que je pénètre à mon tour dans la baignoire.

— Royale ? demandé-je, arrogant.

— Imposante, me reprend-elle en riant.

— Elle te fera beaucoup de bien.

Un nouvel éclat de rire de sa part et je m'attendris. Je chasse le sourire qui effleurait mes lèvres et me saisis du bloc de savon que je fais mousser. Son corps est immergé jusqu'à la poitrine et dissimulé par un nuage blanc volumineux. Je l'invite à se retourner et elle me présente son dos. Ses doigts glissent dans sa nuque pour ramener ses cheveux vers l'avant. Elle se détend sous mes caresses et j'apprécie qu'elle soit aussi à l'aise. C'est pour moi une preuve de sa confiance.

Quand j'ai terminé, je la rince, puis l'invite à nouveau à me faire face. Je lave son corps, sans en oublier aucune partie. Lorsque ma main disparaît dans l'eau, elle se raidit et même si l'envie de recommencer ne manque pas, je préfère m'arrêter là au risque de ne plus savoir me retenir, je suis déjà assez frustré. Quand elle est propre, je récupère le bloc de savon et entreprends de me laver. Sa main se tend vers moi, paume ouverte et je l'observe quelques secondes avant de le lui remettre. Je veux qu'elle sente que la confiance est réciproque. Je me retourne, faisant tanguer l'eau qui s'écoule à l'extérieur.

— Quelle finesse, s'amuse-t-elle dans mon dos.

Je secoue la tête plutôt que de lui répondre. Dans un premier temps, son toucher est subtil, de simples effleurements.

— Ce n'est pas comme ça que je vais être propre, la taquiné-je.

Aussitôt, elle reprend ses mouvements avec plus d'assurance. À l'eau qui oscille vivement, je devine qu'elle a changé de position. Énergiquement, elle frotte mes épaules et ma nuque, tandis que mes paupières s'abaissent. Je profite pleinement de ce moment de quiétude. Ses doigts se fondent dans mes boucles et elle masse activement mon cuir chevelu. Elle tire sur la pointe de mes mèches pour m'inviter à relever la tête. Je lui tends une coupelle et elle me rince.

Quand elle achève sa tâche, je me retourne afin de récupérer le savon, mais elle me devance en déposant ses doigts, remplis de mousse, sur mon visage. En de légers mouvements circulaires, elle me masse. Agenouillée, sa poitrine est à découvert. Pourtant, ce n'est pas sur elle que mes yeux se posent, mais sur son regard. Ses sourcils se froncent tant elle est concentrée. Malgré le savon qui se fraie un chemin à travers mes paupières, je ne les ferme pas, trop accaparé par le spectacle qu'elle m'offre. Ils naviguent d'un iris à l'autre. Je ne vois pas ce que les gens trouvent si laid dans son regard. Au contraire, je le trouve magnifique et je crois que c'est d'abord ce qui m'a intrigué chez elle. Kalliopée est différente des autres et son regard en est le premier indice.

Ses mains dérivent jusqu'à mon cou, puis descendent sur mon buste. Je retiens son poignet alors qu'elle s'apprêtait nerveusement à disparaître plus bas, sous l'eau. L'instant est fragile et, à ses pupilles dilatées, je crois comprendre ce qu'elle désire. Seulement, je ne veux pas qu'elle pense qu'elle me doit quoi que ce soit.

— Je n'attendais rien en retour, me sens-je obligé de lui préciser.

— Je le sais bien, mais j'en ai envie. C'est jusque que je n'ai jamais…

J'aime le fait qu'elle n'ose pas terminer ses phrases. Étrangement, cette part de fragilité qu'elle me montre parfois me plaît autant que sa détermination à ne jamais rien lâcher. Kalliopée peut aussi bien être un chaton qu'une lionne.

— Hm ? feins-je, innocemment.

Ses yeux se braquent aux miens et je devine que ma provocation ne lui plaît pas. Elle se sent gauche et ça la contrarie.

— Je peux te montrer, murmuré-je.

Cette fois, son regard se radoucit et elle opine du chef. Je resserre ma prise sur son poignet alors qu'elle s'apprêtait déjà à disparaître sous l'eau.

— Je ne t'oblige à rien.

— Je ne m'oblige à rien.

À ces mots, je l'attire à moi et elle se positionne à califourchon sur mes cuisses. Je m'adosse contre la paroi de la baignoire tout en empoignant ses cheveux. Nos lèvres se retrouvent et s'embrassent comme si elles n'avaient pas comblé leur avidité. Cette fois, elles ne se précipitent pas, elles se savourent. Ma main dirige la sienne sur ma verge, tendue à l'extrême. Ses doigts se raidissent lorsqu'elle grossit un peu plus à son contact, mais elle ne recule pas et, au contraire, l'empoigne. J'approfondis notre baiser tout en faisant aller et venir nos mains jointes. Un grognement m'échappe quand elle gémit et je suis soulagé de constater que ce qu'elle me fait l'excite autant que moi lorsque je la touchais, elle. Ses doigts resserrent leur prise alors que son poing accélère le rythme. Incapable de l'accompagner dans ses mouvements, je la libère. Ma main s'agrippe à ses hanches et je ne suis même plus capable de l'embrasser. L'air me fait défaut.

Des semaines d'abstinence et la frustration de ne pas pouvoir me fondre en elle composent un mélange explosif. Ma tête se rejette en arrière alors que mon corps se tend. Le silence n'est rompu que par nos souffles saccadés et par les clapotis de l'eau qui s'échoue au sol.

Mes doigts s'enfoncent dans sa peau quand je sens mon sexe se gonfler plus violemment. Je tente de retenir l'orgasme qui semble s'approcher, mais une chaleur intense parcourt mon corps à chaque fois que la paume de sa main passe de mon gland pour descendre le long de ma verge. Un cri rauque m'échappe lorsque je jouis. Si elle ralentit, elle n'arrête pas pour autant son geste, prolongeant mon orgasme.

Puis la seconde suivante, la sensation électrique quitte mon corps, me donnant l'impression de planer. Mes mains prennent son visage en coupe et je l'embrasse à en perdre haleine. Je ne sais pas pourquoi je le fais avec tant d'urgence et de désespoir ni pourquoi j'éprouve le besoin de m'accrocher à elle avec une telle puissance. Je suis terrorisé par ce que mon cœur ressent. Aussi, je préfère me détacher d'elle.

Étonnamment, elle ne me paraît ni dégoûtée ni gênée, mais plutôt fière. Ses iris pétillants percutent violemment les miens et je peine à garder mon calme face à son bonheur si transparent.

— Alors ? Comment j'étais ?

— Ça va… mens-je en haussant les épaules.

Ses yeux se plissent, mais je la fais taire d'un nouveau baiser.

Kalliopée décuple mes sentiments. Quoi que je ressente, c'est toujours plus fort quand ça la concerne. Si je n'ai jamais été quelqu'un de mesuré, j'ai peur de devenir incontrôlable s'il devait lui arriver malheur. Pourtant, pas une seule seconde je ne voudrais faire cesser le vacarme qui résonne dans ma poitrine, aussi bruyant soit-il.

Chapitre 26
Karel

7 ans plus tôt :

— Qu'est-ce que tu fais ? me demande Kaïs alors que je quitte notre chambre.

— Je… c'est que…

— Karel est à court de mots ! s'exclame-t-il, moqueur.

Je soupire exagérément et décide de refermer la porte. Je pensais qu'il passerait des heures dans la salle de bains, mais il semblerait que pour une fois, il ait décidé d'être rapide. Tant que je l'aurai dans les pattes, je ne pourrai pas quitter cette chambre. J'adore mon cousin, mais il est parfois immature et pot de colle.

— Tu allais la retrouver ?

— Retrouver qui ? feins-je.

— Je ne sais pas… tu passes ton temps à t'échapper. Et en plus tu t'es parfumé. J'espère bien que c'est pour retrouver quelqu'un. Alors, c'est qui ?

— Personne, coupé-je court à la conversation.

Je me couche sur le lit, sans quitter mes chaussures, et observe le plafond. À l'heure qu'il est, elle doit m'attendre. Kaïs prend place sur le lit jumeau et soupire.

— Bon, si t'allais retrouver personne, on va pouvoir passer notre soirée à observer le plafond… ça tombe bien, j'avais envie de passer un moment détente avec mon cousin. Mais bon, si j'avais su, j'aurais tout préparé pour qu'on puisse dormir à la belle étoile…

— Kaïs, grogné-je, agacé qu'il parle autant.

— Crache le morceau, cousin, c'est le seul moyen pour toi de te débarrasser de moi.

Je comptais sur le fait qu'il finirait par se lasser, sauf que j'oublie souvent que Kaïs ne se lasse jamais. *Et je sais que si je ne lui lâche pas une bribe d'informations, j'en aurai pour la soirée. Un prénom, ce n'est rien.*

— Lia..., avoué-je en tournant la tête vers lui.

— Lia ? me demande-t-il en se rasseyant face à moi, surpris.

— Lia, confirmé-je.

Sa tête se penche sur le côté tandis qu'il me scrute. Puis sa bouche s'ouvre en grand.

— La Viridienne aux yeux...

— Ose finir cette phrase, m'énervé-je en m'asseyant à mon tour.

— Elle était finie, ment-il.

— Donc tu voulais juste dire, « la Viridienne aux yeux » ?

— Bah oui, fait-il mine d'être surpris. Je pensais que ça t'aiderait à situer le personnage.

Je ne peux m'empêcher de rire à cette excuse. Mon cousin me scrute attentivement et je me sens épié. Il est trop fort à ça. Il sait écouter, dédramatiser, et régler les conflits.

— Je l'aime bien, capitulé-je sans qu'il ait besoin de se battre.

— Je m'en doute, sinon tu ne te serais pas autant parfumé, se moque-t-il.

— Tu crois que j'en ai trop mis ? m'inquiété-je en sentant mes vêtements.

— Où est passée ton assurance ?

— J'en sais rien, elle me rend nerveux, avoué-je.

— Nerveux ? Toi ? Xintia te fait la cour depuis que nous avons onze ans, et ces derniers mois elle est même vraiment, vraiment, vraiment...

— Kaïs !

— ... vraiment rentre dedans, achève-t-il enfin. Et cette fille-là te rend nerveux ?

Je détourne les yeux. Son sourire fier m'agace fortement. Et j'ai beau aimer mon cousin, ça ne m'empêche de vouloir souvent le faire taire.

— Elle est différente, dis-je en haussant les épaules.

— Comment ça ?

Je replonge mon regard dans le sien et je découvre avec surprise qu'il semble réellement intéressé et qu'il ne cherche pas uniquement à se moquer de moi.

— Elle est juste... différente.

— Développe, m'invite-t-il à poursuivre en haussant ses sourcils.

— J'en sais rien, elle est forte.

Cette fois, ses sourcils se froncent. Il ne peut pas savoir de quoi je parle, il ne lui a encore jamais adressé un mot. Lia m'intimide. Depuis que nous sommes ici, je l'ai vue être en permanence rejetée. Pourtant, s'il lui est arrivé de verser quelques larmes, elle ne le montre pas à ceux qui la blessent. Elle reste digne et fière, c'est quelque chose que j'admire. Moi, je suis trop impulsif.

— Je suis pas certain d'avoir compris.

Je décide de ne pas poursuivre mes explications. Après tout, ça ne le regarde pas.

— Dis, je peux te poser une question ?

J'acquiesce, espérant qu'il pourra m'aider à reprendre confiance en moi.

— De près, son regard, il...

Je lui balance un coussin au visage, avant de me relever afin de rejoindre la porte.

— Si tu veux savoir, tu n'as qu'à la regarder dans les yeux au lieu de faire comme les autres et de l'éviter dès que tu la croises. Me suis pas, sinon je t'assure que tu vas le regretter, m'agacé-je en quittant notre chalet.

Mes pieds foulent la pelouse tandis que je traverse le camp d'été afin de rejoindre le petit bois dans lequel nous discutons des heures, dissimulés par les arbres. Depuis notre premier et unique baiser, notre relation est étrange. J'ai l'impression qu'elle m'évite. C'est pour ça que je lui ai proposé ce rendez-vous, je voulais être sûr. Oui, on est jeunes et on n'a absolument aucun avenir ensemble, mais j'ai le sentiment de devoir aller au bout des choses. Les métissages sont proscrits, je suis prince et elle est une simple noble. Je ne sais pas quand je serai marié, ni à qui et peut-être que je ne ressentirai plus jamais ce que je ressens pour elle. Alors pourquoi ne pas vivre cette histoire à fond, jusqu'à ce que l'été prenne fin ?

Je parviens enfin à l'orée du bois. Seule la lune éclaire faiblement mes pas, mais comme par automatisme, je trouve le chemin qui conduit jusqu'à notre petite clairière, c'est là qu'elle doit me rejoindre.

Quand j'y parviens enfin, je porte deux doigts à mes lèvres et siffle afin qu'elle quitte sa cachette. Pourtant, j'ai beau réitérer le geste, elle n'apparaît pas. Le cœur battant, je tourne sur moi-même, attendant de la voir apparaître quelque part. Mais Lia n'est pas discrète et si elle était en chemin, je sais que je l'entendrais.

Je baisse le regard sur mes chaussures et me racle la gorge. Je suis déçu, je crois. Et j'ai mal, aussi. J'observe ma tenue, regrettant de m'être mis sur mon trente-et-un. J'ai beau avoir dix-sept ans et avoir assisté à un nombre incalculable de bals, c'était la première fois que je m'apprêtais pour quelqu'un. J'aime plaire, oui, mais ce soir je ne voulais plaire qu'à elle.

Je me sens ridicule...

Je prends alors conscience que si je ne parvenais pas à déchiffrer ses regards, c'est peut-être parce qu'il n'y avait rien à déchiffrer, voilà tout.

Je m'assois sur un rocher recouvert de mousse, bien décidé à ne pas rentrer tout de suite. Il est hors de question que je me ridiculise devant Kaïs. L'amertume qui envahit ma bouche me suffit amplement sans qu'il ait besoin d'en rajouter.

Un long moment se passe et l'air se rafraîchit, donnant à mon souffle une opacité que je n'ai jamais vue à Aquaria. Je lève le nez sur la lune qui par moment disparaît derrière un rideau de nuages, obscurcissant la scène témoin de ma déception. Je tends l'oreille, et mon cœur, ce traitre, s'échine à interpréter les moindres sons. Un bruissement de feuille, c'est elle. Une brise, c'est elle. Un éclair, c'est elle. Je me redresse aussitôt et constate qu'un orage est proche. Un éclair, c'est elle... mon cœur regrette d'avoir aussi interprété ce signe tandis que ma raison en est soulagée. Ainsi, je vais pouvoir rentrer. Je me relève et traverse les bois dans l'autre sens. À chaque pas, la déception alourdit mon cœur.

T'es pas un gamin, Karel. Des filles, il y en a plein. Elle n'est personne.

Je rejoins enfin la pelouse et, plutôt que de regagner les logements des garçons, je rejoins ceux des filles. Je l'ai raccompagnée une fois, je connais l'emplacement de son chalet. Je sais que je devrais juste aller me coucher et l'oublier, mais je n'arrive pas à tracer ma route comme si de rien n'était. Je veux savoir ce que j'ai fait pour qu'elle refuse à ce point-là de me rejoindre.

Lorsque j'arrive au bon emplacement, je monte les deux marches qui conduisent à la petite terrasse et inspire un bon coup avant de cogner fortement contre la porte. Je retiens ma respiration et dès que le battant s'ouvre, son visage surpris m'apparaît. Une bourrasque parfumée nous parvient, le vent rugit, les éléments se déchaînent. Pourtant, entre nous tout semble se figer, comme si le monde n'avait aucune influence sur elle et moi. Je la pousse délicatement et pénètre dans sa chambre. Je ne voulais pas être intrusif, mais si quelqu'un m'avait aperçu, nous aurions eu tous les deux des problèmes. C'est évident.

— Tu n'es pas venu, lui reproché-je d'emblée, de crainte de me dégonfler.

Sans la regarder, je décide de poursuivre.

— Ça ne me dérange pas, des filles, il y en a plein, ajouté-je sans provocation. Tout comme il y aura certainement plein d'autres garçons pour toi, mais je pensais que j'étais ton ami avant tout. Alors si tu n'avais pas envie de venir, tu aurais dû décliner mon invitation plutôt que de me faire attendre.

— Je suis désolée, chuchote-t-elle faiblement.

J'ose enfin lui faire face et fixe son regard que je ne parviens pas à déchiffrer. Je ne sais pas si c'est de la tristesse ou juste de la culpabilité qu'elle ressent. Plutôt que de chercher à comprendre, je coupe court à mon investigation en détournant la tête. J'ai un nœud dans la gorge qui descend jusque dans ma poitrine. Je sais que désormais, je ne pourrais lui faire face avec autant de légèreté.

— Il ne nous reste que dix jours avant la fin de l'été. Je te propose qu'on arrête là nos entraînements, qui de toute façon n'en étaient pas puisqu'on passait notre temps à discuter. Je ferai en sorte que personne ne te cause de problèmes, mais je ne crois pas qu'on puisse rester amis. C'est peut-être ce que tu veux, mais pas moi.

Elle ne dit rien, et chaque seconde de silence m'assourdit atrocement. Je ne veux pas pousser le pathétisme jusqu'à la supplier de me parler, alors je préfère lui tourner le dos et rejoindre la porte.

— Je ne veux pas non plus être ton amie, me surprend-elle.

Mon cœur sursaute, mais je me sermonne, je m'emporte peut-être. Elle veut peut-être dire qu'elle ne veut même pas qu'on soit amis.

— C'est pour ça que je ne suis pas venue.

Ces mots confirment en effet que mon cœur s'était emballé pour rien.

— Je t'aime bien, Karel. Beaucoup même... Trop, je crois.

Je me tourne, dans l'incompréhension la plus totale.

— Tu m'aimes trop alors tu me fais faux bond ? tenté-je de résumer.

— Je sais que je n'ai que quatorze ans et que je devrais vivre ma vie sans réfléchir, sauf qu'on ne m'a pas éduquée comme ça. Je suis jeune, mais peut-être trop adulte pour mon âge et j'ai beau me dire qu'on a le droit de s'amuser, je ne suis pas stupide au point de sous-estimer mon cœur. Et je sais qu'il cède déjà.

— C'est une mauvaise chose ? demandé-je

— Oui, parce qu'à la fin de l'été, il n'y aura personne pour le réparer.

— Lia, dans deux ans je serai peut-être marié à une femme atroce qui me mènera la vie dure.

Un rire triste résonne en réponse à ma supposition.

— Et toi, tu seras peut-être marié à homme bon, mais peut-être pas. Et peut-être qu'il sera aussi atroce que mon épouse. Et si... si ce qu'on vivait là, c'était notre unique chance d'être heureux ? Si ça ne devait jamais se reproduire ?

— Tu as si peu foi en ta destinée ? ironise-t-elle.

— Si tu veux que j'aie foi en elle, alors je dois accepter qu'elle t'ait mise sur ma route pour une raison.

— Et quelle serait-elle ?

— Je ne sais pas. Peut-être que le fait que je tombe amoureux de toi, aujourd'hui, aura de l'importance dans ma vie future. Je n'en sais rien.

— Tu essayes de m'amadouer, je me trompe ?

Son sourire est réapparu et je ne peux empêcher mes lèvres de le reproduire. Quoi que ressente Lia, j'ai l'impression que mon corps s'en imprègne

— Tu me connais bien, avoué-je, troublé.

Ses yeux humides me fixent, mais elle cligne à plusieurs reprises des paupières pour se redonner contenance.

— Il est trop tard pour notre rendez-vous ? me demande-t-elle dans un murmure.

Mon cœur s'allège aussitôt lorsque je comprends qu'elle accepte de m'offrir ce court laps de temps.

Je doute qu'il y ait un destin. Sinon, il serait bien cruel de me faire succomber à une fille qui ne pourra jamais être mienne. Tandis que j'observe ses iris, je réalise que si j'ai la chance d'avoir une bonne épouse, je ne pourrai jamais tomber amoureux d'un autre regard.

Chapitre 27
Kalliopée

Une semaine a passé. C'est le temps qu'il a fallu pour que le dispensaire soit détruit et pour que d'énormes bûchers soient construits à l'extérieur des remparts. Malgré les protestations des citadins, le roi n'a pas renoncé à son projet. Tous les soirs, Karel me tenait au courant de l'avancée de la destruction. Si au début, il gardait le silence, j'ai insisté jusqu'à ce qu'il accepte de me parler. Il a essuyé chacune de mes larmes dues à l'injustice de cet acte. Malgré les jours, la peine s'est difficilement atténuée et la culpabilité n'a fait que s'accroître. J'ai offert au roi un prétexte pour me malmener et ce sont les Lapisiens qui paient mon erreur.

Chaque soir, le prince me rejoint dans mon lit pour le quitter avant que le palais ne se réveille. Nous n'avons pas franchi la limite, mais il préfère me protéger du regard des employés de maison. Il ne l'a pas dit explicitement, mais je sais qu'ils ne m'estiment pas et que l'on doit s'abstenir de leur offrir de nouvelles raisons de me détester… Je pensais qu'à force de temps, ils prendraient conscience que je suis quelqu'un de bien, mais je me suis montrée trop optimiste. Heureusement, il me reste encore Sienna. Cette dernière me raconte ce qui se dit dans les dortoirs, même si je me doute qu'elle tait ce qui se murmure à mon propos.

Je suis malheureusement toujours contrainte de dîner à la table royale, mais je ne me laisse désormais plus atteindre par les mots du père de mon futur époux, et encore moins par ceux de Xintia. Du moins, s'ils m'atteignent, je ne le laisse plus paraître. Et alors qu'au début, ils ne cessaient de me provoquer, il semblerait que mon manque de réaction ait eu raison de leurs attaques. Ils ont fini par se lasser. Je mange en silence, sans participer aux conversations, puis retourne dans ma chambre dès que le repas est terminé. Karel est également là, mais dès lors que nous nous trouvons en présence du roi, il affiche une distance vis-à-vis de moi qui chaque fois m'effraie. Je comprends qu'il ne veuille pas exacerber la colère de son père à mon égard, mais cette indifférence effrite toujours un peu plus mon assurance. Comme si, en me privant de son soutien, il m'ôtait toute force. À la nuit tombée, je retrouve ses bras, je puise dans chacun de ses baisers un peu d'énergie, mais à chaque réveil seule, dans ce lit qui me paraît désormais bien trop grand pour moi, le manque que j'éprouve pour mes terres s'accentue.

Aujourd'hui, un à un, les corps ont été exhumés et Karel s'apprête à quitter le palais afin d'assister à la crémation. Son père n'a pas tenu à s'y rendre. Si je méprise l'homme, j'exècre encore plus le roi. Comment peut-on se montrer si insensible au sort de son peuple ? Dans le couloir, les pas du prince résonnent. Mon oreille se décolle de la paroi boisée et j'ouvre précipitamment la porte alors qu'il la dépasse. Interpellé par le grincement qu'elle a provoqué, il se retourne. Il est vêtu de sa tenue officielle, celle qu'il portait le soir de nos fiançailles. Fiançailles qui devraient bientôt prendre fin puisque notre mariage est prévu pour le mois prochain. Karel va devoir s'absenter dans une dizaine de jours pour deux semaines afin de se rendre à Aquaria. Il ne m'a pas dit ce qu'il allait y faire, mais je suppose qu'il compte les encourager à reprendre les échanges commerciaux et tient à leur assurer que notre mariage mettra fin à la guerre qui oppose Lapisia et Viridia. S'il symbolise notre alliance, il se pourrait que les autres royaumes acceptent, à leur tour, la paix. Je suis effrayée qu'il parte pour ne jamais revenir, mais aussi angoissée à l'idée de me retrouver seule, ici, parmi ces vautours qui n'attendent qu'un faux pas de ma part pour se jeter sur moi. Chacun de mes gestes est scruté, chacun de mes mots, analysé.

— Tout va bien ? me demande-t-il inquiet, me sortant de mes pensées.

Mon regard glisse jusqu'à rencontrer le sien. Comme toujours, il a un quelque chose d'inatteignable, de dur et froid.

— Laisse-moi venir, l'imploré-je.

Il détourne la tête à ma supplique, la mâchoire crispée. Cinq jours que je tente, en vain, de le convaincre que ma place est à ses côtés. Il se soucie de ma sécurité, je le sais et je lui en suis reconnaissante, mais je suis responsable de ce qui arrive et je voudrais me faire pardonner à ma manière. Ce n'est pas en faisant comme le roi que j'y parviendrai.

— On en a déjà discuté, c'est toujours non, me répond-il sèchement.

— Karel, insisté-je, suppliante. Je veux… non, je *dois* venir.

Jusqu'à aujourd'hui, mes tentatives étaient passives, je ne voulais pas fragiliser l'équilibre précaire de notre relation, mais je n'ai plus le choix et je n'ai pas non plus le temps.

— Retourne dans ta chambre, m'ordonne-t-il en ancrant son regard furieux au mien. Et ne cherche pas à quitter le palais. Toutes les issues sont surveillées.

Mon corps se raidit. Je constate avec amertume que même si je lui ai promis que je ne tenterais plus de partir d'ici sans son accord, il ne me fait toujours pas confiance.

— Ne pense même pas à sortir, Kalliopée, ajoute-t-il, interprétant sans doute mon silence. Ce serait dangereux et ça me rendrait fou de rage.

Il se détourne, me présentant son dos, et s'éloigne. À chacun de ses pas, mon souffle s'accélère et un pic toujours plus douloureux malmène mon cœur.

— Karel, je t'en supplie. Ne m'oblige pas à me terrer ici. Si tu me respectes…

Il fait aussitôt demi-tour et se précipite sur ma porte, me forçant à reculer. Son index se pointe dans ma direction et je sens qu'il retient la rage qui le possède : ses yeux se sont obscurcis tandis que sa mâchoire s'est contractée avec tant de force que je me demande comment elle fait pour ne pas se briser.

— Je te respecte, Kalliopée. Alors ne remets pas ça sur le tapis. Ça n'a rien à voir avec ton statut de femme, d'accord ? Sais-tu ce qu'ils pensent de toi, là, dehors ? Non ! Moi, si ! Je te garde à l'intérieur pour une bonne raison !

Sa respiration est bruyante et je m'en veux de le mettre dans cet état. Pourtant, je ne fléchis pas, pas plus que je ne change d'avis. J'ai besoin d'aller là-bas.

— Et alors ? Je vais rester cachée jusqu'à la fin de mes jours ? Que penseront-ils de moi si je n'assume pas mes actes ? C'est de ma faute si on en est arrivés là.

— Tu ne connais rien à la diplomatie ni à la politique. Tu ignores ce qu'ils peuvent penser.

Je fulmine. Je suis peut-être naïve, mais pas ignorante.

— Je ne sais pas me battre et je n'ai pas voix au chapitre, je le sais ! Mais j'ai toujours observé mon père. Les peuples n'aiment pas les souverains qui se terrent chez eux sans se laisser atteindre par les maux du royaume. Sais-tu pourquoi ton peuple te respecte ?

— Tu ne sais rien de mon peuple, tu ne le côtoies pas.

— Non, c'est vrai. Mais j'écoute ce qu'on me dit.

Je remercie alors Sienna de se montrer si souvent bavarde.

— Ton peuple te respecte parce que tu es à ses côtés. Penses-tu qu'ils estiment autant le roi ? Non, parce que ton père est un égoïste que rien ni personne ne peut atteindre, lâché-je dans un rire amer. Ils ne sont pas dupes, ils savent que tout ce qu'il fait, il le fait pour lui-même. Je ne suis pas comme ça ! J'ai besoin d'y aller. Ne me force pas à rester ici. Si tu m'aimes ne…

— T'aimer ? Qui a parlé d'amour ? me coupe-t-il froidement.

Bien que sa réplique me provoque une douleur vive dans la poitrine, je ne renonce pas. Bien que ses yeux ne me transmettent rien d'autre que du dégoût, je ne renonce pas. Bien que je voudrais le pousser hors de ma chambre et lui hurler que je le hais de respecter si peu mes sentiments, je ne renonce pas. Parce qu'il peut nier autant qu'il le veut, je ne parviens pas à le croire.

— Toi !

— Je n'ai jamais dit…

— Non ! le coupé-je. Mais tu me l'as montré.

Le sourire qui se dessine sur son visage me renvoie aux seuls qu'il m'adressait à mon arrivée à Lapisia. Il est cruel et dénué d'amour. Alors, mes certitudes s'envolent, ne laissant derrière elles que de la solitude. J'essaye alors, dans un besoin désespéré, de me convaincre qu'il veut juste me faire céder en me jetant son indifférence au visage. Il recule d'un pas et s'apprête à s'en aller lorsque je tente, à nouveau, de plaider ma cause.

— J'ai mal, Karel. Je t'en supplie.

Une voix peut-elle saigner ? Parce que j'ai le sentiment que c'est ce que fait la mienne.

— Ça ne te soulagera pas. Tu seras mieux ici.

Sans un mot de plus, il referme la porte, m'achevant en me laissant seule. Je m'assois sur le lit, essayant d'endiguer les larmes. Je n'ai pas menti lorsque je lui ai dit que j'avais mal. Chaque matin, je me réveille nauséeuse et chaque soir, je me couche le cœur serré. Je soupire de lassitude quand, à nouveau, le battant s'ouvre. Je me redresse aussitôt de surprise. Karel entre, le visage toujours sévère.

— Tu restes près de moi, tu ne t'éloignes que si je te le demande, tu portes ta cape et tu fais ce que je te dicte. Même si tu n'aimes pas que je te donne des ordres. Cette fois-ci, tu ne te rebelles pas. Il en va de ta sécurité. On est bien d'accord ?

Mon cœur galope à cette annonce et je m'éloigne précipitamment du lit pour me jeter sur lui. Mes bras l'entourent et, par mon étreinte, je lui transmets ma gratitude. Pour ne pas perdre de temps, et au risque qu'il change à nouveau d'avis, je me détache rapidement de lui avant de rejoindre ma penderie d'où je retire la cape. Immédiatement, je la noue à mon cou.

Lorsque je me retourne, je constate que Karel est déjà dans le couloir. Je regagne la porte et la ferme derrière moi. Je me calque sur sa cadence tandis que nous longeons les corridors et descendons les escaliers. Aucun de nous ne prononce un seul mot. Mon cœur se comprime, parce que, s'il y a quelques instants, j'étais pleine de gratitude à son égard, j'ai à présent peur de ce que je ressentirai lorsque je serai face au bûcher.

Dehors, l'air est chaud, mais respirable. Nous traversons la tour et mes jambes s'affaiblissent quand j'aperçois la faction de Karel. Tous me jaugent sans masquer leur surprise.

Le prince me fait signe de rester en retrait et je lui obéis, comme il me l'a ordonné.

— Pourquoi elle vient ? lui demande Jonah.

Il n'a pas murmuré. Il veut que je sois consciente de son animosité à mon égard.

— Ça ne te regarde pas, lui assène-t-il pour toute réponse.

— Et si ça déclenche une émeute ?

Le silence suit sa question et j'ai peur que Karel se ravise, mais étonnamment, son visage pivote dans ma direction, puis il me fait signe de le rejoindre. Ses hommes nous entourent aussitôt avant que nous ne prenions la route. Seul le son émis par les bottes des soldats sur le pavé nous accompagne dans notre descente. Le calme de la ville me surprend, alors je risque un coup d'œil sur la rue. Elle n'est pas vide, non. De nombreux Lapisiens observent silencieusement le cortège. Tous ont le visage marqué par la tristesse, ce qui accentue ma culpabilité. Je m'agrippe à ma cape pour ne pas laisser ce sentiment me submerger. Mon regard se baisse sur la main du prince que je voudrais saisir pour qu'il me communique un peu de sa force, mais je ne le fais pas. Je ne peux demander à me confronter à la réalité si je m'appuie sur lui pour y faire face. Je détourne la tête et mes yeux glissent sur le sol tandis que les pavés dévalent sous nos pieds.

Au bout d'un temps qui me semble bien trop court, nous parvenons à destination. Un grincement assourdissant rompt le silence lorsque les grandes portes s'ouvrent. Quand elles achèvent leur course, le cortège redémarre, puis les militaires s'écartent pour nous laisser de l'espace. Surprise, je me retourne et constate que les battants se referment derrière nous.

— Les citadins ne viennent pas ?

— Interdiction du roi, m'annonce-t-il. Officiellement, il ne veut pas que les émanations les contaminent.

— Et officieusement ? osé-je.

— Il souhaite qu'ils te détestent encore plus.

Je souris tristement. Comment peut-on se servir de la douleur d'un peuple à des desseins personnels ? Devant nous, deux énormes bûchers nous font face. Plus nous approchons, plus l'odeur est insupportable. Mon regard dérive de l'un à l'autre avec effarement.

— Combien sont morts ?

— Presque trois cents.

Mes jambes flageolent au nombre qu'il m'annonce, mais je m'efforce de poursuivre mon avancée. Karel me fait signe de m'arrêter et un homme se précipite à ses côtés pour lui remettre une torche. En me retournant, je constate que chacun de ses hommes en porte une.

— Je peux en avoir une ? risqué-je.

— Non, seulement les hommes.

Je déteste qu'il me parle avec autant de distance, mais je le connais assez pour savoir pourquoi il agit ainsi. Il m'en veut et souhaite que j'en prenne conscience. Il veut que ma victoire soit amère. J'ai gagné le droit d'être là, mais il refuse de m'offrir son soutien. Je serre les poings, mais me tais. Je ne m'avance pas quand ils le font et observe, impuissante, les bûchers prendre feu. Je n'arrête mon regard sur aucun des corps, trop effrayée à l'idée d'apercevoir celui de Tev. À cette pensée, mon cœur se comprime douloureusement et une boule se forme dans ma gorge.

Les hommes s'éloignent des bûchers qui, peu à peu, se transforment en brasier. Je suppose qu'ils ont ajouté des combustibles pour propager les flammes. Les crépitements des feux martyrisent mes oreilles et je me tourne vers Karel lorsqu'il me rejoint.

— Il n'y a pas de pleureuses ? demandé-je.

Leur chant serait plus supportable que ce son mortel.

— Ce n'est pas une coutume Laprisienne.

Il ne s'est pas tourné vers moi. Le corps raide, il observe sans aucune émotion apparente les flammes dévorer les défunts. Je me détourne et fais face à ce que j'ai provoqué. Si je n'avais pas été tant éprise de liberté, ces morts reposeraient en paix. Désormais, ils ne trouveront jamais le repos et seront condamnés à errer dans le désert.

Je tente de puiser dans mes souvenirs ces mélodies qui auraient au moins le mérite de faire taire les hurlements que j'entends dans ma tête. Devant nous, les langues de feu prennent de la hauteur et leur chaleur caresse sans douceur ma peau. Mon souffle s'accélère et quoi que je fasse, je les entends agoniser. Ils sont pourtant morts, mais mon esprit s'évertue à me faire croire le contraire. Le regard dans le vide, j'observe les flammes danser, elles ne sont pas belles comme celles qui célèbrent la fin des récoltes ou comme celles qui nous réchauffent lorsque l'hiver est trop rude. Leur couleur est plus agressive. Leur odeur, plus invasive. Leur chaleur, plus mordante. Elles sont plus effrayantes. Mes genoux percutent le sol caillouteux lorsque je me laisse tomber.

— Que fais-tu ? chuchote-t-il, toutefois assez fort pour que je l'entende.

Ma tête s'incline dans sa direction. Il n'aime sans doute pas que je plie les genoux à terre et il me le fera certainement payer aussi, mais j'accepterai sa sentence, quelle qu'elle soit.

— La seule chose que je puisse faire pour eux, réponds-je avec conviction.

Ses sourcils se froncent, mais je détourne le regard. La fumée parvient jusqu'à nous et opacifie la scène. Malgré la brûlure ressentie par mes yeux, je les garde ouverts. J'inspire profondément, l'odeur de la chair calcinée me donne un haut-le-cœur que j'ignore, et une plainte mélodieuse remonte du fond de ma gorge. De mon ventre, je puise la douleur que je ressens et l'intègre à mon chant. Nous sommes aveuglés par le brouillard grisâtre qui ne laisse apparaître que la vivacité des flammes.

À Viridia, les pleureuses ne pleurent pas vraiment, contrairement à ce que leur nom laisserait croire. Non, elles chantent juste. Une complainte. Mais je ne suis pas une véritable pleureuse et les larmes dévalent mes joues à chaque son qui s'extirpe de ma gorge. La fumée opaque s'infiltre, irritant mes poumons. Pourtant, je ne m'arrête pas. Je laisse les flammes me brûler la gorge comme elles brûlent ces corps, et je chante.

Je ne saurais dire combien de temps s'écoule, mais j'interromps la mélodie lorsque Karel fait un pas en avant. Le soleil a décliné et il ne reste du brasier que des cendres emportées par le vent. De ma voix, non plus, il ne reste presque plus rien, mais grâce à ce chant, je me suis allégée de ma douleur.

— On y va, m'annonce-t-il simplement quand une ultime bourrasque récolte les dernières cendres.

Mon regard les suit tandis qu'elles partent à l'Est. Loin. Là où la guerre, la famine, la maladie, la folie, les catastrophes, les drames, l'horreur, la douleur et l'injustice ne frappent pas. Un endroit où seule la sérénité a sa place. Une ultime larme parvient à se frayer un chemin lorsque le visage de Tev se dessine sous mes paupières. Je pense que je ne pourrais plus en pleurer aujourd'hui, elles se sont taries.

De mes mains, je me redresse, les jambes raidies par ma position, puis nous nous retournons. En regagnant les portes, je me promets de ne plus jamais laisser un peuple, quel qu'il soit, payer pour mes erreurs. Mon égoïsme et ma soif de liberté sont la cause de tout ceci. Vais-je pour autant me résigner à abandonner mon besoin d'émancipation ? Je n'en suis pas certaine, mais je ne le ferai pas aux dépens d'innocents. Ce que je désire, c'est y parvenir dans la paix. Malgré la peine que je ressens, un sourire se dessine sur mon visage lorsque je constate à quel point je reste incroyablement optimiste. Mon regard se lève sur les portes tandis qu'elles s'ouvrent. Je me détourne une nouvelle fois afin d'observer l'horizon en me demandant à quel point Lapisia me transformera et si je parviendrai à m'en sortir indemne. J'en doute... Un hoquet dû aux larmes que j'ai laissées dans le désert secoue ma poitrine. Le cœur lourd, je franchis la porte aux côtés de mon futur époux, le seul qui parvient à rendre ma vie ici moins pénible.

Chapitre 28
Karel

Plutôt que de la suivre dans sa chambre, je préfère regagner la mienne. Je ne suis pas en mesure de rester calme pour le moment. Cette semaine a été éprouvante et, ce soir, elle ne m'a pas rendu la tâche facile. Je referme la porte qui s'ouvre aussitôt dans mon dos. Mes paupières s'abaissent alors, crispées. J'aurais dû me douter qu'elle me suivrait. Je me débarrasse de ma veste sans lui faire face.

— Karel…, soupire-t-elle.

— Non ! Tu te tais ! lui ordonné-je sèchement sans pour autant me retourner.

Elle ne se rend pas compte… je n'ai pas pu lui dire non, mais ce n'est pas pour autant que je ne lui en veux pas. Elle a tiré sur la corde sensible, elle le sait. Tout y est passé : tenter de me faire culpabiliser, jouer sur la douleur que sa peine provoque en moi… Elle m'a manipulé pour arriver à ses fins et pour quoi ? Se mettre à genou ? Je crois que ça a été la goutte d'eau, l'acte de trop.

Elle consent à garder le silence. Son mutisme ne m'apaise pas pour autant. Sa simple présence ne fait qu'accentuer ma colère. Elle ne se doute pas de ce qui aurait pu arriver. Beaucoup la haïssent ici, elle symbolise ceux contre qui mon peuple se bat depuis des années, ceux qui nous ont pris tant de vies. Mais non, Kalliopée est têtue et ce qu'elle veut, elle s'acharne à l'obtenir en faisant fi de tout, même de moi. Je l'ai emmenée parce que j'avais peur qu'elle me le reproche indéfiniment si je refusais qu'elle m'accompagne. Kalliopée me rend imprudent.

Ma respiration est difficile. Parce que j'ai beau tenter de museler ma colère, elle se bat rageusement pour s'exprimer.

— Sors d'ici, demandé-je, las.

Je rejoins ma salle de bains et me défais de mes vêtements avant de me glisser sous la douche. J'ouvre les robinets et aussitôt, une eau brûlante s'écoule sur ma peau. Mes paupières s'abaissent lorsque j'entends la porte grincer. Elle et moi, on va devoir établir des règles, à commencer par savoir capituler quand je suis furieux.

— Je t'ai demandé de partir, lui rappelé-je.

— Je sais, mais je crois qu'il serait préférable qu'on résolve notre différend maintenant.

Le rire qui remonte dans ma gorge est tout sauf amusé. Je plonge ma tête sous l'eau afin d'oublier sa présence et me saisis d'un bloc de savon avant de m'en frotter le corps. Résoudre notre différend ? Je ne crois pas être en état de le faire.

— Je suis désolée…

Je ne lui réponds pas et gratte avec plus de vigueur mon torse. Chacun de mes mouvements est brutal, mais si je ne m'acharne pas sur mon propre corps, c'est contre elle que je risque de déverser ma colère.

— Karel, s'il te plaît.

— Il n'y a pas de « s'il te plaît », finis-je par dire, énervé. Je n'ai pas envie d'en parler. Je t'ai fait comprendre que ça pourrait être dangereux…

— Et ça ne l'a pas été, me contre-t-elle. Regarde, il ne s'est rien passé.

— Et ? m'exclamé-je. Tu ne prends pas mon avis en considération et tu pars du principe que tout ce que je fais, je le fais uniquement dans le but de te garder prisonnière de ce palais !

Je relève la tête et me frotte les cheveux rageusement afin de faire disparaître cette odeur de corps calcinés qui me colle à la peau. Les images de ces bûchers se pressent sous mes yeux clos. Son chant les accompagne sans que je puisse l'arrêter. Jamais je n'ai vu de spectacle si désolant. Je me souviens de ma colère lorsqu'elle s'est agenouillée. Que doivent penser mes hommes d'elle ? Comment croit-elle pouvoir régner à mes côtés s'ils la jugent tous faible ? Jamais elle n'y parviendra, jamais je ne pourrai faire en sorte qu'ils la respectent si elle ne fait pas attention à ses actes.

— Tu as quelque chose à me dire, je le sais. Alors, vas-y !

Je ferme les paupières tandis que ma paume se pose sur la céramique.

— Une princesse ne s'agenouille pas, capitulé-je.

Elle ne répond pas immédiatement et je pense que son mutisme est synonyme de consentement jusqu'à ce qu'elle ouvre la bouche :

— Peut-être, je n'en sais rien. Mais un bon roi ne se terre pas chez lui.

Mes doigts se crispent dans mes cheveux et j'ouvre les yeux avant de me retourner afin de lui faire face. Bras croisés, elle est assise sur le rebord de la baignoire.

— Il est roi, il fait ce qu'il veut ! tonné-je. Toi, tu seras bientôt ma femme et tu n'as pas à t'agenouiller !

— Je m'agenouillerai quand cela sera nécessaire !

Ses yeux plissés me fusillent, sa coiffure n'est plus aussi soignée que lorsque nous avons quitté le palais et sa mâchoire est serrée. Lorsque nous étions jeunes, je me souviens lui avoir dit que je serais peut-être marié à une femme atroce qui me rendrait la vie dure… je ne m'étais pas imaginé qu'elle serait cette femme-là.

— Conversation close, m'agacé-je. On ne règle pas un différend, on l'accentue. Tu ferais mieux de retourner dans ta chambre.

— Alors ce sera comme ça lorsqu'on sera mariés ? Tu me congédieras dès que mes pensées te déplairont ? Je devrais juste me taire et acquiescer ?

Ma mâchoire se crispe à ses mots. Je déteste qu'elle me fasse toujours le même reproche, comme si j'étais son ennemi. Elle ne se rend pas compte de tout ce que je fais pour elle. De tout ce que je *pourrais* faire pour elle.

— Arrête de toujours tout ramener à ça ! hurlé-je. Est-ce que mes actes prêtent à croire que je ne te traite pas comme mon égale ? Si c'était le cas, je ne t'aurais pas laissée venir. Je t'aurais enfermée dans ta chambre, mais non, je ne l'ai pas fait ! Alors, arrête !

Je sors de la douche et attrape violemment une serviette avant de me sécher rapidement le corps. Elle ne tente pas de m'approcher, ce qui est préférable. Moi, je lui tourne le dos, incapable de la regarder sans que la colère ne me gagne de plus belle.

— Je suis désolée, Karel. Tu as raison, c'était imprudent, mais ton peuple me déteste et un jour, je serai leur princesse. Peut-être même leur reine. Et à ce moment-là, tu seras aussi détesté que moi.

Je ne la regarde toujours pas, mais ne parviens pas pour autant à quitter la pièce.

— Que crois-tu qu'il se passera ? reprend-elle. Est-ce qu'ils accorderont leur confiance à l'homme qui partage la couche de celle qui représente leur ennemi ? Non… absolument pas et tu te berces d'illusions en pensant que me garder cloîtrer ici leur fera oublier ma présence.

Je baisse le regard sur mes jointures qui se retiennent à la céramique. Son ton radouci suffit à me calmer un peu.

— Qu'est-ce que tu veux dire ? lui demandé-je, conciliant.

— Je pense que pour redorer mon image et ne pas entacher la tienne, je dois faire ce que je faisais à Viridia.

Je soupire, excédé à l'avance par ce qu'elle insinue. Je me masse l'arête du nez en me retournant pour lui faire face. Son regard se dirige rapidement vers mon entrejambe, totalement dévoilé, avant de s'ancrer au mien.

— Je ne suis pas certain d'apprécier ce que tu vas me dire.

Elle cligne lentement des yeux, avant de s'humecter les lèvres. Je sens que je ne vais définitivement pas aimer ce qu'elle va me proposer.

— Je crois que je devrais me mêler au peuple, le côtoyer.

Un rire m'échappe.

— J'en étais sûr. Hors de question, *Shaadi* !

— Tu devrais te montrer plus ouvert ! s'agace-t-elle.

— Mais ouvert à quoi ? À mettre ma femme en danger ? hurlé-je.

Le silence nous englobe. Elle baisse la tête, résignée. Comment peut-elle me demander une chose aussi inconsidérée ? Elle sait pourtant que j'ai déjà trop perdu. Que croit-elle ? Que je suis prêt à courir le risque ? Non, je préfère qu'ils la haïssent, qu'ils *me* haïssent, plutôt qu'elle soit en danger. Parce qu'elle est trop optimiste si elle pense qu'un jour, mon peuple la respectera ou l'appréciera.

— Tu devrais en profiter pour te doucher. Tu pues la mort, coupé-je court à la conversation en me dirigeant vers la porte.

Je la laisse seule dans la salle de bains avant de rejoindre ma penderie. Je mets aussitôt un pantalon fluide et un simple haut à manches courtes. Rapidement, j'entends l'eau s'écouler dans la pièce attenante et en profite pour mettre de l'ordre à mes idées et, surtout, tenter de m'apaiser. Un cognement contre la porte me sort de mes pensées.

Je m'y dirige, prêt à fracasser la tronche du premier qui me mettra en rogne. Lorsque j'ouvre, je découvre Xintia, maquillée à outrance et dans une robe bustier faisant remonter sa poitrine généreuse. La colère qui commençait à se dissiper revient à la charge.

— Alors ? Comment était-ce ? Cela devait être horrible… rien que d'y penser j'en ai la nausée. Il paraît que la chair brûlée sent affreusement mauvais, c'est vrai ?

Je soupire. Elle continue de parler et, à chacun de ses mots, ma main se resserre avec plus de force sur la porte à laquelle je me retiens.

— Xintia, la coupé-je.

— Hm ?

— Ferme-la !

Ses épaules se redressent tandis qu'elle me toise, l'air énervé. Je pense que, jusque-là, j'ai fait preuve de patience, mais il ne faudrait pas qu'elle en abuse. Son regard se dirige vers la porte de la salle de bains d'où l'on entend toujours l'eau qui s'écoule. Je la dévisage, longuement. Et je revois ses multiples provocations, sa façon de manquer de respect à Kalliopée dès qu'elle en avait l'occasion. Puis je culpabilise, parce que si ça n'avait pas été à cause de moi, jamais elle ne se serait tant acharnée à la blesser.

— Karel, tu m'offres une danse ? nous interrompt une voix familière.

Je quitte Jonah du regard et croise le sourire plein de convoitise de Xintia. Elle hausse un sourcil et je reconnais là sa façon d'insister, je lui propose alors mon bras qu'elle saisit aussitôt. Nous nous dirigeons vers la piste et, du coin de l'œil, je remarque que Kalliopée est en grande discussion avec Amédée.

— Quel choix curieux, elle aurait dû se renseigner un peu plus sur la signification de ces couleurs, se moque ma cavalière.

— C'était un cadeau, lui annoncé-je alors que nous nous trouvons enfin au milieu de la piste.

L'une de mes paumes se place au milieu de son dos, tandis que l'autre tient fermement sa main. Au rythme de la musique, nous nous mettons à tournoyer.

— Qui a été aussi odieux pour lui faire un pareil cadeau ?

Elle croise mon regard et il ne lui faut qu'un court instant pour saisir que je suis cet être odieux.

— Tu es un monstre, s'extasie-t-elle.

Puis je ne l'écoute plus, ça ne m'intéresse pas. J'ai beau faire croire le contraire, je ne sais pas pourquoi j'ai agi ainsi. Peut-être que je voulais m'assurer que la blesser me satisferait. Sauf que ce n'est pas vraiment le résultat que j'ai obtenu. La voir si désarmée était jouissif, oui, mais j'ai haï les regards que les invités lui lançaient, j'ai haï leurs murmures, leurs mots. J'ai haï tout ce que j'ai entendu à son sujet depuis.

Tandis que Xintia et moi continuons de valser, je tente de retrouver la princesse dans cette foule de convives. Pourtant, le seul regard que je rencontre est celui de mon père qui m'observe comme s'il savait. Je me replonge dans les iris emplis de convoitise de ma cavalière dont la bouche rouge carmin est étirée en un large sourire. Son parfum embaume mon esprit. Lapisia. Viridia. Mon père. Kalliopée. J'arrête de danser et le monde arrête de tourner.

— Tu veux que je fasse quoi, avec elle ? me demande-t-elle sur un ton conspirateur.

— Tu as carte blanche, dis-je en déposant un baiser sur sa joue.

Puis je la laisse là et retourne au buffet. Je me saisis d'une coupe et l'avale d'un trait, dans l'espoir de supprimer l'acidité qui me monte à la gorge. Elle ne m'importe pas. Tout ce que je veux, c'est la blesser. Elle ne m'importe pas. Tout ce que je veux, c'est la blesser. Elle ne m'importe pas. Tout ce que...

À l'autre bout de la salle, la foule s'ouvre en deux et Kalliopée disparaît. Je resserre ma prise sur ma coupe, me détourne et emprunte la sortie opposée. Elle ne m'importe pas. Tout ce que je veux, c'est la blesser.

Le regard de Xintia s'arrime à nouveau au mien. Les larmes perlent au coin de ses yeux alors que moi, je souris, victorieux.

— Tu ne m'aurais jamais parlé comme ça, avant ! s'énerve-t-elle. Que j'ouvre la bouche n'avait pas l'air de te déranger avant que ta pute…

Mes doigts se resserrent autour de sa gorge alors que je nous dirige sur le mur opposé du couloir. Mon sourire disparaît, laissant place à une grimace enragée. Je serre si fort que son visage rougit et qu'elle me griffe afin de se libérer de ma prise.

— Qu'est-ce que je t'ai dit, l'autre jour ? grogné-je.

Mon regard s'ancre au sien, devenu apeuré. Elle a raison de l'être. Si Kalliopée est capable de m'énerver, c'est toujours parce que je me soucie d'elle, parce que je veux tout faire pour qu'il ne lui arrive rien. Xintia, en revanche, c'est tout l'inverse. C'est le fait qu'elle respire le même air que nous qui me rend furieux. Encore plus lorsqu'elle se pense supérieure à ma future épouse.

— Tu parles une fois de plus de ta princesse de cette façon et je peux te promettre que tu le regretteras. Ne pousse pas ma patience. On s'est amusés, mais toi comme moi savons que ce n'était rien de plus que ça. Ne te berce pas plus d'illusions et surtout, ne me pousse pas à bout. Il y a une partie de moi que tu préférerais ne pas connaître, crois-moi.

Je détache lentement mes doigts alors qu'elle inspire profondément avant de tousser.

— Prépare tes bagages, bientôt tu quitteras le palais, lui annoncé-je avant de me détourner et de refermer la porte de ma chambre.

Hors de question qu'elle reste ici. Peu importe si je dois l'extraire de ce palais par la force et sans le consentement de mon père. Elle est une nuisance que je refuse de supporter plus longtemps.

Lorsque je relève le regard, je constate que Kalliopée est là, enroulée dans une serviette. Je l'observe et réalise à quel point j'ai de la chance. La princesse n'est pas égocentrique et se moque de l'odeur que peut avoir la mort, elle la supporte dignement, sans se plaindre.

Elle baisse la tête alors que je me dirige vers mon lit.

— Tu aurais des vêtements à me prêter ? Je ne suis pas certaine que traverser le couloir dans cette tenue soit bon pour mon image.

Je ne réponds pas et la fixe sans ciller. Ses cheveux châtains paraissent plus foncés lorsqu'ils sont mouillés. Ses boucles ont disparu sous le poids de l'eau et goûtent sur sa serviette. Perdue face à mon silence, elle redresse la tête et nos regards s'ancrent l'un à l'autre. Cette distance physique me permet de ne pas être sous l'emprise de mes pulsions et de réfléchir. Tandis que je la détaille, je repense à ses mots. Il est vrai que son idée n'est pas mauvaise. Kalliopée est raisonnée quand je suis impulsif. Nul doute qu'elle a songé sans relâche à un moyen d'améliorer sa cote de popularité.

— J'ai froid, m'annonce-t-elle timidement.

D'un mouvement de la tête, je lui indique la penderie et l'observe alors qu'elle s'y dirige.

Je suis partagé entre mon besoin de la préserver en la gardant ici à tout jamais et celui de lui permettre d'être libre en éliminant toute menace extérieure. Jusqu'à présent, je n'ai eu qu'à me soucier de moi, je n'avais personne à protéger depuis Maha. J'avais un royaume à défendre, mais plus un cœur à préserver. Désormais, la protéger elle, c'est me sauver moi.

La princesse revêt un de mes sous-vêtements avant d'enfiler un de mes hauts à manches courtes noir.

— Je vais retourner dans ma chambre, on va être en retard pour le dîner.

— On n'ira pas, annoncé-je.

Elle se fige alors qu'elle allait mettre un pantalon.

— Je crois que tu as eu ta dose d'émotions et moi aussi, reprends-je. Je vais demander à ce qu'on nous apporte nos repas. Je ne suis pas certain de parvenir à garder mon sang-froid si on y va.

Elle me fixe, surprise.

— Comment ça ?

— Si je fais toujours tout ce qui est en mon pouvoir pour ne pas laisser la colère l'emporter, ce soir, je risquerais de lui enfoncer mon poignard dans le cœur. Les régicides sont passibles de la peine de mort, je ne t'apprends rien…

Elle se détend et semble soulagée, faisant se froncer mes sourcils.

— Qu'est-ce qu'il y a ? m'intéressé-je.

Elle détourne le regard en se mordant la lèvre.

— Tu vas trouver que c'est idiot.

— Alors ne dis rien, capitulé-je faussement.

Je m'assois plus confortablement, sans manquer une seule de ses réactions. Elle hésite longuement. Tantôt sa bouche s'ouvre pour se fermer aussitôt, tantôt ses sourcils se froncent ou son nez se plisse.

— C'est juste que…, finit-elle par dire, pour mon plus grand plaisir. J'ai pensé que tu n'avais aucune réaction parce que tu t'en moquais…

À nouveau, ses yeux se fixent aux miens, dans l'attente de ma réponse. Un soupir m'échappe lorsque je réalise que mon manque de transparence a dû l'isoler.

— Non, je fais croire que je n'en ai aucune parce qu'à l'intérieur, je bouillonne.

Elle sourit à mes mots et je me promets, désormais, de lui partager mes frustrations à chaque fois que nous quitterons la table royale.

— Dans ce cas… qu'est-ce qu'on fait ?

— Viens là, l'intimé-je, en agitant mes doigts.

Elle ne se fait pas prier, laisse le pantalon s'échouer au sol, et vient se positionner entre mes jambes. Mes doigts remontent sur ses cuisses, pour passer sur le rebondi de ses fesses, tandis que ma tête se pose sur sa poitrine. Je ferme les yeux et écoute attentivement les battements de son cœur.

— Je vais y réfléchir, je ne te promets pas d'accepter, parce qu'il y a trop de risques, mais je te promets d'y penser.

Mon cœur se met à battre furieusement lorsque j'entends le sien accélérer sa course.

— Merci, murmure-t-elle en caressant mes cheveux.

Il y a peu, Amédée m'a dit qu'il avait le sentiment que Kalliopée était destinée à de grandes choses, peut-être même à faire évoluer le monde dans lequel nous vivons. Je l'ai traité de fou. Je ne sais toujours pas si cet homme, pour qui j'ai le plus grand des respects, est un excentrique ou s'il est juste clairvoyant, mais je dois reconnaître les changements qui s'opèrent en moi. Égoïstement, peu m'importe si elle ne parvient pas à transformer les mentalités, elle me métamorphose moi.

Est-ce pour le meilleur ? ou pour le pire ?

Autrefois, me battre était la seule chose qui m'intéressait. C'était un exutoire, un plaisir. Aujourd'hui, la seule chose qui compte c'est me battre pour elle. Que suis-je prêt à endurer pour elle ? Jusqu'où serais-je prêt à aller pour la protéger ? J'ai peur que mon absence de limites à son égard ne finisse par faire de moi un monstre.

La mort de Maha, ainsi que celle de ma mère, ont déjà opéré la transformation. Ce qui m'a empêché d'achever ma métamorphose, c'était mon inexpérience dans l'art de la guerre. J'ai mûri ma vengeance, mais elle n'est plus spontanée, elle est plus mesurée. Aujourd'hui, s'il devait arriver quelque chose à la princesse, je crois que je serais incontrôlable. Ma rage n'aurait aucune chaîne pour la retenir.

Alors que je la serre dans mes bras, mes doigts s'enfoncent dans ses cuisses, lui arrachant un gémissement plaintif.

Oui, je deviendrais fou.

Chapitre 29
Kalliopée

Adossée contre l'arbre, je lis un des recueils d'histoires courtes que j'ai pu récupérer dans la bibliothèque ce matin. Je me perds dans les mots, voyage à travers les lignes. Je m'égare loin d'ici et de ces murs qui m'oppressent. Les pages défilent une à une, jusqu'au point final. Celui où, à nouveau, je reprends pied dans la réalité. Je referme le livre et soupire en laissant reposer ma tête contre le tronc d'arbre. Mes paupières clignent tandis que les rayons de soleil filtrent. Savoir que tout ici est artificiel a un peu atténué la magie du lieu. Toutefois, dans ce palais, c'est encore la seule chose qui me donne l'impression d'être réellement ailleurs.

Depuis que Karel m'a fait sa promesse, j'attends inlassablement le moment où il me dira qu'il accepte ma requête. Pourtant, une dizaine de jours a déjà passé et nous n'en avons pas reparlé. Je ne sais pas s'il y réfléchit, mais je devine qu'insister ne jouerait pas en ma faveur. De plus, avec le mariage qui approche à grands pas, je me doute que c'est un sujet bien loin de ses préoccupations. La matinée est tout juste entamée, mais malgré le souffle du vent, il fait déjà très chaud, beaucoup trop pour moi. Je me relève, retire les grains de poussière qui se sont déposés sur ma robe puis rejoins l'intérieur où l'air sera sans doute plus frais.

Je tire sur la grande porte-fenêtre et me dirige vers les escaliers. Mes pas s'arrêtent lorsque le prince passe les grandes portes du palais.

— Bonjour, me salue-t-il.

Ce matin, comme tous les jours, il avait quitté ma chambre avant que je ne me réveille. Je supprime l'effet que sa voix inexpressive a sur moi et lui retourne la politesse alors que les deux hommes qui l'accompagnent en permanence s'éloignent dans le couloir. Mon regard glisse sur eux jusqu'à ce qu'ils disparaissent.

— Nous sortons, m'annonce le prince, d'une voix toujours atone.

Dès que nous sommes en dehors de ma chambre, Karel revêt ce masque distant. Si au début, j'en étais déstabilisée, j'ai fini par refouler les doutes que cela fait émerger. Lorsque nous sommes seuls, il me revient, c'est tout ce qui m'importe. Ma tête pivote vers lui et je le fixe, persuadée que je viens de rêver ces mots.

— Suis-moi, me commande-t-il en montant les escaliers.

Je me calque sur ses pas précipités tandis que nous nous dirigeons jusqu'à ma chambre et, aussitôt que nous sommes à l'abri des regards, il agrippe mes cheveux afin de m'offrir un baiser qui me coupe le souffle. Fiévreusement, je le lui rends. En dehors de ces murs, je déteste bien souvent l'homme qu'il me montre, mais dans l'intimité, il a le don de me faire chavirer. Il est passionné et chérit mon corps de tout son être.

— Il y aura des règles, murmure-t-il entre chaque baiser qu'il me donne.

— Je me doute, lâché-je dans un soupir alors que ses doigts malmènent mes hanches.

— Tu restes à mes côtés, ajoute-t-il en dérivant jusqu'à mon oreille. Tu m'écoutes. Si je te demande de te mettre à l'abri, tu le fais. Si je t'ordonne de courir, tu fonces.

Il ponctue chacune de ses directives d'une légère morsure et mon corps s'alanguit contre la porte.

— Ce sera tout ? demandé-je, joueuse.

Ses lèvres quittent ma gorge, puis son visage s'éloigne. Nos regards s'ancrent et la gravité du sien me fait regretter ma tentative d'humour. Elle est si intense qu'elle me contamine.

— Je ne plaisante pas, Kalliopée. S'il devait t'arriver quelque chose, je ne suis pas sûr de…

Mes mains saisissent son visage alors qu'il s'apprêtait à se détourner.

— Je resterai à tes côtés, je me mettrai à l'abri si tu me le demandes. Je te le promets, le rassuré-je. Je t'aime, Karel.

Sous mes doigts, je sens son corps se tendre à l'impulsivité de mes mots. Je me mords la langue, regrettant de m'être laissée emporter par mon besoin de l'apaiser et par ma joie à l'idée de quitter le palais. Même si j'aurais sans doute préféré attendre le moment adéquat pour une telle déclaration, je ne peux m'empêcher d'espérer une réponse de sa part. Pour faire taire la douleur provoquée par son silence, cette fois, c'est moi qui embrasse son cou.

Involontairement, mes yeux s'ouvrent à la recherche de quelque chose à quoi me raccrocher. À chacun de mes baisers, son corps se détend et ses mains s'enfoncent dans mes hanches. Hélas, je n'en retire aucune satisfaction. Je suis insensible à ses caresses. Une part de moi se convainc des sentiments qu'il éprouve à mon égard tandis que l'autre me hurle que s'il m'aimait, il me le confesserait. Mon cœur se serre si fort de déception que c'en est douloureux. L'amertume me noue la gorge et je suis obligée de cligner des yeux pour qu'elle ne soit pas lisible dans mon regard.

Il se détache de moi, sans doute conscient de mon attitude, et ses iris cherchent à s'accrocher aux miens, fuyants.

— Qu'est-ce qu'il y a ?

— Rien, mens-je.

Je m'étonne d'être parvenue à prononcer ces mots sans une once de tristesse.

— Écoute, tous ces trucs-là, je n'ai pas l'habitude de les dire. Je… je suis dépassé par ce que je ressens et je suis incapable d'y mettre les mots.

J'opine seulement du chef, me fustigeant d'avoir créé un nouveau désaccord entre nous. Toutefois, s'il pense que moi je suis habituée à les prononcer, il se trompe. Je ne suis même pas sûre de les avoir déjà dits à mon père alors même que je l'aime de tout mon cœur.

— Ce n'est pas un souci, le rassuré-je.

La culpabilité vient s'ajouter au tumulte d'émotions qui m'a déjà envahie. Je lui avoue mes sentiments dans un moment qui manque de romantisme. J'aurais pu attendre un instant plus doux que celui-là, mais la façon dont il s'inquiétait m'a donné des ailes. Sans que je sache pourquoi, parfois, il m'arrive de douter de ses sentiments. Il chérit certes mon corps, mais il se dévoile peu. Je conçois que lui et moi soyons différents, mais je serais rassurée s'il mettait des mots sur ce qu'il éprouve.

Je lui adresse un sourire que je tente de rendre convaincant avant qu'il me prenne dans ses bras.

— Je te laisse te préparer et je reviens.

J'acquiesce et il s'empresse de s'échapper après avoir déposé un baiser sur ma tempe. Moi, je suis légèrement perdue. Pourtant, la nouvelle de ma sortie éclipse mes questionnements et je me dépêche de me changer. Je défais ma robe, la retire pour en mettre une plus confortable. J'en fais de même avec mes chaussures que j'échange contre des sandales en toile, bien plus pratiques pour une promenade en ville. Mes cheveux tressés, je récupère ma cape, rangée dans la penderie, avant de m'asseoir sur le lit.

Je la fixe, me demandant si elle me sera utile ou si je pourrais m'abstenir de l'emporter. Après tout, l'objectif de cette sortie est de me mêler au peuple, pas de passer incognito, non ? Je réfléchis encore à la question lorsqu'un cognement résonne contre la porte et que Karel apparaît. Je me lève aussitôt, tenant toujours la cape entre mes mains. Il l'avise puis semble s'interroger autant que moi.

— Je ne pense pas que tu en auras besoin.

Je resserre ma prise sur le tissu avant de le déposer sur mon lit et de rejoindre le prince alors qu'il garde la porte ouverte. Pendant que nous marchons jusqu'à la tour, mon cœur bat son impatience, mais aussi son appréhension. Au fond, je suis effrayée par l'accueil que me feront les Lapisiens. Enfin dehors, je constate que cette fois nous ne sommes que quatre. Pourquoi si peu ?

— Le reste de la faction se trouve déjà dans les rues, répond-il à ma question muette.

Mon regard se lève sur les bâtiments qui nous font face. C'est la première fois que je peux quitter le palais en étant à découvert et je dois dire que la sensation est différente de toutes mes escapades anonymes. Je me sens enfin libre d'être moi.

— On y va, m'annonce Karel.

Mon regard se baisse sur ses deux camarades. Jonah m'ignore alors que Samaël semble amusé par ma présence. Il est plus grand et bien plus fin que le premier, mais nul doute que Karel s'entoure des meilleurs et qu'il doit compenser sa carrure par autre chose. D'une démarche modérée, nous nous éloignons du palais et, très vite, peut-être même un peu trop, nous nous retrouvons au cœur de la cité. À chacun de nos pas, les murmures s'amplifient. Si au départ les Lapisiens semblent tout juste prêter attention au prince, leur intérêt se fait ressentir lorsqu'ils prennent conscience que je me trouve à ses côtés.

Mes doigts s'agrippent avec force à ma robe quand je croise des regards haineux ou entends des propos insultants. Pourtant, je ne faiblis pas. Une petite fille m'adresse un sourire auquel j'ai du mal à répondre tant mes traits sont figés. Tout à coup, je préférerais avoir ma cape pour pouvoir me réfugier sous ma capuche, juste le temps de reprendre mon souffle. Je chasse cette pensée dénuée de courage et me convaincs que ce n'est qu'un mauvais moment à passer, que bientôt, ils se seront habitués à ma présence.

Nous débouchons dans une ruelle animée et j'observe avec curiosité les différentes boutiques. Cette fois, je n'ai pas besoin de baisser la tête ou de me cacher sous ma capuche.

— Sale putain !

Mon corps se raidit à ces mots, presque hurlés. À mes côtés, je sens la tension de Karel montrer de plus en plus haut. J'ose un bref regard dans sa direction. Ses yeux croisent les miens et je me détourne aussitôt. La colère qu'il semble ressentir m'effraie.

— Ne me demande même pas de rentrer, murmure-t-il sévèrement.

Il ne le fait pas assez bas pour que moi seule l'entende et Samaël se tourne dans notre direction, sans doute interpellé par le ton tranchant du prince.

— C'est ce que tu voulais, non ? Alors, assume, poursuit Karel.

Aussitôt, son ami se détourne et je lui suis reconnaissante de ne pas ajouter à mon malaise en épiant sans indiscrétion la conversation. Mes doigts resserrent si fort leur prise sur ma robe que cela en devient douloureux.

— Merci de ton soutien, lâché-je, pleine de rancœur.

— Je t'avais dit que c'était une mauvaise idée, alors ne compte pas sur moi. Tu désirais côtoyer le peuple ? Voilà, on y est. Profite de l'instant, princesse.

Mes phalanges, que j'observe sans relâche, blanchissent à chacun de ses mots. Je lui en veux parce que chaque son qui sort de sa bouche met à mal mon courage et ma détermination. Plutôt que de le laisser anéantir ce qu'il me reste de volonté, je décide de l'ignorer et redresse la tête. Je m'intéresse à ce qui se passe autour en faisant abstraction du négatif. Je me concentre uniquement sur les étals de nourriture typique, sur les instants volés entre une mère et son enfant. Quand nous arrivons devant ce qu'il reste du dispensaire, mon cœur se serre et mes pas cessent. J'observe le trou qui a remplacé la grande bâtisse.

— Où seront soignés les malades ? demandé-je.

— Un plus grand dispensaire a été construit un peu à l'écart du centre de la cité, me répond le prince, en m'observant du coin de l'œil.

Je suis soulagée que les patients puissent avoir un endroit où se rendre. J'acquiesce en silence, sans savoir quoi ajouter.

— Cesse de culpabiliser, me surprend-il. Tu n'y es pour rien.

— Si j'avais…

— Sauf que tu es sortie. Tu pourrais t'en vouloir de n'avoir agi que de façon égoïste, mais ce n'est pas ce qu'il s'est passé. Je le sais, tu le sais. Ce petit garçon le savait. C'est tout ce qui compte.

Ma poitrine se libère et, dans une grande inspiration, je gonfle mes poumons d'air. La culpabilité ne disparaîtra sans doute jamais, mais ses mots me soulagent.

Plus apaisée, je reprends ma marche sans rien manquer de la vie Lapisienne. Les gens me semblent heureux jusqu'à ce qu'ils me voient. Je trouve cela désolant parce que je ne leur veux aucun mal. N'ont-ils pas compris que si je suis là, c'est uniquement pour eux ? Pour les innocents qui deviennent, malgré eux, des victimes de guerre.

Nous faisons trois fois le tour de la ville et j'ai l'impression que plus le temps passe, moins on me prête attention. Ou peut-être est-ce parce que plus il le fait, plus je m'endurcis et moins leurs mots m'atteignent ? Même le prince paraît se détendre et discute avec ses camarades.

Au troisième tour, j'ose m'arrêter devant des boutiques, poser des questions sur les mets ou tissus qui me sont inconnus. Si certains commerçants me crachent presque leurs réponses, d'autres semblent surpris que je m'adresse à eux et me répondent avec révérence. En revanche, aucun ne fixe jamais mes yeux. Pas parce que je suis une princesse, non, je le sais. Quelle tristesse que ce qui me permet de contempler le monde soit à l'origine de leurs craintes à mon égard.

Pourtant, puisque je suis une future reine, je ne baisse jamais la tête. Je ne cherche pas à les provoquer en le faisant, mais je refuse d'avoir honte d'être celle que je suis. Contrairement à ce qu'il avait affirmé plus tôt, le prince manque par deux fois s'interposer, mais il a pris en note mes suppliques silencieuses qui lui demandaient de ne pas agir.

Lorsque nous passons devant une boutique qui propose de nombreux vêtements, mon regard s'arrête involontairement sur une robe légère de couleur émeraude. Je ne peux m'empêcher de toucher le tissu du bout des doigts. Il est fin, idéal pour la chaleur suffocante de Lapisia.

— Voulez-vous l'essayer, princesse ? me demande un homme d'un certain âge.

C'est la première fois que l'on s'adresse à moi sans que je sois celle qui engage la conversation. Mon regard passe du marchand au tissu et, tout en lui souriant légèrement, je décline sa proposition. Je ne suis plus une Viridienne désormais, je dois laisser mes couleurs derrière moi.

Mon dos se raidit quand des protestations se font entendre au loin. Mon corps se met en alerte, comme s'il sentait le danger poindre. Inquiète, je me tourne vers Karel, resté un peu en retrait. La façon dont sa main saisit le pommeau de son épée, accrochée à sa ceinture, ne me rassure pas. Brièvement, il échange quelques mots avec notre escorte, avant de me rejoindre et de se positionner devant moi.

Les cris approchent et j'entends qu'on scande mon nom avec rage. Mes doigts s'agrippent au dos de Karel lorsque mon cœur se met à battre vite.

— Où sont les gars ? demande Jonah, en se tournant vers Samaël, laissant apparaître plus nettement sa cicatrice.

Karel observe les alentours et se passe nerveusement une main dans les cheveux, puis se baisse avant de se tourner vers moi. Il saisit mon poignet et dépose, au creux de ma paume, son poignard. Je tente de me libérer, mais d'un geste sec, il me force à arrêter. Je sais ce qu'il va me dire, mais je ne suis pas sûre de parvenir à lui obéir. Le vert de ses yeux me perce l'âme et m'ôte toute envie de me débattre. Je perçois son urgence, son inquiétude. Mon cœur ne ralentit pas sa cadence qui s'est affolée. Je sais alors que quoi qu'il me dise, je lui ferai confiance et lui obéirai.

— Tu pourrais t'orienter ? Trouver le passage secret ?

J'observe autour de moi. La panique m'empêche de réfléchir, mais j'acquiesce toutefois.

— Bien, alors cours. Ne t'arrête pas. Rends-toi jusqu'au débarras, d'accord ? Deux hommes sont là-bas, ils t'escorteront jusqu'au palais. Même si tu as peur, même si tu as mal, tu ne t'arrêtes sous aucun prétexte. Ne prends pas de lignes droites. Tant pis si tu dois faire des détours, il ne faut pas qu'on ait le temps de te voir. Tu m'as compris ?

Je reste figée, incapable de parler ni même de réagir. Je suis paralysée par ces cris, de plus en plus proches, qui demandent ma mort. Je suis tétanisée par les directives de Karel qui me font prendre conscience d'à quel point la situation est grave. Mon corps me démange, la frayeur prend possession de moi, je le sens dans chacune de mes cellules.

— Cours ! me hurle-t-il en me repoussant.

Je sursaute et, contre toute attente, je me détourne sans même chercher à être rassurée. Le ton alarmant de sa voix m'a donné l'impulsion qu'il me manquait. J'ai juste le temps de le voir dégainer son arme lorsque je bifurque à droite. Mon corps, qui n'est plus habitué à l'exercice physique, est plus lent qu'autrefois. La panique qui fait battre mon cœur me rend insensible aux sons extérieurs. Je n'entends que mon souffle, que mon urgence, que ma peur. Il avait raison. Pourquoi ne l'ai-je pas écouté ?

Comme il me l'a demandé, je ne reste jamais longtemps dans la même rue. Je tourne fréquemment afin qu'on ne puisse pas me suivre. Malgré mes difficultés à respirer, je ne m'arrête pas et, dans la panique, je ne parviens plus à m'orienter. Je m'immobilise quelques secondes, juste le temps de me repérer, et reconnais la petite ruelle qui me fait face. Soulagée, je reprends ma course en redoublant d'efforts. Je ne suis plus très loin.

Au détour d'un croisement, mes jambes s'enfoncent dans le sol pour freiner mon avancée lorsque je remarque un homme au bout d'une ruelle. Il émet un sifflement strident et je me détourne, effrayée, consciente que sa présence n'a rien d'anodin. Je rejoins un autre passage et le longe, inquiète à l'idée de trop m'éloigner du débarras conduisant au palais. Je me retourne à plusieurs reprises, mais suis rassurée de voir que personne ne me suit. Mon corps reste cependant en alerte, il appréhende. Quand je parviens enfin dans la bonne ruelle, je retiens mon souffle. Mes pas se font plus courts, plus impatients. Un homme sort du débarras et je m'apprête à pleurer de soulagement, mais le monde semble s'effondrer lorsque je constate qu'il n'est pas vêtu de la tenue des gardes royaux. Tout comme l'individu que j'avais croisé, il porte deux doigts à ses lèvres et un signal sonore se répercute en écho contre les murs.

Mon corps se fige, alors que mon cœur bat d'autant plus furieusement. Je recule d'un pas, puis effectue un demi-tour rapide. Pourtant, là encore, mes membres s'immobilisent. Trois autres hommes se dirigent vers moi du côté opposé. Je ne cesse de regarder tour à tour les issues. Un prédateur, contre trois. Mes doigts se resserrent autour du poignard quand je réalise que je suis prise au piège. Je tente de retrouver mon souffle, en ignorant le point de côté qui a pris naissance dans mon ventre.

Je sais que, de toute façon, ma seule chance de m'en sortir est de foncer droit sur celui qui me barre l'accès au palais. Je m'éloigne des trois hommes qui s'approchent de moi en riant. Ils ne s'inquiètent même pas de savoir ce que je compte faire, ils sont conscients que je ne fais pas le poids face à eux. Pourtant, je prie désespérément pour trouver la force de me battre pour ma survie. Mes muscles se contractent douloureusement à chacun de mes bonds. Je cours comme je ne l'ai jamais fait. Ma main s'agrippe si fortement au manche de l'arme que j'en ai mal aux doigts. Dans mon dos, j'entends que mes poursuivants se sont mis à courir. J'ai de plus en plus de difficultés à garder mon souffle et l'élancement dans mon ventre augmente à chacun de mes pas. Mes paupières cessent de cligner à mesure que je m'approche de mon futur adversaire. Il me semble le voir sourire de satisfaction, mais il pâlit quand il aperçoit la lame que j'ai en main. Malheureusement pour lui, je suis prête à m'en servir pour sortir d'ici vivante.

Il ne s'écarte pas pour autant et se déplace de droite à gauche en fonction des zigzags que j'effectue. Je ne suis plus qu'à quelques mètres de lui et donc, de la porte. Mes ongles s'enfoncent dans le manche en cuir de l'arme et la lame dans son bras lorsque je le percute, le faisant chuter. Non sans mal, je parviens à ne pas basculer et me précipite pour l'enjamber quand une douleur cuisante tiraille mon cuir chevelu. Elle est telle qu'elle m'arrache des larmes. Mon corps, pourtant élancé, arrête brutalement son avancée et tombe en arrière. La brûlure de mon crâne s'exacerbe lorsque la main qui retient mes cheveux m'empêche de m'effondrer et me force à reculer. Ce n'est qu'à ce moment-là que je prends conscience des sons extérieurs. Des rires gras se répercutent contre les murs de la ruelle. Je blêmis, réalisant que je ne me sortirai sans doute pas vivante de cet endroit. Enfin, la poigne me libère, mais la douleur persiste. Je voudrais pouvoir fuir, mais j'ai si mal que je porte mes mains à mon crâne. Couchée à même les pavés brûlants, je tente, en vain, de retrouver mon souffle.

— On a reçu l'ordre de nous amuser.

À ces mots, je puise l'énergie qu'il me reste. Mes bras prennent appui sur le sol, redressent mon corps afin de m'aider à me relever. Malgré la faiblesse de mes jambes, j'effectue un pas en avant, mais un coup dans mon dos me fait lourdement chuter. Je retiens un cri de douleur quand mes dents s'enfoncent dans ma langue. Le sang envahit aussitôt ma bouche. Mes joues sont humides de larmes, faisant disparaître la porte du débarras qui n'était plus qu'à quelques pas de moi. Une main enserre ma cheville et me traîne sur le sol, tandis que les rires résonnent de plus belle. J'ai beau tenter de résister, de me retenir aux pavés, mes ongles cèdent et s'arrachent. La douleur me donne des haut-le-cœur et l'acide qui remonte ma gorge se mélange au goût métallique du sang.

Je pleure, épuisée de lutter, mais pas résignée à mourir. Malgré tout, je constate qu'il me reste perpétuellement un soupçon de volonté, aussi faible soit-il. Ils me conduisent dans une allée beaucoup plus sombre et dès que les ombres engloutissent nos corps, ma cheville, libérée, percute le sol, en même temps qu'un coup de pied me coupe le souffle. Je tousse, tentant d'évacuer la douleur bien trop vive, quand des jambes apparaissent dans mon champ de vision. Par instinct de protection, je me roule en boule. L'homme s'agenouille et attrape mes cheveux afin de redresser mon visage.

Je le dévisage et la lueur animale qui l'habite me fait frémir, je tremble de peur.

— Laissez-moi, je vous en supplie, tenté-je, désespérée.

— Je vous en supplie, m'imite-t-il. Les gars, faites ce que vous voulez. Je veux juste qu'elle soit pas morte quand je la baiserai.

Il rejette ma tête en arrière, qui cogne lourdement contre les pavés. La nausée me gagne et je prie pour ne plus respirer avant qu'il ne pose ses mains sur moi. Voilà à quoi j'en suis réduite. Mes paupières clignent à plusieurs reprises et ma vue se fait plus nette. Je croise le regard du plus jeune qui se tourne vers l'homme qui vient de me parler.

— Tu m'as dit qu'on devait donner une correction à un escroc, s'énerve-t-il. Tu m'as pas dit que ce serait la princesse.

Lorsque ces mots se fraient un chemin dans mon esprit brumeux, l'espoir s'immisce. S'il est contre ce qu'ils s'apprêtent à me faire, peut-être m'aidera-t-il, même s'il me hait ?

— Et alors, morveux ? Regarde comme cette pute a pas raté ton frère. Elle aura que ce qu'elle mérite. Et fais pas ton naïf, depuis quand deux gardes doivent assurer la sécurité d'un escroc ?

Je le supplie du regard en secouant la tête. Je lui adresse ma prière silencieuse, mais suis obligée de cligner des yeux quand les larmes s'agglutinent à mes paupières.

— On peut pas, c'est…

Mon cœur bondit de frayeur quand il se retrouve plaqué contre le mur, un bras pressé contre sa trachée. Malgré la peur qui semble le posséder, il ne lâche pas mon regard et j'ai encore l'espoir qu'il me vienne en aide.

— Ouvre ta bouche une fois de plus et je te jure, gamin, que tu finiras dans le même état qu'elle et que ta sœur qui y passera aussi.

Le jeune homme détourne la tête, faisant voler en éclats mes derniers espoirs. Résignée, je ne peux que prendre une posture défensive quand mes yeux se ferment. Je ne lui en veux même pas. L'humain fait ce qu'il peut pour survivre et pour protéger ceux qu'il aime. Parfois, afin de sauver sa vie, on doit condamner celle d'un autre.

— Allez-y, les gars.

Mon cœur se serre et mes paupières se plissent avec force. Je tente de m'évader, de m'extirper de mon corps et du supplice qu'il subit déjà, mais qui, je le sais, ne fera que s'amplifier. Un premier coup frappe durement mes cuisses, puis un second le ventre. Le suivant fait ballotter mon visage vers l'avant. À chacun d'eux, j'exprime ma douleur dans un hurlement de plus en plus rauque. La tête entre mes bras repliés, je tente faiblement de la protéger d'un mauvais coup. Pourtant, je sais que, bientôt, ils n'auront plus la force de le faire.

J'essaye de m'évader, de penser à Karel, mais aussitôt, me revient en tête la façon dont il m'a demandé de courir, de ne jamais m'arrêter. Les larmes s'accentuent. Je constate avec horreur qu'ils frappent à tour de rôle, de sorte que chacun profite pleinement du coup qu'il donne. Ils rient, récitent les paroles d'une chanson populaire. Ils s'amusent, alors que je meurs. Chaque impact met à mal mon corps. Mon cœur bat si fort, si vite, que j'ai peur qu'il ne cède, qu'il cesse de lutter tant la douleur devient insoutenable. Ma tête, elle, me semble sur le point d'exploser. J'ai mal. Si mal.

J'ai arrêté de pleurer et je crois qu'à un moment donné, mon corps a abandonné le combat pour sa survie. Mes mains tombent mollement sur mon visage, seule partie que j'ai réussi à épargner.

— Arrêtez !

Mon cœur, qui commençait à s'affaiblir, bat à nouveau. Le soulagement m'envahit quand je reconnais la voix de Karel et les larmes s'amplifient.

— *Shaadi* ? m'appelle-t-il affectueusement.

Il saisit mon visage et retire les mèches qui m'obstruent la vue. Mes yeux s'ouvrent difficilement. Je tente de murmurer son prénom, mais les cris successifs que j'ai poussés m'ont ôté la voix. Mon bras se détache mollement du sol pour se poser sur le sien. *Il est là.*

— Cette pute a l'air droguée.

Une main se glisse sous ma robe et la remonte. Malgré la chaleur Lapisienne, le froid m'envahit quand je prends conscience que Karel n'est que l'objet de mon imagination. Pourtant, je me maintiens dans cette bulle hallucinatoire pour ne pas devenir folle et m'effondrer. La nausée me monte à la gorge lorsque mon sous-vêtement se retrouve déchiré. Mes jambes, presque vidées de leurs forces, tentent en vain de se refermer. Il ne suffit que d'une pression pour qu'elles abandonnent leur lutte.

— Kalliopée, regarde-moi.

Bien qu'il ne soit qu'un mirage, je replonge mes iris dans ceux de Karel.

— Dors, m'ordonne-t-il avec douceur.

Et c'est ce que je fais, mes paupières se baissent et le noir m'envahit. Je ne veux pas être consciente de ce qu'il se passe à l'instant. Je veux mourir sans me sentir salie, en me souvenant de Karel et des caresses qu'il prodiguait à mon corps. Je veux repenser à la sécurité que je ressentais dans ses bras.

Chapitre 30
Karel

Alors que Kalliopée s'éloigne, je l'observe jusqu'à ce qu'elle disparaisse de mon champ de vision. Mon cœur bat à cent à l'heure, mais je me ressaisis et rejoins Samaël et Jonah.

Le premier est aux aguets. Ses paupières se ferment, puis il s'immobilise. Samaël est un très bon pisteur, bien qu'il soit moins bon que Zaïn, qui est excellent. Il anticipe les mouvements de nos proies et est attentif à tout. Son visage pivote vers moi, les yeux toujours clos, et je devine qu'il se concentre sur les sons qui nous parviennent. Jonah, lui, s'impatiente. Il sautille, déjà prêt à en découdre. C'est un bagarreur. Moi, je fixe inlassablement le bout de la rue. Les commerces ont tous fermé leurs portes. Je prie pour que cette mascarade se termine vite et que la princesse soit rapidement en sécurité. Elle aurait dû me faire confiance, j'étais certain que cette sortie se finirait de cette façon. Mais non, elle ne laisse jamais tomber, elle s'obstine, peu importe ce que je peux lui dire. Elle ne m'avait pas reparlé de ma promesse, mais ses regards étaient lourds de sens. Elle semblait déçue chaque fois que j'abordais un tout autre sujet que celui-ci et la nuit, elle se tournait dans le lit. Je déteste l'idée qu'elle se sente captive du palais. J'ai alors capitulé avant qu'elle ne revienne à la charge. J'aurais dû écouter ma première intuition. Nous n'en serions pas là. Mais encore une fois, j'ai fait preuve de faiblesse face à elle.

— J'ai pas l'impression qu'ils se rapprochent, me dit soudainement Samaël, interrompant le cours de mes pensées.

Je me tourne vers lui, perplexe.

Cela n'a aucun sens.

D'un signe de la tête, je leur commande de me suivre et, la démarche méfiante, nous longeons la rue afin de prendre la direction des protestations. Mon cœur bat de plus en plus vite, de plus en plus fort. L'impatience grandit et, avec elle, l'inquiétude.

Quand nous parvenons au centre de la cité, sur la place publique, je constate que de nombreux Lapisiens sont rassemblés, scandant le nom de la princesse. Pour le reste de leurs mots, j'en fais abstraction. Peu m'importe leurs insultes, je ne renoncerai ni à ce mariage ni à elle. Je sais mieux qu'eux ce qu'elle vaut. Quoi qu'il arrive, Kalliopée fait toujours preuve de beaucoup de force. Je ne lui dirai pas, mais ce qui m'agace me rend aussi étrangement fier.

Les autres membres de ma faction, déjà présents, les encerclent pour éviter les débordements. La tension est palpable, mais maîtrisée. Tout en m'approchant, j'évalue le nombre de manifestants à une petite trentaine, de tout âge.

Je rejoins Vàli, qui m'observe du coin de l'œil, avant de se reconcentrer sur le groupe de perturbateurs.

— Qu'est-ce qui se passe ? demandé-je.

— Qu'est-ce qui se passe ? s'énerve un citoyen en s'approchant de moi. Y'a qu'on veut pas de votre princesse ! Lapisia a eu assez de malheurs comme ça !

Je m'essuie le cou, après qu'il m'ait postillonné dessus et le fixe, en clignant des yeux. Les gens sont-ils suicidaires ? Pourquoi tout le monde s'évertue-t-il à me pousser à bout ?

— Retournez dans l'attroupement, grincé-je, entre mes dents.

Ma mâchoire se crispe, tout comme ma main, posée sur le pommeau de mon épée que j'ai rengainée. Je serais lui, je rejoindrais mes camarades avant que ma patience n'ait atteint ses limites. Il ne me faudrait qu'un battement d'ailes pour lui trancher la gorge.

— C'est sa faute si nos défunts ont été exhumés ! Comment ils vont reposer en paix maintenant, hein ? Et vous osez la ramener dans nos rues ?

À chaque mot qu'il crache, je sens la veine de mon cou palpiter avec hargne. Ma colère est prête à exploser et le malheureux en serait la première victime. Mes ongles s'enfoncent dans les lacets en cuir qui entourent le manche de mon arme, afin de ne pas céder à mon impulsion.

— À genoux ! Tous ! hurlé-je.

Comprenant mon ordre, mes hommes s'approchent du groupe de citoyens. Je constate, sans surprise, qu'aucune femme n'est parmi eux. Si certains s'agenouillent de leur propre chef, d'autres se montrent plus réticents.

L'homme qui me crachait ses inepties se trouve toujours face à moi, debout. Un sourire malsain prend naissance sur mon visage, faisant froncer ses sourcils. Je me délecte déjà de sa capitulation.

— À genoux, articulé-je, d'un ton de voix contrôlé.

Mes yeux ne lâchent pas les siens. Je lui transmets une menace silencieuse qu'il semble comprendre puisque, à son tour, il se soumet.

Je détourne la tête avant de jauger la foule.

— Jonah, hélé-je mon ami, de l'autre côté du cercle.

Il lève son regard vers moi et traverse les corps agenouillés afin de me rejoindre. Il se positionne face à moi alors que je dégaine mon épée.

— Karel ? s'inquiète-t-il.

— Retourne au palais. Assure-toi que Kalliopée y est en sécurité.

Il observe nerveusement ma lame avant de toutefois acquiescer et de se détourner pour disparaître.

— Bien, débuté-je.

La comédie a assez duré.

— Maintenant, nous allons pouvoir discuter ! Qui, ici, pense réellement que la princesse est un démon ? demandé-je, sur un ton amusé qui dissimule parfaitement ma colère.

Ma main, devenue moite, se resserre sur l'épée afin de masquer les tremblements qui parcourent mon corps. J'ai de plus en plus de mal à contrôler mes nerfs.

Certains lèvent le bras, alors que d'autres gardent les yeux rivés au sol.

— Toi, gamin, demandé-je, à l'un de ces derniers, tout juste âgé d'une dizaine d'années. Pourquoi t'es là ?

Il n'ose pas me regarder, me forçant à m'abaisser à son niveau. Ses yeux s'écarquillent lorsqu'il aperçoit ma lame qui me sert d'appui. Il détourne la tête et je me retiens de ne pas lui attraper la mâchoire afin qu'il m'affronte, après tout ce n'est qu'un enfant.

— Réponds à la question. Pourquoi t'es là ?

— Pour m'amuser, m'avoue-t-il à voix basse.

Je tourne le regard, observant un à un ceux qui n'ont pas la main levée. Je connais ce genre-là. Pas méchants pour un sou, mais qui suivent le mouvement sans chercher à comprendre pourquoi. La stupidité est parfois plus contagieuse qu'un virus et, malheureusement, on n'a aucun moyen de la guérir, elle.

— Ceux qui n'ont pas levé la main, partez !

Des murmures s'élèvent à mon ordre et je sens que plus le temps passe, plus ma patience s'effrite. Je me redresse à l'aide de mon épée et les toise, attendant que l'un d'eux se décide enfin à abréger mes souffrances.

— De suite ! rugis-je.

Il ne faut que quelques instants pour que les trois quarts du groupe disparaissent. Mon dernier ordre était teinté de tant d'impatience qu'ils ont compris que j'arrivais au bout de ma maîtrise. Je rejoins Vàli afin de reprendre la conversation interrompue un peu plus tôt.

— Dis-moi ce que tu sais, le sommé-je.

— Pas grand-chose, m'annonce-t-il en observant les manifestants toujours présents. Ils ont commencé à se rassembler devant le clocher et sont arrivés ici. J'ai ordonné aux hommes de les contenir pour qu'ils ne parviennent pas jusqu'à vous, mais ils se sont même pas rebellés. Ils sont juste restés là…

Il paraît aussi perplexe que moi. J'observe les agitateurs tandis qu'un mauvais pressentiment resserre ma cage thoracique. Jonah réapparaît enfin et sa démarche, habituellement calme, me semble urgente. Mon cœur se met à battre fort, la panique m'envahit avec plus de puissance.

— Où est-elle ? demandé-je aussitôt.

— Elle n'est pas au palais, Karel.

Son souffle est saccadé, signe qu'il a dû courir à vive allure pour me communiquer cette information. Instantanément, mon regard scrute la place, dans l'espoir fou de la voir apparaître. Mes cheveux me démangent tant la panique me possède. L'agitation qui me gagne désordonne mes pensées. *La promenade. Les protestations. Sa fuite.* Sans que je sache pourquoi, je comprends que tout est lié et me tourne vers le groupement d'hommes. Je rejoins le premier, celui qui a osé m'interrompre tout à l'heure. La rage envahit mon cœur. J'ai beau tenter de me maîtriser, les tremblements qui parcourent mon corps sont la preuve que je n'y parviens plus. Je capitule, la laissant s'exprimer. Mon pied s'appuie sur le sol et ma jambe se plie. Un craquement se fait entendre lorsque mon genou explose son nez. Je ne me sens pas soulagé, non. Au contraire, ça me donne envie d'en faire plus. Il se retrouve à terre et je l'agrippe par le col avant d'empoigner sa mâchoire. Le sang qui se déverse de ses narines macule mes doigts, me faisant resserrer ma prise.

— Où est-elle ? hurlé-je.

Les yeux de l'homme s'écarquillent tandis qu'il pâlit.

— Je… je… je n'en sais rien, Votre Altesse.

Maintenant, il voudrait s'adresser à moi avec respect ? Je le repousse sur le sol, puis lui assène un coup de pied dans les côtes. De son bras, Vàli me retient avant que je n'aille plus loin et je le bouscule rageusement.

— Vous les emmenez au cachot, vous les faites parler ! Vous avez carte blanche, mais je veux qu'ils disent tout ce qu'ils savent ! S'ils ne passent pas aux aveux, vous les tuez. Tous !

Mes hommes se raidissent, mais ne désapprouvent pas pour autant mes ordres.

— Samaël, Jonah, Zaïn, Hrim, énuméré-je, vous venez avec moi ! Je veux que chaque recoin de cette putain de citadelle soit fouillé. Retrouvez-la ! Zaïn, tu rejoins le débarras, elle est peut-être avec les gardes.

— Et si elle était partie ? m'interrompt Jonah.

Je secoue la tête.

Non, elle n'aurait jamais fait ça.

Mon ami ne tente pas de me contredire et nous nous dispersons, sans avoir besoin de communiquer. Je remonte la rue par laquelle nous sommes arrivés jusqu'à me trouver devant le passage où je l'ai vue disparaître. Mes muscles se tendent lorsque je m'élance. À chaque ruelle vide, mon cœur bat avec plus de précipitation. Chaque pas que je fais rend mon souffle plus court. Comme si la savoir en danger m'ôtait toute capacité à respirer. Je chasse les pensées sournoises qui me disent que, tout comme mère et Maha, je n'ai pas su la protéger. Je fais taire les griefs à mon égard pour me concentrer sur chaque son, chaque odeur, chaque détail qui pourrait m'aider à la retrouver.

Chaque croisement met à mal mon calme, amplifie mon urgence et accentue mes remords. Et si je ne choisissais pas la bonne rue ? Et si je m'éloignais d'elle au lieu de m'en rapprocher ? Alors que je parviens au débarras, je retrouve Zaïn qui semble inquiet.

— Les gardes sont morts, m'annonce-t-il.

La panique devient étouffante, suffocante. Nous ne perdons pas de temps et nous séparons. Il remonte la rue tandis que je la descends.

Mon corps s'immobilise quand un éclat lumineux attire mon attention et je m'y précipite. Une boule m'obstrue la gorge quand je reconnais le poignard qui était censé la protéger. Je le saisis et un espoir infime prend naissance lorsque je constate qu'il est recouvert de sang. Elle s'est peut-être cachée en attendant que je la retrouve ? Elle a peut-être réussi à faire fuir ses assaillants ?

Mes jambes se raidissent quand je distingue un renfoncement. Sans réfléchir, elles me portent et je tente de faire abstraction de tout, mais surtout de mon cœur. Je dois le protéger, parce que le pressentiment que j'ai me tord le ventre. Je découvre un petit cul-de-sac, masqué du soleil. Aucun son ne s'en échappe et mes yeux peinent à s'habituer à la pénombre. J'effectue un pas en avant, me trouvant à mon tour à l'abri des rayons. Ma respiration s'accélère et ma colère se transforme en désarroi quand il me semble distinguer un corps inanimé. J'avance à nouveau, priant pour me tromper. Ma gorge se noue, mes dents entament mes lèvres. *Non, pas elle.* La nausée me gagne lorsque je réalise avec horreur que mon pressentiment était juste. Je retiens un hurlement et me précipite sur elle. Mes yeux balaient son corps et mes poings se serrent devant ses jambes dénudées et son intimité dévoilée. D'un geste sec, je rabats le tissu de sa robe, sans oser poser mon regard sur son visage. Ma tête se niche sur son ventre et un sanglot m'échappe. Je ne le retiens pas, pas plus que le hurlement qui me décharge de ma douleur. Je m'agrippe à elle avec force, en lui demandant pardon.

— Ka…, entends-je dans un souffle.

Ma respiration se coupe, mon cœur bondit. Je redresse la tête, en osant enfin lui faire face. Mes mains se posent sur son visage dans l'espoir de croiser ses iris atypiques. Hélas, ils ne le font pas. Ses paupières sont closes. Je retiens une plainte devant ses joues tuméfiées. Un mouvement imperceptible de sa lèvre inférieure attire mon attention. Mon cœur implose de soulagement. Le vide qu'il ressentait, il y a quelques instants, donne à ce léger soupçon de vie une importance décuplée.

— Chut, chut, je suis là, la rassuré-je en essuyant sa bouche recouverte de sang.

Je voudrais l'embrasser, revenir en arrière et ne pas être aussi en colère contre elle tout à l'heure. Je voudrais l'avoir protégée. Que lui ont-ils fait ? Mon corps se raidit et, à nouveau, la rage me gagne. Je m'occuperais de l'évacuer plus tard, quand elle sera soignée et à l'abri, au palais. Je dépose mes lèvres sur les siennes avec le besoin de sentir son souffle. Aussi léger soit-il, il suffit à me conforter dans mes espoirs. Mes bras se placent rapidement sous ses genoux et dans son cou. Je me relève et sa tête tombe lourdement sur mon torse. À chaque pas que je fais, ma prise se resserre. Je dois museler ma colère, pour elle. Je ne dois pas la laisser m'envahir, maintenant. Je vais devoir patienter avant d'assouvir mon besoin de vengeance.

Lorsque je rejoins l'artère principale, j'aperçois Jonah au loin. Il se précipite sur moi, puis se fige quand il réalise l'état dans lequel se trouve Kalliopée.

— Fais venir la fille de l'équipe de chercheurs.

— Et le médecin royal ? m'interroge-t-il.

Je ne lui réponds pas. Il est hors de question qu'un autre homme la touche sans son consentement. À ses yeux qui se détournent, je devine que mon ami a compris. Il me salue d'un geste de la tête et disparaît immédiatement. Zaïn, Samaël et Hrim, sans doute prévenus par Jonah, me rejoignent presque aussitôt. Notre cortège est pressé, mais silencieux. Les citoyens quittent leur domicile et tous semblent avoir perdu leurs mots. J'aurais voulu lui éviter cette humiliation, hélas, dans son état, il m'aurait été impossible de la déplacer dans les souterrains bien trop étroits.

Certains semblent choqués par ce qu'ils voient, mais je m'en moque. Si elle meurt, je leur ferai regretter, à tous, ce qui lui est arrivé. Je n'en épargnerai pas un. Je jure sur ce que j'ai de plus cher que je la vengerai.

Ils regretteront de l'avoir prise pour le diable, parce qu'ils se trouveront réellement face à un démon et aucune de leurs excuses ne pourra apaiser ma haine.

Chapitre 31
Karel

Impatient, j'attends dans le couloir menant à sa chambre, effectuant des va-et-vient incessants dans l'espoir d'apaiser mon impatience. Je scrute la porte dès que je passe devant. J'ai besoin qu'elle s'ouvre et, en même temps, je suis effrayé par ce qui se trouve derrière.

Des martèlements de bottes m'interpellent et je me tourne. Jonah me rejoint rapidement, sans manquer, à son tour, de jeter un coup d'œil à la porte.

— Comment va-t-elle ?

Je secoue la tête. Je n'en ai aucune idée. La fille du docteur m'a demandé de sortir dès qu'elle est arrivée et dès lors, elle n'a pas réapparu. Je ne sais combien de temps a passé mais, depuis, le soleil a décliné, plongeant la ville dans la pénombre.

— L'un d'eux a parlé ? m'enquiers-je.

— Pas encore, mais on pense savoir qui est le meneur.

Je m'en doute aussi. Heureusement que je n'ai fait que lui exploser le nez. Si je m'étais laissé posséder par mon impulsivité, il aurait la gorge tranchée et j'aurais perdu tout espoir de retrouver les monstres qui ont osé toucher à la princesse.

— Vous avez carte blanche, lui rappelé-je.

Pas de quartier. Aucune limite dans nos interrogatoires. Encore moins aujourd'hui.

— Il paiera, Karel.

Mon regard croise celui de mon ami. Il me semble concerné et je ne comprends pas ce revirement d'opinion.

— Tu ne l'aimes pas.

— Non, c'est vrai. Je ne lui fais pas confiance… mais elle sera bientôt ta femme et je sais que tu ferais tout pour retrouver l'agresseur de Lavia si j'étais à ta place, et je sais aussi que je deviendrais fou s'il lui arrivait quelque chose. Alors, je te soutiens et je ferai ce que tu me demandes. Sans limites.

Je lui adresse un simple hochement de tête. Entre nous, pas d'accolades. Ce n'est ni son genre ni le mien.

— Dès que tu récoltes le moindre embryon d'informations, tu…

Mes mots s'arrêtent quand la porte dans mon dos s'ouvre et je pivote vivement.

— Je viens te prévenir, complète-t-il avant que je n'entende ses pas s'éloigner.

Mon cœur s'impatience quand la jeune femme quitte la pièce. Elle ne doit pas avoir plus de vingt ans. Je ne la connais pas, mais, à l'instant, je lui fais plus confiance qu'à n'importe qui d'autre.

— Comment va-t-elle ?

La brune observe les alentours avant de plonger son regard dans le mien.

— Est-ce qu'il y a un endroit où on pourrait parler en privé ?

Je fixe nerveusement la porte. Je ne suis pas certain de pouvoir m'éloigner d'elle.

— Elle va dormir un long moment, tente-t-elle de me rassurer.

J'acquiesce, sans que l'effet escompté ait été atteint, puis siffle à l'attention de Zaïn, posté au pied des escaliers. Ses pas se font rapidement entendre et il apparaît, la démarche précipitée.

— Personne ne rentre, lui ordonné-je avant de m'éloigner avec la jeune femme.

Nous longeons le couloir qui mène jusqu'à mes quartiers et j'ouvre la porte de mon bureau avant de l'inviter à me rejoindre.

— Alors ?

— Elle a quelques côtes cassées, des contusions au visage et… un peu partout. Je l'ai auscultée et je ne pense pas qu'il y ait d'hémorragie interne. Elle a eu les bons réflexes pour protéger son corps. Ce sont surtout les jambes et les bras qui ont été touchés.

Je ne dis rien, incapable d'émettre le moindre son.

— Elle va avoir besoin de beaucoup de repos et surtout de soutien. Un évènement aussi traumatique peut laisser des marques… je ne parle pas de celles uniquement visibles.

J'opine du chef, dans l'attente de la suite, qu'elle semble taire.

— Vous m'avez dit que vous l'aviez découverte dévêtue.

J'acquiesce, le souffle en suspens. Je tremble, mais le masque du mieux que je peux et m'adosse au mur, les bras croisés.

— J'ai effectué un examen. Elle présente quelques égratignures sur les parois de...

J'ai soudainement chaud et froid à la fois. Chaque information qu'elle me communique me donne envie de saccager mon bureau et de mettre le feu au royaume. Elle ne finit pas sa phrase, mais je ne suis pas idiot, je sais ce que son silence sous-entend.

— En revanche, je ne crois pas que son agresseur ait eu le temps de faire ce qu'il avait prévu. La princesse est toujours vierge, ajoute-t-elle devant mon air perplexe.

Je ne trouve même pas les mots parce que je ne suis pas persuadé que cela change quoi que ce soit à ce qu'elle a vécu.

— Les égratignures ressemblent à des traces d'ongles… je pense qu'il voulait juste s'amuser, avant de…

Les secousses dont sont victimes mes mains sont de plus en plus incontrôlables. Je ne sais pas si je parviendrai à me maîtriser plus longtemps ou si je ne risque pas d'exploser ici, face à cette femme qui est là pour nous aider. Involontairement, une question chemine dans ma tête.

— Vous pensez qu'elle était consciente ?

L'agression a eu lieu et elle le saura, mais peut-être que ne pas en garder les souvenirs serait plus facile à supporter pour elle. La bile envahit ma bouche lorsque je m'imagine sa détresse.

— L'esprit parvient parfois à se protéger. Je ne peux pas le certifier, mais il est possible qu'elle ait trouvé un moyen de ne pas être consciente quand c'est arrivé.

Mon regard se fixe sur elle. Je devine ce qu'elle ne me dit pas : elle sait ce que c'est.

— C'est ce que vous avez fait ?

Elle me sourit, tout en haussant les épaules.

— C'est le châtiment de notre genre. C'est ce que j'essaie de faire à chaque fois, même si je n'y parviens pas toujours. Moi, je suis mariée à mon agresseur. Mais après tout, qu'est-ce que ça peut vous faire, à vous ? Vous ne changeriez pas notre condition pour autant, non ?

Je ne sais pas quoi lui répondre. Depuis quelque temps, je suis perdu et je réalise que mes convictions sont ébranlées. Hélas, je ne suis pas roi et mon père a prévu un tout autre programme pour mon règne.

— Si vous le permettez, Votre Altesse.

— Attendez, l'arrêté-je avant qu'elle n'ouvre la porte. Désormais, vous serez affectée à la princesse. Je ne veux pas qu'un autre médecin que vous la touche.

— Mon époux ne m'y autorisera pas et je ne suis pas médecin, Votre Altesse. Ce n'est pas dans mes *capacités*.

Je comprends son insinuation, mais je ne la relève pas.

— Vous serez le sien. Peu importe ce votre époux dira, prévenez-le que c'est un ordre de la couronne.

Elle me fixe quelques instants sans répondre, puis finit par acquiescer.

— Dans ce cas, je reviendrai demain.

C'est à mon tour d'opiner du chef, avant qu'elle ne quitte mon bureau, me laissant seul avec mes tourments. Je reste figé, immobile, incapable du moindre mouvement. Je sens que je suis sur le fil. Je m'apprête à basculer et je ne sais pas de quel côté je vais chuter. J'ignore si je vais plonger dans une folie vengeresse ou si, comme j'essaie de le faire depuis qu'elle est devenue ma fiancée, je vais parvenir à maîtriser la tempête qui menace.

Je me dirige vers la porte, observe les rues immergées dans le noir. La nuit est tombée et seule la lune éclaire Lapisia. Cet enfoiré doit certainement boire à en vomir, fier de son exploit, mais il ne perd rien pour attendre. Qu'il profite, ça ne durera pas longtemps. Mes poings se resserrent en pensant à lui. Je ne connais ni son nom ni son visage, mais il est évident que je le hais de toute mon âme.

Je me détache de la fenêtre et quitte le bureau afin de regagner sa chambre, toujours surveillée par Zaïn.

— Tu peux y aller, lui annoncé-je. S'il y a quoi que ce se soit, tu dis à Jonah qu'il entre.

Zaïn me salue avant de s'éloigner. Ma main se pose sur la poignée et je suis effrayé par ce que je découvrirai à l'intérieur. Pourtant, je rassemble mes forces et l'abaisse. La porte grince, sans pour autant la réveiller. Je la referme aussitôt et m'approche de son lit, faiblement éclairé par une lampe. Plutôt que de la rejoindre, je vais dans la salle de bains, récupère une bassine que je remplis d'eau chaude ainsi que des langes.

Quand je me retrouve dans la chambre, je me fige sur le seuil et souffle afin de m'insuffler du courage. Assez pour nous deux. Je marche jusqu'au lit et m'assois sur le matelas. Je remarque douloureusement qu'elle porte toujours la même robe. Ma main rejoint ma botte, d'où j'extirpe le poignard encore recouvert de sang séché. Aucune coupure n'a été constatée sur le corps de Kalliopée, il ne s'agit donc pas du sien. Je ressens une légère pointe d'orgueil quand je devine qu'elle a réussi à l'atteindre. Kalliopée est une battante. Si elle ne se résigne pas face à ses convictions, elle ne capitule pas non plus face au danger.

La lame éventre le tissu de sa robe et me dévoile son corps. Ma gorge se noue lorsque je constate qu'il est couvert d'ecchymoses. Je tente de garder la tête froide et procède étape par étape, sans me laisser submerger par les émotions. Mes doigts saisissent un des chiffons. Je le plonge dans l'eau, avant de l'égoutter, puis de le porter à son visage. Avec le plus de douceur possible, j'essuie la poussière et le sang. Un hématome a déjà pris place sur sa joue gauche. Je l'effleure du bout des doigts, regrettant de ne pas avoir le pouvoir de prendre son mal. Je nettoie également ses cheveux, où, par endroits, certaines touffes ont été arrachées.

Au fil de ma tâche, je fais le compte de ses blessures et assemble les pièces que j'ai à ma disposition. Chaque partie de son corps analysée, le scénario de son agression se dessine. Mon cœur en est meurtri alors que ma rage s'en nourrit. Elle s'abreuve de chaque information pour prendre de plus en plus de place. Quand son visage est immaculé, je retourne dans la salle de bains afin de changer l'eau, devenue trouble. Un mélange de rouge et de gris.

Je la rejoins et poursuis avec ses bras. Je me mords la joue quand je constate que certains de ses ongles sont arrachés. Je m'imagine sa lutte pour sa survie tandis que moi je n'étais pas là. Je repose le chiffon dans le bac d'eau et pars me réfugier dans la salle de bains. Je m'agrippe à la vasque et lève le regard sur le miroir. Miroir qui a disparu depuis sa première rébellion contre moi et je ne peux m'empêcher de détourner la tête, en culpabilisant. Ce n'était qu'un jeu, mais à ma manière, moi aussi je l'ai fait souffrir.

Mon cœur tambourine si fort que je le ressens au bout de mes doigts, dans chacune de mes veines. Mon sang pulse dans l'attente que ma colère éclate, mais non, pas aujourd'hui. Je préfère rester éloigné des interrogatoires. La rage qui m'habite pourrait mettre en péril nos investigations. Je risquerais de leur briser la nuque avant qu'ils aient craché une seule information. Je me passe un coup d'eau froide sur le visage, inspire, puis souffle bruyamment et retourne auprès de Kalliopée afin de poursuivre sa toilette. Je retiens ma respiration à chaque hématome que je découvre, à chaque goutte de sang que je fais disparaître, à chaque image qui déferle sous mes paupières. Je place un gant sur ses parties intimes, dans l'espoir de la soulager, avant de remonter la couverture sur son corps.

Ce n'est que quand j'ai terminé que j'ose réellement l'observer dans un autre but que de la soigner. Une boule grossit dans ma gorge, me forçant à déglutir. Je maudis ceux qui se sont permis de la blesser, que ce soit par des mots, des actes ou des coups. Je me maudis moi, parce que je sais que je n'ai rien fait pour l'aider, que je n'ai rien fait pour qu'elle soit acceptée.

Jusqu'au petit matin, je ne bouge pas. Je reste à la veiller, incapable de m'éloigner d'elle.

***

Je remonte précipitamment le couloir jusqu'à débouler dans sa chambre. Assise contre sa tête de lit, elle lève le regard sur moi et mon cœur explose. Deux jours qu'elle n'avait rouvert les yeux que pour disparaître aussitôt. Je ne dormais plus la nuit, trop effrayé à l'idée de rater son réveil et travaillait dans mon bureau lorsqu'on pouvait me remplacer. Quand Mira, devenue la médecin attitrée de la princesse, ne pouvait pas être présente, Samaël et Jonah se relayaient. C'est ce dernier qui s'en occupait à l'instant, le temps que je prenne une douche dans ma propre chambre.

Je me dirige vers le lit et saisis son visage entre mes mains, la faisant grimacer. Je n'y vais pas avec douceur, mais je suis bien trop soulagé pour parvenir à me contrôler. Elle m'adresse un sourire bien trop faible, avant que ses yeux ne s'inondent de larmes.

— Je suis désolée, murmure-t-elle, la voix rauque. Tu avais raison.

Je suis incapable d'approuver parce que la culpabilité qui la possède m'est familière et que j'aurais préféré me tromper. Ses mains s'agrippent aux miennes et, dans mon dos, j'entends la porte se refermer. Nous sommes seuls. Mes yeux s'ancrent aux siens. J'ai toujours trouvé ses iris extraordinaires, mais les revoir m'émeut plus que je ne voudrais l'admettre. Bien que l'une de ses paupières soit légèrement gonflée, son regard me percute avec violence.

Je souhaiterais l'embrasser, mais je n'ose pas. Même si j'en ressens le besoin afin de me confirmer qu'elle est bien en vie, que c'est bien elle qui se trouve face à moi, je ne m'en donne pas le droit.

Contre toute attente, ses paupières s'abaissent, puis ce sont ses lèvres qui cherchent à s'emparer des miennes et c'est moi qui me dérobe. Ses yeux se rouvrent afin de se fixer aux miens. Déterminées, ses mains resserrent leur prise alors que ses lèvres tentent de m'approcher. Je n'y arrive pas. Pourquoi ? Parce que j'ai peur de la blesser, parce que je ne sais pas si depuis le début, elle se donne à moi de sa pleine volonté ou si le fait qu'elle soit captive de ce palais y a joué, même de façon inconsciente. Au fond, je suis son geôlier… Désormais, je refuse de la toucher sans être certain de son consentement et il est évident que pour le moment, elle est émotionnellement trop fragile. Quel monstre serais-je d'en profiter ? Ses mains libèrent les miennes avant de s'échouer sur le matelas.

— J'ai reporté mon voyage, lui annoncé-je. Et le mariage, aussi.

Mon père n'a pas apprécié ma décision, il est entré dans une colère noire, mais que pouvais-je y faire ? Je sais pertinemment que Kalliopée ne sera jamais remise pour nos noces. Je dois même avouer que je l'ai d'abord soupçonné, lui, d'avoir commandité l'agression de la princesse, mais jamais il ne serait allé aussi loin. Il sait très bien que tout repose sur ce mariage et qu'un évènement pareil pourrait compromettre notre plan.

— Pourquoi ? souffle-t-elle, perdue.

— Tu as besoin de moi et je…

Et je me sens incapable de m'éloigner de toi.

Je ne parviens pas à achever ma phrase. J'ai des mesures à prendre. Je veux être certain qu'elle ne craindra rien en mon absence, que personne ne pourra lui faire le moindre mal. Je l'aurais bien emmenée avec moi à Aquaria, mais Mira me l'a déconseillé. Elle n'est pas en état de voyager. Je sais que sa question se référait en réalité à notre mariage, mais je ne parviens pas à y répondre.

Un cognement contre la porte résonne et je présume que Jonah est allé chercher Mira. Celle-ci entre dans la pièce et souris en constatant que Kalliopée est réveillée.

— Je vais vous laisser, dis-je en libérant son visage et en me redressant. Je reviendrai tout à l'heure.

— Je crois que je ferais mieux de me reposer, chuchote-t-elle, la voix cassée.

Mes yeux glissent sur elle et une boule d'appréhension se loge dans mon ventre. Son regard me fuit malgré les tentatives du mien de s'y accrocher.

— Je te veillerai, tenté-je.

— Ça ira, je t'assure. Tu as sans doute d'autres choses à faire.

À chaque mot qu'elle prononce difficilement, j'ai le sentiment que le fossé s'agrandit et que la rive sur laquelle je me trouve s'éloigne d'elle. Comment est-ce possible de ressentir un tel vide ?

Mon regard devient plus appuyé et la panique me gagne.

— Kalliopée, essayé-je, à nouveau.

— Je suis fatiguée, Karel. Je voudrais juste dormir, m'annonce-t-elle platement.

Je recule d'un pas et ne parviens même pas à lui répondre.

Je quitte la pièce et m'adosse à la porte lorsque je la referme. Mon regard se porte vers la fenêtre et chaque seconde qui s'écoule fait bouillir mon sang. Je déserte le couloir, traverse le palais jusqu'à l'aile des cachots. D'un pas déterminé, je descends les escaliers tout juste éclairés. L'odeur de renfermé me prend à la gorge dès que j'ouvre la porte. Le grincement des gonds donne au lieu une atmosphère plus sinistre. D'ici, j'entends les coups répétés que mes hommes doivent infliger à l'un des manifestants. Plus rien à perdre, encore moins du temps. Je longe le couloir bordé de cellules et pénètre dans la salle d'interrogatoire. Samaël, dos à moi, se retourne et d'un hochement de tête me salue. Il s'écarte, me laissant découvrir son œuvre. L'homme est méconnaissable. Des lambeaux de peau ont été arrachés, ses mains sont dépourvues d'ongles. Je m'avance d'un pas, il lève son regard ; j'en fais un second, ses épaules se raidissent ; j'en fais un troisième, mon poing se fracasse sur son visage déjà tuméfié.

Peu importe si je dois y passer ma vie, il finira par parler.

Je traquerai son agresseur, jusque dans l'au-delà si je n'y parviens pas ici.

Chapitre 32
Kalliopée

Le soleil s'infiltre par les fenêtres et j'inspire profondément lorsque la porte menant aux jardins s'ouvre.

— Si vous voulez rentrer, vous n'avez qu'à me le dire, me rassure Mira tandis que nous les franchissons.

Non, cela fait trop longtemps que je n'ai pas mis le nez dehors. Mon corps endolori rend ma démarche plus lente que d'ordinaire, mais je préfère cela à être enfermée dans ma chambre. Les seules personnes que je vois sont Sienna, les soldats du prince et Mira. Karel vient parfois me rendre visite, mais c'est toujours pour disparaître aussitôt. Je le chasse de mes pensées, avant que des griffes acérées ne viennent enserrer mon cœur.

Mira m'a expliqué avec ses mots ce qu'il m'était arrivé. Je n'en ai aucun souvenir… mais je devine que c'est la raison de l'éloignement du prince. Peut-être me pense-t-il moins digne de lui désormais ? Je voudrais pouvoir aborder le sujet, mais je ne parviens pas à trouver les mots. J'aurais peur de mal les choisir et qu'il le prenne comme un reproche ou qu'il se méprenne sur le fond de ma pensée. Alors, j'attends, en espérant que, bientôt, nos vies reprendront leur cours. Toutefois, le mariage ayant été reporté, je peine de plus en plus à croire que cela soit possible. Est-ce juste un report ou une annulation ? Quoi qu'il en soit, cette décision a été pour moi le coup de grâce.

— Merci de me tenir compagnie tous les jours, prononcé-je avec sincérité, à l'attention de Mira.

Je m'accroche à son bras afin de soulager ma jambe droite. Sa tête pivote vers moi et elle la secoue tout en souriant.

— Je suis mieux à vos côtés.

Mon regard se détourne et se porte sur les graviers qui défilent à chacun de nos pas. Une légère brise balaye la cité. Le sable m'irrite les yeux et la gorge, mais pour une fois, je ne m'en plains pas.

— Je suis désolée pour toi, avoué-je.

Aux mots qu'elle avait choisis pour me rassurer, j'avais tout de suite deviné qu'elle savait ce que je ressentais. J'ai tenté d'en savoir plus, mais elle s'est montrée peu bavarde sur le sujet. J'ai assemblé les éléments dont je disposais et tout ce que j'ai pu en déduire, c'est que son mari profite pleinement des droits qui lui ont été accordés avec ce mariage.

— Vous n'y êtes pour rien, princesse, finit-elle par dire alors que le silence devenait pesant.

C'est vrai, je n'y suis pour rien. Ce n'est pas moi qui abuse d'elle en toute impunité, mais néanmoins, j'ai toujours l'espoir de pouvoir y changer quelque chose, de pouvoir abolir les lois maritales. Je sais toutefois que tant que le roi Xerios sera sur le trône, ce sera impossible. Il me déteste et nul doute qu'il ne soutiendra jamais ma cause. Alors, je vais patienter jusqu'à ce que le tour de Karel vienne. Lui, il m'aidera peut-être.

Je souris, affligée par ma naïveté. Plus les jours passent, moins je crois ce mariage possible. Lorsque j'ai repris mes esprits, les dernières images de mon agression me sont revenues et j'avais besoin de son souffle, j'avais besoin de sentir qu'il ne m'en voulait pas. Son rejet a été une plaie supplémentaire, presqu'aussi douloureuse. Cela a été si violent, que les jours suivants, je me suis enfermée dans mon silence.

— Laissez-nous.

Mon cœur bondit à sa voix dans mon dos. Il est toujours si discret que je ne l'ai pas entendu nous rejoindre.

Mira détache ma main de son bras et s'incline avant de s'éloigner, avec moins de grâce que le prince. Je pivote enfin vers lui et suis obligée de lever la main pour empêcher le soleil de m'éblouir.

— Tu n'es pas autorisée à quitter ta chambre.

Un rire las m'échappe. Nos regards se croisent et la dureté du sien met à mal mon cœur.

— Je me sens mieux, me contenté-je de répondre.

— Tu ne…

— J'avais besoin d'air, le coupé-je.

Il se tend et détourne la tête, m'interdisant le seul contact que nous avons ces derniers jours. Les battements s'intensifient furieusement. Les mots se bousculent à mes lèvres et je décide d'en laisser quelques-uns s'échapper dans l'espoir que cela me soulagera, au moins un peu.

— Tu passes tes journées je ne sais où et je ne fais visiblement pas partie de tes priorités, alors ne te donne pas le droit de me dicter ma conduite, lâché-je.

Des jours que la solitude me pèse, que son absence me plonge dans une douleur continuelle. Alors… qu'il vienne encore me dicter ce que j'ai le droit ou non de faire me met dans une colère que je peine à maîtriser. Il recule d'un pas, surpris, mais ne dit rien. Je savais que je ne parviendrais pas à mesurer mes propos. J'aurais voulu faire preuve de tact, mais il semblerait que la rancœur ait pris le pas sur la tristesse.

J'attends qu'il ouvre la bouche, qu'il me rassure, ou même qu'il me confronte, comme avant, mais il n'en fait rien. Aussi, je préfère me détourner et reprendre ma route.

— Tu es ma priorité, claque-t-il.

Mon cœur cède à ces mots et, bien qu'ils aient été prononcés avec sa dureté coutumière, l'espoir renaît.

— Si je ne suis pas avec toi, c'est parce que…

J'attends qu'il poursuive, qu'il me donne une simple raison qui expliquerait son absence, qui pourrait me convaincre que j'interprète mal cette distance qui semble avoir pris place.

— Tu m'aimes ? osé-je en me retournant.

Mon regard glisse de son torse jusqu'à son cou pour remonter jusqu'à ses yeux. Son corps est raide, tout comme le mien. Il détourne le regard et, là encore, ça me fait mal. J'inspire profondément, déçue. Je ne suis même pas certaine que le mot soit assez puissant pour décrire ce que je ressens.

Non, il ne l'est pas.

Je ne suis pas juste déçue, j'ai le cœur brisé.

— Cela n'a rien à voir, lâche-t-il.

J'ai le sentiment d'avoir été dupée quand il me disait qu'il mettrait son royaume à feu et à sang pour moi. J'ai cru que c'était une preuve d'amour, mais je me suis sans doute trompée. Peut-être agit-il uniquement ainsi parce qu'il estime que je lui appartiens et que personne ne peut me toucher sans son accord.

Parce que je suis une masochiste, je décide de lui répondre plutôt que de demeurer dans ce silence qui m'étouffe chaque jour un peu plus.

— Au contraire, cela a tout à voir. Là, Karel, je me sens sale et j'ai besoin de savoir que tu m'aimes parce que… je n'en sais rien, mais j'en ai besoin, m'énervé-je, la gorge nouée. Pourquoi est-ce si difficile de prononcer ces mots ? Pourquoi fais-tu preuve de tant de faiblesse face à cette simple phrase ?

À chacun de mes mots, le ton monte. Mon cœur tambourine avec toujours plus de rage. J'ai besoin qu'il me parle, même s'il doit m'avouer ne pas m'aimer.

— Ce n'est pas une simple phrase, c'est un aveu !

— J'ai besoin de cet aveu !

Aucun de nous ne semble se soucier de l'éventuelle présence d'un membre du personnel. Chaque intervention est prononcée d'un niveau sonore supérieur. Ce sera à qui hurlera le plus fort. Ma respiration est saccadée. Je voudrais le frapper, autant que j'aimerais l'embrasser. Je voudrais juste ressentir ce dont je me sens privée depuis mon réveil.

— Ce ne sont que des mots, Kalliopée, reprend-il avec plus de douceur. Ils ne…

— Karel ! nous interrompt Samaël en apparaissant derrière le prince.

Mes paupières s'abaissent tandis que mes poings se resserrent. Le silence qu'il maintient entre nous devient pesant. J'ai l'impression que nous sommes à un croisement et que s'il ne me parle pas maintenant, s'il ne me donne pas ce que je lui demande, il ne le fera jamais. Mes doutes se confirment, il ne m'aime pas. Après tout, la plupart du temps, je le mets en colère. Combien de fois l'ai-je déçue ? Et si ça avait été la fois de trop ? Je redresse la tête pour lui faire face et cherche dans son regard les mots qu'il ne parvient pas à me dire.

— On en reparlera plus tard, m'annonce-t-il finalement avant de se détourner et de s'éloigner.

Je reste immobile, même après qu'il a disparu. Mon regard glisse sur le palais. Il est beau, il n'y a pas à dire, mais ça n'apaise pas l'impression qu'il n'est rien d'autre qu'une prison. Si Karel était parvenu à me le rendre plus agréable, notre éloignement accentue ce sentiment de suffocation. Je pivote difficilement et poursuis ma route. Je suis obligée de poser une main sur mes cotes qui sont toujours douloureuses. Lorsque la sueur commence à perler dans ma nuque, je décide de retourner à l'intérieur.

Je dois m'aider de mon épaule pour pousser la porte et, dès qu'elle se referme, le contraste de l'air fait frissonner ma peau. Mon regard se baisse sur mes bras, recouverts d'une poussière ocre. Je m'accroche à la rambarde pour monter les escaliers. Je déteste être si handicapée, mais selon Mira, dans quelques jours, mon état devrait s'améliorer et je serai libre de mes mouvements.

Je remonte le couloir et croise une servante qui s'incline à mon passage. Une chose que mon agression a changée, c'est l'attitude des gens vis-à-vis de moi. Alors que c'était tout ce à quoi j'aspirais, cela me serre la gorge. Fallait-il que je souffre autant pour leur montrer que j'étais quelqu'un de bien ? ou au moins un être humain ? Je trouve le sacrifice bien trop important. À présent, leur considération me laisse un goût amer.

J'ouvre ma porte et retrouve la solitude de ma chambre. Mon dos se pose contre le bois et je peine à reprendre mon souffle. Chaque mouvement est difficile et me demande beaucoup d'énergie. Incapable de rester sans rien faire, je rejoins ma salle de bains.

J'ouvre le robinet de la baignoire, retire mes chaussures, puis les doigts tremblants, défais le nœud qui retient ma robe à ma nuque. Le fin tissu s'échoue rapidement au sol et mon sous-vêtement le rejoint. J'inspire, tente de garder mon calme et entre dans la baignoire. L'eau fraîche soulage mes articulations et mes muscles. Je tente de supprimer toute pensée intrusive en me concentrant sur mon décrassage. Le gant de toilette, rempli de savon, passe sur ma nuque avant de nettoyer mes bras. J'évite de trop appuyer à cause des hématomes qui me font toujours souffrir. Mon dos ainsi que mon ventre subissent le même traitement. Je surélève l'une de mes jambes et frotte énergiquement sur mes pieds. La poussière a tendance à s'infiltrer dans mes chaussures, c'est désagréable. Je remonte lentement sur mes mollets, puis sur mes genoux et mon geste se fige lorsque j'arrive à ma cuisse.

Ma gorge se noue, mon ventre se tord. Préférant retarder le moment, je surélève l'autre jambe et réitère l'opération, mais bien trop tôt, j'atteins mon autre cuisse. Mon corps se raidit et je retiens un haut-le-cœur. Malgré la fraîcheur de l'eau, une bouffée de chaleur m'envahit. « C'est une bonne chose que vous ne vous souveniez de rien ». Une bonne chose ? Alors pourquoi ai-je l'impression de ressentir ce qu'on m'a infligé ? Pourquoi ai-je si mal à l'intérieur ? Pourquoi ai-je la sensation qu'un corps étranger taillade ce qu'il me reste de mon innocence ?

Mes doigts se contractent à chaque millimètre parcouru. Mon regard se baisse sur mon corps recouvert d'hématomes. Le souffle me manque et, alors que je suis ici, à l'abri, la rage me possède, je deviens folle. J'ai beau tenter de faire croire que l'absence de souvenirs rend l'évènement moins traumatisant, je me sens salie, souillée. Tout ce contre quoi je me bats, c'est ça. Tout ce contre quoi je me bats, c'est cette utilisation de la femme et de son corps.

J'ai été attaquée pour mon statut, mais un prince aurait-il subit le même traitement que moi ? Absolument pas. Pour les autres femmes, c'est la même chose. En temps de guerre, les hommes sont assassinés, mais les femmes, elles, sont frappées, violées, dépossédées de leur corps. On en use et abuse jusqu'à ce qu'à leur tour, elles soient tuées. Est-ce normal ? N'ont-elles pas droit, elles aussi, à une mort rapide ? On ne nous respecte pas, non. On nous traite comme des êtres inférieurs, on profite de notre douceur, de notre vulnérabilité. L'homme se croit plus fort que nous ? Non, il ne l'est pas. Il est faible. Faible parce qu'il s'en prend à plus petit que lui. Il prend ce qu'on lui refuse par la force et, parce qu'il est considéré comme le sexe fort, il s'enorgueillit de réussir. Combien de mères, de sœurs, de filles subissent la violence au sein de leur foyer ? Et pourtant, leurs propres pères, frères et fils infligent la même violence à leur épouse ? Comment peut-on se regarder en face ? Comme peut-on agir ainsi en toute impunité ?

J'étais bien trop naïve, je pensais que le monde était quand même beau, mais non, il ne l'est pas. Je prétendais comprendre ce pour quoi je me battais, mais j'ai fait fausse route et, à mes dépens, je l'ai appris. Aujourd'hui, chaque fibre de mon corps se souvient, même si ma tête, elle, a oublié. Et chacune d'elle accentue mon envie de me battre. Alors je m'agrippe au rebord de ma baignoire et passe avec rage le gant en hurlant ma douleur. Je crie au monde que je le hais de nous asservir, je crie l'injustice d'être une femme. Notre sensibilité est ce qui fait de nous des victimes, mais devrait-on nous transformer en être insensibles pour ne pas le rester ? Devrait-on changer pour nous protéger ?

J'aime celle que je suis, j'aime être passionnée, romantique, rêveuse, mais à cause de ce monde, j'ai peur de devoir étouffer tout ce qui fait de moi, une femme. Tout ce qui fait de moi, celle que je suis.

La peau irritée, je jette le gant contre le mur et me recroqueville, le corps tremblant. Je laisse les larmes s'écouler. Je ne veux pas changer. Mais je veux aussi transformer le sort des femmes. Est-ce utopique de vouloir les deux ?

***

Le lendemain, je n'ai toujours pas eu la possibilité de discuter avec Karel. De toute façon, je ne sais même pas si j'en aurais eu la force.

Allongée en boule sur mon lit, un cognement contre la porte me sort de ma léthargie. La voix rauque, j'invite le visiteur à entrer et ai la surprise de découvrir Jonah. Mon dos se raidit à la mine sombre qu'il affiche.

— Le prince demande à vous voir, Votre Altesse.

Je suis surprise par la façon polie dont il s'adresse à moi. Jonah ne m'apprécie pas, il faudrait être sot pour ne pas s'en rendre compte. Son corps tendu ne me dit rien qui vaille. Pourtant, je me redresse et quitte difficilement le matelas afin de me chausser.

Lorsque je quitte ma chambre, nous longeons les couloirs dans un silence angoissant et mon regard se dirige nerveusement sur mon escorte. Pourquoi me faire déplacer ?

— Que se passe-t-il ? demandé-je lorsque nous arrivons devant la salle du trône.

— Je suis désolé, je lui ai dit que ce serait une mauvaise idée, mais il a refusé de m'écouter.

Inquiète, je fixe la porte qui nous sépare du prince. Malgré la douleur que ressent toujours mon corps, je me précipite vers la porte et ouvre les battants. Mon souffle se coupe, mon cœur rompt.

— Voilà celle que nous attendions ! s'exclame Karel en m'apercevant. Princesse, si vous voulez bien prendre place.

Je tente un pas en arrière, mais suis arrêtée par Jonah, toujours dans mon dos.

— Faites ce qu'il vous demande, princesse.

Au ton de sa voix, je comprends que quoi que je veuille, je dois m'exécuter. Le cœur battant, je rejoins le trône. Autour de nous, les serviteurs semblent tous présents, des femmes de chambre aux cuisiniers. Xintia est là, elle aussi. Tous me dévisagent et je peine à reprendre ma respiration. Mes jambes ont du mal à me porter jusqu'à l'estrade. Lorsque je me retourne, je lui fais enfin face. Je blêmis quand mes soupçons sont confirmés. Debout, entre Karel et Samaël, il me semble reconnaître mes agresseurs.

Chapitre 33
Karel

Je ressors de la pièce où j'ai passé la dernière demi-heure. Depuis qu'ils ont été conduits aux cachots, je les ai interrogés, un à un, sans relâche. Je me suis acharné jusqu'à ce qu'ils parlent. S'ils sont toujours en vie, c'est grâce à ma détermination qui surpasse ma fureur. Il n'y avait réalité pas un, mais quatre agresseurs. Quelqu'un avait dû les prévenir que nous étions de sortie parce qu'ils étaient organisés. Rien dans leur action n'était spontané, tout était prémédité. Ils avaient sans doute préparé leur plan et n'espéraient plus que l'opportunité de le mettre à l'œuvre.

Il leur a fallu beaucoup moins de temps qu'aux manifestants pour tout m'avouer. Maintenant que je sais tout, je pourrais les exécuter sans attendre, mais non. Il est hors de question que je le fasse à l'abri des regards. Tout le monde doit comprendre ce qu'il en coûte de s'en prendre à la princesse.

— Fais venir Kalliopée à la salle du trône ! ordonné-je à Jonah.

— Karel, elle a pas besoin de voir ça.

— Fais. La. Venir, articulé-je, le regard haineux.

Saisissant qu'il n'a pas affaire à son ami, mais à son prince, il acquiesce en soupirant et disparaît hors des cachots. Samaël, accompagné de l'une de ces pourritures, sort à son tour de la pièce. D'un simple geste de la main, mes hommes qui attendent à l'extérieur comprennent que c'est le moment. Chacun rejoint une cellule et l'ouvre afin d'en extirper son locataire.

Je les examine, un à un. Leur visage serait certainement méconnaissable pour leur mère. Il faut dire qu'on n'y est pas allés de main morte.

Je laisse derrière moi cette odeur qui me colle à la peau depuis plusieurs jours et cette noirceur qui a déjà contaminé mon cœur.

Je ne me suis accordé aucun répit. Je n'ai pas dormi et les seuls moments où je quittais les cachots, c'était pour m'assurer que Kalliopée allait bien. Les premiers jours, je me suis acharné sur les fauteurs de trouble. Il était évident que leur présence n'était pas fortuite. Après quelques os broyés, plusieurs doigts coupés et une oreille arrachée, le meneur a fini par nous dévoiler le nom qu'il tenait tant secret. Comme si cet aveu pouvait lui sauver la vie. Malheureusement pour lui, je n'ai fait preuve d'aucune clémence. Il a conspiré contre la couronne ? Il a expié sa faute. Peu importe si mon père désapprouve, ni même si cet homme avait une épouse qui aurait dû payer pour son crime.

Dès que les noms des agresseurs m'ont été donnés, je l'ai achevé d'un coup de poignard en plein cœur. Les autres, ils n'étaient que des suiveurs. Ils vont demeurer quelque temps à l'ombre — de quoi leur faire passer l'envie de recommencer — puis seront relâchés.

Pas d'épouses pour purger la peine. Je veux m'assurer qu'aucun d'entre eux n'aura l'envie de recommencer.

Les prisonniers s'accordent difficilement sur notre rythme, alors mes hommes les poussent afin qu'ils se pressent. Nous traversons le palais et regagnons la salle du trône.

— Fais venir tout le monde, ordonné-je à Samaël. Mais ne préviens pas mon père.

Contrairement à Jonah, il ne cherche pas à me dissuader et obéit. J'évite du regard les agresseurs de Kalliopée afin de me contrôler. Peu à peu, la salle se remplit et tous semblent se demander ce qu'il se passe. J'espère qu'ils sont prêts pour le spectacle. La porte du fond s'ouvre et la princesse apparaît. Enfin ! Je vais pouvoir assouvir ma vengeance que je muselle depuis maintenant trop de jours.

— Voilà celle que nous attendions ! clamé-je théâtralement. Princesse, si vous voulez bien prendre place.

Elle semble hésiter, puis finalement rejoint l'estrade. Autour de nous, quelques murmures discrets se font entendre. Elle me contourne, sans me regarder, avant de se positionner devant le trône du roi. Je la sens affaiblie par sa marche et ma main quitte le pommeau de mon épée. La tentation de la dégainer est bien trop forte. Lentement, elle se retourne et, à son visage qui se fige de douleur, à sa peau qui blêmit, je devine le moment où elle reconnaît ceux qui se trouvent à mes côtés. Voir à quel point cela l'affecte ne fait qu'amplifier ma propre détresse.

J'amorce un pas dans sa direction et son regard s'ancre au mien. Alors que je ne l'ai jamais fait, je m'agenouille face à elle. Je veux qu'elle comprenne que quoi qu'elle pense, mon cœur n'obéit qu'à elle et que bien que ce ne soit pas dans l'ordre des choses, je lui prête allégeance. Des exclamations se font entendre, mais je n'en ai que faire. Ma tête se redresse et il me semble percevoir une lueur de soulagement dans son regard embué. Le temps se fige et je me moque de ce qu'on peut bien dire de moi. Quand je me relève, je me tourne vers les quatre hommes. Le calme que je venais tout juste de retrouver est déjà balayé à leur vision.

— Lequel était-ce ? demandé-je en faisant à nouveau face à Kalliopée.

Ses épaules se tendent et elle détourne la tête. Elle sait ce que j'insinue. J'attends, mais plus je le fais, plus j'ai des difficultés à contenir ma rage.

— Lequel était-ce ? rugis-je.

Elle met à mal ma patience et si elle ne me dit pas lequel de ces hommes a osé la meurtrir, je jure que ce sera un bain de sang. Elle sursaute, tandis que mon ordre se répercute contre les murs de la pièce, dénuée de mobilier. Elle affronte enfin ses agresseurs du regard. Un à un, elle les observe et je devine qu'elle doit avoir du mal à les reconnaître tant leurs visages sont tuméfiés. Mes poings se ferment avec force. L'attente me paraît interminable. Puis, elle lève son index en direction de celui qui a osé la salir.

Je me retourne pour voir l'homme qu'elle me désigne de sa main tremblante. Je m'en serais douté. Tout chez lui respire la perversité. Son regard croise le mien, il est apeuré. Il a raison de l'être, parce que bientôt, il sera mort. Je fais signe à Samaël, qui se trouve derrière lui, et d'un coup de pied dans le dos, il le pousse jusqu'à moi. Le criminel se vautre à mes pieds et je ressens un plaisir malsain à savoir que, dans quelques instants, son sang recouvrira les pavés de cette salle.

Je me baisse à sa hauteur alors qu'il se redresse difficilement sur ses bras.

— Tu vois, chuchoté-je, tu as pris une très mauvaise décision. Tu n'aurais jamais dû ne serait-ce que poser les yeux sur elle.

Je marque une pause pour me nourrir de sa peur. Son corps entier tremble et je ne sais pas si j'en suis satisfait ou agacé.

— Maintenant, tu vas mourir…, reprends-je. J'ai le regret de te dire que ça ne sera pas rapide. Tu te videras de ton sang. Lentement. Très lentement. Tu me supplieras de t'achever, d'écourter le supplice. Mais selon toi, est-ce que je le ferai ?

Il m'observe du coin de l'œil, effrayé, tandis que mon cœur tambourine. Suis-je fou de ressentir de la satisfaction face à sa terreur ? Je m'en moque.

— Non, je ne le ferai pas.

Ses épaules se crispent, son dos se voûte, son souffle s'accélère.

Mes épaules se redressent, mon dos s'élève, mon souffle s'approfondit.

— Elle a dû te supplier, non ? murmuré-je toujours aussi bas afin que lui seul m'entende.

Il baisse la tête et même si c'est un aveu, il ne me suffit pas.

— Je t'ai posé une question, m'agacé-je en lui agrippant la nuque.

— Elle m'a supplié, oui, confesse-t-il, la voix tremblante.

Je le repousse et il se vautre au sol. Mon regard le quitte pour se diriger vers Kalliopée. Ses sourcils se froncent et je sais que, du mieux qu'elle peut, elle se retient de se fissurer. Je l'imagine pleurer pour sa vie, leur demander de l'épargner. Chaque souvenir que je m'invente me tord les boyaux, me coupe le souffle. Je me relève, effectue un quart de tour et me place derrière lui.

— Redresse-toi, ordonné-je.

Obéissant, il s'exécute et ma main tire ses cheveux en arrière. Mon regard s'ancre à celui de Kalliopée lorsque mon poignard s'enfonce dans la jugulaire de ma victime. J'ai choisi scrupuleusement l'endroit que je voulais atteindre. Je souhaite qu'il se vide de son sang et qu'il sente la mort tarder. La lame se retire immédiatement et le regard de la princesse se baisse sur l'homme dont j'ai libéré les cheveux. Il s'effondre au sol, ses mains tentant d'endiguer l'hémorragie. Des râles se mêlent aux cris de l'assemblée.

Seule ma fiancée ne réagit pas. Ses yeux ne quittent pas son agresseur en train de se vider de son sang. L'hémoglobine se répand sur les pavés et j'inspire. Enfin, je peux céder à mes pulsions. Des jours que je retiens cette colère, que je l'enchaîne ! Des nuits que je me retiens de ne pas mettre le royaume à feu et à sang pour pouvoir les trouver. Je rejoins les trois autres hommes. Le plus jeune est sur le point de s'évanouir et les larmes maculent ses joues. Je n'ai que faire de la peur qui l'habite. Les deux derniers semblent résignés.

— À genoux ! rugis-je.

Tous s'exécutent.

— C'était amusant ? leur demandé-je, laissant libre cours à ma vengeance.

— Karel ! m'appelle Kalliopée.

Mon visage pivote dans sa direction et elle secoue la tête de droite à gauche. Pourtant, je saisis déjà le premier et lui tranche franchement la gorge. Eux, ils ont de la chance. Ce sera rapide.

— Qu'est-ce que ça vous a fait de vous en prendre à elle ? De la frapper ? De la toucher ?

— Arrête ! me hurle-t-elle alors que j'inflige le même traitement au second.

Quand il retombe à mes pieds, j'agrippe les cheveux du plus jeune. Je me mords la lèvre, fou de rage. Mes doigts serrent si fort le poignard, dont le sang tache déjà mes mains, que j'ai l'impression que je pourrais le réduire en miettes.

— Ne fais pas ça ! S'il te plaît ! me supplie-t-elle.

Que je ne le fasse pas ? Impossible ! Ils ont osé la toucher, la blesser, la détruire. Des jours que mon cœur s'effrite, que mon ventre se tord de douleur.

— Est-ce que c'était aussi jouissif que ce que je ressens moi, là, maintenant ?

Mon souffle s'est accéléré et je ferme les yeux lorsque la lame tranche la gorge du dernier homme encore en vie. Je le libère et il s'effondre à son tour.

Lorsque je parviens à reprendre ma respiration, mes paupières se soulèvent. Kalliopée m'observe, les yeux écarquillés, une main devant la bouche. L'assemblée est devenue muette. Seuls mon souffle et les râles de l'homme encore agonisant rompent le silence.

— Et maintenant, le clou du spectacle ! m'exclamé-je, la rage au ventre, en me tournant vers l'assemblée, figée d'horreur.

Je quitte la scène du crime et la rejoins. Tous s'écartent, effrayés à l'idée d'être les suivants, mais je n'ai qu'une seule cible. Mes yeux se sont déjà verrouillés aux siens. Ma main saisit d'une poigne féroce les cheveux de Xintia et je place sa tête à quelques centimètres de la mienne.

— Ne t'avais-je pas dit qu'il y avait une part de moi que tu préférerais ne pas connaître ?

Ses yeux s'exorbitent d'effroi tandis que mon cœur cogne si fort que j'ai l'impression que ma cage thoracique pourrait céder sous ses coups. Les larmes perlent déjà au bord de ses cils, mais je les ignore. Elles ne me font rien, sa détresse m'indiffère.

— N'est-ce pas toi qui m'avais dit que je pouvais faire ce qui me chantait ? me provoque-t-elle, un sourire crispé aux lèvres.

Que pense-t-elle ? Dès que j'ai su qu'elle était derrière tout ça, je n'ai cessé de culpabiliser. Parce qu'en jouant avec elle, je l'ai poussée à la vengeance. Je l'ai rejetée, en pensant naïvement qu'elle me craignait assez pour l'accepter.

Je me détourne et, malgré ses cris plaintifs, je la traîne derrière moi. Elle tente en vain de me faire libérer ma prise, mais mille aiguilles pourraient s'enfoncer dans ma peau que je ne renoncerais pas.

Mes pas s'arrêtent lorsque nous nous trouvons face à Kalliopée. Elle m'observe sans comprendre. Moi, je sais. Cette garce a commandité l'agression. Je la connaissais colérique et capricieuse, mais je ne me doutais pas qu'elle pourrait aller jusque-là. Tout ça par amour ? Non, c'est ma couronne qu'elle convoitait, pas mon cœur. Depuis que le petit jeune m'a donné son nom, je me suis retenu de ne pas l'achever de suite. Je préfère l'humilier d'abord.

— Agenouille-toi devant ta future reine, murmuré-je, faussement calme.

— Karel, tente Kalliopée, la voix cassée.

Je repousse le crâne de Xintia, qui s'écarte aussitôt de moi et dégaine mon épée.

— Agenouille-toi devant ta future reine, répété-je, et j'épargnerai ta vie.

Surprise, Xintia se tourne vers moi. Son regard luit d'espoir. Intérieurement, j'exulte. Avant que j'aie besoin de me répéter une nouvelle fois, elle se laisse tomber, tête baissée en signe de soumission, et ses genoux percutent le sol.

— Plus bas, ordonné-je les dents serrées.

Kalliopée continue de m'appeler, mais je suis sourd à tout ce qui m'entoure. Je ne pense qu'à ce qu'elle a subi par la faute de mon ancienne maîtresse, qu'à son corps blessé, qu'à son cœur meurtri. J'inspire profondément et la revois, inanimée, dans cette allée. Xintia baisse son buste jusqu'à toucher le sol, tandis que mes doigts resserrent leur prise. Je brandis mon épée, rassemble ma rage, la transvase dans le fer. Un éclair traverse mon regard lorsque la lumière s'y reflète et la lame s'abat sur sa victime. Elle bute sur une côte avant de s'enfoncer profondément.

— Voilà ce que ça coûte de s'en prendre à la couronne ! enragé-je. Voilà ce que ça coûte de s'en prendre à la princesse ! Je détruirai quiconque s'en prendra à elle, quiconque lui manquera de respect !

Je retire mon épée et la rejette. Dans un bruit qui me vrille les tympans, elle tombe au sol alors que je me retourne vers le reste de l'assemblée que je ne distingue même pas.

— Le prochain qui complote contre elle, je l'éviscère et je laisserai les chacals se nourrir de ses boyaux ! Sortez ! rugis-je à leur attention.

Tous se précipitent vers les portes tandis que mon regard se baisse sur Xintia. De ma botte, je la fais pivoter et constate qu'elle n'est pas encore morte.

— Je t'en supplie, articule-t-elle difficilement dans un souffle.

— Que personne ne touche aux corps, annoncé-je à mes hommes sans la lâcher du regard. Qu'ils agonisent.

Ses yeux se ferment de résignation et c'est le moment où je détourne la tête. Je rejoins Kalliopée, dont le teint est blafard, et n'ai pas le temps de lui tendre la main qu'elle me dépasse. Mes paupières s'abaissent et je n'entends plus que ses talons qui claquent sur les pavés marbrés.

Je me baisse, ramasse mon épée et traverse la mare rougeâtre. Le sang de mes cinq victimes se mêle, l'odeur est infecte et mes chaussures collent au sol, mais je m'en moque.

— Que personne n'abrège leurs souffrances, ordonné-je à mes hommes.

— Comment a-t-elle su que nous sortions ? m'interroge Vàli.

— Hrim…, annoncé-je à contrecœur. Demande-lui de rassembler ses affaires, il est banni.

On m'avait rapporté que Xintia s'amusait avec lui, mais je ne m'en étais pas soucié. Tant qu'elle était avec lui, elle me laissait en paix. Je me suis fourvoyé. Je suppose qu'il a certainement parlé innocemment de notre sortie sans se douter de ce qu'elle ferait de cette information. Si je ne le pense pas coupable de trahison, je ne peux pas prendre le risque d'être entouré de gens trop bavards. Je l'épargne, mais il ne peut plus rester à Lapisia.

Vàli accepte mon ordre, sans ciller, et je quitte la salle du trône afin de rejoindre Kalliopée.

Elle ne peut pas m'en vouloir. Elle n'en a pas le droit. Tout ce que je fais, je le fais pour elle. Voilà ce qu'est la vraie vie. Ce ne sont pas des espoirs utopiques. C'est de la tragédie, des conspirations, des complots. C'est meurtrier. Plus vite elle le comprendra, plus vite elle s'endurcira et mieux elle s'en sortira.

Chapitre 34
Karel

Lorsque je pénètre dans sa chambre, Kalliopée me tourne le dos. Je referme la porte derrière moi et m'avance vers elle.

— Ne t'approche pas, murmure-t-elle, en me présentant sa paume.

Plutôt que de la provoquer, je fais ce qu'elle m'ordonne et attends. Cela me demande un sang-froid que je ne pensais même pas posséder. Je détourne le regard, conscient que la fixer sans relâche ne la forcera pas à se retourner. Elle inspire bruyamment, attirant mon attention, avant de me faire face. Ses yeux sont rougis par les larmes qu'elle retient et elle mord sa lèvre pour l'empêcher de trembler.

— Pourquoi ? me demande-t-elle.

Son visage est contracté par la douleur, mais je m'en moque. Elle ne le comprend pas encore, mais c'est pour elle que j'ai agi ainsi. Son regard glisse sur mon corps et elle le détourne aussitôt quand elle remarque les taches de sang qui maculent désormais mes vêtements.

— Tu le sais très bien, me contenté-je de lui répondre en la dépassant pour observer la vue depuis la fenêtre.

La grande tour me fait face et je n'ai même pas la possibilité de m'imaginer loin d'ici.

Je l'entends faire les cent pas, mais je suis incapable de lui faire face. Pas par culpabilité, mais parce que je déteste la voir ressentir de la compassion pour ces êtres infâmes. Le problème de Kalliopée, c'est qu'elle est bien trop douce pour ce monde.

— Je t'ai supplié d'arrêter, me reproche-t-elle.

Mes paupières se crispent à ses mots, puis je me tourne vers elle pour la dévisager.

— Et eux ? Ils t'ont écoutée quand tu les as suppliés d'arrêter ? Est-ce qu'ils ont cessé de te frapper ?

Ses sourcils se froncent et elle a de plus en plus de mal à retenir ses larmes, mais je ne vais pas m'arrêter là. Ce serait bien trop facile de capituler, de lui dire que j'ai eu tort. Parce que depuis des jours, elle se mure dans ses silences pour occulter ce qui lui est arrivé. Elle ne me parle plus, pas plus qu'elle ne me regarde.

— Est-ce qu'ils ont arrêté de te souiller quand tu les as suppliés ?

Ses doigts s'agrippent vigoureusement à sa robe alors qu'elle retient sa respiration. Je sais ce qu'elle fait, elle tente de contenir ses émotions. Elle est ainsi, incapable de dévoiler ce qui lui fait mal.

— Réponds-moi ! hurlé-je.

— Ils n'étaient pas tous coupables ! explose-t-elle, à bout de souffle.

Son regard me transmet une haine qui m'est destinée. Je lui en veux de me haïr plus qu'elle ne les hait eux.

— Si ! Ils étaient tous présents. Chacun d'eux a avoué avoir joué son rôle.

Elle secoue la tête d'un air réprobateur et effectue des va-et-vient. Elle me donne le tournis et je n'ai qu'une envie : lui attraper les épaules pour qu'elle cesse. Pourtant, je ne le fais pas parce que je sais qu'elle est secouée par ce qu'il vient de se passer et que dans quelques instants, elle va exploser. Je n'ai qu'à attendre. Ses poings se serrent tandis qu'elle poursuit ses allées et venues.

— Tu ne peux pas agir de cette façon, tu ne peux pas exécuter les gens sans chercher à comprendre.

— Tu n'es pas en train de les défendre ? m'énervé-je.

Elle se fige avant de se tourner vivement vers moi. Je serre moi aussi mes poings. Je le fais tant que c'en est douloureux, mais c'est le seul moyen pour moi de garder une certaine maîtrise sur mon corps. Si je laisse ma colère m'aveugler, j'aurais trop peur de m'en prendre à elle. C'est à ces hommes que j'en veux, pas à la princesse.

— Non ! Mais il y en avait un qui était contre.

Mes yeux s'écarquillent et je retiens le rire sarcastique qui vibre dans ma poitrine. Un qui était contre ? Et cela justifierait que je lui laisse la vie sauve ? Il était contre ? Alors pourquoi n'a-t-il rien fait ? Pourquoi ai-je retrouvé ma future épouse agonisante au sol ? S'il était contre, il aurait dû se battre !

— Il a cherché à…

— À quoi ? la coupé-je en hurlant. À t'épargner ? Et ? C'est ce qui est arrivé ?

— Il avait peur. Autant que moi.

Sa voix tremble d'émotion et je détourne le regard, incapable de faire face à sa détresse. Je peux apaiser la tristesse qu'elle éprouve pour des innocents, pas celle qu'elle ressent pour des criminels.

— Et toi, reprend-elle, plutôt que de m'écouter, tu n'as cherché qu'à assouvir ta soif de sang. Tu n'as fait preuve d'aucune réflexion.

Je m'assois sur son lit, sonné par ses mots.

— Tu n'as, à aucun moment, cherché à m'écouter. Mais au fond, est-ce que le fait que tu m'entendes aurait changé quoi que ce soit ? Est-ce que tu aurais pris en considération ce que je t'aurais dit ? L'aurais-tu pour autant épargné ?

— Non, avoué-je, sûr de moi. J'aurais agi de façon identique.

Le silence nous englobe. Il s'éternise, me faisant lâcher un soupir las. Elle et moi n'avons pas la même vision ces choses. Elle est trop douce pour ce monde quand moi je suis bien trop dur. Mon souffle ralenti. Je me convaincs que son mutisme signe la fin de mon procès.

— Tu n'aurais pas dû, finit-elle par m'achever. Un roi ne peut pas…

— Qui a parlé de roi ? grondé-je de plus belle en me relevant.

La colère qui s'était assourdie prend de plus en plus d'ampleur. Je n'en peux plus qu'elle me reproche mes actes, quoi que je fasse.

— Est-ce que je suis roi ? Non ! Mais tu as raison, mon statut n'y changerait rien. Quand je le serai, j'agirai de la même façon. Parce que lorsqu'il s'agit de toi, il n'y a plus de devoir, plus de royaume, plus de couronne. Quand il s'agit de toi, je me moque de déclencher des guerres, je me moque d'être haï par mon peuple, je me moque de tout. Parce que tu es la seule qui compte. C'est ce que tu voulais, non ? Que je t'aime ? C'est ce que je fais, princesse ! m'exclamé-je, fou de rage. Je t'avais dit que je ne savais pas le faire, mais tu insistais pour que je te retourne tes sentiments. Voilà ce que c'est que d'être aimée par un monstre ! Tu voulais des mots, je t'offre des actes !

Elle recule d'un pas, puis se détourne. Lorsque je comprends qu'elle s'éloigne de moi pour se réfugier dans la salle de bains, je la rejoins. Avant qu'elle ait pu refermer la porte, mon pied vient la bloquer.

— Pars ! rugit-elle.

— Non ! Ce n'est pas ce que tu voulais qu'on fasse, l'autre jour ? Qu'on règle nos différends ? Alors c'est ce qu'on va faire. Recule-toi ou je te jure que je fracasse cette porte.

L'instant d'après, le poids qui la maintenait close s'allège et je peux entrer dans la salle de bains. Je referme derrière moi. Ici, pas d'échappatoire. On pourra discuter, elle qui apprécie tant le faire.

— Quoi ? Maintenant, mes sentiments ne te conviennent pas ? Vois la puissance de mon amour pour toi, Kalliopée ! m'époumoné-je, enragé. Regarde ce que tu me fais faire ! Tu es satisfaite ?

Puis, le silence nous écrase et seul mon souffle se fait entendre. Mon corps entier est tendu. N'est-ce pas ce qu'elle réclamait de moi ? Que je l'aime ? Bien qu'elle ne me parvienne pas je devine aux mouvements de sa poitrine que sa respiration s'est raccourcie. Elle déglutit, tentant sans doute de ravaler ses émotions. Pourtant, son regard laisse transparaître la douleur que mes mots provoquent.

— Eh oui ! Voilà ce que tu fais de moi. Je suis déraisonnable quand il s'agit de toi. Je voudrais égorger toute personne qui te regarde de travers ou t'insulte. Je voudrais broyer les os de quiconque te blesse. Alors, ne me reproche pas de n'en avoir épargné aucun.

Une première larme se fraye un chemin et, aussitôt, elle me tourne le dos. Je devrais la consoler ? Je n'y parviens pas. Je suis bien trop furieux après elle. Conscient que tout ce que nous réussirons à tirer l'un de l'autre, ce sera des hurlements, j'ouvre la porte afin de m'en aller.

— Je ne vais pas y arriver..., murmure-t-elle.

Je me fige face à tout ce que ces mots sous-entendent, avant d'effectuer un demi-tour prudent.

— Arriver à quoi ?

— Ce n'est pas ce que je veux pour moi. Je désire changer le monde.

Ma mâchoire se crispe et je me retiens au chambranle de la porte.

— Tu n'y arriveras pas. Pas dans cette vie-ci, asséné-je.

Elle se retourne rageusement et me rejoint.

— Alors, je devrais t'épouser et me contenter de te voir prendre des décisions sans jamais être consultée ? Je devrais te regarder exécuter tous ceux qui me feront du mal et te remercier de le faire ? Quel est mon rôle à moi ?

— Quand c'est pour ton bien, te taire ! Je te protège, c'est ce que fait un époux !

— Me taire ? Tu me protèges ? répète-t-elle, furieuse. Mais où étais-tu quand j'avais besoin de toi ?

Je me fige et recule d'un pas. Ces mots me poignardent si violemment le cœur que je voudrais lui rendre la pareille et taillader le sien. Ne croit-elle pas que je m'en veux de l'avoir abandonnée ? Ne croit-elle pas que je culpabilise d'avoir poussé Xintia à commettre le pire ? Chaque jour je me reproche mon inconscience, mes provocations. Si je l'avais accompagnée, rien de tout ça ne serait arrivé. Si j'avais épargné l'ego de mon ancienne maîtresse, rien de tout ça ne serait arrivé.

— Je ne parle pas de ce jour-là, reprend-elle, en secouant la tête. Je parle de ces derniers jours.

— Je les cherchais, eux ! m'époumoné-je, néanmoins rassuré.

Nos souffles se mêlent et nous nous retrouvons enfermés dans une bulle de colère. Sa respiration est saccadée, la mienne en suspens. Son visage se redresse, puis ses iris me toisent. Pourquoi leur différence rend-elle ses émotions toujours si puissantes ? Pourquoi lorsque je la regarde, j'ai l'impression qu'elle pourrait autant me reconstruire qu'elle pourrait me détruire ?

— J'avais besoin de toi, chuchote-t-elle, la voix enrouée.

— Tu ne voulais pas de moi, lui rememoré-je.

Une perle salée glisse le long de sa joue, me nouant la gorge. La vision de celle-ci me tord le ventre parce que je sais que j'en suis la cause directe.

— Si. Je me sentais sale et j'avais besoin que tu me regardes comme avant, mais tu ne l'as pas fait. Au lieu de ça, tu as cherché aveuglément à punir les coupables. Ce garçon ne m'avait même pas touchée.

Cette fois, elle ne tente pas d'atténuer les trémolos de sa voix, tout comme elle ne retient plus ses larmes.

Il est vain de chercher à la convaincre que l'inaction de cet homme équivaut à mes yeux à de la complicité… Je me masse le front, alors que le silence nous enveloppe. Je voudrais être capable de la consoler, de lui assurer que désormais, je serai un homme à l'écoute, mais je refuse de lui faire des promesses que je ne tiendrai pas.

— J'ai accepté de sacrifier ma liberté, reprend-elle dans un murmure, mais je ne pensais pas que j'en souffrirais autant. Je ne pensais pas que les gens s'évertueraient à me blesser. Supporter les machinations de ton entourage est trop difficile. La paix a un coût bien trop élevé.

Son regard croise à nouveau le mien et la détermination qui traverse ses iris ne me laisse entrevoir aucune dualité. Cette fois, elle ne se bat pas contre elle-même. Elle veut partir.

— Quel est-il ?

— Mon cœur… Je pensais qu'être avec toi le protégerait, mais je n'en suis plus aussi persuadée. Je veux un époux qui soit à l'écoute. Un qui…

— Malheureusement, la coupé-je froidement. C'est moi que tu devras épouser. Accepte ton fardeau, *Shaadi*, tu seras mienne.

Ses paupières se ferment et bien que j'aie prononcé ces mots parce que les siens m'avaient blessé, je n'en ressens aucune satisfaction. Un sanglot lui échappe, mais elle inspire fortement afin de reprendre contenance. Moi, je la détaille grain de peau après grain de peau, conscient que si nous nous sommes souvent confrontés, jamais le risque de la perdre n'a été aussi grand.

— Le mariage a été reporté, aucune date n'a encore été trouvée, me rappelle-t-elle en me dévoilant à nouveau son regard, un brin de provocation dans la voix.

— Prépare-toi, il aura lieu dans deux semaines.

— Je refuse, crache-t-elle.

— Alors des innocents mourront. Ton cœur y survivra-t-il ?

Conscient qu'en restant ici, nous ne ferions que nous blesser davantage, je me détourne et traverse sa chambre. Dans mon dos, ses pas résonnent.

— Lapisia finira par me tuer…, m'annonce-t-elle d'une voix dénuée de toute émotion.

Je ne lui réponds pas et ouvre précipitamment la porte qui claque derrière moi. Enfin dans le couloir, je relâche mon souffle en ignorant la douleur qui se presse dans ma poitrine à ses derniers mots.

Plutôt que de rejoindre mes quartiers, je regagne la salle du trône. Samaël, Jonah et Zaïn sont à l'écart des corps lorsque j'y pénètre. Détendus, ils discutent comme si le sang n'avait pas souillé la pièce. Je constate que Vàli n'est déjà plus là. Mes hommes se retournent lorsque j'approche. Zaïn détaille ma tenue et ses sourcils se froncent.

— Ton père te cherche, m'annonce Samaël.

Je balaie son information d'un geste de la main. Peu m'importe ce qu'il me reprochera, c'est lui qui a refusé que Xintia soit renvoyée chez elle. Elle était son invitée, qu'il en assume les conséquences !

— Ils sont morts ? lui demandé-je en désignant les corps inanimés.

D'un hochement de tête, il me le confirme. Involontairement, mon regard se pose sur le jeune homme. Une légère pointe de culpabilité tente de faire son chemin, mais je l'étouffe en me souvenant de l'état de Kalliopée ce jour-là.

— Vous les conduisez en dehors des remparts. Les charognards feront disparaître leurs corps. Ils ne méritent pas mieux.

Aucun ne contredit mon ordre, mais Zaïn fait un pas vers moi.

— Je suis sûr qu'il ne se doutait de rien, plaide-t-il en faveur de Hrim.

— Votre enquête a donné quelque chose ? demandé-je plutôt afin de changer de sujet.

Qu'il ait été au courant ou pas, je ne peux plus l'avoir près de moi. Il ravale ses mots et opine du chef, mon corps se raidit.

— Il n'avait ni femme ni enfant. Il possède sa boutique depuis toujours et est plutôt apprécié par le voisinage. Quelques clients posent parfois problème quand ils veulent récupérer leurs biens, mais autrement, des voisins nous ont rapporté qu'il avait élevé sa nièce.

Elle passait souvent ses journées à la boutique et ils ne l'ont plus vue depuis quelques semaines. C'est sans doute elle qu'il protège.

— D'accord. Explorez cette piste.

— Karel, il est incapable de dire un mot. Il…

Je sais ce qu'il sous-entend. Des jours et des jours d'interrogatoires acharnés, je ne sais même pas par quel miracle il est encore en vie.

— Alors, faites venir un médecin, laissez-le se remettre, puis quand il sera sur pieds, recommencez. Encore et encore.

— Et si ce n'était rien ? m'interroge Jonah. S'il n'y avait aucune machination là derrière. S'il s'agissait juste d'un vol et que sa nièce s'était juste emparée des dagues, sans but réel ? Ils ont peut-être juste pris peur quand ils ont compris qu'elles avaient beaucoup plus de valeur qu'ils ne le pensaient. On perd peut-être notre temps.

— Peut-être, j'en sais rien, avoué-je, mais on ne va pas abandonner alors qu'on s'approche de la vérité. Je ne veux plus prendre aucun risque. Plus maintenant.

Il semble comprendre et acquiesce en silence. Mon regard glisse jusqu'au charnier que j'ai provoqué. Xintia est là où je l'ai laissée, une mare de sang autour d'elle. J'empêche mes yeux de se poser sur le corps de celui que Kalliopée défendait avec tant de hargne et fais à nouveau face à mes hommes.

— Sortez-moi les de là avant que je ça n'empeste dans tout le palais.

Après cet ultime ordre, je quitte la pièce et à chaque pas que je fais, mon cœur s'alourdit. Je sais ce que c'est, la culpabilité qui revient à la charge avec de plus en plus de puissance. J'ai beau tenter de la faire taire, elle me hurle de faire demi-tour. Pourtant, je ne l'écoute pas et me mets à courir. Je traverse la tour et me retrouve dans les rues de la cité. Mes muscles me brûlent tant je les force à aller plus vite, mais j'ai besoin de me décharger de ce sentiment qui m'oppresse la poitrine. Je refuse de le ressentir. Il n'a pas sa place ici.

Lorsque j'arrive au centre d'entraînement, vide de toute âme, je retire ma veste et récupère mon épée. Le mannequin en bois accueille le premier coup que je libère dans un hurlement de rage. Je pivote sur moi-même et la lame fend l'air avant d'atteindre à nouveau sa cible. Je poursuis et à chaque coup que j'assène, j'ai l'impression que c'est à moi que je fais mal. *« Arrête ! »* Mon cœur rate un battement et je resserre ma prise avec plus de rage. « *Ne fais pas ça ! S'il te plaît ! »* Je tente de faire abstraction de ses mots et hurle pour les faire taire. Je m'acharne sur le mannequin. Les copeaux de bois volent chaque fois que la lame s'abat.

Je suis essoufflé et la fureur est telle que j'ai dû mal à atteindre ma cible et à tenir debout. *« J'avais besoin de toi ».* Ses mots résonnent dans ma tête quand l'épée s'enfonce si profondément que je ne parviens pas à la retirer. Je tire dessus et mes pieds s'acharnent sur le poteau afin de l'en extraire. Ils le font de plus en plus violemment, de plus en plus brutalement, ne tentant même plus de libérer la lame, voulant juste exorciser le combat qui se joue intérieurement. La cible artificielle est secouée dans tous les sens. Un ultime coup, puis l'épée s'extrait et, dans l'élan, je chute au sol, sans même tenter de me rattraper.

Le choc me coupe le souffle et me brûle le dos. Je resserre ma prise sur le pommeau, mais ne me relève pas. Ma respiration reprend, plus rapide, plus bruyante, alors que mon cœur galope furieusement dans ma poitrine. C'en est douloureux. Je ferme les yeux pour essayer de faire le vide, mais j'entends les portes des remparts s'ouvrir. Lorsque je devine que mes hommes exécutent mes ordres, mes ongles s'enfoncent dans les lanières en cuir.

De longues minutes, peut-être des heures, je reste allongé sur ce sol poussiéreux. Je m'efforce de démêler mes pensées qui sont en vrac. Les étoiles ne parviennent même pas à m'apaiser. Malgré mes tentatives pour les faire disparaître, les mots échangés avec Kalliopée reviennent en boucle. Ils sonnent avec toujours plus de colère, toujours plus de rancœur. Je ferme les yeux et, dès que j'ai pris ma décision, les battements de mon cœur ralentissent. Il semble soulagé que je capitule. Je me redresse difficilement, laisse mon épée, échouée au sol, et quitte le centre d'entraînement.

— Ouvrez, ordonné-je aux gardes des remparts.

Ils m'observent, perplexes, mais s'exécutent et, aussitôt, les portes grincent.

La lune me permet légèrement de distinguer la petite montagne de corps un peu plus loin. Je parcours l'espace. Certains rochers, invisibles par l'absence de luminosité, manquent de me faire chuter, mais je ne lâche pas ma cible du regard. J'ignore la possible présence de fauves, qui arpentent le désert, affamés, à la recherche de proies, et, déterminé, poursuis ma route. Quand je parviens à destination, j'observe ces cadavres enchevêtrés et attrape celui d'un homme, dont le corps est alourdi par la vie qui l'a quitté. Je le repousse sur le côté. Le suivant est celui de Xintia, le visage recouvert de sang. Je ne la regarde même pas et la déplace à son tour. Je n'ai pas besoin de poursuivre puisque le troisième est le cadavre du jeune homme que Kalliopée défendait si ardemment. Je me baisse et soulève son corps désarticulé. Je le place sur mon épaule, avant de me redresser. Lorsque je me retourne, j'observe mon royaume de loin.

J'ai l'impression que depuis quelque temps, tout rend mon rôle princier plus difficile. Un jour, je serai roi, mais j'ai de moins en moins la certitude que je serai à la hauteur de la tâche.

« Lapisia finira par me tuer… »

Non, je crois que Lapisia finira par nous tuer, tous les deux.

Chapitre 35
Kalliopée

Plusieurs jours que la respiration me manque et qu'une boule m'enserre la poitrine. Plusieurs jours que je ne parle pas, me contentant d'être une présence discrète. Mon état ayant été jugé meilleur, j'ai été rapidement autorisée – ou plutôt obligée – à dîner à nouveau à la table du roi. Depuis l'exécution de Xintia, les repas se déroulent dans un silence lourd de sens. Le roi me toise avec dégoût comme si j'avais été responsable de la trahison de son invitée. Un soir, le prince et son père se sont disputés. Ce dernier reprochait à Karel d'avoir agi impulsivement et d'être allé à l'encontre des lois. Je ne m'en suis pas mêlée. Je savais que, quoi que j'aurais pu dire, mes paroles auraient été rejetées avec véhémence.

Les préparatifs du mariage ont le mérite d'occuper mes journées. Il n'avait pas menti, dès le lendemain de notre dispute, j'ai été informée d'une nouvelle date. Depuis, on m'a fait essayer une multitude de robes, puis j'ai dû goûter à des variétés astronomiques de gâteaux et, bien que j'aie toujours été une grande gourmande, chaque bouchée m'écœurait. Jamais ce mariage ne m'a semblé être une si mauvaise idée. Karel et moi ne communiquons plus. Un grand fossé s'est creusé entre nous et j'ai compris que jamais il ne prendrait en compte mes avis, que je ne parviendrai jamais à faire entendre ma voix. Parfois, quand je le croise, j'ai l'envie subite de me jeter dans ses bras, de lui demander pardon de m'être montrée si ingrate. J'ai réalisé, un peu tard, son amour pour moi. Trop choquée par tant de violence, je lui ai reproché ses actes. Alors oui, je voudrais retrouver ce lien que nous avions doucement réussi à tisser… mais je ne le fais pas. Parce qu'il prendrait ça pour une reddition alors que je lui en veux tout de même. De son côté, il s'est refermé sur lui-même. Le dialogue est rompu et nous nous contentons désormais de « Votre Altesse » qui me broient le cœur. Je me demande si cette distance perdurera après nos noces…

Je repousse la porte qui mène aux jardins. Mes blessures se sont progressivement résorbées. La plupart de mes hématomes ont désormais disparu. Mais si mon agression ne sera bientôt plus visible, il est évident qu'elle n'a laissé derrière elle que le chaos.

Étrangement, aujourd'hui, pour la première fois depuis mon arrivée au palais, l'air est agréable. Sous mes pieds, les graviers s'entrechoquent. Depuis plus d'une semaine, c'est mon rituel. Chaque matin, je parcours le jardin jusqu'à ce qu'il fasse trop chaud pour pouvoir respirer. J'ai repéré l'arbre dont m'avait parlé Amédée. Je n'y suis allée qu'une fois, mais je voulais être certaine que cette option existait réellement. J'ai été soulagée de constater qu'il ne m'avait pas menti. Si j'ai pensé à fuir ? Tous les jours. Pourtant, je ne l'ai pas fait. Parce que partir serait une déclaration de guerre.

Je cesse mes pas et lève le nez sur le ciel azur. Dans mon dos, j'entends le crissement des graviers, signe que quelqu'un approche. Suis-je inquiète ? Non. Je suis plutôt résignée. Je sais que quoi que je fasse, je suis constamment en danger. Que ce soit à l'extérieur de ces murs ou même dans le palais. L'accepter a été une libération.

— Votre Altesse, me salue une voix d'homme.

Un léger sourire étire mes lèvres quand je me retourne. Il n'est pas feint. C'est un des rares que je peux encore afficher.

— Amédée, c'est un plaisir de vous voir.

Le conseiller du roi me retourne mon sourire et d'un geste de la main, m'invite à reprendre ma promenade. Le silence nous accompagne de longues minutes. Bras croisés derrière son dos, il affiche un air sérieux que je ne lui connaissais pas.

— Alors, c'est demain ? Je vois que vous n'avez pas fui, me dit-il amusé.

Oui, c'est demain.

Mon ventre se tord douloureusement quand je réalise que deux semaines ont passé depuis mon dernier tête-à-tête avec Karel. Il a suffi de quelques jours à peine pour que la relation que nous nous efforcions de construire s'effrite.

— J'y ai pensé, réponds-je avec honnêteté.

— Mais vous ne l'avez pas fait, me contre-t-il.

Nous arrivons aux abords du bosquet, mais plutôt que de faire demi-tour, nous nous enfonçons à l'ombre des arbres. L'odeur de verdure me saisit immédiatement, m'apportant un léger réconfort.

— Ai-je vraiment le choix ? demandé-je, sans espérer une réponse.

Il soupire, puis à nouveau un silence s'installe. J'ai le cœur gros. Je me sens plus seule que jamais. Depuis le coup d'éclat de Karel, les serviteurs sont encore plus effrayés par ma présence qu'autrefois. Je crois qu'ils craignent le courroux du prince alors, s'ils ne me dévisagent plus avec dégoût, leurs épaules se raidissent quand je les croise.

— J'ai ouï dire que vous et le prince ne vous adressiez plus la parole.

Ma tête pivote dans sa direction. J'ai peu vu Amédée ces derniers temps. Pourtant, il semble toujours au courant de tout. D'autant qu'avec le prince, nous ne nous affichions jamais en public. La différence doit même être imperceptible pour la plupart des gens qui se trouvent au palais.

— Comment savez-vous ? demandé-je.

— J'ai mes sources.

Il ponctue sa phrase d'un clin d'œil et j'opine simplement du chef. J'imagine qu'être conseiller du roi doit requérir d'avoir l'œil partout.

— Je vous avais prévenue, Votre Altesse. Le prince peut se montrer déraisonnable.

Je baisse la tête sur mes pieds, feignant de faire attention aux endroits où je les pose, alors qu'en fait, j'ai bien trop honte parce que je sais que je suis en partie responsable de la fureur qui avait pris possession de Karel ce jour-là.

— Il a besoin de vous, me surprend-il.

Mon regard se relève et je cesse de marcher. Mon cœur bat à tout rompre.

— Il ne m'écoute pas.

Il secoue la tête en signe de désapprobation, aussi, je me sens obligée de poursuivre.

— Un des hommes qu'il a exécutés était innocent. Il était présent, mais était contre. J'ai tenté de le lui dire, mais il ne m'a pas écoutée. Vous vous trompiez, Amédée, je n'ai pas les épaules pour être à ses côtés et encore moins pour l'apaiser. Au contraire, sans moi, rien de tout cela ne serait arrivé.

— Vous le changez déjà, princesse. Il a regretté son geste, le défend-il.

S'il l'a fait, il ne m'en a rien montré, ne m'en a rien dit. Il m'évite depuis et ne me démontre plus le moindre intérêt. Lors de nos repas, je fais face à son silence et à sa tension. Elle me noue le ventre et me coupe l'appétit. J'ai beau me forcer à me nourrir, rien ne passe. Si bien qu'en quelques jours, plusieurs ajustements ont dû être faits sur ma robe de mariée.

Il attend une réponse de ma part. Peut-être un signe que je pardonne au prince. Ce qu'il ne sait pas, c'est que c'est déjà fait. J'ai compris la dureté de son acte, parce que je sais que j'aurais pu en faire de même si on avait attenté à sa vie. Ce que je ne lui pardonne pas, c'est d'avoir admis que jamais il ne prendrait en compte mon avis et que quoiqu'il arrive je devrais me contenter d'observer. Je sais que c'est le lot de toute femme, mais je ne parviens pas à m'y résigner.

— Ce sont vos sources qui vous ont révélé cette information ? demandé-je, une pointe d'amertume dans la voix.

— Exactement, consent-il, amusé. Les corps ont été déposés hors des remparts. C'est le châtiment donné à ceux qui trahissent la couronne.

Je détourne la tête, tandis que je reprends ma route. Imaginer Xintia là-bas ne m'émeut pas le moins du monde, ni aucun de ces hommes. Aucun sauf un.

— Mais, reprend-il, le prince a ramené le corps de celui dont vous aviez défendu l'honneur. Il a été enterré dans une fosse commune.

Mes pas se figent alors que nous parvenons au pied des remparts.

— Je vous l'accorde, ce n'est pas une sépulture digne, mais son âme n'errera pas pour l'éternité dans le désert.

— Vous mentez, soufflé-je.

— Non… je vous l'ai dit, princesse. Vous pouvez l'aider à devenir un bon roi. Aujourd'hui, le changement est presque imperceptible, mais il n'est déjà plus le même. Autrefois, il aurait laissé le cadavre de cet homme se décomposer avec les autres, peu importe ce qu'on lui aurait dit.

Je ne sais quoi répondre, alors je garde le silence. Je repense aux derniers mots que nous avons échangés. Dès qu'il a quitté ma chambre, j'ai espéré son retour. J'ai cru qu'il reviendrait, que nous pourrions discuter librement de nos désaccords, mais il ne l'a pas fait. Le lendemain, il était absent. Il m'a fallu trois jours pour le revoir, au détour d'un couloir. Le temps s'est figé alors que mon cœur battait vigoureusement. Avant que j'aie pu rassembler mon courage pour amorcer un pas dans sa direction, il se détournait et disparaissait. Un vide s'est fait ressentir. Vide qui n'a fait que s'accroître depuis et qui m'ôte également mon sommeil.

— Si vous le permettez, je vais retrouver la fraîcheur du palais. Le roi m'attend.

— Attendez ! m'exclamé-je en pivotant sur moi-même. Le roi était furieux contre le prince. A-t-il été puni à cause de moi ?

Le conseiller secoue la tête, un léger sourire sur les lèvres.

— L'évènement sera tenu secret. Quiconque parlera sera exécuté. Je n'approuve pas la méthode, mais elle a fait ses preuves. En revanche, le roi surveille le prince de très près désormais.

Il effectue une révérence avant de m'abandonner. Je me détourne et m'avance jusqu'à l'immense mur sur lequel je dépose la paume de mes mains. Mon front se pose à son tour contre la pierre fraîche. Juste derrière : la liberté. J'ai beaucoup sacrifié pour des idéaux que je ne pourrai jamais atteindre. Je ne suis pas certaine de pouvoir y laisser une autre part de moi. Depuis mon arrivée, je cours de désillusion en désillusion. Chacune d'elle lacère mon cœur, lui inflige une douleur cuisante. Pas un instant, il n'a pu retrouver un rythme de battement normal. Il est sans cesse furieux, effrayé ou meurtri. Il s'essouffle. Je ne suis pas sûre qu'il survivra à une vie au palais.

Comprenant que mes pensées s'acheminent lentement vers un désir de fuite, je me retourne et rejoins rapidement le palais. À l'intérieur, c'est l'effervescence. Demain matin, j'épouserai Karel.

Mes sourcils s'arquent de surprise lorsqu'un visage connu me fait discrètement signe de le rejoindre. J'observe autour de moi et, l'avantage d'être crainte de tous, c'est que personne ne pose son regard sur moi. Je rejoins le couloir où Darkos a disparu, sans l'y trouver. Lorsque je m'avance, une poigne enserre mon bras et la panique me gagne quand une paume se pose sur ma bouche.

— C'est moi, princesse, me rassure-t-il, lorsque nous nous retrouvons enfermés dans la bibliothèque.

La peur se dissipe rapidement et je secoue la tête de haut en bas pour lui faire comprendre que je ne crierai pas, puis il me libère.

J'effectue un demi-tour prudent pour lui faire face. Nos corps sont presque collés l'un à l'autre et je suis obligée de relever la tête. Paumes face à moi, il fait un pas en arrière.

— Vous allez bien ? m'interroge-t-il. Je n'ai pas pu prendre de vos nouvelles plus tôt, c'est l'agitation au palais depuis votre agression.

— Je vais bien, lui assuré-je.

Il observe nerveusement la porte et me fait signe de me taire lorsque des pas se font entendre dans le couloir. Il y plaque son oreille, puis, quand ils ne résonnent plus, il se tourne vers moi.

— Écoutez, je ne sais pas si je devrais vous dire ça, mais je peux vous faire quitter le royaume. Si ce soir, demain ou un jour, vous souhaitez partir, retrouvez-moi et je vous aiderai à rentrer chez vous.

Ses yeux ancrés fixement aux miens, le sérieux avec lequel il me dit ces mots me perturbe. J'ai toujours apprécié son dévouement à mon égard, je n'en ai juste jamais compris les raisons. Ses justifications m'ont toujours paru bancales.

— Vous êtes sous les ordres du roi, lui rappelé-je.

— Vous pensez ? me demande-t-il.

Mes sourcils se froncent parce que je ne comprends pas sa réponse. L'instant suivant, il rejoint la porte sans m'en dire plus.

— Xerios vous fait surveiller, Kalliopée, m'avertit-il.

Cette annonce ne m'étonne pas, mais parvient tout de même à faire bondir mon cœur de frayeur.

— Une chance pour vous que la tâche m'incombe.

Il ouvre la porte et se précipite à l'extérieur tandis que de nombreuses questions cheminent dans ma tête. Qu'insinuait-il ? Je me retourne et m'assois dans un vieux fauteuil. J'observe longuement les étagères remplies d'ouvrages. Aujourd'hui, les livres accentuent mon désespoir. Le constat est amer : je ne suis pas une héroïne et je n'en deviendrai jamais une.

Je passe le reste de la journée à m'occuper des derniers préparatifs du mariage : les fleurs, les décorations de table, ainsi que celles du temple dans lequel nous serons unis. On m'a demandé de retourner à mes appartements, mais j'ai refusé. J'avais besoin de m'occuper les mains, pour distraire mon esprit. Du moins, essayer. Quand le soleil décline, je regagne ma chambre. J'ai annoncé à Sienna que je préférais me coucher tôt et que je n'assisterais pas au dîner avec le roi. Peu importe si mon absence lui déplaît, je ne suis pas en état de supporter ses provocations.

Lentement, je regagne ma chambre. Les mots de Darkos me reviennent en boucle. Fuir ? Mais pour aller où ? Il est évident que mon père me renverrait ici, bien qu'il m'ait assuré il y a quelques moi qu'il ne m'obligeait à rien. Après tout, il m'a envoyé à Lapisia en sachant pertinemment quels dangers je courrais. Mes doigts se posent sur la poignée fraîche et je l'abaisse. Quand je me retrouve à l'intérieur, je m'immobilise. Karel est là, assis sur ma chaise. Ses yeux croisent les miens et ce que j'y lis me fait plus peur que l'idée de rester prisonnière de ce palais jusqu'à la fin de mes jours.

— Il faut qu'on parle, m'annonce-t-il en se relevant.

Il s'approche de moi et son parfum m'englobe tandis qu'il referme la porte derrière moi. Je l'inspire, soudainement consciente qu'il est probable qu'une telle proximité ne se reproduise plus. Il se place face à moi, le corps raide. Je voudrais pouvoir poser mon regard sur lui, mais je suis bien trop effrayée par la détermination qui le possède.

Nous sommes arrivés à un moment plus que déterminant. Je le devine.

— Pars, murmure-t-il. Tu es libre.

Mes paupières s'abaissent et le gouffre qui avait pris possession de mon cœur depuis deux semaines s'agrandit. Il aspire absolument tout : ma colère, ma détermination, mon amour, mes espoirs, mes désespoirs. Je me retrouve dépossédée de mes émotions. Seule la douleur reste. Peut-on survivre à un cœur brisé ? J'ai été assez forte pour faire face aux difficultés rencontrées depuis que je suis ici.

Mais cette douleur-là me semble plus atroce que tout ce que j'ai enduré.

J'ai peur de ne pas pouvoir la surmonter.

Chapitre 36
Karel

Debout face à la maquette du territoire de l'Union, je calcule la distance qui nous sépare d'Aquaria et planifie notre prochain déplacement. J'ai reporté, mais mon père me met la pression et me somme de m'y rendre dès que possible. Après tout, le roi Nokken est de son côté.

Un cognement contre la porte me détourne de la maquette et la gouvernante entre en s'inclinant.

— Alors ? demandé-je aussitôt.

— Elle ne s'est pas nourrie aujourd'hui, non plus, Votre Altesse. Sa robe a encore dû être ajustée.

Je soupire en me passant une main dans les cheveux. Des jours que la même information m'est communiquée. Si aux dîners, elle mange, c'est toujours en faible quantité. Oui, Kalliopée a une corpulence fine, mais même pour elle, c'est insuffisant.

— Combien de temps jeûnera-t-elle ? m'agacé-je.

Je suis désespéré pour en arriver à demander l'avis d'une bonne femme.

— Votre mère a recommencé à se nourrir après ses noces, me répond-elle simplement.

Je ne peux qu'opiner du chef, incapable de trouver ses propos rassurants. La différence entre Kalliopée et ma mère, c'est que je ne suis pas mon père et je refuse de voir ma femme s'affamer.

— Vous pouvez disposer, conclus-je.

Elle m'adresse un sourire compatissant, puis quitte la pièce. Mon regard se porte sur la fenêtre et la culpabilité m'enserre la gorge. J'ai besoin d'elle, plus que jamais, mais je ne suis plus certain de pouvoir lui imposer ce mariage.

J'observe la note remise par un des gardes de mon père. Les mots calligraphiés me brûlent la rétine.

« On approche du but, fils. Tout sera bientôt terminé. »

Il ne se déplace même plus pour me parler désormais. Depuis les récents évènements, il est en colère contre moi. Je vois dans cette note un rappel de mon allégeance. Je froisse le mot, puis le jette au loin.

Je quitte mon bureau, puis longe le couloir afin de rejoindre sa chambre, espérant l'y trouver. Je la nourrirai de force s'il le faut, parce qu'il est hors de question qu'elle se laisse mourir. Mon poing s'abat doucement sur la porte, mais aucune réponse ne me parvient. Mes trois tentatives suivantes échouent également. J'hésite, puis l'ouvre prudemment et constate qu'elle est déserte. Je pénètre à l'intérieur, l'observe dans son intégralité. Je me retourne sur la tapisserie toujours éventrée. Elle a refusé de la faire changer et je n'ai pas eu le cœur à l'y forcer. Mon regard se porte sur sa penderie que je rejoins. Ses vêtements ont été déposés ce matin, dans l'espoir que ça apaiserait sa peine et que ça la pousserait à se nourrir à nouveau. Toutefois, avec le recul, je suis persuadé qu'elle me les balancera au visage. Mon geste est bien trop tardif.

Je ne sais même si elle les a encore vus, elle passe le plus clair de son temps dans les jardins ou à la bibliothèque, quand elle ne s'occupe pas du mariage.

Mon regard se baisse sur la cape noire qu'elle portait pour s'évader du palais. Pourquoi n'a-t-elle jamais fui ? Je souris face à ma stupidité, il est évident qu'elle craignait les représailles. Et de plus, je sais qu'elle serait capable de se sacrifier pour la paix. Je referme la penderie, le tissu en main, et me dirige vers sa bibliothèque. Parmi les livres qui s'y trouvent, certaines reliures me semblent de moins bonne qualité. Je pose la cape sur le fauteuil et en saisis un. Lorsque je l'ouvre, je réalise que c'est un journal intime. J'observe la date et le replace sur son étagère quand je constate qu'à cette époque-là, elle ne me connaissait pas. J'en prends plusieurs et effectue le même rituel jusqu'à trouver celui de notre été ensemble.

Ma gorge se noue tandis que je fais tourner les pages. *« Si un jour je devais épouser un homme, je voudrais qu'il soit comme lui. Je m'estimerais chanceuse d'être autant respectée par mon mari. »* Mes doigts glissent sur ses mots calligraphiés. Son écriture est douce, à son image. D'autres pages défilent et à chacun des mots qu'elle a inscrits, la culpabilité grandit. *« Aujourd'hui, il m'a dit que le monde avait besoin de femmes comme moi. Il partage mes convictions. Est-ce que je changerai réellement le monde ? Je n'en sais rien, mais j'ai l'espoir que mon époux me permettra de le faire. »*

Je le repose, incapable d'en lire plus, et cherche, parmi les derniers carnets, celui qui retranscrirait sa vie au palais. Voyant qu'il n'y en a pas, je me tourne vers son bureau. Les doigts tremblants j'en ouvre les tiroirs. Chacun d'eux renferme des flacons propres à son royaume, des souvenirs de sa vie d'avant.

J'ouvre le dernier et suis soulagé d'y trouver un carnet identique aux autres. Mais très vite, l'appréhension remplace le premier sentiment. Les doigts tremblants, je l'attrape et l'ouvre. La première page est datée du jour de son départ de Viridia. *« Les dieux m'ont-ils entendue ? J'ai peur de le revoir, mais je suis également impatiente. Moi qui rêvais d'épouser un homme aussi droit que Karel, voilà que j'ai la chance de l'épouser, lui »*. Là encore, je tourne précipitamment les pages. *« Comment peut-on se montrer si cruel ? Ces victimes innocentes doivent-elles payer même dans la mort ?»* Je tourne une nouvelle page, le poids dans ma poitrine se faisant plus lourd, à la vision des mots qu'elle a couchés, ma gorge se serre douloureusement. *« Je déteste être une femme. Mon esprit a oublié, mais mon corps se souvient de tout. Je sens leurs coups, leurs mains, leur intrusion, j'entends leurs rires. Toutes les nuits, les mêmes cauchemars, encore et encore. J'ai mal et ce palais m'étouffe. Je voudrais juste que ça s'arrête.* » La culpabilité est si forte que tout mon corps tremble. Je tourne vivement les pages et à chacune d'elles, ses espoirs s'essoufflent, emportant les miens. *« J'ai l'impression de mourir, d'étouffer. La mort, la souffrance, la violence, je ne suis pas certaine d'y survivre. J'ai mal. En permanence. En quelques mois, Kalliopée et ses idéaux ont disparu. Que restera-t-il de moi après ce mariage ? »* Lorsque je tourne la page, je constate que là étaient ses derniers mots et je réalise qu'elle n'a rien inscrit depuis deux semaines. Savoir qu'elle ne parvient même plus à coucher ses maux sur du papier accentue ma culpabilité.

Je repose le carnet dans le tiroir où je l'ai trouvé et le referme doucement. Je saisis la cape et me positionne sur le fauteuil en attendant son arrivée. Chaque seconde qui s'écoule permet à la pression qui se trouve dans ma poitrine de s'accentuer. J'ai besoin d'elle, mais plus que tout, j'ai besoin de la savoir heureuse et épanouie et il est évident qu'ici, elle ne le sera jamais. Suis-je prêt à sacrifier son cœur ? Non. Je ne pense même plus au projet de mon père, il me paraît aujourd'hui bien secondaire. Je tourne la tête vers l'extérieur et, étrangement, lire les lignes écrites par la Kalliopée d'autrefois me ramène à Maha.

— Qu'est-ce que tu fais ? me demande Maha en pénétrant dans ma chambre.

Elle est essoufflée, signe qu'elle a couru jusqu'ici.

— Tu es prêt ?

J'acquiesce et me lève de ma chaise avant de lisser ma tenue pour la sortie officielle du jour. Nous devons nous rendre au grand marché annuel. Ma petite sœur m'observe, songeuse.

— Je te préférais avant, me dit-elle de but en blanc.

Je souris. Aujourd'hui, elle est une enfant, mais un jour elle devra apprendre à se taire, parler pourrait lui causer des problèmes.

— Avant quand ? demandé-je toutefois.

— Avant cet été. Tu étais plus drôle. Maintenant, tu es toujours à la caserne...

Depuis mon retour, je me sens un peu triste, c'est vrai. Alors, je me concentre sur ma formation.

— Ça passera.

— Il s'est passé quelque chose là-bas ? Quelqu'un s'en est pris à toi ?

Attendri, je la regarde. Maha a toujours été comme ça, elle marchait tout juste qu'elle cherchait à me défendre. Je pose une main sur ses cheveux et les ébouriffe, ce qui la fait rire. Il n'y a que quand elle rit qu'elle paraît son âge. Autrement, ma sœur est bien trop sage pour une petite fille de dix ans.

— T'occupe. C'est rien. On s'en est juste pris à mon cœur.

— T'es amoureux ?

Je regrette aussitôt d'avoir parlé. Je ne pensais pas qu'elle comprendrait le sous-entendu.

— Ça n'a pas d'importance.

— C'est Xintia ?

Je secoue derechef la tête. Non, aucune chance que ce soit elle. Ma sœur soupire exagérément avant de froncer les sourcils.

— Pourquoi tu l'épouses pas ?

Parce qu'elle n'est pas d'ici. Parce que je suis un prince. Parce que ma destinée est cruelle.

— Parce que... c'est impossible.

Je lui fais signe de se presser vers la porte et elle sautille en s'élançant. Mère doit nous attendre au pied de la tour. Maha salue le personnel que nous croisons, excitée. Les sorties ne sont pas rares, mais l'occasion est exceptionnelle. Ma petite sœur rêve sans cesse de découvrir les cités de l'Union. Aujourd'hui, ce sont elles qui viennent à nous. Je connais par cœur la liste de ses achats : livres, plantes, tissus. Elle me l'a détaillée à de multiples reprises.

Je me serais bien passé de cette excursion, mais Maha dit vrai. Ces dernières semaines, je suis rarement présent au palais. Alors, cette sortie c'est une occasion de passer du temps avec elle.

— Karel ? m'interpelle-t-elle alors que nous traversons le jardin.

— Hmm ?

— Tu crois que je pourrais me marier avec qui je voudrais ?

Mon visage pivote vers elle. Elle m'observe, visiblement inquiète. Malgré son jeune âge, Maha n'est pas idiote. Elle comme moi savons que notre mère a été forcée d'épouser père et que même s'il est un bon époux, elle a aimé un autre homme, un jour.

— Oui, tu seras libre de te marier ou pas, et avec qui tu veux.

Elle me dévoile ses dents lorsqu'un grand sourire se dessine, puis elle m'attrape par la main, et au son de ses rires indiscrets, nous retrouvons notre mère.

— Shaadi ! la réprimande cette dernière en constatant l'état de sa coiffure.

Je chasse le dernier souvenir heureux que j'ai d'elles, mais le doute s'est immiscé.

De la journée, je ne quitte pas sa chambre et reste assis, immobile, la cape dans les mains. Pourtant, à l'intérieur c'est le déluge. Mes sentiments se combattent : l'espoir, le désespoir, la colère, la tristesse, puis la résignation.

Kalliopée m'aime, je n'en doute pas, mais un mariage avec moi la condamnerait certainement à une succession de drames. Elle me l'a dit, son cœur est un prix bien trop élevé pour la paix. Paix qui n'est rien d'autre qu'une chimère.

Enfin, la porte s'ouvre et elle apparaît. Son regard glisse sur moi et je ressens ses craintes.

— Il faut qu'on parle, débuté-je en quittant le fauteuil sur lequel je me trouvais.

Je m'approche d'elle et referme la porte. Je retiens ma respiration, conscient que ça ne rendrait ma décision que plus difficile, et me place face à elle. J'attends désespérément qu'elle me regarde, mais elle ne le fait pas. Il est difficile d'accepter la douleur, même si on sait que nous nous apprêtons à prendre la bonne décision.

— Pars, murmuré-je en resserrant ma prise sur la cape que j'ai toujours en main. Tu es libre.

Elle baisse la tête, puis ferme les yeux, avant d'inspirer.

— J'ai besoin de toi pour devenir un homme meilleur, mais je refuse de te l'imposer, continué-je.

Elle semble perplexe lorsque sa tête se redresse et que nos regards se croisent enfin. Son iris noisette me transmet ses espoirs, tandis que son iris d'un bleu pur ne cache rien de ses désespoirs.

— Je demanderai à ce qu'on ne te dérange pas jusqu'à l'heure de la cérémonie. Quand on découvrira ton absence, tu seras déjà loin. J'annoncerai à ce moment-là que l'ordre de partir venait de moi, personne ne pourra te le reprocher et je ferai en sorte de maintenir la paix. Va-t'en, tant que tu peux encore le faire, Kalliopée.

— Pourquoi ? me demande-t-elle la voix cassée.

Mes poings se resserrent sur le tissu à la fragilité contenue dans ses mots.

— Parce que je ne veux pas te voir étouffer, avoué-je, la gorge nouée.

Je serais hypocrite de prétendre vouloir sa sécurité si je m'obstine à la garder ici, contre son gré. Elle n'a jamais été plus en danger qu'à mes côtés.

— Karel…

— Je t'aime, *Shaadi*. Ce n'est pas toujours criant parce que j'ai toujours du mal à mettre des mots sur ce que je ressens, mais je t'aime. C'est pour ça que je te laisse partir. Parce malgré l'amour que je te porte, je ne peux pas promettre de parvenir à te protéger, ni même de ne pas te blesser à nouveau. Je peux juste essayer…

Elle ne répond rien, mais ne détourne pas le regard. Elle écoute attentivement chacun de mes mots.

— Quand je t'ai retrouvée, la rage m'a consumé et je sais qu'elle le fera encore. À chaque acte qui te fera souffrir, elle deviendra plus puissante. Je suis désolé, mais je suis comme ça. J'aime. Sans aucune limite.

Je lui remets la cape, qu'elle saisit du bout des doigts et ses yeux s'humidifient, même si elle tente de me le cacher. Ma main saisit sa nuque et je l'attire à moi. Ma gorge se noue aux mots que je vais prononcer parce que je sais qu'ils seront les derniers.

— Je suis désolé de ne pas avoir été à la hauteur. De ne pas avoir pu t'épargner toutes ces souffrances. Tu as besoin de quelqu'un qui réussisse et qui ne se contente pas d'essayer.

Je dépose un baiser sur son front et m'arrache à elle avant de la supplier à genoux de ne pas m'abandonner. Ma détermination est bien trop faible. Je suis tiraillé entre la sauver elle ou me préserver, moi. Mais à bien y réfléchir, je n'aurais été qu'en sursis. Ce que mon père et moi prévoyons est bien trop cruel, cela la tuera certainement et je ne crois pas que j'y survivrais. Quand je referme la porte, la douleur est telle que, pour la première fois, les larmes inondent mes yeux. Cependant, je les efface d'un revers de main et pars à la recherche de Jonah. Chaque pas qui m'éloigne d'elle se fait plus lourd et je ne parviens à retrouver ma contenance que quand, enfin, je repère Jonah. Il discute avec Vàli et me remarque aussitôt. D'un simple regard échangé, il comprend que j'ai besoin de lui et me rejoint.

— Tout va bien ? s'inquiète-t-il.

— Elle va partir, lui annoncé-je.

Ses sourcils se froncent et il observe nos camarades un peu plus loin.

— Tu crois qu'elle va s'enfuir ? Tu veux que je la surveille ?

Je secoue la tête en signe de négation.

— C'est moi qui lui ai dit de le faire.

Il me dévisage, perdu, puis se contente d'acquiescer.

— Je veux que tu la suives jusqu'à ce qu'elle soit en sécurité, ajouté-je. Fais-en sorte qu'elle parvienne vivante jusqu'à Viridia, mais ne la ramène pas ici. Sous aucun prétexte.

— Et pour ton père ?

— C'est mieux qu'elle parte. Je me charge de mon père. Il n'aura d'autre choix que de l'accepter.

Mon ami me scrute, cherchant sans doute à savoir si je plaisante, mais je me détourne et rejoins ma chambre. Je me dirige immédiatement vers ma salle de bains.

Difficilement, je me déshabille et suis envahi par la solitude. Je n'ai jamais aimé être entouré et si ce sentiment ne m'a jamais dérangé, pour la première fois, il compresse ma cage thoracique. Sous l'eau, je laisse la peine s'exprimer.

J'ai mal, mais je sais que je m'en serais voulu de lui imposer ce mariage. En venant à Lapisia, elle a tourné le dos à sa liberté, mais je refuse d'être responsable du sacrifice d'une princesse.

Parce qu'il est évident que je n'aurais pu aller à l'encontre des ordres de mon père.

La laisser partir, c'est avoir la lâcheté de renoncer.

Je préfère que mon père me fasse payer ma trahison plutôt que de la voir me haïr éternellement.

Je pensais qu'être à ses côtés sauverait mon cœur, mais je crois que c'était plutôt mon âme. Je ne veux plus de cette vengeance aveugle. Désormais, ce qui compte, c'est de sacrifier mon cœur pour sauver le sien de la trahison.

Chapitre 37
Kalliopée

Quand la porte se referme, je baisse le regard sur la cape qu'il m'a remise. Mes battements ralentissent, mon cœur s'essouffle. Mes doigts retiennent le tissu éraflé par endroits, sans doute à cause de mes passages dans les tunnels aux pierres érodées. La boule qui m'obstrue la gorge est douloureuse. Elle prend bien trop de place. Je lève un regard perdu sur ma chambre et tout me revient par vague. Je suis prise dans une tempête de souvenirs, tous plus intenses les uns que les autres. Quoi que j'aie vécu à Lapisia, ce n'était jamais dans la demi-mesure. Mes yeux glissent de part et d'autre de ma chambre, comme si cela pouvait me permettre de trouver une réponse. Je suis partagée entre le cœur et la raison. Demain, ce choix ne m'appartiendra plus. Demain, fuir ne sera plus une option.

Jugeant plus prudent de faire taire mes sentiments, je me dirige vivement vers ma penderie. Dans mon sac en toile, je range quelques affaires, le strict nécessaire. Mes mains sont de plus en plus secouées par des tremblements incontrôlables. Mon regard s'arrête sur mes vêtements, puis mes paupières s'abaissent. Alors que cela fait des jours que la fuite me paraît impossible, voilà que maintenant qu'elle est à portée de main, elle ne me semble pas envisageable.

Je détourne la tête sur la porte derrière laquelle il a disparu. Il m'a dit que tout ce qu'il pourrait faire, c'était essayer. N'est-ce pas suffisant ? Je secoue la tête pour démêler mes pensées qui s'entrechoquent. J'ai peur que l'étincelle d'espoir qui tente de s'allumer soit étouffée dès l'aube, mais je suis aussi terrifiée à l'idée de ne plus jamais le revoir. Comment puis-je prétendre vouloir l'émancipation des femmes si je ne parviens pas à me détacher de l'homme que j'aime ? Je dois m'en aller, c'est ma seule chance. Mon sac prêt, j'attends patiemment sur mon lit que la nuit tombe et c'est ce qu'elle fait. Pourtant, je ne parviens pas à me résoudre à partir.

Mon cœur n'a pas ralenti son rythme. Lorsque le palais me semble être endormi, je noue la cape autour de mes épaules et ouvre lentement ma chambre, les couloirs sont déserts. Je descends les escaliers et me dirige prudemment vers la tapisserie. Quand je disparais derrière, je suis étonnée de ressentir de la tristesse plutôt que du soulagement. Il a tenu parole, il me laisse partir. Les jambes flageolantes, je descends les marches, puis m'avance dans la pénombre. Je n'aurai qu'à trouver Darkos aux dortoirs militaires. Il m'a dit qu'il m'aiderait à quitter la cité. Je pourrais certainement rejoindre ce village dont m'avait parlé Amédée, mais voyager en compagnie du garde royal serait plus sûr pour moi. Du moins, je l'espère. Ma respiration se raccourcit au fur et à mesure de mon avancée dans le dédale souterrain. Ma cadence, elle, ralentit. Ma détermination s'émiette à chaque pas qui me rapproche de la liberté. Alors que je parviens jusqu'à la trappe, mes doigts se figent au moment de saisir la cordelette. Un souvenir de ce moment de paix défile sous mes yeux.

Face au lac, je m'agace contre cette épée en bois. Plusieurs jours qu'il m'entraîne et que je n'arrive à rien. Je suis désespérante...

— C'est ici que tu te caches ?

Je hausse simplement les épaules, puis me crispe quand des rires cristallins se font entendre en arrière-plan. Karel se tourne et lève les yeux au ciel avant de refaire face au lac, en s'asseyant à mes côtés.

— Ça ne sert à rien de bouder.

— Tu peux dire ça... il n'y a rien que tu ne saches faire. Tout ce que tu entreprends, tu le réussis.

— Peut-être, mais tu as plus de courage que moi. Toi, tu essayes. Encore et encore. Où est le mérite quand on n'a pas à se battre pour obtenir ce qu'on veut ?

Je me tourne vers lui, sourcils froncés, puis il pivote la tête dans ma direction. Son regard émeraude fait instantanément bondir mon cœur, me poussant à le fuir. Je n'aime pas ce que je ressens quand il est si près de moi, parce que je sais que je ne suis pas une fille pour lui. Mon mensonge, mon regard, mon manque d'élégance...

— Essayer, c'est déjà réussir, ajoute-t-il. Essaie toujours, Lia. N'abandonne jamais.

— C'est ce que tu fais toi ?

— Tu l'as dit, je n'ai jamais besoin de me battre pour ce que je veux. Mais j'imagine que j'abandonnerais difficilement. Il faudrait vraiment une raison particulière pour que je le fasse.

— C'est-à-dire ?

— Si mon acharnement devait blesser quelqu'un que j'aime, je crois que j'arrêterais d'essayer.

Ma main libère la corde et je rebrousse chemin. Mes pas sont précipités tandis que mon cœur explose.

« Tu as besoin de quelqu'un qui réussisse et qui ne se contente pas d'essayer. »

Il me l'a pourtant dit lui-même, essayer, c'est déjà réussir. Si j'ai souffert depuis mon arrivée ? Oui. Beaucoup. Mais je suis prête à souffrir encore pour avancer à ses côtés. Ce n'est pas une question d'homme ou de femme. De prince ou de princesse. Ni même de roi ou de reine. Je crois qu'à deux, on peut faire de plus grandes choses que seul. Je crois qu'avec lui, je pourrais essayer de changer le monde et qu'avec moi il pourrait devenir un bon roi. À chaque pas que je fais, la flamme de l'espoir s'attise. Elle est vive, brûlante. Elle s'essoufflera peut-être par moments, mais jamais je ne la laisserai s'éteindre et je compterai sur lui pour la raviver lorsqu'elle s'étouffera. Mes doigts repoussent le rideau et mon cœur rate un battement lorsque je constate que Jonah est là.

Était-ce un piège ?

— Ravi de voir que vous avez renoncé à fuir.

— Il voulait me tester ? demandé-je, amère.

— Non, il vous laissait vraiment partir.

Mon regard se dirige nerveusement sur l'escalier qui conduit aux chambres avant de se reposer sur lui.

— Et vous ? Que comptiez-vous faire ? M'arrêter ?

— Non, je pense comme le prince. Je crois que les femmes devraient être en droit de choisir leur destin. Karel voulait que je m'assure de votre sécurité. J'attendais juste que vous preniez un peu d'avance.

Mes sourcils se froncent. Éclairée ainsi, sa cicatrice semble plus impressionnante, plus effrayante. Pourtant, la franchise de son regard m'ôte toute peur à son égard.

— Maintenant que vous avez choisi le prince, je vous promets que nous ferons tout pour vous protéger.

— Pourquoi me protéger ? Vous ne m'aimez pas, lui rappelé-je.

— Je ne vous faisais pas confiance, c'est une nuance non négligeable, Votre Altesse.

— Et maintenant ? osé-je.

— Je vous ai promis de vous protéger, non ?

Mes sourcils se froncent alors qu'il pose un genou à terre.

— Je fais le serment solennel de vouer ma vie à protéger la vôtre.

Mon souffle tente tant bien que mal de repartir tandis qu'il se relève. Je suis perdue, je ne comprends pas ce revirement de situation.

— Pourquoi faire ça ?

— Parce que vous l'avez choisi lui, en dépit de ce qu'il vous est arrivé et en acceptant les dangers que vous encourrez. Vous aurez besoin d'être protégée, princesse. Ce n'est que le début. Mais vous ne serez plus seule, je vous en fais la promesse.

Il effectue une révérence avant de s'éloigner et de disparaître. Mon regard retourne à l'escalier menant au couloir, puis à ses appartements et enfin, à lui. Je prends un court instant pour m'assurer de ce que mon cœur désire, puis mes jambes s'animent. Une à une, j'escalade les marches en retenant mon souffle. Le corridor ne m'a jamais paru si long. Je ne prends même pas la peine de frapper lorsque j'atteins sa porte. Je l'ouvre précipitamment et elle cogne contre le mur. Debout, uniquement vêtu d'un pantalon, il observe par la fenêtre. Malgré mon arrivée bruyante, il ne bouge pas.

— Karel, l'appelé-je.

Il se retourne, sourcils froncés, et semble surpris de me voir. Son regard se baisse sur mon sac que je tiens fermement.

— Essayer, ça me suffit.

Sa tête se redresse et nos regards s'ancrent.

— Je ne serai jamais le roi que tu espères, contre-t-il.

Je secoue la tête en signe de désapprobation. Il ne se doute pas d'à quel point il se trompe.

— Je veux juste que tu partages tes tourments, tes dilemmes. Je ne veux pas être exclue de tes prises de décision. Je ne te demande pas d'accepter chacun de mes arguments, mais je veux au moins que tu les écoutes. Et surtout, je veux que jamais tu n'abandonnes.

— *Shaadi*, tente-t-il.

Le silence s'abat. Il n'est pas oppressant, juste crucial.

— Je ne veux pas que tu deviennes une de ces femmes esclaves de leur mari, m'avoue-t-il. Je veux que tu restes libre de tes choix, de tes envies. Et si dès notre mariage tu te soumettais involontairement ? Comment saurais-je si tu te forces par devoir ou si tu agis par libre arbitre ? Comment saurais-je faire la différence ? Ce mariage finira par vous étouffer, toi et tes espoirs. Tu l'as toi-même écrit.

Mes yeux s'écarquillent quand je réalise qu'il a lu mon journal intime.

— Pour commencer, ne mets plus ton nez dans mes effets personnels, tenté-je dans l'espoir d'alléger la tension.

— J'étais désespéré, m'avoue-t-il. Je veux que tu restes celle que tu es : déterminée, optimiste, rebelle. Tu me l'as dit toi-même, Lapisia finira par te tuer.

Je regrette tellement ces mots que je ressentais pourtant lorsque je les ai prononcés.

— Me séparer de toi me tuera plus vite.

Il secoue la tête et j'ai peur qu'il ne me force à partir. Je sens bien qu'il tente de lutter contre mon besoin de rester, mais je refuse qu'il me rejette. Pas encore.

— J'ai fait mon choix Karel. C'est ce que tu me proposais, non ? De choisir. Alors, ne va pas à l'encontre de ma décision.

— Si tu restes, ce soir, jamais je ne te laisserai partir, tu le sais ? C'est ta seule opportunité.

J'opine du chef. Je l'ai bien compris. Le temps se fige et les émotions contenues dans son regard me percutent de plein fouet, décuplant les miennes.

— Je n'abandonnerai jamais, conclut-il.

À ses mots, j'amorce un pas vers lui et il me rejoint. Nos corps s'entrechoquent tandis que nos bouches se percutent. Nos baisers ont un goût de promesse, une saveur de capitulation. Il dénoue la cape qui tombe aussitôt au sol. À chacun de ses souffles, mon corps ressent un désir de plus en plus puissant, accentué par l'espoir du lendemain et le manque de ces derniers jours. Essoufflés, nous nous détachons, puis mon front se pose contre son torse. Sûre de ce que je désire au plus profond de moi, je défais les boutons qui retiennent mon pantalon en toile.

— Qu'est-ce que tu fais ? s'inquiète-t-il.

— Je veux que tu prennes conscience que je n'agis pas sous la contrainte.

Ses sourcils se froncent.

— Je suis encore libre de mes choix, me justifié-je.

Je ne veux pas lui offrir ma virginité parce que c'est le devoir d'une épouse. Au diable les conventions, je veux que ça soit maintenant. Sa main se retrouve dans mes cheveux et en les tirant légèrement, il me force à relever la tête.

— Tu es sûre ?

Afin de lui répondre, je me mets sur la pointe des pieds et effleure ses lèvres des miennes. Aussitôt, sa main s'enfonce avec plus de force dans mes cheveux et sa bouche se plaque franchement sur la mienne. Il me soulève, invitant mes jambes à s'enrouler autour de ses hanches. Mon souffle me manque déjà, mais je veux bien étouffer si c'est par ses baisers. Lentement, il me pose sur le lit, sans pour autant se détacher de moi. Ses lèvres dévorent les miennes. Elles ont un goût brut, qui lui ressemble. Karel est ainsi : impulsif, colérique. Tout mon contraire. Moi, je suis parfois trop naïve. Peut-être nos différences nous permettront-elles de grandir ensemble.

Sa main glisse lentement de mon mollet jusqu'à ma cheville et me débarrasse de ma chaussure. Ses doigts libèrent mes cheveux pour m'ôter celle qui est encore retenue à mon autre pied. Avec douceur, il remonte jusqu'à mon genou, puis mes cuisses. Je secoue la tête et il se détache de moi, perplexe.

Ses yeux brillants croisent les miens. J'aime sa prévenance, mais elle ne lui ressemble pas.

Parce que je ne trouve pas les mots pour lui expliquer ce que je désire réellement, je décide de lui montrer. Mes doigts s'agrippent à ses cheveux tandis que je lui offre un baiser dévorant. Je le mords même et je sens ses doigts s'enfoncer dans ma cuisse. Très vite, il répond à mon baiser avec plus de fougue. Ses dents me mordillent puis dévient jusqu'à ma gorge alors que son corps se plaque plus lourdement contre moi. Je perds le souffle lorsque son sexe se presse contre le mien. Ses mains s'enfoncent toujours plus, alors qu'il me gratifie de morsures. Il se détache de moi et tire mon bras pour me forcer à me relever. Je suis essoufflée et je me sens gauche. Je ne sais pas quoi faire de mes mains. Il me libère de mon haut et m'attire à lui d'une pression dans le dos. À califourchon sur ses cuisses, je me retiens à ses cheveux pour ne pas me perdre dans le flot de sensations qu'il me procure déjà. Ses mains s'ancrent à mon dos tandis que sa bouche se dirige sur ma poitrine. Il la mordille, puis l'embrasse. Et à chaque fois, mon avidité grandit.

Il me repousse brutalement sur le matelas et me force à surélever mes jambes pour m'ôter l'intégralité de mes vêtements. Je ne suis pas mal à l'aise par le fait d'être totalement nue face à lui. Ce n'est pas la première fois, même si nous ne sommes jamais allés jusqu'au bout. Il revient à l'assaut de ma bouche et lorsque ses mains dérivent jusqu'à mes cuisses, je me raidis involontairement. La peur fait cavaler mon cœur, mais je la chasse. Pourtant, elle revient à la charge quand il se dirige à nouveau vers mon entrejambe.

— Je suis tellement désolé… J'aurais dû te protéger, murmure-t-il.

Mes yeux s'humidifient lorsque la détresse de sa voix atteint mon âme. Avec douceur, il reprend possession de ma bouche. À chacun de ses baisers, il exprime une culpabilité qu'il ne devrait pourtant pas ressentir. Ses doigts ne tentent plus de s'approcher et sa bouche butine ma peau. Il embrasse chaque millimètre carré de mon cou, puis de mes seins. Sa chaleur me quitte lorsqu'il parvient à mes cuisses. Ses lèvres en parcourent l'intérieur. Elles se referment craintivement quand il approche mon sexe. Nos regards se croisent et j'anticipe le moment où elles atteindront leur objectif. Ses yeux me transmettent sa volonté de ne pas me blesser et cela suffit à alléger la pression de mes jambes. La tension est palpable et mes paupières s'abaissent quand il parvient à son but. Je ne retiens pas le gémissement plaintif que cela provoque.

À chaque pression de sa langue, mon corps se tend. Ce n'est pas douloureux, mais j'ai néanmoins du mal à faire le vide, à me focaliser sur ce qu'il se passe entre nous. Ses mains viennent m'offrir un ancrage lorsqu'elles s'emparent des miennes. Je m'y accroche comme si ma vie en dépendait et je comprends ce que ce geste symbolise. Il sera toujours là pour m'empêcher de dériver. Aussitôt, les pensées néfastes disparaissent et ma tête s'enfonce dans l'oreiller. J'oublie cette ruelle, ces rires gras. Je suis ici, à ses côtés, avec l'assurance que jamais il ne me contraindra. Mon souffle devient haletant alors que mon corps se contracte. Chaque baiser qu'il offre à cette partie meurtrie de mon corps la ramène à la vie. Il soigne mes blessures. La boule qui s'était logée dans mon ventre monte jusqu'à ma poitrine où mon cœur tambourine. Je cherche à reprendre mon souffle lorsque mon corps et mon cœur implosent à l'unisson. Je ne crie même pas, je cherche juste à respirer.

Et il me redonne l'air qui me faisait défaut en m'offrant un baiser salvateur. Le désir revient à la charge et à présent, j'ai envie de le sentir en moi. Mes doigts crochètent son pantalon pour le faire descendre tandis que je l'embrasse. Il se laisse faire, m'offrant la possibilité de me rétracter, mais je ne le fais pas. Quand il est aussi nu que moi, il se niche entre mes cuisses qui l'accueillent.

— Ça peut être douloureux, m'informe-t-il avec douceur.

J'acquiesce. Je le sais. Une autre injustice dont sont victimes les femmes. Je ne pense pas que la première fois des hommes leur procure le moindre mal…

Nos mains se nouent à nouveau tandis que son sexe approche l'entrée du mien. Je retiens ma respiration. Puis il s'enfonce lentement. Il se retire légèrement avant de revenir avec plus de vigueur. Son intrusion me brûle de l'intérieur, mais ce n'est pas une douleur vive comme on me l'avait raconté. C'est juste la sensation d'un vide qui se remplit. Il parsème mon visage de petits baisers jusqu'à ce que je me décrispe. Puis progressivement, mon corps appelle le sien en ondulant. Sa bouche quitte la mienne et sa tête se place dans mon cou. Chacun de ses souffles me fait frissonner. Les sons rauques qu'il émet vibrent à travers mon corps, me rendant avide de plus. Ici, ce soir, c'est Kalliopée, princesse encore libre qui s'offre à lui.

Je ne sais pas ce que nous réserve l'avenir. S'il sera aussi violent que ce que nous avons déjà vécu, ni s'il sera aussi douloureux. Je ne connais pas non plus le nombre d'obstacles que nous serons amenés à franchir, mais j'ai l'espoir qu'ensemble, nous pourrons tout surmonter.

Sa tête quitte mon cou et mes paupières se soulèvent. Je suis surprise par l'intensité qui se trouve dans le sien. Nos corps continuent de se mouvoir, tandis qu'il m'adresse une déclaration muette. Dans son regard, il me dit tous les mots qui bien souvent lui font défaut.

Je m'agrippe à lui afin de ne pas dériver lorsque la chaleur qui se trouve dans mon ventre se répand dans tout mon corps, puis qu'un gémissement s'échappe de mes lèvres. Dans un râle rauque, il y répond alors qu'il se répand en moi. Puis il m'embrasse comme si sa soif n'avait pas été comblée. Il se retire avec douceur et s'allonge en m'invitant à poser ma tête sur son torse.

Les battements de son cœur semblent aussi violents que les miens. Je me laisse bercer tandis que, du bout des doigts, il caresse mes cheveux.

En arrivant ici, j'étais pleine d'idéaux et d'espoirs, mais j'ai été confronté à la dure réalité. Pourtant, je suis encore plus déterminée qu'avant.

Karel est violent, parfois cruel et souvent intransigeant, mais depuis que je le connais, si nous nous sommes souvent confrontés, il n'a jamais tenté de me changer ni de m'asservir. J'ignore si mes rêves sont atteignables, mais j'ai l'espoir qu'il m'aidera à aller le plus loin possible.

Ce soir, je suis Kalliopée, princesse de Viridia. Demain, je serai Kalliopée, princesse de Lapisia, épouse de l'héritier du trône lapisien.

Ce sera enfin l'alliance de nos couronnes.

À suivre…

Playlist

Wrong side of heaven – Five finger death punch
Throne – Bring me the horizon
Don't speak (Epic trailer version) – Hidden citizen & Tim Halperin
Scars – No name faces
Walk on water – Thirty seconds to mars
Sail – Jack Trammel
Hurt – 2WEI
Hello – Evanescence
The catalyst – Linkin Park
War of hearts – Ruelle
Lovers Death – Ursine Vulpine & Annaca
My love will never die – AG & Claire Wyndham
Devil devil – MILCK
Become the beast – Karliene
Everything or nothing – Willyecho
Stronger than ever – Raleigh Ritchie
I warned myself – Charlie Puth
Faded (restrung) – Alan Walker
Hurricane – Thirty seconds to mars
Young and beautiful – Lana del rey
Hurricane – Fleurie
Open your eyes – UNSECRET & Alaina Cross
The war – SYML
Experience – Ludovico Einaudi
Without you (Extended) – Ursine Vulpine & Annaca
Wicked Game – Ursine Vulpine & Annaca

Lien Spotify :
https://open.spotify.com/playlist/0n2WN06yWEZ2ixdYMVFV0Z?si=CKXRCEKdR2Wmh3kfGpM3Ow

Lien YouTube :
https://www.youtube.com/watch?v=Uw4qGfUJWSM&list=PLo3Ov-aVX6xqyPtou1MeZf6fE4q-r3PGn

Remerciements

Voilà la partie la moins facile, celle où j'ai toujours peur d'oublier du monde.

Cette saga me trottait dans la tête depuis plus d'un an, mais je savais que je devais attendre, faire mes armes, apprendre encore et encore. Puis après deux tentatives avortées, je suis arrivée à poser les bases de mon univers cruellement patriarcal. Je le regrette ? Presque tous les jours depuis des mois. Pourtant, je ne lâcherai mon couple princier pour rien au monde.

Je tenais à remercier mon mari qui voit, au fil des mois, des diadèmes apparaître à la maison… Oui, je me suis découvert cette passion… et qui me voit me tirer les cheveux jour après jour. Chaque remise en question, chaque désir d'abandon, il est là pour me pousser, me rebooster.

Tout comme mes bêtas. Gros projet, grosse équipe !

Les toutes premières, Caro, Naou et Solène (je suis désolée, après des heures de correction, mes remerciements seront brefs). Vous me motivez à chaque chapitre corrigé. Vous êtes là pour m'écouter dès que je trouve un nouveau truc à ajouter… quand je pense aller trop loin, vous êtes les premières à m'en réclamer plus. Vous êtes là pour m'entendre les encenser ou les démonter, tout dépend de mon humeur, mais voilà, tout ce que je retiens c'est justement que vous êtes là.

La seconde équipe a pris beaucoup de volume. Il y a eu ma petite maman (qui a eu l'avant et même l'après), Charlène, Lou, Lili, Cha, Marine, Isa, Céline. J'espère sincèrement que je n'ai oublié personne, mais vous me connaissez toutes, je suis une tête en l'air !

Il y a également les Cherries. À chaque sortie, on se soutient les unes les autres et je suis soulagée de pouvoir compter sur vous quand mon tour vient !

Les lectrices, blogueuses, ces personnes que je connais et celles que je ne croise même pas, mais qui me rendent heureuse en laissant leur avis sur les plateformes.

Ma famille qui comprend ces périodes où je disparais et ces moments où même présente je suis absente.

Puis Pauline. Il y a quelques mois, je doutais sur le plan de ma saga. Au fil des mois nos conversations ont souvent pris des tournures plus auteur/auteur que auteur/éditrice. J'ai eu la chance de lire un de tes bébés en avant-première et c'est tout naturellement que je t'ai envoyé mes synopsis pour que tu me dises si mon projet tenait la route. La suite, on la connaît. Je suis ravie de pouvoir compter sur toi, sur tes idées pour améliorer chacun de mes romans. Je noterai de celui-là mon amour pour les cœurs et pour les verbes « aviser » et « pivoter ». Merci de pas m'avoir bloquée sur Insta tout au long de mes corrections. Et non, promis, je ne t'ai pas détestée !

Vous avez aimé le premier tome de Kalliopée ?

♥

Laissez 5 étoiles et un joli commentaire pour motiver d'autres lecteurs !

Vous n'avez pas aimé ?

♠

Écrivez-nous pour nous proposer le scénario que vous rêveriez de lire !

https://cherry-publishing.com/contact

Pour recevoir une nouvelle gratuite et toutes nos parutions, inscrivez-vous à notre Newsletter !

https://mailchi.mp/cherry-publishing/newsletter